나뭇잎의 영혼들

김재현 지음

문학공감

나뭇잎의 영혼들

머리말

처음에 시집을 냈었고, 지금은 소설을 써서 독자님들을 찾아뵙습니다.

처음에 독서를 시작할 때가 생각이 납니다. '독서를 꾸준히 하면 언젠가 내 책이 나오는 날도 찾아오겠지…'하는 생각도 했는데, 지금은 이렇게 소설까지 나오게 되었습니다.

오랜만입니다. 독자님들은 잘 지내시죠? 저도 잘 지내고 있습니다. '글은 쓰고 싶은데, 무엇으로 글을 쓸까?'라는 생각을 해봤습니다. 글의 주제를 만나는 것도 글쟁이에게는 운명이라고 생각됩니다. 그렇다면 나의 운명은 어디에 있을까?

저는 클럽 버닝썬 사건을 보고, 대한민국의 공권력에 너무나 큰 실망을 했습니다. 대한민국에서 살아가는 우리 국민들이 경찰이라는 조직을 믿을 수 있는 것일까? 경찰을 믿지 못한다면 국민들이 기댈 곳은 과연 어디일까? 국민들은 항상 약자였을까? 이런 의문들은 '신분해방은 되었는데 국민들은 과연 신분해방이 되기 전과, 지금 과연 얼마나 다른 삶을 살고 있을까?'라는 생각에 이르기까지 했습니다.

아울러 지금 일어나고 있는 사회적인 문제도 함께 생각하며 소설을 써나가다가 드디어 완성하게 되었습니다.

끝으로, 이 책에서 말하는 '신분해방'은 제가 만들어 낸 세상에서의 신분해방을 의미함을 말씀드립니다.

목차

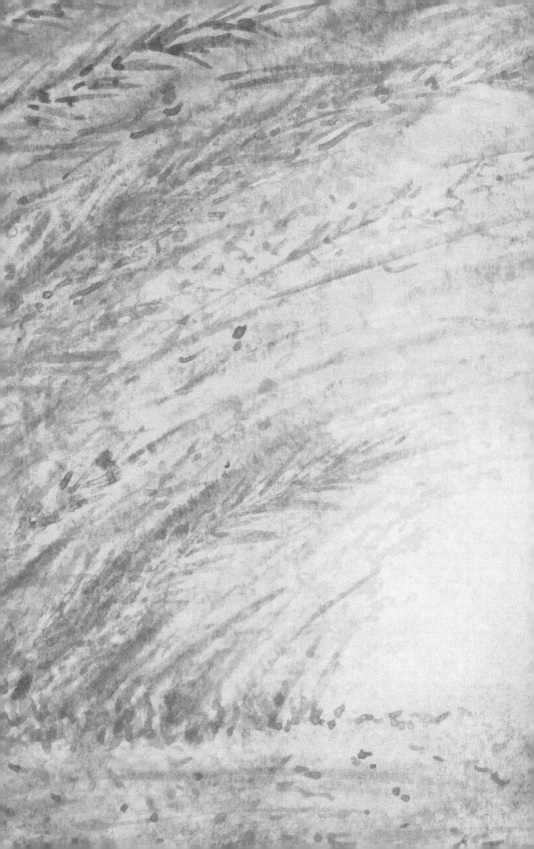

제1장

고향

1

지식과 지혜에 대하여

지식은 수동적이며 지혜는 능동적이다. 지식은 정해져 있으며, 지혜는 정해져 있지 않다. 그래서 지혜가 멋스러운 것일까? 지혜는 자유롭다. 다만, 지혜를 얻기 위해서는 고통을 감내해야 한다. 그렇게 지혜를 얻는다면 자유를 얻을 수 있다. 자유란 고통이라는 악조건을 견뎌낸 자들에게 주어진 행복이다.

지혜를 모른다면, 살아가는 데 자유로울 수 있을까? 지식이라는 똑같은 자리에서 항상 똑같은 굴레를 맴도는 것이 너무 의미 없다고 생각되지 않을까? 그런데도 끊임없이 쏟아지는 지식에서 맹목적으로 누구를 쫓고 모방을 해야 한다면, 그것은 자기 자신의 지혜를 계속 어둡게 만드는 것이다.

지식에서 벗어나지 않는다는 것은 지혜의 불을 끄는 것과 같다. 헌데 어차피 상관은 없다. 지식만 익혀서도 먹고 사는 데 지장은 없으니까. 깊은 고민을 하지 않아도 된다. 어차피 만들어 놓은 다리를 그냥 건너가면 되는 것이니까. 그 다리를 왜 만들었는지 어떻게 지어졌는지에는 관심을 가지지 않아도 된다. 그냥 주어진 것들을 맹목적으로 하기만 하면 되니까.

지식만 익힌다면 자존심이 강해진다. 주어진 것들을 하기만 하면 되는 부분에서 서로 주어진 것들로부터 얼마나 더 많이 알고 있는가를 논하게 된다.

결국 지식 싸움이란 자존심 싸움으로 변질된다. 보다 더 나은 세상을 알고 싶다는 생각은 지식에 안주하는 사고방식에서는 꿈도 꿀 수 없다. 정해진 대로 묶여 있으면 그것을 다 점령했다고 생각했다면 그다지 변화를 원하지 않는다. 어차피 정해진 것들을 다시 순차적으로 밟으면 되니까. 그것이 지식의 결과이다. 지식은 정형화되어 자신의 내면에 장착되고, 그 후에 고착되어 앎의 탄력성을 잃게 한다. 앎은 더 자유로워져야 한다. 자신의 내면에서 딱딱하게 굳어져서는 안 된다. 그렇다면 지식은 자유를 더 탄압하는 존재가 아닌가.

지식은 모방의 근본이요, 지혜는 창조의 근본일 것이다. 지식을 쫓다 보면 계속 모방할 대상을 찾으러 다닐 것이다. 지혜는 자신의 생각으로 처리하는 문제들이 많으니, 창조를 하는 것이 얼마나 위대한지, 창조의 힘을 깨달으리라.

박정서는 오늘도 열심히 책을 읽었다. 그는 지식과 지혜에 대한 끊임없는 의혹이 풀리기 시작했다. 그는 먼 산을 바라보며, 자신이 사는 삶이 조금은 더 풍요로워지기를 바랬다. 저 먼 산은 되지 못하더라도 최소한의 자유를 더 누릴 수 있게 말이다.

'아, 나의 자유여, 평화여, 지식이라는 고정된 사유에서 벗어나 값진 보석을 가질 수 있게 지혜의 눈을 맑게 해주세요.'

그는 혼잣말을 한다.

박정서 그는 자유라는 것은 결코 쉽게 얻어지는 것이 아니라고 생각했다. 세상이 자유를 준 것도 자유에 대한 인간의 갈증이라고 여겼다. 세상은 자유를 주었다. 신분 해방이 된 것이다. 그는 노예였지만 이제는 더 이상 노예가 아니다.

신분 해방이 되기 전에, 그는 어느 단체의 대장을 맡고 있었다. 단체의 이름은 '초록바람대'였다. 초록색의 바람이 자유를 꿈꾼다는 뜻이었다. 초록바람대에서 초록이라는 것은 자신들의 노예라는 신분이 더 이상은 노예가 아니라는 것을 나타내는 것이었다.

신분 해방이 되자, 그들의 단체는 해산하였다. 초록바람대의 의사결정에 의해서, 그리고 박정서는 자신의 고향으로 돌아갈 것을 희망했다. 더 이상 노예가 아니기에, 그는 고향으로 가면서 생각했다. 조금은 더 지혜를 가질 수 있게, 자기 자신의 자존심을 앞세워서 삶이 더 어두워지는 것이 아니라, 자기반성과 성찰의 시간을 책에서 찾고 스스로 강해질 수 있게 살아가는 것에 대해서 깊이 고민했다. 인간은 나이가 들수록 자존심이 강해진다. 인간은 자신이 해왔던 것들을 패턴적으로 익히고 있으며, 그것이 절대적으로 옳다고 생각하는 버릇이 있다. 그것이 자존심을 더 강하게 만든다. 무언가를 통해서 자기반성을 해야 하는데, 그것은 책밖에 없는 것이다. 인간은 책을 통해서 자기반성의 시간을 위한 기회를 가져야 한다. 그리고 자기 자신을 반성하는 시간으로 자아 성찰을 해야 한다는 것이다. 박정서는 무엇보다 자아성찰이라는 것을 너무나 중요하다고 여겼다. 지식적인 세상으로 똑같은 일의 반복에서 헤매며 정해진 정답이 있다는 듯 자신을 찾아가게 하고 있다는 것은 결코 자기반성이 아니다. 헌데 사람들은 그것이 자기반성이라는 착각에 빠져있다는 것이다. 그 오류에 빠지지 않아야 하고 그것을 경멸하고 조심해야 한다.

예를 들면, 사람은 다 다르다는 것도 말로만 지껄이는 꼴이 되고 있으며 다르다는 것을 인정하기 어려워하고 있다는 것이다. 결국에 "사람은 다 다르다."라는 말도 지식적으로 사용하며 쓰고 있고 그 말의 의미를 정말 나타내지 못하면서 움직이고 있다는 것이다. 지식을 계속 사용하면 그것은 형식적인 패턴이 되어, 상황에 맞춰서 그저 자신의 유리한 입장에서만 지껄이고 있을 뿐이다. 본인은 전혀 실천하지 못하면서 말이다. 지식에 갇혀 있는 사람은 딱딱하고 폐쇄적이며 융통성이 없어지는 것이다.

박정서, 그는 어려운 일이 있다면 초록바람대의 대원들과 함께 해결하면서 지냈었다. 그는 고향에 가면서도 초록바람대의 추억들을 간직하면서 가고 있었다.

박정서는 '푸실'이라는 자신의 고향에 내려가고 있었다. 그는 마차를 타고 가다가 고향 근처에서 내려 걸어가고 있었다. 그는 알고 있었다. 고향으로 가는 길에서 귓가에 들려오는 새의 소리와 바람의 잔잔함, 그리고 나무들의 흔들거림을……. 그래서 자신의 발걸음을 더욱 가볍게 한다는 것을 몸으로 느끼고 싶었다. 자신이 새롭게 태어났다는, 새 생명이라는 생각에 빠졌다.

이제는 누구도 신분제도에 억눌리면서 살지 않아도 되는 것이니까. 그렇다. 인간이란 어쩌면 자신의 열등감을 확인하고 싶어서 노예제도를 만든 건지도 모르겠다. 그래서 노예들은 항상 핍박당해야만 했다. 인간들은 자신들의 우월감의 도구로 떠받쳐주는 인간이 필요했다. 자신의 열등감을 혹은 자신의 비참함을 혹은 자신의 부족함을 돌아보는 시간이 역겨워서 노예를 만들어 그들에게 고통을 줌으로써 더 나은 인간이라는 것을 증명했다. 인간은 더 이상 어느 누구의 노예가 되지 않아도 된다는 사실이 그의 마음에 카타르시스를 느끼게 해주고 있었다. 이제는 자신도 신분의 귀천에 얽매여 살지 않아도 된다는 사실이 그가 세상을 보는 눈을 새롭게 만들어 주었고, 그의 눈에 더욱 호기심을 부여해 주었다.

2

고향에 이르러보니 여러 명의 사람들이 둘레둘레 모여서 뭔가를 보고 있었다는 것을 알 수 있었다. 그리고 그 사람들은 어느 장사하는 곳에 모여 있었다. 무슨 싸움이라도 난 것인지 박정서는 궁금해하며 그곳을 찾아갔다.

"야, 여기서 장사하지 말랬지!"

우두머리처럼 보이는 이는 여러 명의 부하들과 함께 온 것 같았다.

"사정 좀 봐주세요……."

사정 좀 봐달라고 말하는 사람의 말에도 불구하고 사람들은 그곳을 때려 부수고 있었다. 가게는 순식간에 풍비박산이 나고 있었다. 물건들은 부서지고 식탁과 의자 그리고 계산하는 곳 등은 어떻게 다시 제 자리로 돌아오게 될지 알 수도 없을 정도로 만들어 버렸다.

박정서는 일단은 지켜보고 있었다. 지켜보고 있는 사람들도 많았고, 자신이 누구인지 노출되는 것이 일단 문제이기도 했다. 그리고 무엇보다 사람 수가 너무 많았다. 초록바람대가 생각이 나긴 했지만, 이제는 어쩔 수 없는 문제였다. 초록바람대는 이미 해산했고, 각자의 고향으로 떠났다.

"얘들아, 그만둬라!"

우두머리처럼 보이는 사람이 말했다. 부하들은 하나 같이 나오더니만 대장처럼 보이는 자 뒤로 가버렸다.

"돈을 더 내든가, 아니면 장사를 그만두든지 해, 일주일의 시간을 주겠다."

우두머리가 준엄한 목소리를 내었다.

"네, 알겠습니다……."

가게 주인처럼 보이는 이는 죄지은 사람처럼 고개를 숙였다.

못살게 굴었던 무리들은 웃으면서 가게를 나왔다. 그 웃음소리는 세상을 다 가진 사람들의 웃음소리처럼 들렸다. 권력으로 세상을 얼마든지 농락할 수도 있는 재미에 빠진 사람들의 웃음소리였다. 한 줌의 권력이 얼마나 허망한 것인지 혹은 절대적인 권력이란 것은 없음을 모르는 사람들의 오만, 그 자체였다.

사람들은 하나같이 두려워했다. 그 오만이라는 것에서 자신의 두려움을 나타내야 살 수 있다는 것을, 그래서 사람들은 더욱 두려워했던 것 같다. 두려움을 팔아서 그 권력이라는 것의 장식품이 되어야 한다고 여겼다. 숨을 쉴 수 있는 공기만이라도 내 것이라도 만들 수 있어야 이 두려움에서 조금은 나아질 수 있다고 여겼다. 그래서 사람들은 숨소리만 내고 고요함이 주는 그 침묵을 서로의 눈으로만 쳐다보며 눈치만 보고 있었다.

박정서는 풍비박산 난 가게에서 돌아가는 사람들을 잘 보았다. 구경하던 사람들은 아무도 그 가게 주인에게 말을 걸지 않았다. 일이 이렇게까지 되어도 말 거는 사람들도 아무도 없었다. 세상이 신분 해방이 되도 달라지는 것은 아무것도 없다는 것을 깨닫고 하긴 '우리는 개돼지이며 지금도 개돼지가 아닐까?'라는 생각도 하게 되었다.

"괜찮으세요?"

정서는 가게에서 부서진 물건들을 주우면서 말했다.

"……."

주인은 조금 쳐다보더니만 이내 입을 뗐다.

"이렇게 말을 거는 것을 저놈들이 본다면 자네를 가만히 두지 않을 걸세! 우리도 더 위험해지고! 그러니 그만 돌아가게."

주인은 차갑고 냉정하게 말했다.

정서는 왜 사람들이 도와주지 않았는지 이해했다. 여기에서는 저놈들이 바로 법이었다. 저자들은 자신들만의 성지를 만들고 있었다. 자신이 고향을 비우고 언제부터 저놈들이 생겼는지 알 길은 없었지만, 저놈들을 가만히 놔둘 수가 없었다. 그는 지나가다가 눈여겨본 자들 중 몇 놈이 경찰들과 대화하는 것을 엿들었는데 경찰들도 이들과 바로 한패라는 것을 알게 되었다. 경찰들은 썩어 있었다. '버닝썬* 사건과도 같은 문제였다. 정서는 혼자서 이 문제를 해결하기에는 어려움이 있다는 것을 알았지만 어쩔 수가 없었다.

박정서. 그는 고아였다. 어릴 적 고향에서 그는 노예로 팔려 가기 전에 따뜻한 기억들이 있었다. 아버지하고의 기억들은 따뜻했다. 그는 어머니는 없었고 아버지만 있었다. 그리고 그도 처음부터 노예는 아니었다. 귀족들이 자신들의 부를 늘려가는 것을 보고만 있을 수밖에 없었다. 귀족들은 노예가 필요했다. 자신들의 땅에서 일을 할 노예, 자신들의 심부름을 들어줄 노예. 노예가 많을수록 부를 나타내는 상징이기도 했다.

평민이었던 그의 아버지는 귀족들의 술수에 넘어갈 수밖에 없었다. 귀족들의 힘은 평민들을 얼마든지 노예로 만들 수 있었다. 그의 아버지는 막대한 빚을 짊어질 수밖에 없었다. 내야 하는 세금은 늘어났고, 벌어야 할 돈은 줄어만 들었다. 귀족들은 세금을 내지 않고 평민이 내는 세금을 먹는 식

---

* '묻지마 범죄(무동기 범죄)'는 피의자와 피해자와의 관계에 아무런 상관관계가 존재하지 않거나, 범죄 자체에 이유가 없이 불특정의 대상을 상대로 행해지는 살인 등의 범죄 행위를 말한다. 하지만 엄격히 말해서 과실에 의한 범죄를 제외하고 범행 의사가 있었던 나머지 거의 모든 범죄는 동기가 존재한다. 사실, 묻지마 범죄의 경우에는 범행의 동기가 특정 피해자 개인에 대한 원한, 치정과 같은 전통적인 범죄와 큰 차이가 나는 것을 강조하거나 구별하기 위한 의도가 숨겨져 있다고 볼 수 있다. 피해자와 가해자와의 관계가 명확하지 않고 불특정 다수인을 대상으로 행해지기에 묻지마 범죄라고 하는 것이지, 실제 그 동기는 불특정 다중이나 사회전반에 대한 증오심의 발로에서 기인한 것이기에 크게는 증오범죄, 편견범죄의 하나로 본다. 하지만 대부분의 사람들은 이러한 묻지마 범죄를, 말 그대로 동기가 없는 범죄라고 오해하곤 한다. 즉, 범죄학에서 보는 묻지마 범죄(무동기 범죄)는 사회에 대한 증오심으로 아무런 인과관계나 동기가 없이 막연한 적개심을 불특정 다수인을 대상으로 표출하는 범죄이다.

충이였다. 노예가 되면, 인간으로서의 존엄성은 없어지는 것이었다. 정서의 아버지는 세금을 계속 낼 수가 없으니, 결국 노예가 되었고 억울한 누명으로 심한 매질을 당해서 죽었다. 그리고 아버지가 죽고 나자 정서는 노예생활을 하던 곳의 주인을 죽이고 불을 지른 다음, 다른 곳으로 도망간 것이다.

박정서는 초록바람대에서 돈을 조금 벌었다. 초록바람대는 단순히 자유를 고집하는 곳은 아니었다. 그들은 돈 있고 힘 있는 오만한 귀족들의 코를 납작하게 해주기도 하고 귀족들의 돈을 털기도 했다. 경찰들도 악명이 나면 혼내주기도 하였다. 그리고 몰래 아지트를 만들어서 의뢰를 받기도 했다. 그들은 힘없는 자들의 목소리를 듣고 어느 정도 돈을 받으며 어려운 일들을 해결했다. 그러다가 신분 해방이 되자, 서로 각자의 길을 걷기로 하며 초록바람대를 해산하고 각자의 고향에서 사람답게 살기를 바라면서 떠난 것이다.

박정서는 혼자서 술을 마셨다.

'세상이 달라진 것이 없었구나. 내가 속았구나. 인간답게 살자는 그 세상이, 그 기쁨이 너무나 가까이 다가왔던 것에 속았구나. 그들은 말로만 신분 해방을 외치며 우리에게 거짓을 꾸며낸 것이구나. 나는 개돼지였구나. 결국에 달라진 것은 없는 것일까? 아, 초록바람대에서 지낸 나의 시간들이여. 그 시간들이 다시는 돌아오지 않는 것일까? 그래도 신분 해방이 되어서 각자의 삶의 길을 걷자고 했던 것인데, 이제 나의 어리석음을 뼈저리게 느끼게 되는구나. 현실은 결코 낭만적이지 않아. 신분 해방이라는 말로 결국 거짓을 만들었어. 이런 쓰레기 같은 새끼들.'

박정서는 혼자서 그렇게 생각하면서 술을 마시며 초록바람대에서 번 돈을 쓰고 있었다. 꿈은 없었다.

허망한 꿈을 좇는 어리석은 자여
그대가 누구인지 잊게 되는 순간에
그대가 누구인지 알려주는 이가 그대에게 힘을 주리라

그는 그렇게 시를 읊었다.

3

"혼자서 술을 이렇게 마시다니, 나도 한 잔 줄래?"

한 여인이 와서 말을 걸었다. 그녀의 이름은 홍혜주였다. 그녀는 앞서 애기한 곳에 장사하는 집 딸이었다. 그녀는 음식이 나오면 나르는 서빙업무를 담당하고 계산도 하는 일을 하였다.

그녀는 긴 머리를 묶었고, 눈이 컸고, 코는 오똑했다. 게다가 하얀 피부는 그녀를 더욱 소박한 아름다움으로 만들어 주는 느낌을 주었다.

"너 누구냐? 갑자기 와서 술을 달라니?"

박정서는 깜짝 놀라서 정색했다.

"너 기억력이 나쁘구나. 나 그 주인집 딸이고, 이름은 홍혜주야! 아까는 부모님 때문에 너에게 말을 못 걸었다. 여기에서 술을 마시는구나! 너 꽤나 멋지게 생겼다!!"

혜주는 환하게 웃어주었다.

"내가?"

"응. 너 근데 누구냐? 이 마을에는 언제부터 있었지? 아니면 다른 마을에서 온 사람인가? 뭐 하면서 굴러먹던 놈인지??"

그녀는 궁금해하며 여러 가지 것을 물었다.

"나 이름은 박정서인데, 나 '티다르'에서 왔어!!"

정서는 크게 말했다.

"뭐? 티다르라면 이 나라에서 가장 큰 도시잖아!! 네가 거기서 왔다고?"

혜주는 믿을 수가 없었다.

"응!! 너 안 믿지?"

"어! 전혀 도시 사람 같지는 않은데, 그럼 너 도시에서는 뭐 하다가 온 거야?"

혜주는 고개를 저었다.

"내가 뭐하다가 왔냐고?"

박정서는 뭐라고 답해야 할지 고민했다. 초록바람대에서 대장이었다는 것을 말할 수는 없었다.

"나 두부장사 했었어."

정서는 거짓말을 했다.

"네가 정말 두부장사했어? 그러면 거기서 두부장사 하면 되지. 왜 여기 작은 마을인 '푸실'에 온 거야!! 두부만 팔아서 장사가 되나. 여러 가지 팔지 않았어?"

혜주는 이해가 안 가서 다시 물었다.

"아 맞아. 두부… 파… 양…파! 뭐 감자도 팔고 그랬지!!"

정서는 허둥지둥 말을 끼워 맞추었다.

"그런데 왜 두부장사라고 해? 여러 가지 팔았으면 처음부터 두부장사라고 하는 게 이상하잖아. 뭔가 수상해!!"

혜주는 뭔가 이상한 것 같았다.

"아냐! 아니라고! 그저 여기가 내 고향이라서 다시 돌아온 것뿐이야!"

정서는 손바닥을 흔들며 얘기했다.

혜주는 뭔가 이상하다고 싶었지만, 고향이라면서 얘기하는 정서를 보며 그저 그러려니 여겼다. 무엇보다 자신의 가게에 따뜻함을 보여준 사람이라는 것도 있어서였다. 그녀는 그때 멀리서 지켜보며 그냥 정서를 보내고 다시 만난 것도 너무 기뻤다. 누구 하나 위로해 주는 사람도 없는 마을의 현실이 척박한 땅에 비가 내리듯이 그녀의 마음을 움직였다. 그래서 혼자서 술을 마시는 정서에게 와서 말을 건넨 것이었다.

"헌데, 이 마을 사람들은…… 살기가 힘든가 봐?"

정서는 조심스럽게 말을 꺼냈다.

"응, 살기가 조금 그래……, 한 2년 전쯤부터 저놈들이 나타나기 시작했어. 그러더니만 몇몇 사람들을 아주 못살게 굴고, 반항하는 사람들을 본보기로 아주 병신을 만들었지!! 게다가 여기 마을은 네가 보더라도 너무 외진 곳에 있고, 고립되어 있잖아. 그래서 경찰들도 저놈들과 한패인 것이지."

그녀의 분통이 터진 목소리가 들렸다.

"그렇구나. 그래서 아무도 나서질 않는군!"

박정서는 술을 한잔 마시며 비참한 현실을 직시한 듯 말했다.

둘이 그렇게 얘기할 때였다. 그놈들 중에서 세 명 정도가 나와서 행패를 부리는 것이 보였다. 그들은 돈을 요구했고 돈을 더 달라고 했다. 세 명은 주인이 돈을 주지 않고 있자, 가게 물건을 몇 개 부수기 시작했다.

"세금 내고 장사해야지! 그래야 되지 않을까?"

그들은 망가진 물건들을 발로 차면서 얘기했다.

술집 주인은 죄책감이 몰려와서 귀가 먹은 것인지 입은 벙어리가 된 채로 아무 말도 하지 못하고 있었다. 그는 앞에 있는 세 명의 사람들에게 두려움에 몸을 떨고 있었다. 행패의 정도가 너무 심했는지, 정서는 옆에서 보면서 울분을 참지 못했다.

"이쯤 해두지. 더 이상 너희들이 나서는 것을 용납할 수 없다."

정서는 세 명 중에서 가장 행패가 심한 놈의 팔을 잡았다.

"이거 놓지 못해? 너 우리가 누군지 몰라?"

정서에게 팔을 붙잡힌 놈이 큰소리쳤다.

"알지, 호가호위하며 날뛰는 쓰레기!!"

정서가 말했다.

"뭐라고? 이 자식이 이거 안 되겠는데!! 얘들아, 손 좀 봐주자!"

그들은 모두 덤벼들었다.

"박정서, 너 왜 일을 크게 만들고 그래. 네가 모두를 상대할 수 없는 거 모르겠어?"

혜주가 말렸다.

정서는 말리는 혜주를 뒤로 제쳐두고는 세 명에게 뛰어들었다. 세 명이 공격하기 전에 먼저 한 명을 발차기 한 방으로 날렸다. 한 명은 바로 기절했다. 두 명은 한 명이 기절한 것을 보고는 서로 쳐다보며 뭔가 이상하다 싶었다. 그렇게 두 명은 이상하다 싶을 때 도망가는 게 나았을지도 몰랐다. 두 명 중 한 명이 기합 소리를 내며 주먹을 뻗었다. 그러나 정서는 피했고, 그는 정서의 주먹에 쓰러졌다. 나머지 한 명은 감히 정서 앞에 나설 엄두를 못 내고 있었다.

"결코 네 녀석을 가만히 두지 않을 것이다. 내 기억하겠다."

나머지 한 명은 쓰러진 동료들을 일으켜 세워서 도망갔다.

혜주는 이 모든 광경을 지켜보고는 입이 떡 벌어져서는 감히 입을 다물지 못했다. 그녀는 정서에게 굉장히 놀랐다.

"괜찮으십니까? 주인장!!"

정서는 따뜻하고 상냥하게 인사했다.

"저는 괜찮습니다만……, 이제 저를 구해주신 분이……, 걱정이네요. 저놈들은 가만히……, 있지 않을 겁니다. 이 마을에서 가장 악랄한 놈들이니까요." 주인의 눈가에는 눈물이 흘렀다.

"오늘 드신 것은 계산하지 않으셔도 됩니다."

주인은 암울해진 표정으로 말했다.

"그래도 계산은 하셔야 되지 않아요? 여기 돈이 있습니다."

정서는 돈을 꺼내려고 했다.

"됐습니다. 괜찮습니다. 정말 괜찮습니다."

주인은 정서를 단호히 거절했다.

"그럼, 이만 저는 가보겠습니다!!"

정서는 깍듯이 인사하고 밖으로 나왔다.

"저도……, 그럼 이만 나가보겠습니다."

혜주도 덩달아 인사하고 밖으로 나왔다.

정서와 혜주가 문에서 밖으로 나오자마자, 경찰들이 들이닥쳤다. 경찰들은 다짜고짜 박정서를 체포해버렸다. 그리고 경찰들 주변에는 아까 나서지 못하고 꽁무니를 빼고 도망갔었던 놈이 있었다. 그놈은 경찰들이 정서를 잡아가는 것을 보고서는 키득키득 웃고 있었으며, 경찰들에게 자신의 이야기만 하기에 바빴다. 정서가 정말 나쁜 놈이라는 둥, 혹은 자신들의 일을 방해했다는 둥, 그리고 정서가 힘이 너무 세고 평범한 사람 같지가 않다는 둥 그렇게 계속 조잘거리고 있었다.

옆에서 이것을 지켜보던 홍혜주는 옆에서 저렇게 이야기하는 놈의 세 치 혀를 뽑아 버리고 싶었다. 그녀는 옆에서 조잘대는 놈이 너무나 얄미웠다. 자신의 잘못은 없다는 식으로 일러바치는 젖비린내 나는 애들보다도 못해 보였고, 저놈 말만 들으며 편향된 수사와 함께 일방적으로 정서를 잡아가는 경찰들이 싫었다.

"정서야!!"

혜주는 정서의 팔을 잡았다. 정서는 경찰서로 들어가면서 혜주를 쳐다보았다.

"들어가라. 홍혜주! 뭐 어쩔 수 없잖아!"

"정서야. 내가 꼭 풀려나게 도와줄게!!"

정서는 혜주 앞에서 웃었지만 뭔가 쓸쓸해 보였다.

4

경찰서 안에서는 몇 명의 경찰들이 왔다 갔다 하며 자신의 업무에 대해서 얘기하고 있었고, 유치장에는 몇몇 술 취한 사람들이 들어가 있었다.

경찰서라지만, 뭔가 하는 일은 그다지 없는 것처럼 보였다.

"자네 이름이 뭔가?"

경찰이 정서에게 물었다.

"나 박정서요"

"나이는?"

"27입니다."

"나이 27세에 박정서라, 너는 왜 나서냐?"

경찰은 정말 이해가 안 가는 듯 물었다.

"…………."

"일단 이놈! 유치장에 가둬!"

정서를 조사하던 경찰은 부하경찰에게 말했다.

부하경찰은 정서를 유치장에 가두었다. 그리고 시간이 얼마 지나지 않아서 누군가가 경찰서로 왔다. 그자는 예전에 혜주네 가게를 풍비박산 낼 때, 우두머리로 보이는 자였다. 정서는 유치장에서 그를 주시하고 있었다.

"여기에 설치는 놈, 한 명 있다지?"

그는 히죽거리며 물었다.

"응, 맞아. 그런 놈 한 명 있지!"

경찰이 대답했다.

그는 경찰들과 아주 친한 사람처럼 보였고, 경찰 같지는 않았다. 옷을 입는 것도 일단 제복은 아니었다. 그의 이름은 차민수였고 나이는 30살이었다. 차민수, 그는 2년 전에 '푸실' 마을에 나타나서 온갖 나쁜 짓은 다 일삼고 다니는 망나니였다. 그는 먼저 경찰의 권력을 등에 업기 위해 부패경찰들부터 잡았다. 부패경찰들을 몇 명 잡기 위해 스스로 뒷골목에 있는 사람들을 불러 모아서 하나로 통합하고 거기에서 대장노릇까지 하였다. 그는 부패경찰들을 잡기 위해 뒷골목 사람들을 이용했다. 그는 뒷골목 사람들과 함께 뇌물을 써가며 경찰들을 꼬드기고는 넘어오는 경찰들을 자신들의 수중에 넣었고, 작고 외진 마을이라는 점과 지리적 위치상 중앙정부하고 많이 차단되어있는 것을 이용하여 이 마을에서 큰소리로 마구 설쳐대도 어찌할 수 없는 놈이 되어버린 것이다. 그는 자주 경찰서에 와서는 경찰들과 노닥거리며 우애를 다지고는 했었다. 그는 빵을 하나 손으로 잡고는 박정서에게로 왔다. 그리고는 빵을 박정서에게 주었다. 정서는 빵을 받았다.

"네가 무슨 장발장이냐?"

"네?"

"네가 무슨 레미제라블 장발장이냐고?"

"아니, 제가 장발장은 아닌데요!"

"그렇지, 넌 장발장은 아니야. 헌데, 왜 영웅 흉내 내고 난리야."

"…………"

"네가 왜 나서냐고? 응? 너는 그저 네가 아니면 안 되겠다 싶은 거겠지. 헌데, 세상은 꼭 너여야만 하는 이유는 없는 거야. 근데 너는 그게 꼭 너여야만 한다고 생각하는 거지. 그게 너의 문제야. 소위 말하는 영웅심리 그런 걸 가리켜 오지랖이 넓다. 뭐 이런 거지. 그렇게 살아봐야 누가 알아주냐? 응? 그렇게 해봐야 알아주는 사람도 없고, 너 스스로 족쇄를 채우는 꼬라지밖에 안 돼. 네가 어떤 고마운 사람이라는 존재 그게 얼마나 갈 것 같아. 자신들이 살기 위해서 네가 팔려나가는 것을 봐야지, 네가 나서지 않아도 세상은 돌아간다는 소리야. 지금 봐! 밖에서 지저귀는 소리들을 말이야. 얼마나 경이롭냐? 응?? 인간이 인간답게 사는 세상이라, 그런 게 주어진 적이 태초에 한 번이라도 있었던 것 같아? 하하하하하하 미친놈. 너는 미친놈이야."

정서는 유치장에 갇혀 있지만, 속은 아주 부글부글 끓고 있었다.

'예전에 초록바람대의 사람들만 있었다면 이런 놈들쯤은 그냥 밤을 틈타 납치하여 밖으로 끌고 나와 두들겨 패버렸을 텐데, 지금은 주는 빵이나 받으면서 먹고 있어야 하는 처지인 게 세상은 왜 이리 지랄 같은지'

그런 생각에 빠져있었다. 지랄 같은 세상인가….

"그놈 이름이, 박정서라고 하네"

뒤에 있던 경찰이 말했다.

"박정서라… 아주 어리석은 놈이군 그래!! 하하하하하"

차민수는 크게 웃어댔다. 그리고는 옆에 있던 경찰들끼리도 쳐다보고는 웃음을 멈추더니 다시 아주 큰 소리 나게 웃어대기에 바빴다.

5

혜주는 재빨리 부모님이 있는 가게로 갔다. 혜주의 어머니 이름은 오하나였고, 아버지 이름은 홍도수였다. 혜주네 집은 원래 노예집안이었지만, 조금 괜찮은 귀족집에서 일하는 하인 같은 일들을 맡았었다. 그리고는 신분 해방 후에는 노예 일을 하며 차곡차곡 모아온 돈과, 귀족집을 나가면서 받은 약간의 돈으로 술집을 운영하게 된 것이다. 술집은 그럭저럭 잘 되었다.

혜주는 집에 있는 서랍을 열어서 돈을 챙기기 시작했다. 하나는 그런 혜주를 눈으로 보고는 허겁지겁 달려오기에 바빴다.

"지금 뭐하는 거니? 혜주야"

"엄마, 나 지금 바빠."

"바쁘다는 애가 왜 돈을 가지고 가고 난리야."

"그 애, 경찰서에 있어"

"누구?"

"우리 가게 박살났을 때, 위로해 준 놈"

"근데 왜 네가 나서! 나서길!! 그깟 위로가 뭐 대수라고."

"우리 엄마는 참, 왜 이리 매정하실까? 우리 엄마 응? 그 애, 보통 애는 아니거든. 엄마 나 서랍에 있는 돈 좀 가지고 갈게!!"

혜주는 엄마에게 따박따박 얘기할 것은 다 얘기하면서 돈을 많이 챙겨서 경찰서로 향했다.

"쟤가 대체 왜 저래. 그깟 위로가 뭐 대수라고!"

하나는 이해가 안 가는지 끝까지 혜주에게 큰소리를 질러댔다.

혜주는 정서가 그래도 이 마을에는 처음 온 사람이니까, 아직 잘 모른다고 하고 앞으로 이런 일이 생기지 않게 돈을 경찰에게 주어서 풀려나게 하는 방법을 생각하고 있었다. 그래도 적어도 이 마을에서 누군가를 도왔고, 자신의 가게에서도 떨어진 물건들을 주워주고 위로를 건네준 사람이라는 것이, 그녀가 정서를 구하는 일에 더욱 정성을 쏟게 만들었다.

"이거 돈입니다. 제 친구를 이제 그만 풀어주시죠. 이 마을에는 처음 온 사람이니, 모르는 부분들도 많은데, 이 정도는 해주실 수 있는 거 아니에요?"

그녀는 가게에서 장사한 돈을 가득 긁어모아서 경찰서에 와서는 경찰에게 건네고 자신감 있게 말했다.

"음…, 뭐 그렇다고 봐야지! 어차피 처음 온 놈이니까. 하지만 두 번째는 안 돼! 지금 이 정도 돈을 가지고 온 것으로 처음이니까 봐주는 거라고!! 내 말 명심해!!"

경찰은 혜주가 주는 돈을 보고는 눈이 멀었는지, 혜주는 쳐다보지도 않고 돈만 보면서 침을 질질 흘리기도 하고, 침샘에 침이 많이 나와서 뭔가 꿀꺽꿀꺽 침 삼키는 소리가 절구통에 콩을 빻는 소리 정도의 크기로 들렸다. 목젖이 움직이는 것이 마치 위아래로 선명하게 보였고, 그러면서도 말투는 무슨 진지함이 묻어나려고 무지 애를 쓰는 느낌이 들었다. 혜주는 세상의 부조리가 이런 식으로 목젖이 움직이는 것이 보이는 것처럼 이루어지는구나 싶은 생각이 들어서 그 목젖에 당수치기를 하고 싶었다.

6

"이것 봐!! 차민수. 이제 그놈 풀어주자고."

경찰이 민수의 팔을 툭툭 치더니만 받은 돈을 민수에게 주었다.

"그래. 돈도 받았고, 저 계집이 세상을 좀 아는군. 그래"

민수는 경찰에게서 받은 돈을 다시 세어보더니만, 반을 경찰에게 주었다.

그러더니 혜주에게 눈길을 돌렸다.

"이것 봐!! 조심하라고. 두 번째는 없는 거니까. 내가 봐도 저놈은 이 마을을 잘 몰라. 괜히 나서서 세상 살기 힘들 필요 없는 거야. 알았지? 내 말 무슨 말인지 잘 알 거야!"

민수는 경고하는 듯 말했다.

"네, 잘 알겠습니다!!"

혜주는 대답하고는 정서에게로 갔다.

민수는 유치장에 있는 정서를 풀어주었다. 경찰서 안에서도 유치장을 함부로 들락날락 할 수 있을 정도로 민수의 위치는 강했다. 경찰들은 민수에게 꽤나 복종하고 있는 듯 보였다. 정서의 눈으로도 지금 공권력이 얼마나 개인의 힘에 좌우되는지를 확인하고 있었다.

혜주는 민수를 푸실마을에서도 예전에 몇 번 본 적이 있었다. 마을사람들의 울부짖음이 있는 곳에서 민수는 항상 웃으며 경찰들과 농담을 한다든지, 자신의 말을 따르는 건달들과 함께 놀고는 했었다. 혜주는 민수가 얼마나 높은 사람인지 지금 경찰서 안에서의 모습을 보고는 다시 한번 확인하였다.

"그럼 잘 가라고!"

민수는 혜주가 준 돈을 손으로 몇 장 잡고는 손을 흔들었다.

"네, 안녕히 계세요."

혜주가 인사했다.

정서는 그다지 경찰들에게 인사를 하고 싶지는 않았지만, 가볍게 경찰들에게 인사만 하고 나왔다. 그것은 혜주 때문에 어쩔 수 없는 분위기였으리라.

"네가 날 풀어준 건가?"

정서가 혜주에게 물었다.

"응. 맞아."

"네가 왜 날 풀어준 거지?"

"네가 너무 고맙고, 또 네가 보통 사람은 아닌 것 같아서."

"내가? 너무 고마웠다고? 너희 가게에서 그저 떨어진 물건 조금 줍고 말았는데, 그거 조금 한 게 이 정도 호의를 받을 만한 일은 아닌 것 같은데……."

"아니야. 괜찮아. 헌데 너 정말 대단하다. 저놈들을 그냥 한 방에 보내버렸어. 너 대체 정체가 뭐냐?"

혜주는 정서를 다르게 보았다.

"나 두부장사 하는 놈이라니까!! 그러네!! 이거."

정서는 큰 소리로 말했다.

"너 두부도 예술로 썰지? 그럴 것 같은데"

혜주는 스스로 기대하며 말했다.

"글쎄, 한 번 스스로 보는 게 어때??"

정서는 웃으면서 말했다.

"헌데, 저기 보이는 사람 있잖아. 저 사람 괜히 건들지 않는 게 좋아."

혜주는 어두운 표정을 지었다.

"누구??"

"아마 이름이 차민수일걸."

"왜??"

"마을에서 아주 유명한 악질 중의 악질이니까."

"그래……. 알았어……."

정서는 약간 못마땅한 표정을 지었다.

혜주는 정서를 데리고 집으로 왔다.

"너 정말 두부장수 맞아? 두부를 어떻게 그렇게 못 썰어? 두부 다 터졌다. 싸우는 거랑 완전 딴판이다. 야채도 그렇고 너무 못하잖아!!"

혜주는 실망했다.

"힘이 너무 많이 들어가서 그래. 오랜만에 해서 그런 거라고!!"

정서는 거짓말을 하면서 그럴듯하게 둘러댈 구실을 찾고 있었다.

정서는 혜주네 집에서 하루 머물면서 혜주 부모님과도 이야기했고, 그렇게 저녁을 준비하면서 밥을 먹었다. 정서는 혜주에게는 뭔가 항상 약점을 잡힌 듯한 느낌을 받았다. 갑자기 치고 들어오는 혜주의 예리한 질문을 받아내면서 그는 곤혹스러운 적이 한두 번이 아니었다. 그러면서도 혜주는 정서에게 많은 관심을 보였고, 그를 조금씩 조금씩 좋아하게 되었다.

"넌 좀 다른 사람 같아."

혜주는 정서를 빤히 보았다.

"아……, 아니야! 내가 뭐, 나도 똑같은 사람이야!"

정서는 허둥지둥 말했다.

혜주는 이런 허둥지둥같은 느낌, 간혹 뭔가 질문을 연이어서 한다든가 하면 정서가 슬그머니 얼버무리는 것 같은 느낌이 들었다. 혜주는 그런 모습이 재미가 있었다.

그러나 정서에 대해 아는 사람도 없었고 그가 말하면 혜주는 믿어 줄 수밖에 없는 입장이었다.

"우리 혜주가 질문이 참 많지?"

하나가 말했다.

"아……, 아니요! 괜찮습니다!"

정서는 땀이 맺혔다.

"우리 혜주는 궁금한 걸 잘 못 참아. 하하하! 이해해주게!!"

도수가 말했다.

"혜주가 돈으로 구해주어서 제가 지금 여기에 있는걸요!!"

정서가 말했다.

"어려운 처지에 놓인 사람을 돕는 것은 당연한 것이지."

도수가 말했다.

하나는 싫은 표정을 지을 뻔도 했지만, 그래도 도수의 말과 그리고 혜주의 웃음이 그녀의 싫은 표정을 지을 뻔한 것을 그나마 웃음이라는 억지스러운 친절함으로 바꾸어 주었고, 정서는 뭐가 뭔지도 모른 채 그저 자신이 도움을 받았다고 느끼면서 감사함을 나타내었다.

그렇게 저녁을 같이 먹었고, 정서는 남은 방에서 잠을 자기로 했다.

7

다음날, 정서는 혜주네 가게에서 일을 도와주면서 잠시 머물기로 했는데, 가게에 손님이 너무 많았고, 장사는 너무나 바빠서 손이 모자를 지경이었다. 일이 너무 많다 보니, 재료가 부족해져서, 정서는 혜주하고 같이 야채가게를 가기로 했다. 헌데 가는 도중에 다른 곳에서 행패를 부리고 있는 차민수 패거리들을 보았다.

"이게 뭐야, 대체 세금을 더 내란 말이야."

"이따위로 하고서 장사를 하는 건가!!"

차민수는 보이지 않았지만, 차민수의 패거리들 네 명은 가게에서 행패를 부리고 있었다.

"정서야, 안 돼!"

혜주가 정서에게 말했다.

"이거 놔!! 홍혜주! 더 이상 두고 볼 수 없어!!"

정서는 화를 냈다.

정서는 말리는 혜주를 차마 뿌리치고 싸울 수 없었다. 정서는 그 광경을 보고는 그냥 모른 척하고 지나갈 수밖에 없었다. 그렇게 야채가게에 와서 필요한 야채들을 샀다. 혜주는 야채를 사고 나서 밖으로 나가려고 보니까, 정서가 갑자기 보이지 않았다. 정서는 어디로 갔을까?

"그만둬!! 이 쓰레기 같은 새끼들아!!"

정서가 가게에서 행패를 부리는 차민수 패거리들에게 말했다. 가게에서 난동을 부리던 차민수 패거리들은 정서를 모두 쳐다보게 되었다. 게다가 그 주변을 쳐다보던 모든 사람들이 정서에게 눈을 돌리게 되었다.

"지금, 우리들 보고 말한 거냐?"

차민수 패거리 중의 한 명이 말했다.

"그래, 너희들보고 말했다. 이런 덜떨어진 놈들아!!"

"네 놈이 죽고 싶어서 환장을 했구나! 애들아, 저놈을 쳐라!!"

차민수 패거리 중의 하나가 흥분하며 말했다.

"하하하하! 너희들 네 명이 잡는다고 나를 잡을 성싶으냐?"

정서는 날아오는 주먹을 피하고 검을 휘두르는 자의 공격을 피하더니만 발차기로 두 명을 쓰러뜨려 버렸다. 그리고 한 명을 주먹으로 배의 명치를 가격하여 쓰러뜨렸다. 나머지 한 명은 검을 꺼내고 덤벼들자, 피하고 정강이를 발로 차버리더니, 차민수 패거리가 휘두르던 검을 하나 빼앗고는 자신의 손으로 쥐고 상대방의 목에 대었다.

"죽고 싶지 않다면, 지금 당장 이곳을 떠나라!"

"목숨만 살려주십시오!"

"쓰러진 놈들을 데리고 떠나!!! 지금 당장"

"예, 알겠습니다."

혜주는 밖으로 나와서 살펴보니, 역시나 정서가 그 가게에서 차민수 패거리들을 혼내주고 있다는 것을 볼 수 있었다. 혜주는 뛰어오더니만, 정서에게로 와버렸다.

"내가 하지 말라고 했잖아!!"

"어쩔 수가 없었어. 그냥 지나칠 수가 없으니까!"

"이제 앞으로 어떻게 할 거냐?"

"글쎄……."

"정말 너란 녀석은, 참 일단 우리집에서 숨어있어. 방법이 없으니까…."

◆ ◆ ◆

"네 명이나 한 놈을 못 이겼다는 말이지!! 이런 덜떨어진 놈들!!"

독자들은 이미 알고 있으리라. 이런 말을 하는 자는 바로 차민수다. 그의 얼굴은 약간 길쭉하며 눈썹은 짙고 눈은 그다지 크지 않으며 코가 약간 화살모양처럼 생긴 것이 특징이다. 그는 옷은 화려하고 비싼 옷들을 좋아하여 누군가가 언뜻 그를 보기만 해도 돈이 많은 부유한 사람처럼 보였다.

"형님, 보통 놈이 아닙니다!! 이것 좀 보십시오. 보통이 아니잖아요."

맞았던 놈이 자신의 상처 부위를 보여주었다.

"그래도, 그렇지! 어떻게 네 명이 그렇게 당하냐?"

차민수는 이해가 가질 않았다.

"그놈은 지금 어디 있지?"

민수가 말했다.

"어디에 있는지, 저희도 모르겠습니다!!"

부하들이 하나같이 말했다.

"내일 마을 구석구석 찾아보겠습니다!!"

부하들이 말했다.

8

"정서야, 며칠간은 여기서 숨어 있어."

혜주는 문을 열고 들어왔다.

"괜찮겠어? 나 걸리면 너도 무사하지 못할 텐데."

"괜찮아."

"이래야 되는 걸까? 갑자기 그런 생각이 들어!! 오늘도 몽상을 꿈꾸며 살아갈 수밖에 없는 것이 인생의 낙인 것 같네. 하루하루를 하루살이처럼 살게 되겠군! 네 말대로 당분간 여기서 숨어 지내는 게 좋을 것 같아. 경찰들도 다 저놈들 편인 거잖아!"

정서는 혜주를 바라보았다.

"그러길래, 조금 참지 그랬어!"

혜주가 말했다.

"참는다고 해결될 문제는 아니잖아. 나도 고향에서 장사라도 하면서 살려고 했는데……."

"장사하고 사는 것도 쉽지 않아. 우리집도 여기서 장사하는 거 봐라. 이게 뭐 장사인가. 가끔씩 찾아오는 놈들에게 뜯기고 그래도 다시 하고 그래도 적자야. 너 그놈들을 못살게 굴었으니 여기서 살기는 어려울 것 같아!"

"여기서 사는 것이 어렵다고. 여기는 내 고향이야. 여기서 무너질 수는 없어. 내 고향이 여기서 무너져 내리는 것을 두고 볼 수 없다고!!"

정서는 주먹을 쥐었다.

"그럼 대체 어떻게 하려고?"

혜주가 물었다.

"일단 오늘은 하루 집에 있어 볼게! 생각 좀 하자!!"

정서가 말했다.

혜주는 밖에서 손님들의 주문을 받아서 음식을 주었다. 그러던 중 어느 한 손님이 눈에 띄었다. 그는 어디선가 한 번도 본 적이 없는 사람이었다. 그는 지도를 살펴보고 있었는데 지도에서 어느 지점을 점검하는 것인지 연필로 표시를 하고 있었다. 그는 머리가 일단 조금 길었고 눈매가 날카로웠으며 얼굴은 둥근형이었다. 옷은 약간 지저분하게 입고 있긴 했지만 뭔가 느낌은 고급스러워 보였다.

'마을 사람은 아닌 것 같은데, 요즘 이 고립된 땅에 왜 이리 사람이 많이 오는 거지.'

혜주는 의아해하며 쳐다보았다.

"저놈인 것 같아요. 맞아요. 저놈이에요."

차민수의 부하들은 혜주의 가게에서 술을 혼자 마시면서 지도를 살피고 있는 사람을 가리켰다. 그를 정서라고 착각한 것이다. 하지만 그는 정서가 아니었다. 아마 맞아본 애들도 뭐가 뭔지도 모른 채 맞았고 그것은 짧은 순간이었다. 그래서 얼굴이 긴가민가했다.

어찌 보면 차민수의 부하들은 머리가 나쁜 건지 혹은 자신의 힘을 과시하고 싶어서 그런 건지, 혹은 화풀이 상대를 빨리 찾고 싶은 건지, 혹은 텃세를 부려서 트집을 잡고 싶은 건지도 모르겠다. 어쨌든 이 작은 마을인 푸실에서 술을 마시면서 지도를 살피고 있는 처음 보이는 놈을 그냥 내버려 두기가 싫었던 것이다.

"야, 어제는 그렇게 날뛰더니만, 넌 이제 죽었다. 어제 맞은 데가 아직도 아프다."

그는 자신의 맞은 부위를 드러냈다.

"무슨 일이신지요. 저는 어제 뵌 적이 없는데……."

지도를 살피던 이는 어리둥절했다.

"시치미 떼지 마라!! 네가 어제 우리를 건드린 놈인 거 우리가 모를 것 같으냐?"

어제 맞은 놈이 앞으로 나와서 말했다.

아마 그들은 수가 많은 것에 대단한 자신감을 가지고 있었던 것 같다. 두 사람만 되도 이러지 못할 것 같은데 열 명이 넘는 사람들이 다 자기편이고 여기서 말썽을 부리면 이길 것 같다는 자신감이 넘쳐났다. 게다가 경찰들도 자기편이지 아니한가.

"저는……, 정말 오늘 처음 왔습니다!!"

그는 억울하다는 듯 말했다.

"정말 이놈이 맞아?"

차민수가 물어보았다.

"예! 맞습니다!! 틀림없습니다!!"

부하는 소매를 걷었다.

"이 자식이!! 정말 혼나 볼래?"

부하는 보고 있던 지도를 쳐서 바닥으로 떨어뜨렸다.

"야!! 잠깐 아니잖아!! 임마, 어제 그놈이랑 다르잖아!!"

어제 같이 있던 다른 부하가 말했다.

"그러고 보니……, 정말 다르군. 분위기가 처음부터 같다고 생각이 들어서 그랬나."

그는 고개를 갸우뚱거리며 자신이 잘못 본 것을 탓하고 있었다.

"야! 다르면 다르다고 말해야지!!"

부하가 말했다.

"제가 다르다고 말하지 않았나요?"

그는 다행이라는 듯 안심했다.

"이 자식이 언제 말했다는 거지!!"

어제 맞았던 부하는 못 들었다는 듯 따졌다.

"됐다!! 그만 돌아가자!!"

차민수가 말했다.

민수 패거리들은 혜주네 가게에서 나갔다. 이런 소란이 일어나서 혜주네 가게에 있던 손님들은 다 나가고 밖에서 구경을 하든지 그냥 다른 곳으로 가버렸다.

이런 말썽이 일으킬만한 소지가 일어나기만 해도 사람들은 몰려들어서 구경을 하게 된다. 사람들은 그저 구경하면서 자신들에게는 일어나지 않았으면 하는 마음만 있을 뿐 누구 하나 나서는 사람은 없었다. 항상 그랬듯이, 누군가가 당하는 것을 구경하면서 자신은 아닌 사람처럼 생각하는 마음만이 앞섰다. 일단, 당하는 사람을 보면서 자신들은 더욱 더 세금을 잘 내면 되는 사람이 되면 그만이며, 남이 당할 때는 나서지 않는 것이 상책이라는 것을, 그저 지금의 상황도 자신들에게 피해 가는 화살이 되리라. 그들의 믿음의 뿌리는 거기에서부터 자라나고 있었다.

"괜찮으세요? 손님!"

혜주는 떨어진 지도를 집어 주었다.

"예, 괜찮습니다, 고맙습니다!!"

그는 지도를 받으며 말했다.

"헌데 보아하니, 지리꾼이신지요?"

혜주가 물었다.

"맞습니다. 잘 아시는군요."

그가 답했다.

"지리꾼이라면 거의 사라져가는 직업으로 알고 있는데, 정말 보기가 힘들다고 들었어요. 아직도 그런 직업이 있는지도 가물가물할 텐데, 어떻게 아직도 하고 계세요?"

"찾아주는 사람들도 많이 끊기기는 했지만 배운 것이 이것밖에 없어서 그저 이것으로 먹고살고 있지요."

지리꾼은 덤덤하게 말했다.

"저는 지리꾼이라는 것을 잘 모르는데, 혹시 구체적으로 무슨 일을 하시는지 알려주실 수 있나요?"

혜주가 물었다.

"예, 저는 풍수지리도 어느 정도 볼 수 있고, 길을 잘 알아서 거리를 단축시켜서 도착지점에 갈 수 있는 법도 알고 있구요. 무엇보다 이런 것은 비밀인데, 이것은 지리꾼마다 다르지만, 댁이 상냥한 사람인 것 같아서 알려주는 겁니다. 법의 경계선을 알 수 있습니다. 지금 이 땅에서 어느 땅까지 법이 적용되는지 뭐 그런 것들까지 알 수 있죠. 지리적 힘을 최대한 이용할 수 있습니다."

지리꾼은 혀를 자랑스럽게 놀려댔다.

"법의 경계선이라는 게 무엇이죠?"

혜주는 의아하여 물었다.

"뭐, 예를 들면 이곳에서 살인인 것도 조금 벗어난 지역에서는 살인이 아닐 수도 있다는 겁니다. 법이 적용되는 지역을 구분할 수 있죠."

"뭐라구요? 그런 것까지 알 수 있나요? 원래 지리꾼이 그런 것까지 알 수 있는 것이었나요."

혜주는 깜짝 놀랐다.

"저…, 그렇다면 혹시 저 좀 도와주실 수 있나요?"

혜주가 말했다.

"무엇 때문인지요?"

지리꾼은 혜주를 똑바로 쳐다보았다.

"일단 저기 저 방에 사람이 한 명 있는데 도움이 꼭 좀 필요해서…, 도와주실 수 있나요?"

혜주는 정서가 있는 방을 가리키며 간절히 부탁했다.

"일단 사정을 듣고 생각하겠습니다."

지리꾼은 자신의 짐을 살폈다.

"알겠습니다."

혜주는 지리꾼을 정서의 방으로 안내했다.

9

혜주는 지리꾼을 데리고 정서의 방으로 들어갔다. '똑똑똑' 문을 두드렸다.

"정서야 문 좀 열어봐!"

혜주가 소리를 질렀다.

"무슨 일이야?"

"여기 너에게 도움이 될 분을 내가 찾았다."

정서는 도움이 될 분이라는 말이 무엇을 뜻하는지 궁금했지만, 혜주가 불러주는 손님이라서 일단 이야기를 들어봐야겠다고 생각했다.

“안녕하세요.”

지리꾼은 인사했다.

“예, 안녕하세요.”

정서도 인사했다.

지리꾼의 이름은 장강진이었다. 강진은 방에 들어갔다. 강진이 보기에 방은 그다지 크지 않았고 누추하지만 아늑했다. 흰색으로 된 옷장이 보였고, 식탁이 있어서 앉아서 이야기하는 데는 손색이 없었다. 식탁 위에는 먹다 남은 빵도 있었고, 술병에 약간의 술도 있었다. 지리꾼은 식탁으로 고개를 돌렸고, 정서도 자연스럽게 식탁으로 가서 자리에 앉았다.

“야, 박정서!! 여기 계신 분이 바로 지리꾼이신데.”

혜주는 신나게 얘기했다. 아무래도 정서에게 도움이 될 거라는 사실이 기뻤나보다.

“뭐, 지리꾼? 근데 그게 뭐지…, 지리꾼?”

정서가 물었다.

혜주는 지리꾼에 대해서 설명해 주었다.

“법이라, 법이 통하지 않는 지역을 알고 있다고?”

정서는 많이 의아해했다.

“그렇다면 법의 경계선을 벗어난 자리까지 놈들을 유인한 다음 죽이면 되지 않을까 해서.”

혜주가 말했다.

“법의 경계선 밖이라. 괜찮은 생각이군. 나도 저놈들을 살려줄 생각이 없어, 지금까지 빼앗은 것들, 그리고 경찰들 모두 유인해서 죽이면 되겠군!!”

정서는 기합이 들어갔다.

“예, 말 그대로 무법지대입니다. 지도를 보시면 여기가 지금 푸실입니다. 푸실에서 벗어나서 보이는 곳 보이시죠? 푸실에서는 멀지만 모람마을 근처까지 오시면 이 근처가 바로 이 지역입니다.”

강진은 지도를 펼쳐서 손가락으로 짚으면서 말했다.

"확실한 건가요? 여기가 바로 무법지대라는 곳 맞나요?"

정서가 물었다.

"예! 그렇습니다! 무법지대에서 죽인다면 죗값을 치르지 않습니다."

지리꾼 장강진은 확고하게 대답했다.

"그렇군. 지리꾼이 있어서 참 다행이야."

정서는 기쁜 표정을 지었다.

헌데 강진은 자신의 지도를 갑자기 말기 시작하더니 나가려고 했다.

"어디 가시나요?"

혜주가 물었다.

"전 이만 가봐야 할 것 같아서요."

지리꾼은 자신의 지도를 다 말더니만 가방에 넣어버렸다.

"예? 벌써 가신다구요?"

정서가 아쉬워서 물었다.

"지도에서 나온 부분까지는 알아서 가실 수 있지 않습니까? 제가 도와 드릴 수 있는 것은 여기까지입니다. 저도 가야 할 곳이 있어서……."

강진은 갈 준비를 했다.

"이번 일이 끝날 때까지만 도와주실 수 없나요?"

정서는 간절히 부탁했다.

"돈을 많이 주신다고 해도 하고 싶지 않은 일은 하지 않습니다…… 저는 경찰이라면 아주 넌덜머리가 나서……, 도와드릴 수가 없습니다."

강진이 말했다.

"이번 일이 끝날 때까지만 도와주세요. 부탁드립니다."

혜주가 간절히 말했다.

"저도 다시 한번 부탁드리겠습니다. 도와주십시오!!"

정서는 강진의 손을 잡았다.

"이러지 마십시오. 저도 가봐야 합니다."

강진은 부담스러워했다.

강진은 자신의 길을 가야 하는데 계속 이렇게 부탁만 하니, 그도 죽을 지경이었다. 그는 도와주고 싶지가 않았다. 그는 부패 경찰들을 아주 싫어했다. 게다가 사람 일에 깊이 얽히는 것을 그다지 좋아하지 않았다. 도와줘 봐야 돌아오는 것은 배신이 많았다. 왠지 그런 사람들일 것 같다는 생각이 들었다. 그도 예전에는 이렇지 않았지만, 사람에게 배신당한 적이 있다 보니 사람 일에 깊게 관여하는 것을 좋아하지 않았다. 그런데 박정서의 오른쪽 팔의 부분의 옷이 살짝 찢어져 있었다. 그 부위에서 초록색 물결무늬 비슷한 문신이 보였다. 그 물결무늬는 자세히 보면 바람무늬 같기도 하고 나뭇잎 모양 같기도 했다. 그 문신은 옷이 찢어져 있는 부분에서 아주 살짝 보여서 자세히 보지 않으면 눈에 들어오지 않았다. 강진은 그 문신을 눈으로 보게 되었다.

"좋습니다!! 그렇게 부탁하신다면 도와드리지요."

강진은 정서와 혜주를 번갈아 쳐다보았다.

"감사합니다. 사례는 충분히 하겠습니다!"

정서가 큰 소리로 말했다.

"사례는 됐습니다. 대신 일이 끝나면 저를 도와주실 수 있나요?"

강진은 말했다.

"무슨 일 때문인지요? 제가 도울 일이 있겠습니까?"

정서는 궁금해했다.

"예, 충분히 가능한 일입니다. 일단, 이번 일이 끝나면 얘기해 드리죠!"

강진은 지그시 정서를 보았다.

"무슨 일인지는 모르겠습니다만, 제가 도울 수 있는 일이라면 돕겠습니다."

정서는 흔쾌히 대답했다.

박정서는 지금 좋은 생각이 떠올랐는지 놈들을 칠 계획을 설명했다. 박정서, 홍혜주, 장강진, 이렇게 세 명이 저 많은 놈들을 처리할 수는 없었다. 숫자가 너무 적으니 마을 사람들 중에서 원한이 있는 사람들을 불렀다. 마을 사람들은 벌떼같이 모이기 시작했고, 그 수는 놈들의 숫자를 넘어섰다. 그러나 숫자가 많다고 이기는 것만은 아니었다. 법이라는 것에서 자신의 마음이 자유로워진 곳에서 놈들을 처리하고 싶었다. 그렇게 법은 사람의 마음에 깊게 자리 잡아 마음을 곪게 하고 있었다. 그래서 법은 마음 깊은 곳에서 목소리를 내는 것을 방해하며 심각한 질병을 퍼뜨리고 있었다. 마을 사람들은 모여서도 법이 절망을 주고 있었는지 깨달으면서, 그저 법의 테두리 밖에서 움직일 수 있는 곳이라면 모두 긍정적으로 생각하고 있었다.

내 안의 사슬은 사회가 만든 법
다스릴 수 없는 죄책감에서 벗어나고 싶었던
나의 욕망의 그릇은 법이라는 일그러진 틀에서
보란듯이 춤추고 있네.

아, 그대여. 법과 함께라면
나를 다스릴 수 있다는 잘못된 착각에서
발을 긁을 수 있다면 얼마나 시원할까!

10

박정서는 우선 자신이 눈에 띄게 밖을 돌아다녔다. 그는 밖에서 차민수 패거리들을 찾고 있었다. 그런데 한참을 찾다가 어느 골목길에서 그놈들을 발견했다. 이 마을에서 어차피 계속 찾다 보면 틀림없이 그놈들을 발견하게 될 수밖에 없다. 마을은 그다지 크지도 않고, 어차피 이놈들은 항상 활개치고 다니니 계속 찾다 보면 결국에는 눈에 띌 수밖에 없다.

일단 박정서는 차민수 패거리들을 발견하고는 계속 쳐다보았다. 아니나 다를까 그놈들도 박정서를 쳐다보았고 그놈들과 박정서는 눈이 맞았다.

"저놈이 맞아. 전에 우리를 두들겨 팼던 그놈이다!!"

차민수 부하가 외쳤다.

"저놈이, 겁도 없이 이 마을을 마구 돌아다니는 건가."

부하들이 하나 같이 외쳤다.

"하하하하, 나 좀 잡아 보시오!"

박정서는 그놈들을 약 올리기 시작했다.

"저놈 잡아라! 저놈 잡아라!"

차민수 패거리들은 모두 하나같이 외쳤다.

그렇게 박정서 한 놈을 잡으러 나온 인원이 몇 명일까? 이십 명은 되었을까? 이십 명이 한 명을 잡으려고 아주 혈안이 되어서 자기들끼리 넘어지기도 했고, 정서가 뛰어다니면서 물건들을 손으로 잡고 던지면 서로 피하려다가 뒤에 사람이 맞기도 했다. 그 광경이 얼마나 코미디 같은지 주변에 사람들은 배꼽을 잡으며 박장대소 왁장지껄로 웃었다. 차민수 패거리들이 여러 명 뛰는 것을 본 경찰들 몇 명은 같이 정서를 추격하는 데 도움을 주기 위해 추격을 하기 시작했다.

그러나 그들은 쫓으면서 아주 웃긴 일을 만들었다. 수갑을 떨어뜨리고 그것을 밟아서 넘어진 것이다. 얼마나 웃긴 꼬락서니였는지…. 지나가는 바퀴벌레마저도 웃다가 넘어질 정도였다. 넘어진 경찰은 일어서며 자신의 수갑을 챙기는데 하필 그 수갑을 또 뒤에서 뛰어오는 사람이 손으로 쳐서 떨어뜨리고, 또 뒤에 오는 사람이 밟아서 넘어진 것이었다. 그리고는 서로 뒤엉켜 같이 넘어지기도 했다. 주변 사람들은 몰래 계란을 던지기도 했다. 그들은 어디서 날아오는지 모르는 계란에 맞기도 했다.

상황이 이런데도 그들은 박정서 한 명을 잡으려고 혈안이었다. 그러다가 중간에 홍혜주도 나와 버렸고, 차민수 패거리에게 돌을 던지고는 튀었다. 돌을 맞고는 쓰러졌다가 일어난 놈은 화가 잔뜩 나서는 다시 뛰었다.

"까르르, 호호호!! 나 잡아봐라"

혜주는 아주 예쁜 미소를 지으며 자신의 몸매를 뽐내는 포즈를 취하며 말했다. 그리고 달려오는 차민수 패거리들을 농락하고 있었다.

"하하하!! 이 병신들아!! 빨리 잡아봐라."

정서는 더 크게 말했다.

"저 새끼들을 잡아. 얼른 잡아 와!"

차민수 부하들이 소리쳤다.

박정서는 쫓아오는 놈들에게 물건을 던지기도 하면서 간격을 유지하며 더욱 약 올리기 시작했다. 그놈들 중 누군가는 이 사실을 차민수에게 알리는 게 좋겠다고 여겼다. 그래서 그놈들 중 한 명은 차민수에게로 갔다.

"박정서라는 놈이 마을 한복판에 나타나서 활개를 치고 돌아다니며 우리들을 농락하고 있습니다."

차민수 부하가 말했다.

"뭣이라고? 너희들은 그놈 한 명도 잡지 못하고 뭐하고 있는 건가?"

차민수는 격노하며 소리쳤다.

"한 명이 아니고 두 명입니다."

"뭣이?? 두 명이라."

"예, 또 한 명은 여자입니다."

"이런 등신 같은 놈들, 계집 하나 더 있다고 못 잡는 게 말이 돼??"

"일단 모든 인원이 나가서 잡는 것이 낫지 않겠습니까?"

부하는 간절히 말했다.

"이런 멍청한 놈들, 그걸 지금 말이라고 하는 거냐? 모두 다 나가서 그놈을 잡아라!! 그놈을 잡아!! 나도 나가겠다!"

차민수는 화가 단단히 나서 모든 부하들에게 면박을 주었다.

◆◆◆

"하하하, 나 좀 잡아 보시오. 그 정도로 날 잡을 수 있겠소!"

박정서는 신나게 외치며 도망을 즐겼다.

박정서는 따라오는 놈들 중에서 몇 명은 가까이 붙었을 때 발차기로 기절시키기도 하고, 물건을 던지면서 적절한 간격을 유지하고 있었다. 혜주도 그런 정서를 도와주면서 물건을 던지고 뒷발로 쫓아오는 놈들의 얼굴을 때려 버렸다.

그 와중에 차민수와 부하들이 많이 왔다는 것을 알 수 있었다. 민수와 그의 부하들은 화가 잔뜩 났다.

"지금 같이 쫓고 있는 경찰들이 왜 이리 적은 거야, 모든 경찰들에게 지원 요청하여 밖으로 나와서 저놈들을 잡으라고 해!"

민수가 말했다.

"예, 알겠습니다."

부하들은 하나같이 쥐 죽은 듯이 대답했다.

부하들은 몇 명이 경찰들에게 지원요청을 하는 것이 낫다고 먼저 생각하기는 했으나 민수가 늦게 명령을 내린 것이라고 생각했다. 진작에 명령을 내려줬어야 하는 것이 아닌가 하는 생각이 들었다. 나름 부하들은 불만이 있긴 했지만, 민수의 말에 대꾸할 수는 없었다. 민수의 말에 부하들 중 몇 명은 후다닥 뛰어서 경찰들에게 지원요청을 하러 갔다.

"아니, 몇 명이나 가는 거야? 이 멍청한 놈들아. 경찰들에 지원요청하러 한 명만 가면 되지 몇 명이나 가는 거야?"

민수는 버럭 소리를 질렀다.

"예, 알겠습니다. 제가 갔다 오겠습니다."

부하가 말했다.

차민수와 부하들, 그리고 경찰 몇 명은 계속 정서를 뒤쫓았다. 그들은 모두 푸실 마을 바깥으로 벗어났다. 지원요청을 받은 경찰들은 푸실 마을을 벗어날 때쯤에 도착했고, 그들은 다 같이 정서와 혜주를 추격했다.

◆◆◆

"헥헥…, 어떻게 된 게 아직도 못 잡고 있는 거냐? 경찰들은 좀 달라야 하는 거 아니야. 그렇게 뇌물 먹여주고 잘해주었으면 이 정도는 해야 될 거 아니냐고?"

민수는 지치지만 당당하게 큰소리로 외쳤다.

"헥헥……. 아무리 우리라고 해도 이렇게 빨리 뛰어다니는 놈들을 상대로 어떻게 잡냐고?"

경찰도 지치지만 대꾸는 꼬박꼬박 잘했다.

민수와 경찰들은 서로의 탓을 하며 서로 말다툼을 하기에 이르렀다.

"너넨 대체 하는 일이 뭐냐고?"

민수가 말했다.

"뇌물 잘 먹었잖아!"

경찰들은 하나같이 이구동성으로 대답했다.

차민수의 부하들은 경찰들을 보며 한심하다는 듯이 쳐다보았다. 하지만 그들도 지칠 때로 지쳐있었고 민수는 지치면서도 화가 잔뜩 올랐다. 무엇보다 뇌물을 그동안 먹이고 공들였던 경찰들에게 배신감을 느끼고 있었다. 그들은 그래도 계속해서 추적을 멈추지 않았다. 그렇게 얼마나 뛰었을까. 마을 바깥으로 데리고 와버렸다. 그곳이 어디인지 정확히 알지도 못했는지. 법의 테두리 바깥에 민수와 부하들, 그리고 경찰들까지 모두 엮어서 데리고 왔다.

그들은 계속 추적하여 드디어 모람마을에 가까운 지점인 '법의 경계선'에 도착했다. 정서와 혜주는 법의 경계선에서 멈췄다.

"하하하!! 드디어 너희들도 한계가 온 것이구나. 그럼 그렇지. 이렇게 많은 인원들을 상대로 너희들이 언제까지 도망칠 수 있었을 듯싶으냐?"

민수는 기쁘게 말했다.

"헥헥……, 너희들 꼼짝 말고 거기 있어라. 힘들어 죽겠다. 이제 그냥 좀 잡혀라!!"

부하가 소리쳤다.

"지금 잡힌다면 형량을 조금 낮춰줄 생각도 있다……."

경찰들이 말했다.

정서와 혜주는 겁을 먹은 듯이 연기하며 몸을 부르르 떨었다. 어차피 민수 패거리들은 모두 다 잡을 테지만, 연기를 하며 져주는 척해야 재미가 더 있을 것 같아서였을까? 정서와 혜주는 연기에 몰두하고 있었다.

"정서야 이제 어떻게 하지?"

혜주가 무서운 표정으로 연기했다.

"나도 모르겠어!!"

정서도 아주 두려운 표정으로 연기를 했다.

"우리 이제 죽는 걸까? 어떡해?? 정서야 무서워, 무서워 죽겠어!"

혜주가 아주 애교스럽게 말했다.

민수는 혜주의 애교스러운 말투가 조금 신경이 쓰이긴 했지만, 아무리 봐도 자신들의 수가 너무나 많고 정서와 혜주를 포위하고 있어서 자신이 이겼다고 생각했다.

"자! 그럼 각오를 해야겠지!"

민수가 소리쳤다.

그들은 승리의 영광과 함께 정서와 혜주에게 당한 만큼 그 배로 돌려줄 생각들을 머릿속에서 떠올리고 있었다.

그때였다. 뒤에서 많은 마을 사람들이 곡괭이와 삽 등을 가지고 튀어나왔으며 민수와 그의 부하들, 그리고 경찰들을 포위했다. 그러더니만 그들을 데리고 온 강진이 앞으로 나왔다.

"잘들 오셨소! '법의 경계선'으로!"

"뭐 뭣? 법의 경계선이라고?"

민수는 어리둥절했다.

"법의 경계선이래!!"

"법의 경계선이라고!!"

"빌어먹을!! 법의 경계선이라고!"

부하들은 모두 어리둥절했으며 그 들 중 몇 명은 법의 경계선을 어디선가 들었는지 긴가민가하며 불안해 떨기 시작했다. 아마 그들 중 몇 명은 들은 적이 있었는데 기억이 나지 않았나 보다. 경찰들도 법의 경계선이라는 말에 어리둥절하고 있었다.

"모르고 있으셨나 보네요. 하하하, 이래서 당신들이 법으로 모든 것을 할 수 있다는 오만이 우리에게는 삶의 즐거움이 되는군요. 여기는 법의 경계선 입니다. 살인을 하더라도 살인죄가 적용되지 않죠. 이제는 우리가 벌을 내 릴 때인 것 같습니다. 자, 그럼 우리들에게 당신들의 죽음을 만끽할 수 있는 기회를 주신 것에 대해 감사하다는 말씀 전해드립니다."

강진은 대단히 흥겹게 말했다.

경찰들 중 몇 명은 당황스러웠지만 그들 중 몇 명은 총을 꺼내려고 했으 나 강진과 몇 명의 마을사람들이 나서서 총을 가진 경찰들을 전부 기선제 압해 버렸다. 아니 어쩌면 수적으로 이미 열세라는 것을 알고는 총을 쏠 생 각조차 못했는지도 모르겠다. 총을 쏜다면 몇 명 죽일 수는 있었으나 아마 다 제압하지 못한다는 생각에 눌려서, 자신의 목숨과도 바꿔야 하는 문제 를 직시한 듯했다.

"모두 다 무릎을 꿇어라!"

박정서가 외쳤다.

70명 정도 되는 인원이 무릎을 꿇었다. 70명 정도밖에 안 되는 인원들이 푸실 마을을 멋대로 휘젓고 다닌 것이었다. 권력의 힘이란 얼마나 무서운 것 인지, 푸실 마을 사람들의 수가 더 많은 데도 꼼짝도 하지 못하고 있었다.

"내게 빵을 준 네 녀석 이름이, 차민수였던가, 유치장 안에서 네 녀석 이름이 그렇게 들렸다."

정서가 말했다.

"……"

"차민수 맞냐고?"

"네! 맞습니다."

"네 녀석에게 법은 무엇인가?"

"저는 법을 아주 사랑합니다. 사랑하는 대상이지요!"

"법을 사랑한다. 법으로 상처받지 않은 자가 지껄일 수 있는 말이구나. 법을 사랑한다…, 그렇다면 법을 증오하는 자에게 법을 사랑하는 자로서 얘기를 해봐라. 최대한의 위선도 허용이 되니까."

"법을 이용할 줄 아는 자가 법을 사랑하는 것이지요. 헌데 법을 이용할 줄 모른다면 법에 의해 당할 터이니, 법을 증오할 수밖에요."

"위선이 아니라, 솔직하게 말하는구나. 그렇다면 죽을 준비는 돼 있겠지. 법을 사랑하는 자여."

"하하하하하하하! 법을 이용할 줄 모르는 대가로 법을 증오하면서 법을 사랑하는 자를 죽인다라…."

민수는 실성한 듯 웃어대며 지껄였다.

"그 탓을 어째서 제게 하고 잘못이라도 되는 듯이 제게 따지는 것인지, 이해가 안 되는군요. 게다가 지금 법의 경계선으로 유인한 여기 있는 사람들도 법을 이용한 것이지 않습니까?"

민수는 이어서 말했다.

"법에 지배되어 그릇된 일을 바로잡지 못하는 것을 바로 잡으려고 법의 경계선을 이용한 것도 법을 이용한 것이라고 봐야 하는 것이냐??"

정서가 말했다.

"그것도 법을 이용한 것입니다."

"정말 못 들어주겠군. 자신이 한 일은 생각도 하지 않으며 국민들에게만 일방적으로 법을 적용하고 있군."

"하하하하하하, 나라가 세워지고 역사가 만들어지고, 사람이 살아가면서 한 번도 법을 이용한 자들이 없었겠습니까? 그렇다면 증오의 대상에 서 있는 자신들을 탓해야지 법을 사랑하는 자를 탓한다는 게 말이 되요?"

"너는 사람들 위에 군림하기 위해 법을 이용했고, 경찰들마저도 이용했다. 그렇다면 그 대가가 죽음이라는 것을 어째서 그것이 정당하다고 얘기하는 거지?"

"힘이 있는 쪽에 붙게 되는 건 당연한 거라고 생각합니다."

"네 놈은 정말 쓰레기구나."

정서가 말했다.

"더 들을 가치도 없다. 저놈들을 죽여야 합니다."

마을 사람들이 외쳤다.

"저놈들을 죽여야 합니다."

"저놈들을 죽여야 합니다."

마을 사람들은 더 크게 외쳐댔다.

"마을 사람들의 심정 누구보다도 잘 이해합니다. 하지만 법을 이용한 자가 법에 의해 쓰러지는 것도 재미있지 않겠습니까?"

강진이 나와서 외쳤다.

"여기 있는 놈들은 모두 제가 아는 모람마을에 경찰서로 넘겨질 것입니다. 거기에서 죗값을 치를 것입니다. 그러니 걱정하지 마셔도 됩니다. 여기서 이 자들을 죽여 살인을 하더라도 우리는 모두 살인죄로 처벌을 받지는 않습니다. 헌데 그렇다고 하더라도 우리는 우리의 양심에 어느 정도 가책을 느낄 겁니다. 법은 중요하지 않습니다. 우리가 조금은 더 떳떳해야 되지 않겠습니까? 법이 언제부터 우리를 지배했습니까? 혹은 우리가 법을 지배했나요? 우리의 마음은 항상 우리의 것이었습니다. 더 이상 얽매일 필요가 없습니다. 저놈들의 처분은 제가 여기 있는 박정서, 홍혜주 두 분과 함께 하겠습니다. 마을 주민 여러분, 여기 있는 놈들을 같이 묶읍시다."

강진이 말했다.

정서는 마을 주민들에게 밧줄을 던졌다. 그리고는 밧줄을 이용해서 사람들을 꽁꽁 묶었다. 묶여버릴 때 사람들은 자신들의 잘못을 뉘우치는 모습들을 보였다. 그런데 정말 뉘우치는 모습이었을지는 모르겠다. 그냥 사람들의 시선에 못 이겨 연극을 하고 있는 건지도 모르겠다. 그들을 모두 다 밧줄로 묶어 버렸다.

"마을 주민 여러분!! 오늘 우리는 진정한 자유를 찾았습니다. 누구를 죽임으로써가 아니라 누군가에게 진정한 법의 무게감을 실어줌으로써 말입니다. 죄의 대가가 무엇인지 우리 힘으로 보여주는 겁니다."

정서가 마을 사람들 모두를 보며 외쳤다.

"와와와와~~ 짝짝짝짝~~"

사람들은 박수를 아주 맛깔스럽게 치면서 환호성을 질렀다. 묶여 있는 차민수 패거리와 경찰들은 주민들의 박수를 치는 기쁨과 그 패기에 사면초가가 무엇인지를 뼛속 깊이 느끼고 있었다.

특히나 민수는 전혀 죄책감을 느끼는 인물이 아니었다. 하지만 그는 주변에 사람들을 요리조리 살피면서 자신의 표정관리에 집중하고 있었다. 그래서 그런 죄책감이 어린 얼굴이 무엇인지 요리조리 살피면서 그 사람들의 얼굴표정과 같은 얼굴표정을 만들려고 무진장 노력하고 있었다. 그는 이것이야말로 진정한 모방이며 예술이라고 생각하고 있었다.

그의 갖은 노력들이 결실을 맺기는 너무나도 쉬운 것이었다. 그는 그저 이 사람을 쳐다보며 그 사람과 같은 얼굴표정을 짓기도 하고, 저 사람의 얼굴표정을 보며 그와 같은 얼굴표정을 짓기도 했다. 누가 이 사람의 얼굴표정이 정말 죄책감 없는 얼굴이라고 단정할 수 있을까? 아무도 생각하지 못했을 것이다.

특히나 정서는 계속 민수의 얼굴을 유심히 살펴보고 있었다. 경찰서 유치장에서부터 만난 얼굴이 아니었던가. 그는 자신에게 모욕감을 준 인물이기도 하고, 여기에서는 가장 높은 우두머리이다. 그는 바닥에 무릎을 꿇고 밧줄에 묶여서 죄책감에 젖은 얼굴로 있었다. 게다가 주민들의 기쁨의 환호성에 사면초가를 당하고 있는 저 꼬락서니를 보면서, 정서는 기쁨의 희열을 느꼈다. 그렇다. 이것이야말로 진정한 환희의 가치가 아니겠는가. 그는 감동에 젖어 사람들의 박수소리에 한마디를 더 보냈다.

"이제 우리는 자유를 쟁취했습니다. 이제 '푸실'은 우리들의 것입니다."

11

정서와 혜주와 강진 그리고 마을 사람들 몇 명은 약 70명 정도 되는 차민수 패거리들과 경찰들을 묶은 채로 모람마을로 향했다. 모람마을에서 강진이 아는 경찰서로 가서 그들을 모두 넘겨버렸다. 동행했던 마을 사람들 모두는 푸실마을로 돌아갔다. 그리고 정서와 혜주와 강진은 승리의 기쁨을 누리기 위해 어느 술집에 와서 술을 마셨다.

"히야, 술맛이 이리도 좋을 줄이야!"

정서가 말했다.

"마을 사람들이 우리에게 준 돈도 있어."

혜주가 말했다.

"이 시원함은 말로 설명할 수가 없네요."

강진이 말했다.

셋은 술을 마시면서 한마디씩 했다.

"제가 기독교는 아니지만, 법은 기독교로 말하자면 우상숭배와도 같습니다. 우리의 삶을 집어삼키는 존재로 되어가고 있는 것이죠."

강진이 술을 들이키며 말했다.

"우상숭배라니, 거참 절묘한 표현이군요, 역시 강진님은 술맛을 더 향긋하게 해주는데 뭔가 있다니까요. 하하하 우상숭배와 법, 너무나 일맥상통하는군요."

정서가 말했다.

"'악법도 법이다.'라고 말한 소크라테스도 있어요."

혜주가 말했다.

"맞습니다. 하하 그렇군요. 악법도 법이지요. 차민수는 왠지 악법을 더 좋아할지도 모르겠습니다. 자신에게 법의 심판의 화살은 줄곧 피해 갈 거라고 생각하겠죠. 법을 사랑한 대가로 말입니다. 결국 법을 사랑할수록 그것이 주는 기대감에 젖어서 자신의 잘못을 심판하지 못한다고 여기는 겁니다. 그것은 권력이 주는 진정한 오만으로 연결되겠죠."

강진은 안주를 먹으면서 말했다.

"정말 명철한 대답인 것 같네요. 권력이 주는 진정한 오만이라, 잘못된 사랑의 결과가 아닌지 모르겠네요."

정서도 안주를 먹으며 말했다.

"오늘 술맛이 아주 좋아요."

혜주는 술을 벌컥벌컥 마셨다.

"혜주야, 너 너무 많이 마시는 거 아니야?"

정서가 걱정스레 물었다.

"괜찮아. 오늘 같은 날은 조금 취해도 되잖아. 하하, 네가 우리집에 몰래 숨어있으면서 신세타령하던 게 생각나네!!"

혜주는 정서를 놀렸다.

"뭐라고? 내가 언제 신세타령을 했다고 그래??"

정서는 약간 신경질적으로 말했다.

"넌 정말 고지식한 인간이야!"

혜주가 말했다.

"뭐라고? 내가 고지식한 인간이야??"

"너만 보면 고지식해."

"왜 갑자기 시비야 시비가…. 나만큼 의리 있는 사람이 어딨다고!"

"네가 무슨 의리냐? 우리 가게 음식 재료 떨어져서, 음식 재료 사러 가게 같이 가서 혼자 몰래 나가서 싸움박질이나 하고!!"

"뭐야? 그거는 약자를 돕기 위해서였어. 네가 어차피 허락 안 했을 거 잖아!"

"그래서 뭐, 우리집에서 숨어서 기죽어 지냈으면서, 너는 내가 지리꾼님 안 모셔 왔으면 넌 이미 그 방구석에서 갇혀 지내다가 장가도 못 가고 죽었 겠지 머."

혜주가 말했다.

"하하하, 두 사람이 아주 사이가 좋은가 보네요!!"

강진은 웃음을 지었다.

정서와 혜주는 서로 갑자기 얼굴을 붉혔다. 서로의 감정을 이상하게 강진 의 말 한마디가 정곡을 찌르듯이 각자의 마음의 자리를 후벼파는 것 같았 다. 정서와 혜주는 그렇게 서로의 눈치를 보았다. 강진은 먼저 두 사람의 마 음을 확인한 듯했다.

"슬슬, 우리가 도울 일이 무엇인지 말해주시겠어요?"

혜주가 술을 마시며 물었다.

"도와야 할 일은, 바로 '온새미로' 마을로 가서 저 좀 도와주셔야겠습니다.

강진이 대답했다.

"무엇을 도와야 하는지요?"

혜주가 다시 물었다.

"그것은 온새미로마을에 도착하면 제가 알려드리겠습니다."

강진은 웃음이 사라지고 얼굴빛이 어두워졌다. 그는 무슨 골똘한 생각에 잠긴 듯했다.

"온새미로마을이면 꼬리별산 넘어가야 하는 것으로 아는데, 그곳에 치안은 여기 푸실보다는 괜찮은가요??"

혜주가 화제를 돌려서 얘기했다.

"치안이 문제는 아닙니다. 문제는 다른 곳에 있습니다. 온새미로마을에 가게 된다면 제가 다 말씀드리겠습니다."

강진은 아주 침울해진 표정을 지었다.

"지금 온새미로마을보다도 나라가 전체적으로 도적들의 수가 많이 늘어나는 것도 하나의 문제이기도 하죠."

강진이 말했다.

"왜 그렇게 도적들이 늘어나고 있는 거죠?"

혜주가 물었다.

"신분 해방이 되었다지만, 아직도 변한 것이 없다는 것이죠. 예를 들면 채용문제도 그래요. 고려시대에 있던 음서제도가 아직도 건재하고, 능력만으로 오를 수 있는 것은 한계가 있죠. 게다가 세금을 너무 많이 내라고 하니, 세금을 낼 돈이 없어서 도적이 되기도 하고, 일할 수 있는 일자리가 없어서 도적이 되기도 하고, 여러 가지 문제들이 많죠."

강진이 대답했다.

"신분 해방만 되면, 다 되는 줄 알았는데……."

정서가 씁쓸한 표정을 지었다.

"그렇지가 않아요. 세상은 그렇게 바로 변하는 것이 아닙니다."

강진이 말했다.

정서는 강진의 말에 뭔가 심한 죄책감을 느끼고 있었다. 그것은 바로 초록바람대의 해산이었다. 초록바람대가 해산된 것이 바로 자신의 책임이라고 여겼다. 그때는 분명 다 같이 동의했고, 다 같이 신분 해방의 기쁨을 누리며 고향에서 자신들의 삶을 살자고 여겼었는데, 이게 대체 어떻게 된 것인지를 다시 한번 확인하는 것이었다. 물론 이미 그는 푸실 마을에서 뭔가 잘못되어가고 있다는 것을 느꼈지만, 실제로 그렇게 크게 자각을 했던 것은 아니었다. 푸실 마을에서는 조금 그런 느낌이 들긴 했지만, 그래도 그것이 크게 막 와닿지는 않았다. 지금에서야 지리꾼인 장강진의 말을 듣고는 잘못되어가고 있다는 것을 크게 느낀 것이다.

그렇다. 세상은 달라지지는 않았다. 신분 해방이라는 달콤한 말에 자신이 넘어가서 초록바람대를 해산했던 것은 크나큰 오판이었던 것이다. 이대로 가다가 예전 동료를 만나면 원망을 듣는 것은 아닐지 심하게 자책하게 되었다. 하지만 그날의 기쁨 또한 잊히지 않았다. 신분에 귀천은 없다는 그 기쁨을 어찌 말로 다 표현하고 읊을 수 있단 말인가. 서로 어깨동무도 하고 껴안으며 서로의 삶을 축복하였던 그 날, 초록바람대의 기쁨은 다 무엇이었으며 무엇을 위해 기뻐했단 말인가. 지금 '푸실'은 하나도 달라지지 않은 모습이 아니던가.

"법은 그저 지식일 뿐이야. 지혜가 되지 못하지. 헌데 사람들은 그런 지식에 너무 얽매여 있다는 거야. 지혜가 되지 못하는데, 왜 그렇게 법에 얽매여 자신을 구속하는 것인지. 마을 사람들의 삶을 한 번 생각해 볼 필요가 있어. 내가 보기에는 그러네."

정서는 먼 산을 보며 말했다.

"그래, 맞아. 박정서. 법에 얽매일 것이 아니라, 인본에 더욱 얽매여야 해. 인본주의를 정말 알아간다면, 법이 뭐가 중요하겠어. 다 인본주의가 바탕이 돼야, 그래야 법도 바로 설 수 있지."

혜주는 정서를 지그시 쳐다보았다.

"홍혜주, 인본주의가 밑그림이니, 법은 그저 인본주의에서 나온 껍데기일 뿐이고, 그 껍데기가 인간을 지배해서는 안 되는 거야. 안 그래?"

정서는 혜주를 쳐다보았다.

"어, 박정서 멋있네. 헤헤, 나 잠시, 화장실 좀 갔다 올게!"

혜주가 급하게 자리를 떠났다.

강진은 혜주가 자리를 잠시 비운 사이 정서를 보며 조심스럽게 말했다.

"혹시, 초록…바람대이신지요?"

"……"

"예전에 들은 적이 있습니다. 초록색의 바람들이 나라의 근간을 마구 흔들고 다닌다던데, 지금은 보이지가 않는다더군요. 들리는 말로는 신분 해방과 함께 사라졌다는 말이 많더라구요."

"역시……지리꾼이라서 그런지 모르는 게 없으시네요."

정서는 순간적으로 당황했다. 자신이 초록바람대의 대장이라는 사실까지 알리고 싶지 않았다. 그저 초록바람대의 대원이라고 생각해주길 바랐다.

"저, 죄송하지만, 혜주에게는 비밀로 해주십시오. 저는 혜주랑 그저 지금처럼만 지내고 싶습니다."

정서가 말했다.

"아, 혜주 님에게 마음이 있으신 건가요?"

강진은 진지하게 물었다.

"예, 그렇습니다."

혜주가 화장실에서 돌아오더니만, 강진과 정서는 서로를 쳐다보면서 눈치를 살피고 있었다. 정서는 얼굴이 살짝 빨개지기도 하면서 혜주의 눈길을 피하고 있었다. 혜주는 뭔가 이상하다는 생각이 들기는 했지만 크게 반응하지는 않았다.

정서와 혜주와 강진은 술을 마시며 승리의 기쁨을 재차 확인했다.

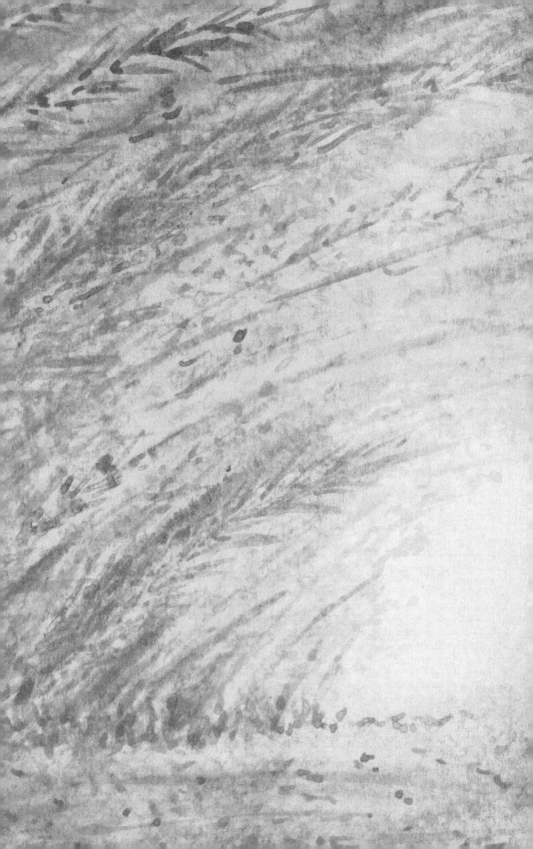

제2장

산적

1

*오직 그의 죽음만이 우리의 우정을 끝냈다.

이제 비로소 나는 과거의 삶이 현재의 삶과 연결되기 시작하는 시점에 도달했다. 그 시절부터 지금까지 지속된 몇몇 교우관계가 내게는 정말 소중해졌고, 그 행복한 시절을 자주 그리워하게 된다. 당시 내 친구라고 자처한 사람들은 진실한 친구였고 나를 위해 사랑을 주었다. 그것은 순수한 호의에서 그랬지, 저명인사와 교제한다는 허영심이나 또 교제하면서 나를 해칠 기회를 더 많이 찾으려는 은밀한 목적에서 그런 것은 아니었다.

내가 추정하건데 내 오랜 친구 고프쿠르(Jean-Vincent-Capperonnier de Gauffecourt; 1691~1766. 제네바의 시계 제작공 출신으로 1735년부터 1737년까지 제네바 주재 프랑스 외교 변리공사인 라 클로쥐르의 서기로 근무했다. 이후 부자가 된 그는 그림, 디드로와 친분을 맺었다. 독서광이었던 그는 제네바 부근의 몽브리앙에 인쇄소를 설립하기도 했다.)와 처음 사귄 건 바로 이때부터였다. 사람들이 내게서 그를 떼어내기 위해서 노력했음에도 불구하고 그는 항상 내게 남아 주었다. 항상 남아 주었다고! 아니다. 아! 나는 이제 막 그를 잃었다. 하지만 그는 생애가 끝나는 그 순간까지 나를 끊임없이 사랑하고 있었다. 오직 그의 죽음만이 우리의 우정을 끝냈을 뿐이다.

고프쿠르 씨는 이 세상에서 제일 사랑스러운 사람들 중 한 분이었다. 그를 만나면 그를 사랑하지 않을 수 없고, 그와 살면 그에게 완전히 빠져들지 않을 수 없었다. 나는 평생 이 사람의 얼굴보다 더 허물없고 상냥하고 평온하며, 그 이상 풍부한 감정과 이해심을 보이고 신뢰를 불어넣는 얼굴을 본 적이 없다. 아무리 조심성이 많은 사람일지라도 그를 처음 보면 마치 20년 전부터 알고 지냈던 사람처럼 바로 친해지고 만다.

---

* 장 자크 루소 지음/김대웅 편역, 『나는 이렇게 루소가 되었다』(아포리즘으로 읽는 루소의 고백록), 아름다운날, 2016. pp.114~115.

"아, 나 이거 정말 죽겠네."

최민영이라고 불리는 이 여인은 어찌 보면 꽤나 남성다운 면도 갖추고 있다. 그녀는 머리는 길게 묶어서 한쪽으로 내렸고, 바지는 발차기를 하면 정말 쩍쩍 올라갈 것 같은 그런 편한 바지를 입고 있었다. 그녀는 오늘도 산에서 오는 사람들을 기다리고 있었다.

"너는 어째서 항상 똑같냐?"

한도현이라고 불리는 이 남자는 이상하게 민영을 졸졸 따라다니기 시작했다. 그도 그럴 것이 민영은 한두 달 전에 산적이 되겠다고 나타났기 때문이다. 그때 적극적으로 안 된다고 했던 게 바로 한도현이었다. 헌데 지금은 민영에게 꼼짝도 못하고 잡혀 있다.

처음에는 이랬다. 민영이가 하도 먹고 살게 없고 살기가 힘들다며 찾아와서는 산적을 시켜달라는 말에, '무슨 산적이 되기가 그렇게 쉬운 일인 줄 아나?'라고 생각했었다. 그럴 수밖에 없었던 이유도 민영의 겉모습은 너무 여려 보였고 착해 보였다.

산적질은 아무나 하는 것이 아니라고 여겼다. 헌데 민영은 너무나 산적질을 잘했다. 도현은 그런 낯선 장면들이 너무 이해가 안 갔다. 자신의 뇌를 자극하는 느낌이 드는 것인지, 뭔가 어리숙하다고 느꼈는데 무엇보다 너무 잘 설쳐대고, 무엇보다 발차기를 너무 잘한다는 것이다. 한 번은 이런 적도 있었다. 도현이 그래도 여기 산적 중에서 제일 잘 친다고 이름이 나 있는 놈이라고 자부했는데, 어느 날인가 민영이가 한 번 붙자고 얘기한 것이다. 도현도 그저 한 번 해볼까 하고 붙었는데 민영이 싸움 실력은 보통이 넘었다. 치고 빠지고 순간적으로 날리는 발차기에 꼼짝 못 하고 져버린 것이다. 아니, 무슨 여자가 이리도 강한지, 자신을 눌러 버린 민영에게 너무나 마음이 약해져 버린 것이다. 그 후로, 도현은 자신이 민영보다 약하다는 것을 인정하지 않기 위해서 민영을 졸졸 따라다니는 것인지, 혹은 자신의 뇌에 대한 자극 때문인지는 모르겠으나 적어도 민영에게 이성적인 호감이 싹트고 있는 것은 확실했다.

"내가 뭐?"

민영은 화를 냈다.

"처음 오고 나서부터 지금까지."

도현은 약간 목소리가 낮아지면서 말했다.

"너 솔직히 말해!!"

도현이 큰 소리로 말했다.

"뭘 말이야!! 두목"

민영은 일부러 뒤에 '두목'이라는 말에 힘을 주었다.

"두목은 무슨 얼어 죽을 두목이라고 생각도 하지 않으면서 뭐. 너 어디서 산적질 좀 했지!"

"아니야, 나 안 했어!"

"아! 정말 널 모르겠어! 산적질은 한 것 같은데 안 했다고 하고. 내가 산적질을 한 지 10년은 되었는데, 어떻게 이렇게 된 것인지."

도현은 자신의 두 손으로 머리를 박박 긁었다.

◆◆◆

도현과 민영 그리고 부하 10여 명은 '온새미로' 마을과 '모람' 마을 사이를 지나가는 행인들을 털고 있었다. 그 사잇길에는 산을 넘어서 갈 수 있는 길과 산을 넘지 않고 갈 수 있는 길이 있다. 산을 넘으면 더 빨리 '온새미로' 마을로 갈 수가 있다. 그래서 대부분의 사람들은 산을 넘어서 오는 방법을 택했다. 물론, 시간적 여유가 있다면 산을 넘지 않아도 되지만 빨리 가고 싶은 것이 사람의 심리니까.

"두목! 마차가 옵니다."

도현의 부하가 말했다.

"좋아, 내려가자!"

도현이 말했다.

마차는 딱 보기에도 부유한 집안의 마차인 것 같았다. 마차가 가지도 않고 중간에서 서버렸다는 것이 더욱 도현의 부하들을 그리고 민영을 힘들게 하지 않아도 될 일이었다. 마차가 움직이면 중간에 멈추라고 하면서 등장해야 하는데, 마차는 가다가 중간에 서버렸다. 자세히 보니 마차의 바퀴가 길에 있는 웅덩이에 빠져서 빠져나오지 못하고 있었다.

"하하하하, 이거 오늘은 수월하겠는데."

도현은 흐뭇해했다.

도현과 부하들 그리고 민영은 마차 앞으로 나와서 길을 막아섰다.

"마차 안에 있는 놈들은 밖으로 다 나와!! 너희들 가지고 있는 것을 숨기거나 빼돌리면 모두 다 죽는다!"

민영은 외쳤다.

마차를 끄는 마부는 마차에서 내려 웅덩이 부분에 빠진 바퀴를 어떻게든 빼내 보려고 노력 중이었다가 마차를 습격하는 산적들을 보고는 마부는 혼비백산하여 그대로 도망가버렸다. 도현 일행은 도망가는 마부를 신경을 쓰지는 않았다. 그리고 마차 안에는 네 명 정도의 사람이 있었는데, 바들바들 떨면서 밖으로 나왔다.

"살려만 주세요!"

"가진 것을 다 드릴 터이니, 제발 목숨만은 살려주십시오."

"제발 살려만 주세요!"

"가족들을 보고 싶습니다. 제발 살려만 주세요!"

네 명의 귀족들은 밖으로 나와서 무릎을 꿇고 빌었다. 도현 일행은 마차 주변을 더 샅샅이 보았다. 말과 마차, 그리고 나름 마차 뒤에 수레를 보아하니, 수레 안에는 먹을 것과 옷들이 가득 실려 있었다.

"좋아, 가진 것을 모두 두고 간다면 살려줄 수 있다."

도현이 말했다.

"정말입니까?"

귀족 중 나이가 제일 많아 보이는 늙은 귀족이 말했다.

"그렇다. 말과 마차, 그리고 뒤에 있는 수레까지 전부 두고 가라!"

민영이 건들거리며 말했다.

도현은 옆에서 보고는 저런 말은 내가 해야지 어떻게 민영이 네가 말할 수 있는 것인지, 가끔씩은 자기가 두목인지 혹은 민영이의 부하인지 알 수가 없었다고 생각했다.

"에헴, 내가 두목이야. 이 귀족들아. 내 눈치를 봐야지! 지금 어딜 보고 있는 건가!"

귀족들은 무릎을 꿇은 채로 민영의 위엄이 분위기를 주도하고 누르고 있는 듯하다고 생각하여 무릎을 꿇는 방향도 그리고 모든 애절한 눈빛도 민영에게 쏘아 보내고 있었다. 귀족들은 뭐가 뭔지도 모른 채 긴가민가하여 어리둥절했다.

"그러니까, 내가 두목이라고! 이 가진 것도 많고 잘난 척 할 수 있는 구실만 찾으면서 방귀깨나 뀌고 다니는 새끼들이, 눈은 폼으로 들고 다니는 건가? 내가 두목이야. 대체 뭐하는 거냐고!"

도현이 말했다.

"야, 내가 두목이야!"

민영은 웃으면서 말했다.

"뭐라고!"

도현은 발끈했다.

"두목, 이건 여기에서 서로 간의 싸울 문제가 아니에요."

부하들은 도현에게 말했다.

어느새 민영과 도현은 서로 두목이라고 싸우고 있었다. 헌데 부하들은 그런 둘을 말리느냐고 진땀을 빼고 있었다. 그런 와중에도 여전히 자신들의 목숨이 위험해질까 봐 전전긍긍 앓고 있는 귀족들은 여전히 민영을 두목으로 알고 있었다.

"두목, 일단 여기에 있는 것들을 모두 챙긴 다음에 얘기하는 게 나을 것 같습니다."

부하 중 한 명이 도현에게 말했다.

"그래, 일단 모두 챙겨라!" 도현이 말했다.

부하들은 모든 것들을 챙겨서 자신들의 뒤쪽으로 가지고 왔다.

"자, 이제 가봐도 돼!"

도현이 귀족들에게 말했다

"잠깐, 주머니에 있는 거 다 놓고 가야지! 다 꺼내, 남는 거 있으면 10골드 당 하나씩 몸에 내가 휘두르는 검의 흔적이 생길 거다."

민영이 말했다.

민영의 말에 부하들은 다 놀라움을 금치 못했다. 도현은 주머니를 털 생각을 하지 못하고 있었던 거다. 가끔씩 건망증이 발생할 수 있는데, 지금이 바로 그 상황이었고, 부하들은 그런 민영을 존경하는 것 같았다.

"역시 민영이네. 우리를 배고프게 하지 않게 한다니까!"

부하가 말했다.

"아, 맞다. 주머니도 있었지. 나는 왜 그게 생각이 안 났지?"

도현은 자신이 생각 못 한 것을 부끄러워하고 있었다.

"내가 두목이라고!"

민영이 외쳤다.

귀족들은 주머니에 있는 돈을 모두 털어서 민영에게 주었고, 귀족 부인들이 차고 다니는 보석들도 모두 달라고 하여 부하들에게 산장으로 가지고 가라고 시켰다. 귀족 네 명은 모든 것을 뜯겼다.

"이제 가봐!"

민영이 팔짱을 끼며 웃으면서 말했다.

귀족 네 명은 민영이 가라는 말에 자신들의 집으로 후다닥 뛰어갔다.

2

큰바위산적단, 그것은 도현이가 만든 꼬리별산에 있는 산적단의 이름이었다. 산장으로 가는 길에는 골짜기도 있어서 물이 흘러내렸다. 큰바위산적단들은 골짜기에서 수영을 하기도 했고, 빨래를 하기도 했다. 그리고 큰바위산적단의 산장은 산속 깊은 곳에 있었다. 그래서 산적이 아니던가.

도현과 민영 그리고 부하들은 산장으로 돌아왔다. 도현 일행은 오늘 털어온 물건들 중에서 공금으로 쓰고 돌릴 부분을 제외하고 나눌 수 있는 물건들을 나누다가 물건 몇 개가 남아서 누가 가질 지를 결정하지 못하고 있었다.

"두목, 그래도 민영이가 이번엔 잘하지 않았습니까? 조금 더 쳐 주는 게 낫지 않을까요?"

부하들 중 한 명이 말했다.

"그렇지, 민영이 네가 가지는 게 나을 것 같다."

두목이 말했다.

"안 그래도 내가 가지려고 했어!"

민영은 득의양양하며 자신을 뽐내면서 얘기했다.

"으이구, 정말! 할 말을 없게 한다니까 너라는 애는!"

두목은 기가 막히다고 여겼다.

"오늘 지나가는 귀족들 보니까, 나를 다 두목으로 아는 것 같더라. 뭐. 내가 뭐 내 몫을 챙기는 건 당연한 거 아니야."

민영은 더욱 똑 부러지게 자신의 입장을 내세웠다.

"알았어. 네가 여기 있는 거 다 받아!"

두목은 남은 물건 중 목걸이와 반지를 민영에게 주었다.

"야호. 고마워, 두목!!"

"이럴 때만 두목이라고 하지!"

"두목은 참!! 너무 상냥하다니까!"

민영은 밖으로 나가서 자기 자신이 모아 놓은 물건들의 장소에 갔다. 물론 그곳은 산장에서 얼마 떨어지지 않은 곳이었다. 산장 뒤로 가면 숲속을 더욱 깊은 곳으로 가는 느낌을 준다. 그래서 그런지 나무들이 더 많이 보였고, 민영은 그 나무들 사이를, 그리고 나뭇가지에 부딪히지 않게 걷고 있었다.

많이 걸어가 본 적이 있는 것이 분명했다. 민영은 달빛을 보며 두 다리를 뻗어 걸어갔다. 그곳에서는 자신이 지금까지 산적질을 하며 모은 물건들이 있었다. 그녀는 그곳에서 오늘 받은 물건들을 잘 숨겨두었다. 그리고는 밤하늘을 누워서 보고 있었다.

그녀의 어머니는 여기 산장에 오기 전에 죽었다. 그녀의 아버지는 그녀가 태어나기 전에 죽었지만, 그녀는 어머니만을 따르면서 잘 살았다. 그녀는 한때 초록바람대의 대원이었다. 신분 해방이 이루어지면서 자신도 나름 기쁘기도 했지만, 그래도 초록바람대가 해산되기를 원치 않았다. 모두 다 기쁨에 젖어 해산하기까지 그리고 각자의 고향을 돌아가자고 외치는 그 순간에도 얼떨결에 기쁨 표정을 지을 수밖에 없었다. 그리고 집으로 돌아와서 나름대로 고향에서 어머니와 잘살고 있다가 귀족들의 손에 의해 어머니가 죽음을 맞이하는 것을 보게 되었다. 너무나 억울한 죽음이었다.

민영의 어머니는 몸이 상당히 안 좋으셔서 병원에 자주 다녀야 했다. 그래서 민영은 초록바람대에서 번 돈도 거의 어머니 병원비로 쓰고 있었다. 초록바람대가 없어지고 한동안은 자신이 모아둔 돈으로 충당하고 있었다. 돈은 그때 당시도 충분했었다. 민영과 그녀의 어머니는 밖에 나가서 나름대로 나들이를 즐기고 있었다. 헌데 마을 입구에서 빨리 달리는 귀족마차의 잘못으로 그만 민영의 어머니가 다치게 된 것이다. 그렇게 다쳐버리니, 원래 몸이 안 좋으셨는데, 마차에 치여서 건강이 상당히 악화되어 병원을 찾게 되었다. 허나 자신이 귀족이 아닌 이유로 치료를 하는 순서에서 밀려난 것이었다. 먼저 오지도 않은 귀족들이 별로 아프지도 않으면서 먼저 치료를 받은 것이었다.

그날, 어머니는 분명 위급한 환자였다. 헌데 별로 아프지도 않은 귀족들이 갑자기 와서는 자신들은 귀족이라고 먼저 치료를 받아야 하는 것이라며,

의사에게 엄청나게 많은 돈을 제시하였는데, 의사는 웃으면서 그것을 받아들였다는 것이다. 원래 민영이 어머니는 먼저 진료를 받아야만 하는 것이었는데, 진료 순위에서 밀려버린 민영의 어머니는 그렇게 세상을 떠났다. 민영은 정말 화가 나서 분노했고, 그날 몰래 그 병원을 습격하기로 마음을 먹었다. 그 의사가 늦게까지 당직을 서는 날을 알아내어 당일에 복면을 쓰고 병원으로 잠입하여 그 의사에게 어머니를 돌봐주지 않은 죗값을 치르게 했다. 어머니보다 먼저 진료를 본 귀족도 죽이려고 했으나 찾을 방법이 없어서 보복을 하지 못했다. 다만 얼굴은 기억이 났다.

그 후에, 그녀는 산적이 되기로 마음을 먹었다. 그리고 언젠가 대장을 만난다면 그때는 정말 용서하지 않겠다고 다짐을 했다. 나쁜 새끼라고 나쁜 놈이라고 그렇게 생각했다. 처음에 초록바람대에 들어오게 된 것도 다 대장이 있어서였다. 대장은 민영보다는 나이가 많았다. 민영은 초록바람대에 늦게 합류했다. 대장은 자신이 어두운 골목에서 건달들에게서 납치당할 뻔한 일을 구해주었다. 그녀는 그날에 무조건 대장을 따라가야 한다고 여겼고, 그래서 초록바람대에 들어오게 되었다. 그녀 자신을 지킬 수 있게 힘을 길러준 것도 대장이었다. 총을 쏘는 법도, 검을 쓰는 법도 다 대장이 알려준 것이었다. 그래서 그녀는 초록바람대가 해산되는 것을 더욱더 원치 않았다. 신분 해방이 되어도 모두 다 기쁨에 취해있을 때, 모두가 고향으로 돌아갈 때 인사를 했을 때도 그녀는 마음 깊은 곳에서 일어나는 슬픔의 존재를 조금씩 눈치채고 있었으리라.

◆◆◆

도현은 민영이가 어디에 갔는지를 이미 알고 있었다. 민영은 비밀리에 묻어둔 자신만의 창고인 산장 뒤쪽으로 갔으리라는….

도현은 민영이가 있는 곳으로 가보았다. 민영이가 울고 있는 것을 보았다. 도현은 멀리서 민영이의 눈물을 보고는 민영이 앞에 나타나지 않으며 나무 뒤에 숨어 있었다. 지금 자신이 나타난다면 민영이의 당당함을 무너뜨린다고 여긴 것이다. 자신에게 항상 도전적으로 구는 민영의 모습을 잃어버리고 싶지 않았다. 도현은 그렇게 멀리서 민영의 모습을 지켜볼 수밖에 없었다. 도현은 이미 알고 있었다. 민영이가 초록바람대였다는 사실을. 그녀의 오른쪽 팔에 있는 문신을 이미 예전에 본 적이 있었다. 민영이가 전에 뒷산으로 가서 물건들을 몰래 숨겨두었을 때 달빛에 의해 보여진 그 초록색 물결무늬를……

한도현, 그는 온새미로마을과 모람마을 사이에 있는 꼬리별산에서 큰바위산적단을 만들고 산적 노릇을 하는 두목이다. 그는 신분 해방이 되기 전부터 산적질을 해오고 있었다. 그는 일찍 부모님이 세상을 떠나셨고, 어렸을 때부터 나무를 팔아서 생계를 유지하는 법을 배웠다. 그가 산을 좋아한 것도 산적이 된 이유 중의 하나였다.

3

다음 날, 도현은 산장에 있는 모든 부하들을 불러 놓고 아침 모임을 가지고 있었다.

"유전무죄, 무전유죄라는 말이 있다 이게 무슨 뜻인지 아는 사람?" 도현은 목소리에 힘을 주며 이야기했다.

"……"

"무좀이 있으면 유죄고, 무좀이 없으면 무죄라는 뜻이죠!"

부하들 중 하나가 말했다.

"……"

"푸헤헤헤헤, 정답이다. 하지만 습진만 있어도 유죄니까 조심해야 해!"

도현이 말했다.

"……"

"하하하하하하하"

산장에 모인 인원들은 모두 다 같이 와자지껄 웃기 시작했고, 시끄러워지기 시작했다. 그들은 한데 모여서 세상을 풍자하며 비웃기에 바빴다.

"민영이 어디 아픈가 본데?"

부하들 중 한 명이 얘기했다.

"오늘은 방에서 통 나오질 않네."

부하들 중 다른 한 명이 얘기했다.

"민영인 오늘 그냥 놔두고, 나머지는 산장 정리해라. 그리고 몇 명은 산으로 넘어가는 고객들 상대 좀 해주고!"

도현은 민영을 걱정하며 말했다.

"두목, 그래도 요즘 너무 자주 산적질 하는 것 같아요. 이러다가 경찰들에게 덜미를 잡힐지도 모르겠어요."

"그래요. 두목 조금 쉬었다가 하는 게 낫지 않을까요?"

부하들이 말했다.

"안 돼, 오늘까지만 하고 조금 쉬자. 오늘은 민영이가 아프니까 우리끼리 가자!"

"네"

도현은 민영이가 돈이 많이 필요한 사람인 줄만 알았다. 그는 무조건 돈을 더 많이 벌어야겠다고 생각했다. 그래서 지금도 가능한 한 산적질에 최선을 다하고 있었다. 헌데 민영이가 있으면 가난한 마차를 습격하는 것은 할 수가 없는 일이었다.

사실 민영이가 오기 전에는 도현은 산적질 하는 데 물불 가리지 않았다. 가난한 자들의 마차도 털었고, 부자의 마차도 털었다. 그러나 가난한 자들의 마차는 털어도 어느 정도 돈은 그냥 그들에게 주고 가는 정도였을까? 헌데 민영이가 오고 나서는 가난한 자들의 마차는 건들지도 못했다.

오늘은 민영이가 없는 날이었고, 도현은 민영이가 돈이 많이 필요하다고 여겼다. 그래서 가난한 마차가 만약에 이곳을 지나간다고 하더라도 그냥 보낼 생각은 없었다. 몇 푼이라도 더 울고 있는 민영이에게 가져다 줄 돈을 주고 싶었다. 하지만 망설임은 있었다. 그래서 마차가 부자의 마차이기를 바랬다. '부자의 돈을 털어서 가져다주는 게 더 낫지 않을까?'라고 생각했다.

"두목, 마차가 오는뎁쇼."

부하들 중 한 명이 말했다.

"저거 보니까, 돈도 없는 마차 같은데……, 두목 어떻게 할까요?"

부하들 중 한 명이 말했다.

"그냥 털어!"

도현은 냉정하게 말했다.

"어차피 민영이도 없으니까요."

부하가 말했다.

마차는 정말이지 보잘것없었다. 보통 부자들의 마차를 보면 말은 두 마리 이상이며, 마부가 있고, 뒤에 나름대로 앉을 수 있는 곳이 있고 그곳에 문이 있다. 그래서 4인용이라든지, 6인용이라든지 이런 식으로 되어있다. 그리고 그 뒤에 수레를 달 수도 있다. 수레를 달면 거기에 물건도 실을 수 있다. 보잘것없는 마차는 마부 혼자서 타고 뒤에 물건을 싣고 다니는 수레가 하나 있다. 이번 마차는 마부는 한 명이었고, 말도 한 마리였다. 다만, 수레에는 물이 들어 있는 물통이 가득 있어 보였다. 그냥 보아도 저런 통은 분명 물통이었다.

갑자기 총소리가 들리더니만 산적들이 순식간에 나와서 마차 주변을 포위해버렸다.

"어이, 거기! 마차를 두고 떠나는 게 어떨까?"

도현이 말했다.

헌데 자세히 보니, 나이가 어린 소년이었다. 멀어서 제대로 보이지도 않았지만, 설마 어린 소년 한 명이 수레를 끄는 마차를 몰고 올 줄 알았을까?

"이거 완전 어린애잖아! 두목 어떻게 할까요?"

부하들은 어찌해야 할지 몰랐다.

"글쎄……"

두목은 난감한 표정을 지었다.

"제발 살려주세요. 저희 집은 물장사를 하면서 생계를 유지하고 있습니다. 그리고 물은 우리의 생명이요. 우리의 양식이 되는 선물이지요. 게다가 이 말은 저희 할아버지가 직접 키운 말로, 제가 가장 사랑하는 말입니다. 말이 얼마나 소중한지 아시지 않습니까? 말이 없다면 살 수가 없습니다. 지금 모든 사람들은 가난에 허덕이고 있습니다. 제발 자비를 베풀어서 제가 가는 길을 열어주세요!"

소년은 무릎 꿇고 애원하며 말했다.

"이걸 어떻게 해야 할까요?? 두목??"

부하들 중 한 명이 말했다.

4

헌데 이 광경을 보고 있던 자가 있었으니, 그게 바로 최민영이었다. 민영은 산장에서 쉬었다가 너무 자주 산적질을 하는 것 같아서 걱정이 되어 나와 본 것이었다. 만약 위험해지면 자신이 도와주기 위해서 말이다. 그런데 지금 민영이가 가장 싫어하는 모습을 보이고 말았다.

"지금 모두 뭐하는 짓이야!"

민영은 화가 머리끝까지 나서 두목의 멱살을 잡았다. 그리고 민영은 떨고 있는 소년의 몸과 소년의 눈물을 보았다.

"두목이 나에게 이럴 수 있어. 이러지 않기로 했잖아!"

민영이 말했다.

"아니 여기에는 사실……."

도현은 애써 해명하려고 했지만, 부하들이 하나 같이 고개를 저었다. 세상에는 변명해봐야 통하지 않는 일도 있지 않을까? 이미 벌어진 일을 되돌릴 수는 없었다.

"나는 오늘 두목이나 우리 식구들이 다들 경찰에게 당할까 봐…… 걱정 돼서 나온 거야. 만약 경찰이 와서 무슨 문제라도 생긴다면 내가 도움을 주려고 여기까지 찾아왔는데, 어떻게 이럴 수가 있는 거지?"

민영은 심한 배신감을 느꼈다.

부하들은 서로 눈치를 보기 바빴고, 도현은 얼굴을 감히 들지 못했다. 심한 죄책감이 가슴속을 파고들었다. 도현은 자기가 의리를 저버린 것이라고 민영이가 생각할 것이 뻔하다고 여겼다.

"모두 다 산장으로 돌아가라."

도현은 부하들에게 말했다.

부하들은 하나 같이 우르르 산장으로 길을 돌렸다. 민영은 소년에게 가서 무릎 꿇고 있는 아이의 눈물을 닦아 주면서 안아주었다.

"많이 무서웠니?"

"네……." 소년은 눈물을 글썽이며 말했다.

도현은 그런 민영을 보면서 더욱 더 그녀에게 마음을 사로잡히고 말았다.

"내가 정말 죽일 놈이구나! 나도 그러고 싶어서 그런 게 아니야!"

도현은 큰소리쳤다.

"시끄러워!"

민영이가 도현에게 소리쳤다.

"어디 사는 거니?"

민영은 고개를 돌려서는 소년에게 말을 건넸다.

"모람마을에 살아요. 온새미로마을에 새로 생긴 약수터가 있다고 해서 물을 뜨러 왔다가 이제 갈려고 합니다……."

소년은 대답했다.

이 소년을 잘 기억해두어야 한다. 이 소년의 이름은 유지민이다. 지민은 모람마을에 살지만, 할아버지하고 둘이서만 살고 있다. 지민의 집은 빈곤하여 물을 떠서 파는 것을 생계로 먹고살고 있다. 할아버지는 나이가 많으셔서 많이 편찮으신 편이며, 지민은 그런 할아버지를 보살피면서 살고 있다. 지민은 모람마을에서 조금 유명하다. 나이도 어린데 물장사를 하러 다녀서 그런지, 얼굴이 조금 알려져 있다. 그는 학교를 중간에 그만두었다.

"마을까지 우리가 같이 가 줄게!"

민영이가 말했다.

"야, 안 돼! 산장으로 돌아가야지!"

도현이가 싫어하는 표정을 지었다.

혜주는 도현을 노려보았다. 도현은 얼굴을 빠르게 피했고 다른 곳을 쳐다보았다.

"알았어. 같이 가자!!"

도현은 마지못해 대답했다.

"어쨌든 우리가 이 아이의 생명을 위협하려고 했으니까, 집까지 바래다주는 것은 당연한 거야. 이 아이의 안전도 신경 써야지!!"

민영이 말했다.

"무슨 소리? 내가 언제 살인한 적 있냐? 돈이나 좀 뜯고 살았지!"

"이 아이는 그렇게 생각 안 해. 그리고 이 아이의 말과 물은 이 아이의 생계 수단이야. 그걸 빼앗긴다고 생각한다면 생명을 뺏는 것과 같아."

"으이구, 어쩌다가 네가 우리 산적단에 들어와 가지고 내가 이 고생이다."

도현은 머리 위로 손을 올렸다.

"뭐야? 정말! 계속 그렇게 얘기할 거야!"

민영이가 발끈하며 말했다.

"아, 알았어."

도현이 대답했다.

"모람마을까지 같이 가줄게. 괜찮지? 수레 뒤에 자리가 남아 있으니, 그쪽에 타고 갈게."

민영이가 웃으면서 지민을 쳐다보았다.

"안 그래 주셔도 되는데…."

지민은 대답했다.

"거봐, 꼬마가 괜찮다잖아!"

도현이 말했다.

"괜찮긴, 뭐가 괜찮아!! 꼬마야, 넌 이름이 뭐니?"

민영이가 말했다

"전 유지민이라고 해요!! 누나는요?"

"나 최민영이라고 해, 여기 툴툴거리는 사람은 한도현이라고, 사실 말은 저렇게 해도 마음은 무척 여린 사람이야. 네가 저 사람을 용서해주었으면 해. 나쁜 사람은 아닌데, 어쩌다가 너에게 그랬는지……. 원 내가 산장으로 돌아가면 다시 이 얘기를 꺼낼 테니까."

"아, 괜찮아요. 누나 이제, 제가 다 용서했어요."

"지민아, 그러면 나이는 몇 살이니?"

민영이 말했다.

"12살이요."

수레 뒤 끝부분에 앉아서 다른 곳을 쳐다보고 있는 도현은 지민이와 민영이가 무슨 말을 하는지 신경도 쓰지 않고 있었다. 그는 마지못해 가고 있는 것처럼 보였다. 민영은 수레 앞부분에 앉아서 말을 몰고 가는 마부 일을 하는 지민이와 대화를 주고받으며 모람마을로 가고 있었다.

5

"그 자식 아직도 안 왔냐?"

"학교 그만둔 지 한 달은 되었지."

"학교에서 벗어난다고 우리를 벗어날 수 있을 것 같아."

지민이와 학교에 다녔던 학생들로 보이는 이 소년들은 항상 지민이를 못
살게 굴었던 소년들이었다. 이 소년들을 이끌며 대장 노릇을 하는 민동수
는 학교를 그만두고 물장사를 하는 지민이에게 돈을 뜯고는 했었다. 그는
학교에서도 알아주는 불량학생이었다. 그는 학교에서도 상급생들과도 싸웠
고, 상급생들마저 피하는 존재였으며, 같은 반 학생들은 그가 두려워서 그
의 말에 복종하기에 바빴다. 그는 가끔씩 침을 바닥에 뱉기도 했고, 사람의
다리를 걸어서 넘어뜨리는 것을 좋아했다.
　나라가 신분 해방이 되자, 조금 깨어있는 귀족가문의 한 부부는 자신의
아들을 누구나가 다 다닐 수 있는 학교로 보냈다. 그래서 귀족가문의 아들
인 반승진은 지민이가 다니는 학교로 전학을 오게 되었다. 민동수는 그 귀
족가문의 아들인 승진이의 하수인 노릇을 했다. 승진은 자신의 부모님과의
생각과는 달랐다. 자신의 부모님은 가진 것이 있어도 이제는 신분 해방이
되었으니 이런 학교에서 더 많은 것을 배울 수 있다고 여겼고, 앞으로 그래
야 한다고 생각했다. 그래서 승진이를 누구나가 다 다니는 그런 학교로 보
낸 것이다. 헌데, 승진이는 이것이 싫었다. 자신은 충분히 더 좋은 학교에
다닐 수가 있었다. 귀족들만 다니는 그런 학교에 말이다….
　그러던 중에 이 학교로 전학을 와서 지민을 보았다. 지민은 신분 해방이 되
어서 겨우 학교에 다닌 그런 아이였다. 승진은 그런 지민을 경멸할 정도로 싫
어했다. 그래서 못살게 굴기로 마음을 먹었고, 그것을 동수에게 얘기하여 지
민을 테러하기 시작한 것이다. 지민은 할아버지와 둘이서 살았다. 지민이의
할아버지는 지민이가 학교를 계속 다니기 바랬지만, 현실이 그렇지 못해서 지
금은 학교에 다니지 못하고 있다. 그러나 신분 해방이 되어서 교육의 기회가
주어진 것 자체에 대해 너무나 감사하고 있었다. 지민이의 할아버지는 학교도
다니지 않은 시절을 보낸 사람으로서 세상물정에는 많이 어두운 편이었다.
　"그 자식, 오늘은 왜 이리 안 보이냐?"
　동수가 말했다.

"어디 이사라도 간 거 아니야? 오늘 돈 뜯으면 네가 애들한테 좀 나누어 주고 그래!"

승진은 동수보다 약간 더 위에 있는 위치에서 말하는 것처럼 굴었다.

"어, 알았어."

동수는 기죽은 듯이 대답했다.

"야, 저거 지민이네 마차 아니야? 뒤에 아주 예쁜 누나가 있는데 누구지?"

승진은 깜짝 놀라서 말했다.

"나도 잘 모르겠는데."

동수는 고개를 저었다.

"지민이에게 얘기해서 저 누나 좀 만나게 해 달라고 해!"

"뭐?"

"말 못 들었어. 지민이에게 얘기해서 저 누나 좀 만나게 해 달라고 하라고"

"아, 알았어."

동수는 마지못해서 머뭇거리다가 대답했다.

◆ ◆ ◆

"여기가 너희 집이니?"

민영이는 집을 쳐다보았다.

"네, 맞아요."

보기에도 허름해 보였고, 금방 쓰러져 버릴 것 같은 집이었다. 집 앞에는 물통들이 몇 통 놓여 있었다. 그리고 집 안에서는 노인이 바깥으로 나왔다.

"콜록콜록, 누구를 데리고 온 거니?"

노인이 지민에게 물었다.

"네, 할아버지 제가 모시고 왔어요. 아니, 저를 구해주신, 아니, 그러니까…, 제가 위험해질까 봐 모람마을로 올 때 꼬리별산 있잖아요. 거기에

산······적들이 많아서······."

지민은 생각지도 못하게 거짓말을 해야 해서 계속 말을 둘러대는 식으로 얘기하다 보니까 노인의 질문에 대답을 제대로 하지 못했다. 정확히 말하자면 산적에게 목숨의 위협을 받고, 그것에 미안함을 느낀 산적들이 자신을 집까지 데려다준 것인데, 그렇게는 말을 못했다. 그 말을 듣고서는 도현은 양심의 가책이라도 느꼈는지 노인을 똑바로 쳐다보지 못했다. 민영은 노인에게 다가가서 상냥하게 인사했다.

"안녕하세요. 지민이가 산에서 너무 위험하게 혼자 물통을 지고 가는 것 같아서, 저도 모람마을에 가는 길이라 같이 왔어요."

"아, 그러세요? 지민이가 친구가 많이 없어서······, 내가 몸이 약하고, 지민이가 혼자서 물통으로 물을 떠야 하니, 얘가 많이 외로운 것 같아요."

"학교에 보내시지 그러셨어요. 이제는 신분 해방이라서 누구나가 다 학교에 갈 수 있잖아요."

민영이가 웃으면서 말했다.

"원래는 학교도 다니기도 했지만, 내가 몸이 너무 약해지고 가게는 누군가가 운영을 해야 하는데, 맡아 줄 사람도 없고 해서, 지금은 학교에 다니지 못하고 있습니다. 신분 해방이 되었다고는 해도 학교에 안 가는 사람이 뭐 어디 저 아이 한 명뿐이겠습니까?"

"하긴, 그렇긴 하죠···"

민영은 슬픈 표정을 지었다.

도현은 민영의 슬픈 표정을 보면서 이해를 하지 못했다. 왜 갑자기 저렇게 슬픈 표정을 짓는지.

"야! 최민영이 이제 그만 가자! 더 이상 있어서 뭐해!"

도현이 말했다.

"왜 그래? 조금 더 얘기하고 가면 되지."

민영은 난감한 표정을 지었다.

"그냥 가자고!! 이미 꼬마는 무사히 바래다주었잖아. 그럼 된 거지 뭐!"

도현은 화를 냈다.

"왜 갑자기 화를 내고 그래!"

민영이 말했다.

"껄껄, 젊은 친구가 혈기가 왕성하네요. 여기까지 우리 지민이를 바래다주셔서 감사합니다. 살펴들 가십시오."

노인이 인사했다.

"지민아 안녕. 안녕히 계세요."

민영이 웃었다.

"꼬마야 간다. 안녕히 계세요."

도현은 민영이가 웃으니 저절로 웃음이 나왔다.

◆ ◆ ◆

"저 두 사람은 갑자기 어디서 나타난 거지? 몇 달 사이 아무리 봐도 저놈 근처에 저런 사람들은 없었는데. 정말 이상하네"

승진이 말했다.

"그러게 말야."

동수가 대답했다.

벽 뒤에 숨어서 지켜보던 승진과 동수였다.

"일단 오늘은 아닌 것 같고, 상황을 봐서 다시 오든가 하자고."

승진이 말했다.

"그러자!"

동수가 대답했다.

◆◆◆

　도현과 민영은 모람마을을 구경하다가 산장으로 돌아가는 것으로 결정했다. 필요한 물건들도 좀 사고 가는 게 나을 것 같아서였다. 도현은 민영이와 단둘이서 모람마을을 돌아다니는 것이 너무 좋았다. 물건도 같이 사고, 아마 '남들이 보면 애인 사이라고 생각하겠지.' 하는 상상에 마음이 들떠 있었다. 실제로 마을에서 물건을 살 때 애인 아니냐고 물어보는 경우도 있었고, 부부 아니냐고 물어본 적도 있었다. 그럴 때마다 도현은 기분이 좋아서 하늘로 올라가는 것 같은 느낌이 들었고, 민영은 얼굴이 빨개지곤 했다. 둘은 그렇게 꼬리별산으로 가려고 했다. 헌데 어느 가게에서 이상한 일이 발생했다.

　"그만 나가게! 우리 가게에서."

　가게 주인인 듯싶었다.

　"아니에요. 저는 정말 훔치지 않았다구요."

　일하는 종업원이 분명했다.

　"자네 밖에 없잖냐. 자네 주머니에도 보석이 이미 들어가 있었다고!"

　"그건 제가 한 것이 아닙니다. 저는 분명 훔치지 않았습니다. 저는 일해야 합니다. 일자리가 없어요."

　"자네처럼 도둑질을 하는 사람을 우리 가게에 둘 수가 없네!! 이만 나가보게!"

　일하는 종업원은 굉장히 억울한 듯한 표정으로 강한 분노에 사로잡혀 있었고, 그 기분을 억누른 채 밖으로 나갔다.

　민영이 그 광경을 보는 것이 도현은 머리가 아픈 일이 또 생길 것만 같다는 것을 예감했다. 요즘에는 자기가 의적인지 산적인지 구분이 안 가는 것 같다. 이게 다 민영이가 오고 나서부터였다.

　"민영아, 네 기분은 뭔지 내가 잘 알아. 정말 잘 알지. 네가 무슨 말을 할지 나는 너무나 잘 알고 있어. 그런데 민영아 우리는 산적이야. 우리의 본분을 잊어선 안 돼. 알았지? 우리는 우리 일로 바쁘다는 것을!"

"알았어. 오늘은……, 어차피 오늘은 한 번 귀찮은 일도 한 거잖아. 두목에게는!"

"알긴 아는구나. 이번엔 그냥 좀 가자!"

6

다음 날, 지민은 일찍 나와서 가게 일을 준비하려고 했다. 물통도 정리하고 가게 청소도 하고 있었다. 그는 학교에 가지 않는 것이 더 기쁘다고 느끼고 있었다. 가봤자. 괴롭힘과 따돌림만 당하며 학교생활에는 적응하기가 더 힘들었다. 무엇보다 견디기 힘든 것은 신분 해방이 되었어도 자신을 멸시하고 있는 같은 반 친구들의 태도였다.

지민은 학교에 가지 않고도 어차피 물장사하면서 살면 그만이라는 생각도 했다. 어차피 할아버지는 편찮으시고, 자기가 아니면 가게는 돌아가지 않는다. 학교에서 학문을 배운다. 그것은 있을 수도 없는 일이다. 한편으로는 친구들끼리 재밌게 놀고 얘기하는 모습들을 보면 '나는 왜 그럴 수가 없을까??' 라는 생각도 들면서 자신을 자책하고는 했었다. 친구들이라는 것은 무엇인지, 왜 자신의 신분은 노예였는지, 인본이란 무엇인지 그 모든 것들에 대한 갈증, 그랬다 적어도 그는 학교는 다니지 않아도 책을 좋아해서 책을 읽고는 했었다.

온새미로마을에서 산 《레미제라블》 책에서 책장을 넘기다가 이런 것을 보았다. "이성은 학문과 지혜를 단식할 때 야윈다."라고…. 지민은 학교생활에서 배워야 할 것들을 배우지 못하더라도 책이라도 읽어야 한다는 생각을 더 마음속으로 새겼다. 그는 멀리서 누군가가 오는 것을 보았는데 학교 다닐 때 자신을 못살게 굴었던 애들이었다. 승진과 동수의 모습이 보였다.

"야, 유지민, 오늘 돈 가지고 왔어? 너 요즈음 물 팔아서 장사 좀 된 거 아냐?"

동수가 물었다.

"아니, 아직 돈이 없어. 어제 물 뜨러 갔다가 와서 이제 장사 하는 거거든."

지민이가 대답했다.

"야 돈은 됐어. 그것보다 어제 너랑 같이 있던 그 누나 있지. 그 누나 좀 만나게 해줘"

승진이가 말했다.

"뭐?"

"돈은 없어도 돼. 그것만 해주면 널 친구로 받아줄게!!"

승진이가 말했다.

"나도 그러고 싶지만, 어제 잠깐 만난 사람이야."

"거짓말 마!! 꽤나 친한 사람 같던데, 그리고 잠깐 만난 사람이 어떻게 네 마차를 타고 와!!"

동수가 소리를 질렀다.

"그건 내가 꼬리별산을 지나가면서 모람마을로 올 때, 강도를 당할까 봐 꼬리별산에서 만나서 같이 온 거야!! 그 사람들은 꼬리별산에 있는 산적들 이야. 그 누나나 형이나 산적이지만, 그 누나가 없을 때, 그 형이 나에게 산 적질을 했었지. 내가 애원하고 빌고 있을 때, 갑자기 뒤에서 그 누나가 나타 나서 산적이지만 가난한 자들의 마차를 터는 것을 싫어한다고 얘기하고는 산적 형이 나에게 한 산적질을 막아주었어. 그 형도 누나의 말을 들었지. 게 다가 꼬리별산은 위험하니까 도착할 때까지 강도를 당할 수도 있으니, 그 형 에게 말해서 그 형과 같이 나를 집까지 바래다 준다고 그런 거라고!!"

"너 계속 거짓말 할 거야? 싫으면 싫다고 하지! 왜 계속 거짓말을 하고 그 러냐? 어떻게 산적이 너를 지켜줘?"

승진이도 소리를 질렀다.

"이제 학교도 안 다니겠다. 산적이라는 말까지 하면서 이런 식으로 나온 다 이거지!"

동수가 인상을 썼다.

"아니야. 그런 거."

"그럼 돈도 없다고 하고, 거짓말도 하고!"

승진이는 심술을 부리고 싶어졌다.

"정말이라고!! 그럼 나하고 같이 꼬리별산에 가보면 될 거 아냐!!"

"너 같이 가서 아무 일도 없으면 어떻게 할 거야?"

승진이가 물었다.

"정말이라고!"

지민은 꼬리별산에 가더라도 산적들을 다시 만난다는 보장은 없었지만 자신을 믿어주지 않는 애들에게 거짓말까지 한다는 말까지 듣는 것이 싫어서 꼬리별산으로 가보자는 말까지 했다.

"꼬리별산 어디에 있는데?"

동수가 물었다.

"가다 보면 있어."

"좋아!! 꼬리별산에 같이 가보자. 대신 없으면 그땐 정말 각오해야 할 거야!"

승진이가 말했다.

"그래!"

셋은 같이 꼬리별산에 올라갔고, 지민은 자신이 강도를 당할 뻔했던 장소로 왔다. 그러나 산적들은 보이지 않았다. 지민은 자신이 큰소리친 것을 후회하고 있었다. 너무나 큰 도박이 아니던가. 그때 한 번 만났던 산적을 지금 다시 만난다는 것이 말이 되지 않는다. 여기는 그냥 지나가는 길이 아니던가.

"야, 어디에 있는데?"

동수가 짜증나는 듯이 물었다.

"그게…."

"너 이 자식이 거짓말이었잖아."

동수가 화가 나서 말했다.

"아니야, 정말 있다고!"

지민은 큰소리를 쳤다.

"이 자식이 정말!"

동수가 지민의 멱살을 잡았다.

"야, 그만둬!!"

승진이는 손으로 동수의 어깨를 잡았다.

"네가 여기에 계속 있다고 주장하는 이유가 뭐야?"

승진이가 말했다.

"정말 여기서 봤다고!"

지민은 말했다.

"좋아! 그러면 일주일 정도 시간을 주지! 네 말이 정말 그대로라면 일주일 안이면 되겠지. 만약 일주일 뒤에도 아니라면 그땐 정말 끝이야. 알았지."

승진은 인상을 찌푸리며 말했다.

"알았어."

지민은 일주일 안에 어떻게든 그 산적들을 만나야겠다고 생각했다. 그리고 그 누나를 만나서 부탁을 해야겠다고 마음먹었다. 그래서 자신이 꼭 그 누나를 만나서 친구로서 인정받고 싶었다.

승진은 돌아오면서 씁쓸한 표정을 지었다.

"승진아, 나는 네가 왜 그 누나를 만나고 싶어 하는지 모르겠어. 우리보다 나이도 많고……."

동수가 가는 길에 물었다.

"넌 몰라도 돼."

승진은 그 누나를 꼭 만나고 싶어 했다. 자신이 좋아했던 자신의 죽은 누나랑 닮았기 때문이다. 승진은 누나가 한 명 있었다. 이름은 반다현이었다. 부모님은 바쁘셔서 그다지 승진을 돌봐주지는 않지만 승진은 자신의 누나가 자신을 잘 돌봐주는 것이 너무 좋았다. 다현은 귀족이지만 신분 해방 전에 노예를 사랑했었다. 귀족과 노예의 혼인은 이루어질 수가 없다. 게다가 다현의 혼인은 이미 정해진 사람이 있었다. 귀족집안이면 누구나가 다 똑같은 것 아닌가. 다현이네 가문은 조금씩 가세가 기울어지고 있었지만, 다현이랑 결혼하는 집안은 귀족가문 중에서도 알아주는 곳이었다.

그러나 다현은 그 남자와 혼인하기를 원치 않았다. 항상 똑같은 방식, 똑같은 예의, 어쩔 수 없이 웃어야 하는 모습, 어쩔 수 없이 싫어하는 표정을 짓는 그런 모습, 만들어지고 인위적인 모습들, 그런 곳에서 숨 쉬고 있는 자신을 돌아볼 때마다 구역질이 나는 것 같았다. 그런 것들을 지켜나가면서 한 가지를 하더라도 뭔가를 지키면서 실행해야 하고, 뭐 한 가지라도 하려면 걸리는 게 많은 것 같은 그런 느낌들이 싫었다. 오히려 그런 보여지는 예의가 자신을 좀 먹고 있는 것 같았다. 다현은 그런 것을 질색했다. 다현은 결코 혼인을 하고 싶어하지 않았다. 그래서 다현은 혼인을 계속 미루는 방법을 쓰기로 했지만, 그것도 한계는 있었다.

결국에는 결혼하게 될 집안에서 다현이가 노예와 만나는 것을 알게 되었다. 결혼을 계속 미루는 것도 결국에는 노예 때문이라는 것을 알게 되면서 다현이가 사랑하는 노예 남자를 죽이기로 마음먹었다. 노예 한 명 죽인다고 해서 어차피 어떻게 될 것도 아니니까. 다현을 사랑한 노예 남자는 다현을 집 근처까지 바래다주고 돌아오는 길에 뒷골목에서 죽임을 당했고, 다현은 배가 고플까 봐 빵이라도 하나 더 챙겨주러 다시 찾아갔다가 그만 자신이 사랑하는 남자가 죽어가는 것을 눈으로 목격한 것이다.

그 노예 남자는 죽어가면서도, 남자의 복면을 벗겨서 얼굴을 보았고, 그 얼굴은 바로 자신이 결혼하게 될 집안의 남자의 시종이었다는 것을 눈으로 확인하였다. 다현과 결혼하게 될 집안의 남자 시종은 도망가다가 다현이에게 보이게 되었고, 그는 다현이가 자신을 보았는지는 몰랐다. 다현은 재빠르게 뛰어가서 죽어가는 자신이 사랑하는 남자를 끌어 앉은 채 그가 죽어가는 모습을 지켜보았다. 그리고 다현은 스스로 자살을 결심하게 되었다.

그 모든 이야기들을 자살하기 전날, 다현은 지민에게 알려주었고, 그다음 날 다현은 자살하게 되었다. 지민을 괴롭힌 것도 누나를 빼앗아간 것에 대한 화풀이였다. 승진은 지민이와 같이 있던 누나에게 어떤 어려움이 있다면 자신이 도와주고 싶었다. 지민이는 노예이니까. 노예라는 이유가 누나를 빼앗아간 것에 대한 상처를 건드리는 것이었다. 그렇지만 그것도 내려놓기로 했다. 지민을 친구로 받아주겠다는 것도 지민을 통해서 자신이 민영을 만나게 된다면 자신의 상처를 내려놓을 수 있는 시작이라고 여겼다.

하지만 그것은 너무나 큰 욕심이었을까? 승진이가 지민을 통해서 민영을 만나 도움을 주겠다는 선한 의도는 비극적으로 이어졌다. 애초부터 지민을 못살게 굴었던 의도로 시작된 만남 아니던가. 결과는 참담했다.

◆ ◆ ◆

"약혼녀가 죽고 나니까 기분이 어떤가? 벌써 한 석 달 지났나?"

"기분 드러워! 그런 지저분한 노예새끼보다 내가 못한 게 뭐냐고!"

"야, 그런 소리, 이제 하지마, 이미 신분 해방되었잖아. 이제 모든 사람이 평등하다고!"

"모든 사람이 평등? 웃기지 말라고 그래, 그런 세상은 오지 않아. 세상이 만들어진 이래로 지금까지 그런 일이 가능했을까? 웃기는 소리지! 하하하하 하하!! 노예들은 그저 꼴뚜기 신세일 뿐이야!"

그는 비웃었다.

신분 해방을 인정하지 않고 자신의 주장을 펼친 이 자는 바로 다현이의 약혼자였다.

그의 이름은 이익배였다. 그는 나이가 조금 있는 중년의 남자였다. 이익배는 굉장히 오만하며 자기 자신밖에 모르고 이기적인 인물이었다. 그는 돈과 권력으로는 무조건 다 이룰 수 있다는 생각에 빠져 있었다. 그는 자신의 약혼녀가 죽은 것에 굉장히 분노하고 있었다. 무엇보다 노예에게 자신이 밀렸다는 것이 너무 화가 난 일이었다. 그래서 다현이의 집안을 더욱 몰락시키는 데 일조했다. 혼사를 깨뜨린 대가로 더 많은 돈을 요구했다. 그는 자신의 시종인 강달수를 깊게 믿고 있었고, 달수만이 자신의 일을 처리하는데 가장 제대로 된 역할을 하고 있다고 믿고 있었다. 이 정도쯤 얘기하면 아마 다현이가 사랑한 노예 남자를 죽인 인물이 강달수라는 것쯤은 알고 있을 것이다.

익배는 다현의 동생인 승진이를 싫어했다. 승진이의 맹랑함이 자신과는 맞지 않았다. 한 번은 다현이에게 접근하려 들 때, 갑자기 나타나서는 자신의 엉덩이에 똥침을 놓는 것이었다. 그래서 똥꼬가 아프다고 큰 소리로 말하는 일이 발생했다. 자신과 결혼하게 될 사람 앞에서 그런 굴욕감을 주기도 하는 그 동생이라는 존재가 눈엣가시처럼 자리 잡혀있었는지, 그는 다현이가 죽고 나서 왠지 모르게 자꾸 다현의 동생이 눈에 거슬렸다. 뭔가 있을 것 같다는 생각이 들었다. 자신이 죄를 짓고 있다는 느낌을 다현의 동생인 승진을 통해서 풀고 싶었는지도 모르겠다. 그는 다현의 동생을 계속 감시하라고 강달수에게 시켰다. 달수도 승진을 미행하면서 다현이랑 비슷하게 생긴 얼굴을 보게 되었다. 바로 민영이었다.

"저, 어르신, 잠시 바깥으로 나와서 이야기하셔야 할 것 같습니다."

달수는 익배에게 귓속말로 얘기했다.

익배는 친구와 이야기 하는 중에 자신의 시종이 찾아서 이야기를 끊고는 밖으로 나갔다.

"승진이가, 아무래도 자신의 누나랑 닮은 사람을 찾고 있는 것 같습니다."

달수가 말했다.

"뭐, 다현이랑 닮은 사람이 있단 말인가?"

"예. 그렇습니다."

"걔, 집안은 어떤 집안인데?"

"저도 거기까지는 조사를 못했습니다."

"왜 조사를 못한 거지."

"그거야 승진이를 계속 감시해야 하니까 그렇죠."

"그렇군, 자네는 내가 준 임무에 항상 최선을 다했지. 일단 승진이를 계속 감시해 봐. 그러면 다현이랑 닮은 얼굴을 가진 계집을 만나게 될 거야. 그런 다음 그 계집을 뒤쫓아서 그 계집에 대해서 알아봐!"

"예, 알겠습니다."

7

다음날, 지민은 자신이 전에 그 산적들을 만난 장소로 다시 올라가 보기로 했다. 그래서 그 산적을 만나게 된다면 꼭 부탁하겠다고 결심을 했다를 결심을 했다가 아닌지, 띄어쓰기 문제가 있는 것 같아서 한번 살펴주시고 교정부탁드립니다. 그러나 아무리 기다려도 산적들은 나타나지 않았다. 일주일 동안 내내 기다렸는데도 산적들은 보이지가 않았고, 지민에게는 점점 절망이 다가오는 것 같았다. 하루하루 지나갈 때마다 찾아오는 어둠의 발걸음은 자신을 더 추하게 만드는 것 같았다. 우정을 구걸로 메꿀 수밖에 없는 것일까? 지민은 자신이 꼬리별산에 올라갈 때마다 추잡해지는 자신을 혐오하고 있었다. 지금은 신분 해방이 되었지만, 귀족집안과 친구가 된다는 것이 자신에게는 친구보다는 하인 노릇이나 하는 사람처럼 느껴졌다. '친구가 된다면 정말 달라질 수 있을까?'라는 의문이 남았다. 친구가 된다면 그런 괴리감에서 벗어날 수 있을 것 같다는 환상, 그런 환상이 지민을 더 노력하게 만들었다.

그렇게 일주일 동안 기다렸지만 한 번도 그 산적 형도, 산적 누나도 만나지 못했다. '이렇게 산을 내려가면 이제 자신은 영영 거짓말쟁이가 되겠지.'라고 말이다. 산으로 내려오자마자 밖에는 승진이 혼자 와서 지민을 기다리고 있었다.

"야, 유지민!"

"어…"

지민은 외면하는 모습을 보였다. 얼굴을 마주할 자신이 없었다. 자신은 이제 거짓말쟁이가 된 것이다. 그 누나를 다시 만나지 못했으니까. 그날 이후로…….

"찾았어?"

"아니…."

"그럼 넌 이제 거짓말쟁이야. 아마 네 주변에 친구도 한 명 안 남을 테니까. 이 바닥에서 장사하기도 어려울지도 모르겠다. 여기 주변에 친구들이 너희 가게에서 퍽도 물이나 사 먹을까?"

"그래……, 근데 너는 왜 그 누나를 찾는 거냐? 우리보다 나이도 많잖아."

"뭐?"

"넌 왜 그 누나를 찾냐고?"

"네가 그걸 나에게 물어? 네까짓 게!"

"왜? 나는 물어보면 안 되는 건가?"

"그 누나도 못 찾으면서 네까짓 게 그런 걸 물어!!"

승진이는 주먹으로 지민을 때렸다. 지민은 주먹에 얼굴을 맞았고, 또 맞았다. 입술에는 빨갛게 피가 묻어났고, 승진은 지민이를 계속 때렸고 지민은 계속 맞고만 있었다.

"한 번 더 기어오르면 그땐 죽을 줄 알아!"

"……."

승진은 그대로 떠나버렸고, 지민은 바닥에 앉아서 먼 곳을 쳐다보았다. 내 주제에 무슨 친구야. 항상 외톨이였는데, 친구라는 건 가진 게 많은 사람들에게 주어진 선물과도 같은 거지…. 나 같이 아무것도 없는 사람에게 친구란 심연 속의 진주와도 같아. 귓가에 지저귀는 새소리가 친구가 부르는 소리였다면 그 소리에 장단 맞추어 기쁜 얼굴로 답해주고 싶어라. 지민은 그렇게 친구를 그리워했다. 자신이 가진 것이 없는 자라는 사실을 뼈저리게 기억하면서…….

그는 입술에 흐르는 피를 닦고서 모람마을로 돌아가려고 하는데, 그때 민영을 만나게 되었다. 민영도 지민을 보게 되었다. 민영은 모람마을에 물건을 사러 왔다가 산장으로 돌아가려고 하고 있었다. 지금 있는 장소는 정확히 말하자면 꼬리별산으로 들어가는 입구였고, 승진도 지민이가 민영을 찾았으면 빨리 만나고 싶어서 꼬리별산 입구에서 기다린 것이다. 아마 독자들은 알고 있겠지만, 승진이가 지민을 때린 것은 자신이 민영을 만나지 못한다라는 것에 대한 앙갚음이었으리라.

"오랜만이네! 너 지민이 맞지?"

지민은 자신의 얼굴이 맞은 것이 부끄러운지 민영을 살짝 피하고 있었다. 그렇지만 속으로는 민영을 무지 반가워하고 있었다. 일주일 동안 찾아다니고 나서 이제야 만나게 됐으니까 말이다.

"저…, 누나…, 제 부탁 좀 들어주세요……."

"뭔데?"

민영은 무지 궁금했다. 지민은 간곡하게 민영에게 부탁했다. 자신을 위해서라도 승진을 만나게 해달라고…….

"걔만 만나주면 되는 거니?"

민영이가 물었다.

"네"

"근데 너 얼굴은 왜 그래? 친구랑 싸운 거야?"

"아, 아니에요. 저 친구 없어요……."

"그럼 승진인가 걔는 친구 아니니?"

"친구가 될 것 같아요."

"친구가 될 것 같다니, 참 이해가 안 가네. 알았어. 너희들만의 뭔가가 있겠지. 일단은 만나 줄 테니까, 걱정 말고. 음, 내일 너희 집으로 갈게. 너희 집 어디 있는지 아니까. 거기서 만나자. 그 친구도 오라고 해."

지민이는 집으로 돌아가면서 내일 만나게 될 민영이 누나를 생각했다. 그리고 아까 승진이에게 너무 맞았지만, 큰소리칠 구실이 생겨서 기분도 좋아졌다. 지민은 내려가면서 자신의 입장을 전달할 생각에 빠져서 흥얼거리며 모람마을로 가고 있었다. 그래서 승진이도 만나고 동수도 만나서 자신의 입장을 충분히 얘기하리라. 지민은 맞은 얼굴 부위야 어쨌든 기분이 좋아서 웃으면서 아픔도 잊고 있었다. 지민은 자신의 가게로 오는 길 앞에서 승진이와 동수를 만나게 되었다.

"야, 너 거짓말이었다며!"

동수가 아주 큰 소리로 지껄였다.

"아니야. 내일 오기로 했어. 오늘 오다가 그 누나를 만났고, 내일 만나기로 했다고!"

"이 자식! 이거 또 거짓말하네. 계속 거짓말할 거지 너! 괴롭힘을 당하고 싶지 않으니까 아주 발악을 하는구나!"

동수는 화가 나서 말했다.

"동수야, 잠깐!"

승진은 동수의 어깨를 붙잡았다.

"정말이냐?"

승진이가 물었다.

"그래, 정말이야."

지민이가 말했다.

"승진아. 너 쟤 말 믿는 거야?"

동수가 물었다.

"좋아! 그러면 이번이 정말 마지막이야. 내일 왔을 때 없다면 각오를 해야 할 거야!"

승진이가 말했다.

"그래! 나도 자신 있으니까!!"

지민은 아주 당당하게 말했다.

동수는 끝까지 믿어서는 안 된다며 승진이가 기다려주는 것을 못마땅하게 여겼다. 이미 일주일은 지났고, 내일은 이미 일주일이라는 시간을 어긴 것이며, 이번에도 시간 끌기를 할 속셈으로 비추어진 것이다. 동수는 끝까지 믿어서는 안 된다며 고래고래 소리를 질렀다. 동수는 어쩌면 자신의 힘자랑을 하고 싶었는지도 모르겠다. 동수는 자신의 힘이 가득하다는 것을 지민을 통해서 알려주고 싶었다. 자신의 열등감을 지민을 통해서 제거하고 싶었는지도 모르겠다. 동수도 지민이만큼 약한 부분들이 있다. 그러나 그것은 드러나지 않는다고 착각을 하는 것이다. 아니, 오히려 힘으로 짓밟아야만이 그것이 더욱 드러나지 않을 거라고 생각했다. 동수는 자신의 가진 약함을 드러내지 않기 위해 더욱 더 소리를 지르며 승진을 꼬드기고 있었다. 그러나 승진은 시간을 더 주기로 하였다. 그 누나를 만날 길은 오로지 지민이 밖에 없으니까.

8

다음날, 약속한 날이 되었다. 승진과 동수는 지민의 가게 앞으로 나왔다. 지민도 할아버지 몰래 가게 앞으로 나왔다. 지민의 할아버지는 편찮으셔서 대부분 집안에만 계신다. 가게 앞에서도 동수는 지민을 믿지 못했지만, 승진의 명령 때문에 어쩔 수 없이 가게 앞으로 나올 수밖에 없었다. 그는 오늘 정말 민영이가 나오지 않는다면 지민을 가만히 두지 않을 생각이다. 승진은 떨떠름한 표정을 짓고 있었다. 그래도 한쪽 마음 구석에서는 민영이가 나오는 것을 기대하고 있었다.

"야, 유지민. 너 정말 오늘 그 누나가 나오는 거 맞아?"

동수가 물었다.

"어, 정말이야!"

지민이 대답했다.

"아직 시간이 조금 남았지. 조금 기다려보자!"

승진이가 말했다.

멀리서 발걸음 소리가 들리고 낯익은 모습이 눈에 비치기 시작했다. 둘은 멀리서만 지켜본 민영의 모습을 보게 되었고, 지민은 민영을 보았을 때, 자신에게 어떤 누명이 씌워지고, 이제 그 누명이 풀린 것 같은 느낌을 받았다. 무엇보다 이제는 더 이상 괴롭힘도 당하지 않을 것이며, 친구로 존재할 수 있는 길이 생겨서 기뻤다.

"지민아, 네가 말한 친구들이 이 친구들이니?"

민영이 물었다.

"예, 맞아요. 누나!"

지민이 말했다.

"예, 안녕하세요. 저는 승진입니다. 반승진입니다."

"예……, 저는……. 민… 동…수입니다."

승진은 아주 반갑고 당당하게 민영에게 자신의 이름을 밝혔지만, 동수는 이런 상황이 아주 낯설고 어색한지 자신의 이름을 또박또박 말하지는 못했다. 동수는 어쩌면 자신에게 힘자랑할 수 있는 상대가 아닌 자에게는 어떻게 대해야 하는지조차 모르는 건지도 모르겠다.

"해서 나를 만나자고 한 이유가 뭐지?"

민영이 말했다.

"여기에서 말하기가 조금 그래서요. 일단은 내일 지구가 태양을 가장 그리워하는 정오에 모람마을의 조각공원에서 누나를 기다릴게요. 저랑 단둘이 만나는 거예요. 나와 주실 수 있겠어요?"

승진이 말했다.

"뭐? 나이도 어리면서 꽤나 이상한 말을 하는구나!"

민영이 웃으면서 대답했다.

"저는 나이는 어리지만, 생각은 꽤나 성숙하다고 생각합니다."

"나이가 12살 아니니?"

"나이는 12살이지만, 저는 어릴 때부터 책을 참 좋아했거든요. 지식으로 성숙을 만들 수 있다고 생각하시나요?"

"지식으로 성숙을 만들 수는 없을 것 같은데…, 아닌가?"

지민은 민영과 승진이의 대화를 듣고는 어리둥절한 표정을 지었다.

"나이가 오십이 되어도 나이가 육십이 되어도 지식만 습득해서는 절대 성숙해질 수 없죠. 그래서 저는 지식으로 성숙을 만들려고 했던 잘못된 교육에서 벗어나, 스스로 꿈꾸었던 이상을 실현하려 노력하고, 나를 가두고 있던 자아를 씹어 삼키려고 해요!"

승진은 아주 자신감 있게 말했다. 마치 살아있다면 누나인 반다현에게 자랑이라도 하고 싶다는 듯이 말이다.

"이상한 말을 하는 친구구나! 학교 교육에는 그다지 흥미가 없을 것 같은데……."

민영이 말했다.

"네. 그렇습니다. 저는 누나와 아주 친하게 지내고 싶어요. 누나에게 어떤 어려움이 있다면 제가 도움을 드리고도 싶구요!"

승진이 말했다.

"도움을 주고 싶다고? 나에게? 너는 내가 누구인지 알고 그러는 거니?"

민영은 처음부터 자신이 가지고 있는 사유를 깊이 드러내며 지금은 민영이 자신에게 다짜고짜 덤벼드는 승진이가 자신에게 왜 이러는지 알고 싶었다.

"누구인지는 몰라요. 그래도 적어도 지민을 보고 있으면 그런 생각이 들더라구요."

승진이 말했다.

"지민이랑 친하니?"

민영이의 물음에 승진은 잠시 난감한 표정을 지었다.

"지민이랑 아주 많이 친해요."

승진이 말했다.

승진이나 동수도 민영이에 대해서는 잘 몰랐다는 것이다.

잘 몰랐다. 승진은 그저 자신이 죽은 누나랑 닮았다는 이유 하나만으로, 지민을 더욱 괴롭힐 거라는 협박으로 불러내서 민영을 만났고, 민영에 대해서 제대로 알지도 못하면서 도움을 주겠다고까지 했다. 승진이 그저 생각하고 있는 것이라고 한다면, 애초부터 자신이 지민을 약자로 알고 있었고, 약자랑 친하게 된 민영이도 약자이므로, 분명히 자신의 도움이 많이 필요할 것이라고 생각하고 있었던 것을 지금 이야기하고 있는 것이다.

"그래, 말만 들어도 기쁜 일이네. 나를 도와주겠다니 말야!"

민영은 애들이 하는 말이니, 그저 기쁘다고 하면 그만이라고 얘기해 버리고는 설마 자신이 애들에게 자신이 도움받는 일이 생길까 하는 의문을 가지게 되었다. 그래도 거절해버리면 어린아이들의 가슴에 상처를 남기게 되니까. 긍정이라는 선물을 주자고 여겼다. 아이들에게 긍정이란 얼마나 큰 환상을 심어주는가. 산타할아버지에 대한 긍정이 존재하듯이….

"그럼! 내일 뵙겠습니다!"

승진이가 꾸벅 인사했다.

"저… 안…녕…히…. 계세요……"

동수가 아주 어설프게 인사했다.

"누나, 오늘 고마웠어요. 들어가세요."

지민이가 인사했다.

"그래, 안녕!"

민영은 인사하고는 곧바로 산장으로 돌아갔다. 헌데 민영이가 혼자서 요즘 돌아다니는 일이 많아서 그런지, 도현은 걱정이 앞섰다. 계속 혼자 돌아다니는 것이 마음에 걸리는 것인지, 아니면 다른 남성이라도 만나는 것이 아닌가 하는 의문이 말이다. 어디 애인이라도 생긴 것인지, 아직 자신은 고백도 못하고 있는 상황이 아닌가. 그는 돌아오는 민영을 보고는 일단은 안전하게 산장으로 돌아왔으니 별일 없겠다 싶었지만, '민영에게 어떤 애인이 생긴 것은 아닐까.'라는 생각에 화가 나기도 했다.

"너 요즘 어딜 그렇게 혼자 돌아다니냐?"

도현이 민영에게 물었다.

"아, 전에 그 꼬맹이 좀 만났어!"

"전에 바래다 준 그 꼬맹이"

도현은 이해가 안 가는 듯 물었다.

"응."

"뭐 하러, 네가 그런 꼬맹이들을 만나. 너 지금 뭔가 나에게 숨기는 게 있지."

도현은 정말 이해가 안 가는 듯 화난 목소리로 말했다.

"뭘! 내가 숨겨!"

민영은 딱 봐도 자신이 화를 당해야 될 이유를 몰랐다. 그런데 갑자기 화가 난 도현을 보며 쥐어박고 싶은 충동을 느꼈다.

"숨기는 거 있잖아!"

도현은 더 강하게 추궁했다.

"숨기는 거 없다고!"

민영은 화가 나서 강하게 소리쳤다.

"숨기는 거 있는 거 알아!"

"아, 나 정말!" 민영은 도현의 머리를 자신의 주먹으로 쥐어박았다.

"아야,"

도현은 자신의 머리를 손으로 만졌다.

도현은 아무래도 심상치 않았다. 자주 혼자 산장을 내려가서 무슨 짓을 하고 돌아다니는지 미행을 해봐야겠다고 여겼다. 물론, 지금까지 도현은 한 번도 민영을 미행한 적은 없었다. 줄곧 단체로 행동하거나 두 명 이상 그러니까, 자신과 같이 다니고는 했었는데, 요즘 들어 부쩍 혼자서 행동하는 일이 많은 것 같았다. 내일은 기필코 뒤를 밟아야겠다고 여겼다.

◆◆◆

"마을 조각공원에서 정오에 그 계집을 만날 수 있을 것 같습니다."

강달수가 말했다.

"정오라, 승진을 미행하면서 알게 된 건가…."

이익배가 흐뭇해하며 말했다.

"네, 오늘 만나는 것까지 확인했습니다."

"내일 그 계집을 만나게 된다면, 이 검을 그 계집의 옆구리에 찔러. 알았지? 죽여서는 안 돼. 되도록 상처만 남기는 그 정도로만 남기란 말야. 그다음에는 내가 그 계집에게 접근할 테니까, 알겠지?"

익배는 검을 달수에게 전해주며 말했다.

"예, 알겠습니다."

"내일이 아주 기대되는 군, 가뜩이나 승진은 항상 내 눈엣가시 같은 놈이었으니까."

9

모람마을에는 조각공원이 있다. 조각공원에는 여러 조각들이 있었다. 얼굴만 있는 조각도 있었고, 다리만 있는 조각도 있었으며 남녀가 포옹하고 있는 조각도 있었다. 공원의 중앙에는 자신의 항문을 뒤돌아서서 쳐다보고 있는 조각이 있었다. 자신의 항문을 쳐다보고 있는 조각, 그것은 무엇을 의미할까? '몰래 어두운 행동들을 하는 것을 경계하라는 것인지, 혹은 자신의 은밀한 행동은 남이 모른다.'라는 것을 의미하는 것인지. 자신이 뒤돌아서서 항문을 쳐다보고 있는 조각은 볼 때마다 생각이 많이 들게 하는 작품이었다. 원래 인간이란 자신의 항문을 볼 수가 없다.

조각공원에서 지구가 태양을 가장 그리워하는 시간인 정오가 되었다. 승진은 정오가 되기 훨씬 전부터 조각공원에서 기다리고 있었다. 어린이의 들뜬 마음은 시간을 앞서서 행동하게 만드는 데 기여하게 되어있다. 동수와 지민이도 몰래 나와서 엿보고 있었다. 지민은 약속대로 민영을 만나게 해주어서, 지금은 동수하고도 사이가 좋아졌다.

민영이 약속장소에 나타났다. 승진은 두근거리는 자신의 심장을 끌어안은 채, 민영을 만나러 달려가고 있었다. 승진은 민영을 만나러 가려고 하는데, 뒤에서 검을 들고 나타난 남자가 민영을 찌르려고 하는 것이 너무 빤히 보였다. 민영은 너무나 기습적인 상황이라 뭐가 뭔지도 잘 모르고 있었다.

"안 돼, 위험해!!!!"

승진이가 소리쳤다.

승진은 그 검을 들은 남자를 보며 자신이 민영을 밀치고 그 검을 맞아 버렸다. 너무나 순식간의 일이었다. 승진은 몸에 검이 박힌 채 쓰러졌다. 달수는 민영에게 살짝 상처만 줄려고 달려든 것이었는데, 승진이가 민영을 밀치는 것을 보고는 자기도 모르게 힘이 더욱 들어가서 승진을 찔러버린 것이었다. 그리고 가장 깊숙한 곳까지 검을 밀어 넣어 버렸다. 물론 달수는 승진을 찌르지 않을 수도 있었다. 헌데 승진이가 민영을 밀쳐버리는 순간, 승진을 자기도 모르게 찔러 버린 것이었다. 승진이가 자신의 생명을 위협하는 뭔가로 느껴버린 것일까? 그런 반사적인 행동으로 인해 승진은 검에 찔려버렸다.

승진이가 검에 찔려 쓰러진 걸 본 후, 계획이 실패했다고 생각되어 후다닥 도망가기에 바빴다. 그것을 보고는 도현은 민영이 앞에 나왔다가 눈만 민영이랑 마주치고는 승진을 찌른 달수를 뒤쫓아 갔다. 도현은 뒤에서 보고 있었다. 그것은 분명 민영을 노리는 검이었다는 것을. 민영이의 목숨을 노린 것을 결코 그냥 볼 수가 없었다. 그래서 달수를 추격하기로 했다.

"피가 나…. 누구 없어요. 도와주세요!! 도와주세요!! 아이가 죽어갑니다!"

민영은 큰 소리로 죽을힘을 다해 외쳤다.

공원에는 사람이라고는 찾아보기가 힘들었고, 있더라도 도와주는 사람은 없었다. 어차피 죽어가는 사람들은 길거리에서 흔히 볼 수도 있었다. 배가 고파서 죽은 사람들이 대다수였다. 빈부의 격차는 굉장히 심했고, 나라의 재정문제는 심각했다.

"괜찮아요. 누나. 한 번이라도 좋으니……이거 머리핀 한 모습 보고 싶어서…… 이거 내가 산 건데, 누나가 죽은 우리 누나랑 참 많이 닮았어요…. 그래서 누나, 이 머리핀 누나 가져줄래요?"

"그래, 알았어!"

민영은 눈물을 흘렸고, 승진을 바닥에서 자신의 무릎으로 끌고 와서 손을 잡아주며 말했다.

"누나 이름이 뭐예요?"

"최민영이야."

민영은 머리핀을 자신의 머리에 하면서 말했다.

"아직까지 누나 이름도 몰랐네….."

동수와 지민은 엿보고 있다가 민영이와 승진이가 있는 곳으로 왔다. 동수와 지민은 이미 배에 검이 박혀버린 승진을 보았다.

"이 자식들, 여기 나오지 말랬지!"

승진은 입에서 피 흘리며 웃고 있었다.

"승진아. 괜찮아?? 네가 민영이 누나를 찾는 이유를 알 것 같아."

지민이가 울면서 말했다.

"나도…."

동수도 울면서 말했다.

"이런 들켜버렸네……. 누나가, 귀족을 좋아하지 않는 거 알고 있어요. 말하지 않아도 느낌으로 알 수 있어요. 그래도 누나랑 대화하고 싶고, 친하게 지내고 싶었는데, 그러지 못할 것 같아서 용기가 너무 부족했어요. 저는 귀족이니까요."

"아니, 괜찮아. 귀족이라고 해도 너라면 괜찮아."

민영은 눈물을 흘리면서 손을 잡아주며 말했다.

"머리핀 하니까, 정말 우리 누나 같아, 하아……, 하아……. 왜 이렇게 숨을 쉬기가 힘들지……."

"승진아! 병원에 가자!"

민영이가 다급하게 말했다.

"아니요. 전 이제 틀렸어요!"

승진은 고개를 저으며 말했다.

"이제서야…, 죽은 누나의 마음을 알 것 같아요. 아니 민영이 누나가 지민이랑 친하냐고 물어봤을 때, 제가 얼마나 오만한 사람인지 알았어요. 죽은 누나가 왜 그 형을 사랑했는지 이제야 알게 되었어요."

승진은 눈물을 흘렸다.

"무슨 말인지 모르겠지만, 하고 싶은 말 있다면 다하렴…. 다 들어줄게!"

민영은 흘러나오는 눈물을 부여잡고 승진을 보고 있었다.

"이 자식들아. 동수야……, 지민을 친구로 잘 대해줘… 내 명령이야… 안 지키면 넌 나한테 죽는다……."

승진은 동수와 지민을 번갈아 쳐다보았다.

"승진아, 알았다……울지마!"

동수가 말했다.

"승진아…, 말을 많이 하지마!"

지민은 승진에게 말했다.

"하아하아……, 왜 이렇게 숨을 쉬기가 힘들지…, 죽은 누나가 보이는 것 같아…."

"승진아!"

민영이 외쳤다.

"승진아!"

지민이가 외쳤다.

"승진아!"

동수가 외쳤다.

승진은 그렇게 죽었다. 민영은 시체를 안고서 동수와 지민이와 같이 승진이의 집에 가서 시체를 부모님께 전해주었고, 승진의 부모님은 뜻밖의 일을 당해서 당황하고, 분노했지만, 동수와 지민의 이야기를 듣고서는 슬픔에 잠겨버렸다. 그리고는 민영을 보고서, 자신의 딸과 너무나 닮은 것을 느끼고는 아이들의 말을 다 믿을 수밖에 없었다.

물론 동수와 지민은 괴한이 검으로 민영을 노렸다는 말은 하지 않았다. 그냥 누군가가 와서 찔렀다는 이야기였다. 같은 장면을 보아도 사람들이 생각하는 것은 제각각이다. 도현은 민영을 노리는 놈이라고 생각하지만, 동수와 지민은 그렇게 생각하지 않았다. 그저 **'묻지마 범죄 '처럼 그냥 이유 없이 누군가를 찌르는 나쁜 사람이 있다고 생각했고, 그 검을 승진이가 민영이 대신에 맞았다고 생각했다.

***

** '묻지마 범죄(무동기 범죄)'는 피의자와 피해자와의 관계에 아무런 상관관계가 존재하지 않거나, 범죄 자체에 이유가 없이 불특정의 대상을 상대로 행해지는 살인 등의 범죄 행위를 말한다. 하지만 엄격히 말해서 과실에 의한 범죄를 제외하고 범행의사가 있었던 나머지 거의 모든 범죄는 동기가 존재한다. 사실, 묻지마 범죄의 경우에는 범행의 동기가 특정 피해자 개인에 대한 원한, 치정과 같은 전통적인 범죄와 큰 차이가 나는 것을 강조하거나 구별하기 위한 의도가 숨겨져 있다고 볼 수 있다. 피해자와 가해자와의 관계가 명확하지 않고 불특정 다수인을 대상으로 행해지기에 묻지마 범죄라고 하는 것이지, 실제 그 동기는 불특정 다중이나 사회전반에 대한 증오심의 발로에서 기인한 것이기에 크게는 증오범죄, 편견범죄의 하나로 본다. 하지만 대부분의 사람들은 이러한 묻지마 범죄를, 말 그대로 동기가 없는 범죄라고 오해하곤 한다. 즉, 범죄학에서 보는 묻지마 범죄(무동기 범죄)는 사회에 대한 증오심으로 아무런 인과관계나 동기가 없이 막연한 적개심을 불특정 다수인을 대상으로 표출하는 범죄이다.

"죽었어…, 승진이가…."

동수가 말했다.

"알아. 나도……."

지민이가 말했다.

"얘들아, 나, 갈 데가 있어서…… 미안, 먼저 갈게!!"

민영은 애들에게 인사하고 떠났다.

"예, 들어가세요."

동수와 지민은 침울한 채로 말했다.

민영은 눈물을 가린 채로 바로 떠났다. 그 자리를 떠나서 산장으로 돌아가야겠다고 생각했다. 어차피 여기에 있다고 하더라도 두목을 만날 수 없을 테니 일단 먼저 두목부터 찾아봐야겠다고 생각했다. 자신을 노린 괴한을 어떻게든 잡아서 죽이고 싶었다.

민영은 산장으로 올라가서 발차기를 하며 자신이 만들어 놓은 연습용 짚신인간을 두들겨 패고 있었다. 그렇게라도 하지 않으면 자신이 미쳐버릴 것만 같았다. 눈앞에서 엄마가 죽어간 모습들이 떠올랐다. 그때랑 똑같은 아무것도 할 수 없는 자신으로 돌아간 것 같았다. 그녀는 박정서를 원망하기도 했다. 한편으로는 자신에게 분노도 하고 있었다.

이때, 도현이 찾아왔다. 민영은 발차기로 도현을 때렸다.

"미안……."

도현은 고개를 숙인 채로 말했다.

"미행했다는 거 알아!"

"네가 요즘 혼자 다니니까… 그렇지. 야, 그래도 내가 미행해서 오늘 같은 일도 내가 조금이나마 도움은 되었던 거 아니야."

"좋아! 그러면, 그놈 잡았어?"

"놓쳤어…."

"얼굴은 알지? 나는 잘 모르겠어. 너무 갑자기 일어난 일이라서. 두목은 미행하면서 봤을 거 아니야!"

"뒤를 쫓기만 해서, 나도 자세히는 잘 모르겠다."

"하긴, 뒤를 쫓다가 놓치기만 했으니 알 수가 없겠지. 알았어······. 고생했어···. 두목 탓 아니니까···, 기죽지 마!"

◆ ◆ ◆

"이런 병신같은 놈!"

익배가 고함을 질렀다.

"죄송합니다!"

달수는 고개를 숙이며 말했다.

"누가 승진을 찌르라고 했어. 네가 찌른 다음, 승진이가 시켜서 그런 거라고 그렇게 뒤집어씌우라고 했잖아!"

"죄송합니다!"

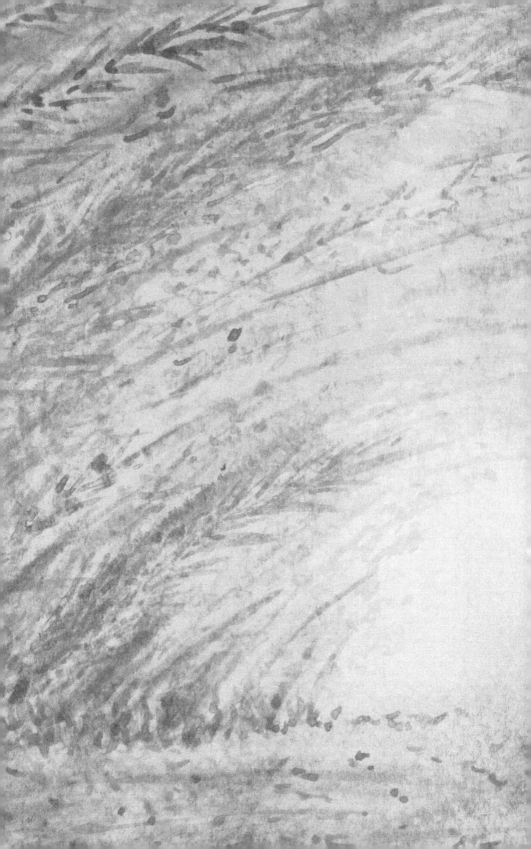

제3장

만남

1

*프롬의 책 제목은 《자유로부터의 도피》이다. 왜 자유로부터 도피해야만 하는 걸까? 프롬은 이에 관해 다음과 같이 고찰했다.

시민이 중세 이후 지속된 봉건제도의 예속에서 해방된 시기는 유럽은 16세기에서 18세기에 걸친 르네상스와 종교 개혁 후, 일본은 메이지 유신을 거치고 난 뒤다. 시민이 자유를 획득하기까지는 수많은 희생이 따랐다. 소위 자유라는 것을 얻기 위해 매우 비싼 값을 치른 셈이다. 그렇다면 그 값비싼 자유를 손에 넣은 사람들은 과연 행복해졌을까?

프롬은 나치 독일에서 발생한 파시즘에 주목했다. 왜 비싼 대가를 치르고 획득한 '자유의 과실'을 맛본 근대인이 그것을 내던져 버리고 파시즘의 전체주의에 그토록 열광했을까? 날카로운 고찰은 언제나 예리한 질문에서 탄생한다. 이 의문에 대한 프롬의 대답 또한 우리의 가슴을 찌를 듯이 날카롭다.

프롬의 분석을 정리하면 다음과 같다. 자유에는 견디기 어려운 고통과 통렬한 책임이 따른다. 이 고독과 책임을 감당하고 견디면서, 더욱이 진정한 인간성의 발로라고 할 수 있는 자유를 끊임없이 갈구함으로써 비로소 인류에게 바람직한 사회가 탄생하는 법이다.

하지만 자유의 대가로서 필연적으로 만들어지는, 폐부를 찌르는 듯한 고독과 책임의 무게에 몹시 지친 나머지 그들은 비싼 대가를 치르고 손에 넣은 자유를 내던지고 나치의 전체주의를 택한다. 특히 나치즘을 지지하는 세력의 중심에 소상인, 장인, 사무직 근로자들로 이루어진 하층 및 중산계급이 있었다는 점에 주목해야 한다.

또한 프롬은 자유로부터 벗어나 권위에 맹종하는 길을 선택한 사람들에게서 공통적으로 발견되는 성격 특성에 관해서도 언급했다.

프롬은 하층 및 중산계급 중에서 나치즘을 반기며 맞이한 이들이 자유로부터 도피하기 쉬운 성격이며 자유의 무게에서 벗어나 새로운 의존과 종속을 추구하는 성향임을 밝히고 이를 '권위주의적 성격'이라고 명명했다. 프롬에 의하면, 이러한 성격을 가진 사람은 권위를 따르기 좋아하는 한편, 스스로 권위를

---

* 야마구치 슈·김윤경 옮김, 《철학은 어떻게 삶의 무기가 되는가》, 다산초당, 2019. pp.86~87.

갖고 싶어 하고 동시에 다른 사람을 복종시키고 싶어 한다. 한 마디로 '자신보다 위에 있는 사람에게는 아첨하고 아랫사람에게는 거만하게 구는 인간'이다. 이 권위주의적 성격이 파시즘 지지의 기반이 된 것이라고 프롬은 강조했다.

차민수는 모람마을의 경찰서로 끌려와서는 얼마 후 어느 경찰에 의해 술집에 있게 되었고, 그리고 나서는 이익배를 만나게 되었다. 이익배는 경찰들의 말을 듣고, 차민수가 굉장히 쓸모 있는 놈이라고 여겼다. 그도 그럴 것이 민수 한 명이 푸실마을을 혼자서 관리할 정도니까, 그는 능력이 있는 인물이라고 평가되고 있었다. 끌려온 사람들의 말에 의하면 전부 차민수가 대장 노릇을 하며 한 짓이라고 말했기 때문이다. 이 사실들이 달수에 의해 익배에게 흘러 들어가면서 익배는 민수를 만나고 싶어했고, 많은 돈을 주고 민수를 보석으로 풀려나게 한 것이다.

"내가 차민수 자네를 보자고 한 것은, 내가 일을 하려면 자네 같은 인물이 필요해서야."

익배가 말했다.

"저 같은 사람이 높으신 귀족분에게 도움이 된다니, 아주 영광입니다."

민수는 아주 흐뭇한 표정을 지으며 침이라도 금방 흘릴 것 같은 표정을 지었다.

"하하하하하, 차민수 그대는 볼수록 재미난 친구로군!"

"제가 친구라니요. 몸 둘 바를 모르겠습니다."

차민수는 고개를 피하며 술을 마셨다.

"고개를 피하지 말고, 그냥 마셔!"

"괜찮겠습니까?"

"괜찮아. 지금은 신분 해방 시대 아닌가!!"

"아무리 그래도……, 귀족분에게 예의가 아닌 것 같아서….'

"괜찮네!! 개돼지도 이제는 다 친구가 아닌가!"

"저는 오늘도 꿀꿀댑니다, 꿀꿀꿀꿀꿀꿀꿀!"

"개도 있지 아니한가?"

"아, 그렇죠. 개도 있었죠. 멍멍멍멍멍!"

"그럼 개돼지면 어떻게 되겠나?"

"멍꿀멍꿀멍꿀멍꿀멍꿀! 그러겠죠."

"하하하하! 개돼지가 뭐 별수 있나."

익배는 술을 마시며 껄껄 웃었다.

익배는 술을 마시면서 좋은 개돼지 한 마리를 얻은 것 같은 심정으로 술을 먹었다. 자신을 위해 일해 줄 가축으로 말이다. 민수는 간이며 쓸개며 다 떼어줄 생각으로 아부를 떨었고, 좋은 물주를 하나 잡았다고 생각했다. 자신을 개돼지라고 생각하든 뭐든 돈과 권력만 얻으면 된다는 그 생각 하나로 말이다.

역시 악은 악과 만나는 법이다.

"자네의 이야기는 많은 사람들에게 들었어. 푸실마을을 아주 쑥대밭으로 만들었다지. 누구도 자네에게 도전할 수 없을 정도로 말이야. 그런 인재를 손에 넣다니, 나는 아주 운이 좋은 사람이야. 안 그래도 자네처럼 귀신같은 솜씨를 가진 인재가 필요했다네!"

익배는 자신이 굉장히 위에 있는 사람처럼 민수에게 얘기했다.

"과찬이십니다. 그것보다 박정서라는 놈이 있습니다. 그놈을 조심해야 합니다. 제가 그놈에게 당한 것이니까요."

민수는 분을 삼키면서 대답했다.

"됐네. 그 박정서인가 그놈도 내가 하는 일을 돕다 보면 자연스럽게 만나게 될 거야. 그러니, 내가 하는 일을 도우면서 여기 좀 있게!"

익배는 아주 다정스럽게 말했다.

"예, 어르신만 믿습니다! 참 그리고 법의 경계선이라고 혹시 아시는 지요??"

"뭐라고?? 법의 경계선??"

"네, 법이 통하는 지역과 안 통하는 지역이 구분된 것을 법의 경계선이라고 합니다."

"뭐, 그런 것이 있긴 있지. 하지만 그것을 구분하는 자들, 지리꾼들은 극히 소수이고, 과거에 그들은 나라에서 찾아서 거의 다 죽이기까지 했으니까. 헌데 그것은 왜 묻는 거지??"

"그들을 죽여서 될 문제가 아니고, 법의 경계선이라는 곳을 모조리 없애고, 모든 지도에, 그러니까 모든 땅에 법의 영역이 미치게 해야 한다고 생각합니다."

"하긴 그들을 죽여서 될 문제는 아니었는데, 나라에서는 왜 그런 명령을 내린 것인지, 그런 직업이 여전히 있다는 것이 문제라고 여긴 것이지. 알았네. 내가 꼭 중앙정부에 건의하겠네. 참 그리고 이것을 좀 봐주게!!"

익배는 민수를 지그시 보았다.

익배는 자신에게 그림을 그리는 재주가 있는 자에게 그림을 부탁하여 다현을 그렸고, 그 그림을 민수에게 보여주었다.

"어떤가? 이 그림이"

"예?"

"어떠냐고? 이 그림이"

"저따위가 이 그림에 대해서 어찌 논할 수 있겠습니까? 저는 그림을 잘 모릅니다."

"그런가, 하긴 그럴 수 있겠지. 일단 이 그림에 나와 있는 사람을 찾아주고, 내게 데리고 오게!!"

"이 그림처럼 생긴 사람을 말입니까?"

"그렇지, 어떤가? 아주 간단하지 아니한가?"

"저…."

"뭔가?"

"그래도 대충 어디에 사는지 정도는 알려주셔야 하지 않습니까?"

"그렇지. 내가 그걸 깜빡했군. 모람마을인 것 같네."

"모람마을인 것 같다는 말은 아닐 수도 있다는 말이군요."

"간단한 일은 아니지. 나도 어디에 있는지, 이제 알 길이 없네."

"제가 한번 해보겠습니다!!"

"단순히 해본다고 하면 안 되고, 반드시 찾아내게. 자네가 푸실마을에서 했던 일들을 보면 충분히 해내고도 남을 거라고 믿네!"

"예, 알겠습니다. 반드시 찾아서 어르신 앞으로 모시고 오겠습니다."

"그래, 그 대답을 듣고 싶었네. 그리고 참, 자네도 이제 내 사람이니 여기 내 사람을 한 번 봐주게."

익배는 자신의 사람을 보여주었다. 익배는 자신의 부하인 달수를 직접 소개했고, 민수는 달수를 보고는 가장 잘 챙겨줘야 할 사람으로 여겼다.

구사일생이라는 말, 민수는 구사일생이라는 말을 생각했다. 민수는 원래 계산적인데다가 눈치가 빠르다. 게다가 자신은 감옥에서 썩을 뻔했는데도, 이렇게 멀쩡히 바깥 공기를 마시며 생활하고 있지 아니한가.

"이참에, 자네를 경찰에 그냥 넣어주려고 해."

익배가 말했다.

"경찰에 말입니까?"

민수가 말했다.

"그러네, 자네 같은 자가 경찰에서 활동해 준다면, 그 그림에 있는 여자를 빨리 찾을 수 있지 않겠나!"

"저야 뭐든 시켜만 주신다면 마다하지 않겠습니다."

"어떤가, 자네 총은 조금 쏠 줄 아는가?"

"총이라면, 당연히 조금 쏠 줄 압니다."

"됐네. 그럼 내가 잘 말해 줄 테니까. 경찰로 들어가게. 계급은 그래도 바로 경위로 시작할 수 있도록 조치하겠네."

"경위로요?"

"왜, 낮은 계급인가?"

"아니, 그렇지는 않습니다. 저도 경찰서를 많이 기웃거려서 알지만, 들어오자마자 경위라면 계급이 너무 높은데, 반감이 있지는 않을지 걱정이 돼서 말입니다."

"하하하, 그런 걱정은 하지 않아도 되네. 경위로 들어가는 일은 자네 말고도 입사 경로가 또 있으니까. 그저 경위로 들어가도 된다네. 자네도 경찰서를 자주 기웃거려서 뭐가 뭔지 대충은 알지 않은가? 자네 이야기는 푸실마을에서부터 하나도 빠짐없이 들었다고 자부하는 나일세. 안 그렇다면 자네를 경찰서에서 빼내서 내 옆에 두지도 않았네. 그리고 자네 말고 푸실마을에서 잡혀 온 모든 사람들은 다 감옥으로 갔어. 그걸 알고 있나?"

"아, 그렇습니까? 잘 몰랐습니다."

민수는 자기 혼자만 살면 된다는 생각으로 살아서 다른 사람들을 신경 쓸 겨를이 없었다.

"일단 경위로 시작하게, 내일 바로 모람마을 경찰서로 가서 일을 하게."

"예, 정말 감사합니다."

민수는 경위로 일한다는 것이 너무나 기뻤다. 시작부터 경위라니, 어깨에 힘이 팍팍 들어가는 순간이었다.

"감사한 것만큼, 일을 하게!"

"네"

익배는 자신에게 든든한 오른팔이 생긴 것처럼 기뻤다. 어차피 인간이란 자유를 누릴 줄 모르는 존재이므로 자신의 권력에서 밑으로 움직이면 된다고 생각하는 사람이었다. 계속 찍어 누르면 인간은 두려움을 느끼게 되고, 안정감을 찾기 위해 권력에 아첨하는 도구로 전락한다는 것이 그의 생각이었다. 민수도 그런 생각을 지녔고, 이 둘의 만남은 찰떡처럼 달라붙어서 교활한 운명공동체가 되었다.

2

정서와 혜주와 강진은 푸실마을로 돌아와서, 온새미로마을로 갈 준비를 했다. 일단 혜주는 부모님께 잘 말씀드렸고, 정서까지 혜주 부모님을 찾아뵙고 인사한 후 안심시켜 드렸다. 강진은 자신의 지도를 잘 챙겼고, 셋은 온새미로마을로 가기 위해, 준비했다. 마차를 부르고 마부에게 충분한 돈을 준 다음에 일단 모람마을로 갔다.

헌데 모람마을에 거의 도착할 때쯤에 마차를 누군가가 막고 섰다.

"지금 다 도착한 것 같지 않은데……."

정서는 밖을 쳐다보았다.

"마부 아저씨, 아직 다 도착한 거 아니지 않나요?"

혜주가 물었다.

"예, 그렇죠. 헌데 누군가가 막아서는 사람이 있네요. 혹시 아시는 분이신가요?"

마부가 물었다.

문을 열고 나와 보니, 실제로 한 여자가 길을 막고 서있었다. 그녀는 손을 좌우로 펼쳐서는 길을 막아서고 있었다. 앳된 얼굴이 눈에 띄는 게 나이는 분명 스무 살이 넘지 않은 듯했다. 그녀는 길을 막아서고는 울 것 같은 얼굴 표정을 지었다.

"저 좀 도와주세요. 제 몸이라도 팔겠습니다. 여기 계신 분들의 시녀가 되라면 기꺼이 그렇게라도 되겠습니다. 제발 저를 도와주셨으면 합니다."

그녀는 무릎을 꿇고서 애원했다.

"무슨 일 때문이신지요?"

강진이 물었다.

"저의 오빠가 도둑으로 몰렸습니다. 맹세컨대, 저의 오빠는 물건을 훔치지 않았어요. 이것은 분명히 모함입니다."

"아무래도 저 아가씨가 무슨 문제가 있는 것 같아!"

정서가 말했다.

'우리가 도와주자!'

혜주가 말했다.

'그래도 강진이 때문에 온새미로마을에 가야 하는데….'

정서가 말했다.

그런데 이 소리가 너무나 컸던지 강진이 들은 것이었다. 강진은 일부러 자신에게 들리게 얘기한 것은 아닌지, 이 자체가 뭔가 교활함이라고도 생각이 들었다. 자신이 정의를 내세우자면 이것은 도와야 할 일이고, 나 몰라라 하고 온새미로마을로 간다면, 이것은 불의가 아니겠는가. 그렇다면 처음부터 이런 얘기를 들리게끔 한 정서와 혜주는 자신을 시험해 보겠다는 얘기인가. 아니면 그저 모른 척하면 되는 것일까?

"저 아가씨를 도와주지 않는다면, 어찌 제가 의를 세울 수 있겠습니까? 이렇게 지나친 다음에 온새미로마을에 도착해서 여러분의 도움을 제가 받는다면 저 또한 마음이 편치 않을 것입니다."

강진은 단호하게 말했다.

"시간이 지체되더라도 상관없겠습니까?"

정서가 정중하게 물었다.

"괜찮습니다."

"아무래도 지나가는 마차가 약간 세련되어 보여 저희가 귀족이라도 되는 줄 아시는 걸로 생각하시고, 마차를 세운 것 같은데, 저희는 귀족이 아니라 그저 평범한 국민입니다. 무슨 일인지 정확히 들어보고 도움을 드릴 수 있다면 결정하도록 하겠습니다."

혜주가 소녀의 손을 잡아주며 말했다.

"제 이름은 조상희라고 합니다. 제 오빠는 조장혁이라고 하는데, 빵집에서 일을 하고 있었습니다. 빵집이 워낙에 커서 사람들도 많은 곳이라, 그곳에서 오빠는 나름 주인어른과도 좋은 관계를 유지하고 있었습니다. 오빠는 빵집에서도 성실하게 일을 했고, 어려운 일도 다 맡아서 하고 있었습니다. 그러나 누군가가 제 오빠를 시기한 나머지 계산대에 있는 보석을 오빠의 주머니에 넣어서 누명을 씌운 겁니다. 오빠는 가게에서 일한 지도 그다지 오래되지 않았지만, 일도 척척 잘 해내고, 주인어른의 신뢰를 일찍 얻어낸 것이 누군가에게 미움을 받은 것이지요. 오빠는 도둑이라는 주변사람들의 목소리에 귀가 멀어서 밖에 나가지도 못하고 있습니다. 자신이 다른 사람들에게 어떻게 비칠지 그런 부분만 생각하고 있어요. 모람마을을 떠나서 살아야 되는 것은 아닌지. 그리고 떠나더라도 또 같은 사람을 만나게 될까 봐가 될까봐 인지 띄어쓰기 한번 살펴주십시오. 두려워하고 있고, 지금은 집에만 누워있습니다."

"혹시 주변에 누명을 씌울만한 사람은 없었나요?"

강진이 물었다.

"주인어른 아들일 가능성이 높아요."

"주인어른 아들이요?"

정서가 물었다.

"네, 주인어른의 아들은 망나니로 모람마을에 소문이 많이 나 있습니다. 제가 빵집에 몇 번 오빠를 찾아갔을 때, 오빠에게 함부로 대하는 것도 보았습니다. 그래도 저는 모른 척하고 오빠를 대하면서 넘어가고는 했습니다. 빵집에 주인어른이랑 주인어른의 아들은 사이가 나쁩니다, 오빠가 일을 너무 잘하니까. 주인어른의 아들이 반감을 가진 것이 분명합니다."

상희는 또박또박 간절하게 말했다. 감정에 호소하는 것이 무엇인지 듣는 사람이라면 누구든지 경청할만한 수준이었다.

"일단은 잘 알았습니다. 하지만 상희 님의 얘기대로만 모든 것을 따를 수도 없습니다."

정서가 말했다.

"제 말이 거짓이라면, 아니, 도와주신다는 말로만으로도 평생 시녀가 되겠습니다. 원하신다면 몸이라도 팔겠습니다."

정서는 얘기를 듣고는 얼굴이 살짝 빨개졌다. 상희는 자신의 보잘것없는 옷을 벗기라도 할 기세를 보여주는 것처럼 간절하게 말했다. 헌데 강진이도 있고, 정서도 있지만, 길을 막아서고부터 줄곧 정서를 보고 얘기를 하는 것이 아무래도 정서가 여기에서 가장 높은 사람처럼 보여서 그러는 것 같기는 한데, 혜주는 이 모습을 보고는 질투심이 발동했는지 상희의 이런 행동을 저지해야겠다고 여겼다.

"아, 그러실 필요 없습니다. 저희가 한 번 그 빵집을 방문해보고 조금 조사를 해보도록 하지요. 집에서 오빠를 만나 뵙고 싶네요. 지금 저희 마차에 올라타세요. 제 옆으로요!!"

혜주는 '자신의 옆자리에 타라는 말'에 힘을 주고 말했다. 상희도 뭔가 그런 말을 듣고 정서에게 얘기한 것이 실수한 것은 아닌지 눈치를 채게 했다. 상희는 옆에 앉으라는 말에 혜주의 옆자리에 앉았고, 마차는 모람마을로 들어갔다.

◆◆◆

모람마을에 있는 상희의 집에 도착했다. 상희의 집은 딱 봐도 한눈에 가난한 집이라는 것을 알 수 있었다. 집안은 약간의 거미줄도 보이고, 너덜너덜한 침대가 보였다. 그리고 집안에 부서진 식탁은 의자를 받침대로 삼아서 세워져 있었다. 약간의 골동품들도 있었지만 돈이 될 만한 게 보이지는 않았다.

"들어오세요. 누추한 곳이지만…. 세 분께서 묵을 만큼 저희 집이 여유롭지는 않습니다. 하지만 저희 오빠를 만나 뵙게 해드릴 수는 있어요."

상희는 문을 열고 말했다.

"오빠, 여기 인사드려. 내가 도와줄 분들을 찾아왔어!!"

"……."

상희의 오빠, 조장혁은 방 안에서만 틀어박힌 채 나오지 않고 있었다.

◆◆◆

　조장혁. 그는 가난했지만, 열심히 돈을 벌어서 빵 가게를 차릴 생각으로 살고 있었다. 그는 그래서 하루를 살아도 남들보다 한 시간을 일찍 일어나서 일하고 한 시간을 더 늦게 잔다는 생각으로 살았다. 동생을 위해서도 더 열심히 일했다. 아버지는 어렸을 때 돌아가시고 어머니는 1년 전에 병으로 돌아가셨지만, 그래도 자신이 번 돈으로 어머니 약값을 보태드리고는 했었다. 수술비까지는 보태드리지 못해서 어머니는 수술 시기를 놓쳐 돌아가시긴 했지만, 그는 나름대로 자신이 번 돈으로 꿋꿋하게 사는 젊은이였다.

　"오빠, 문 좀 열어봐!"

　조장혁의 방은 문이 잠겨 있었다. 그는 사람들에게 자신의 모습을 보이는 것이 싫었다. 자신이 훔치지 않은 것을 훔친 것으로 되는 힘없고 가난한 자라는 것이 너무나 싫었다. 사람들의 잣대에 그저 도둑놈이라는 세 글자로 자신을 얼마나 조롱할지 생각만 해도 치가 떨렸다. 그는 빵가게 일을 그만두면서 도둑놈 새끼라는 말을 들으면서도 주먹질을 할 엄두도 내지 못했다. 그렇게 말하는 사람이 한두 명도 아니었고, 그 모두와 싸운다면 자신은 남아나겠는가. 무엇보다 싫은 것은 그다음 일자리였다. 모람마을에 소문이 많이 나서 일을 하기가 어려워진 것이었다. 그것이 그를 더욱 괴롭게 했다. 자신의 성실성이 한순간에 바닥으로 떨어졌다.

　사람이 검으로 사람을 찌르는 것만으로 사람을 죽이는 것이 아니라, 이런 일로도 충분히 죽일 수 있음을…. 사람은 얼마나 쉽게 사람을 죽음으로 몰고 갈 수 있는지. 그러고 보면 인간은 얼마나 쉽게 자신의 잣대에 사람들을 단두대에 매달고 죽이고 있는가? 자신이 인정하고 싶지 않은 시기심에, 혹은 자신의 잘못을 덮기 위한 말을 만들기 위해서, 대화에서 지지 않으려는, 혹은 굽히지 않으려는 자존심에 없는 말을 만들어 내서 사람을 초라하게 만들기에 급급한가? 그 말 한마디 한마디가 가시처럼 날아와서 심장에 박히게 하고, 그 말을 한 당사자는 기쁨에 취해있지 아니한가.

"……"

"아무래도 오늘은 어려울 것 같은데…."

강진이 안타깝게 말했다.

"잠시만요. 기다려주세요. 문을 꼭 열어드릴게요."

상희는 집안의 열쇠를 가지고 오더니 문을 열었다. 오빠는 누워서 이불을 뒤집어쓰고 있었다.

"오빠! 여기 손님들이 오셨어. 오빠를 도와주실 거야!!"

장혁은 이불을 내리더니 사람들을 훑어보고는, 그만 다시 돌아 누워버렸다.

"대화를 하지 않으려는 것을 보니, 상처가 큰가봐요."

정서가 말했다.

장혁은 마음의 문이 닫혀서 혹은 사람들의 잣대에 치여 대화를 하려고 하지 않았다. 정서일행과 상희는 밖으로 나왔다.

"일단 그 빵집에 가봐야겠어!"

정서가 외쳤다.

상희는 정서 일행에게 누가 주인의 아들인지를 알려주기 위해 동행하기로 했다. 헌데, 길을 가다가 새로운 치안을 맡게 된 모람마을의 치안대장을 기념하는 기념식을 하는 것을 보았다. 경찰서에서 새로운 부임식과 함께 나팔소리가 울려 퍼졌다. 정서 일행은 멀리서 그 모습을 보았는데, 그 치안대장이 바로 차민수였다. 차민수는 멋진 경찰 제복을 차려입고서는 태양을 피하기 위해 모자를 다시 쓰고 있었다. 그는 예전보다는 수염이 조금 더 길어졌다.

"저기 봐. 차민수다!"

혜주가 말했다.

"예? 차민수라고요!"

강진이 놀라서 소리쳤다.

"이럴 수가! 어떻게 저자가 경찰이 될 수가 있는 거지!"

정서가 분노하며 소리쳤다.

"저 계급장을 봐봐, 경위야."

혜주가 소리쳤다.

"차민수가 어떻게 경찰이 된 것인지 모르겠네요…. 모든 사람들은 전부 감옥으로 갔다고 들었는데…."

강진이 절규하며 말했다.

상희는 네 사람이 경찰 제복을 입고 가는 사람을 보고 이야기하는 것을 들었지만, 그냥 가만히 듣고만 있었다. 정서 일행은 차민수가 경찰이 된 것을 그리고 마을의 치안대장이 된 것을 보고만 있을 수밖에 없었고, 차민수는 자신의 부임식에 바빠서 정서 일행을 보지는 못했다. 정서 일행은 차민수의 부임식을 끝까지 보지는 않고 빵집으로 향했다.

3

"저기 보이는 저 사람이, 이 집 주인 아들입니다."

상희는 손가락으로 멀리서 일하는 주인 아들을 가리켰다. 멀리서 일하는 모습을 보면서 손가락으로 나타낸 것이라서 모두 가게 바깥에서 주인 아들을 보게 되었다. 헌데 여기서 '어떻게 해야 주인 아들인 저자가 입을 열게 만들며, 무엇으로 저 사람이 누명을 씌운 사람이라고 심판할 수 있을까?'라는 의문이 남는다. 강진은 '아무래도 지금 상황에서는 직접 빵집에서 일하는 것이 가장 현명하지 않을까? 빵집에서 직접 일을 열심히 하다 보면 뭔가 보이는 것이 있지 않겠나. 그렇다면 빵집에 들어가야 할 사람은 누구일까?'라고 생각했다.

"벽보에 붙어 있는 것을 보니, 빵집에서 일을 할 사람을 구하고 있습니다. 누군가가 빵집에 들어가서 직접 일을 해야 할 것 같아요. 그렇게 해야만 우리가 주인 아들이 누명을 씌운 범인이라는 것을 알아서 상희 님의 오빠인

장혁 님의 누명을 벗길 수가 있습니다."

강진이 말했다.

"그렇겠네요. 상희 님의 오빠가 그만둔 자리를 아직 구하지 못했나 봐요."

혜주가 고개를 끄덕였다.

"헌데 직접 빵집에 들어가서 하기에는 시간이 너무 오래 걸릴 것 같기도 한데……"

정서는 고개를 저으며 문제가 있다는 듯 얘기했다.

"아니에요. 이번 일만 처리하면 바로 온새미로마을로 가는 겁니다. 어차피 고개만 넘으면 온새미로마을 아니겠어요."

강진은 말투에 단호함이 묻어났다.

"그렇다면 누가 좋을 것 같습니까?"

혜주가 물었다.

"상희 님은 얼굴을 알 수도 있으니, 어려울 것 같습니다. 혜주 님이 들어간다고 해도 여자라서 상황을 파악하기는 어려울 것 같습니다. 혜주 님처럼 미인이신 분이 들어간다면 그 주인 아들은 뭔가 친절한 괴물로 변해버릴지도 모르죠. 그렇다면 그의 어두운 진실은 파악하기가 어렵고 미궁으로 빠지게 될 겁니다. 남자가 여자를 상대한다면 정확하게 악이 드러난다고 보기에는 무리가 있습니다. 친절함은 겉모습에 의해 좌우되는 경향이 더 심합니다. 외모가 낮은 진정한 악은 상대를 친절하게 미소 짓게 만드는 데 기여한 것입니다."

강진의 표정은 굳어 있었으며 현실적인 문제를 지적하면서 분위기는 더욱 고조되고 있었다. 그리고 여자는 들어가서는 안 된다는 강진의 말에 상희와 혜주는 뭔가 인정하고 싶지 않은 것 같은 표정을 지었다. 혜주는 자신이 들어가고 싶었는데 들어갈 수 없게 되었다는 것도 싫었다. 그 주인 아들이 변태처럼 생긴 것은 아닌데, 마치 지금은 변태처럼 보이는 것처럼 느껴졌다. 말을 하기 전에는 그런 생각이 들지는 않는데, 강진의 말 한마디가 편견을 가지게 했고, 그 편견은 뇌에 전염되어 마치 저 사람은 범죄자라는 낙인을 찍는 효과를 주었다.

정서는 혜주를 보며 이상한 감정을 느꼈다. 그것은 질투라는 감정보다도 혜주를 누군가에게 빼앗길까 하는 두려움이었다.

"모든 사람을 다 똑같이 평등하게 대할 순 없겠죠!"

혜주가 약간은 비판적인 어조로 강진의 말을 받아쳤다.

"하긴, 그럴 수 있겠죠. 그러나 그것이 외모에 의해 크게 좌우되고, 지금 우리는 작전을 짜서 주인 아들의 잘못된 행위를 파악하여 상희 님 오빠의 누명을 벗겨야 하는 시점입니다. 사사로운 의견 다툼은 지금 우리의 단결력을 부수고 우리를 분산시킬 겁니다. 혜주 님의 마음이 무엇인지는 알겠으나, 우리는 지금 큰일을 앞에 두고 그 일에 해당하는 계획을 세우고 있는 겁니다."

강진은 노골적으로 혜주의 말을 받아서 얘기했다. 강진은 빵집에 들어가는 것이 여성이면 안 된다는 말이 남녀 싸움으로 변질될 수 있다는 것을 빨리 파악했고, 지금 이런 문제로 자신이 혜주와 다투게 된다면, 온새미로마을로 모두를 데리고 가기에 힘들다는 것을 알았다. 그는 게다가 정서가 혜주의 말에 많이 좌우될 것만 같았다.

"자자! 그런 얘기라면 그만둡시다. 더 이상 얘기해봐야 서로 간에 갈등이 더 심해질 것만 같으니까, 차라리 제가 들어가는 게 나을 것 같습니다. 처음부터 혜주를 빵집에 들여보내는 것은 남녀문제를 떠나 무엇보다 제가 싫었습니다. 그곳은 위험한 곳입니다. 혜주가 들어간다고 해도 위험한 상황에서 자신의 몸조차 지키기가 어려울 겁니다. 저는 나름대로 검도 다룰 줄 알고, 총도 쏠 수 있습니다. 강진 님은 저번에 저희에게 푸실마을에서 충분히 도움을 주었습니다. 그러니 나서실 필요는 없습니다. 나서게 된다면 저희에게 빚을 주는 일이 될 테니까요. 이번에도 저희가 누굴 돕겠다는 의지를 적극적으로 비춘 것 때문에 온새미로마을로 가지 못하게 된 것 아닙니까? 제가 나서겠습니다. 가서 저 주인 아들의 쓰레기 같은 행위에 책임을 묻겠소!"

정서는 자신이 들어가서 처리하겠다는 의지를 강하게 피력했다.

"제가 들어가도 상관없습니다. 제가 정서 님만큼의 실력은 되지 못한다고 해도, 어느 정도 처리할 능력은 있습니다."

강진은 자신이 도움을 주지 않고 가려고 했다는 것처럼 비치는 게 싫어서 혹은 뭔가 자신을 구질구질하게 만드는 것처럼 느껴지는 정서의 말이 싫었다.

"아닙니다. 제가 들어가야죠. 강진 님보다는 제가 더 잘 싸울 수 있고, 안은 더 위험할 수도 있습니다. 저를 믿으십시오. 지금 강진 님은 저를 믿지 못하는 겁니다. 믿지 못하기에 지금 나서서 자신이 하겠다고 한 것이죠."

정서는 강진에게 단호하게 말했다.

"아닙니다. 그런 것은……. 알겠습니다. 정서 님이 들어가시는 걸로 하겠습니다."

강진은 정서하고 이런 문제로 계속 이야기를 하는 것이 싫어서 그냥 정서가 빵집에 들어가는 것으로 이야기를 마무리 지었다.

"들어가서 몸 조심해!"

혜주가 말했다.

"잘 부탁드립니다."

상희가 말했다.

4

정서는 문을 열고 빵집 안으로 들어갔다.

"예, 안녕하세요."

"예, 안녕하세요."

주인 아들이 인사했다.

주인 아들의 이름은 신철수였다. 그는 빵집 주인 아들이지만, 아버지에게는 그다지 인정받지 못하는 인물이었다. 그는 노름을 좋아하여 줄곧 노름판에서 살았는데, 하루가 멀다 하고 노름하는 곳에 찾아가서 돈을 날리고는 술집에 가서는 성질이라는 성질은 모두 다 부리곤 했다. 그는 여자와는 가벼운 만남을 즐기며 사는 것이 좋아서, 돈을 들고 여자가 많은 창녀촌에 가고는 했었다. 게다가 미인을 보면 어떻게든 자신의 품에 안고 싶어서 지나가는 여인들을 희롱하고 다닌 적도 있었는데, 하루는 희롱을 하다가 따귀를 맞은 적도 있었다. 그래도 돈 없는 여성에게는 어느 정도 그런 구애가 성공하여 그것이 여성에게 먹힐 때가 있다는 착각에 빠지고는 했었다. 사실은 돈이 조금 필요해서 장단을 조금 맞춰준 것뿐인데, 철수는 그런 점을 알지 못하는 듯 혹은 알면서도 돈만 있으면 될 수 있다는 착각에 빠져 행동을 하고 있었다. 그는 오만하기 이를 데 없는 자신의 결점을 돈으로 메꾸고 있었고, 돈으로 모든 오만을 가리기 위해서 더욱 재물에 집착하고 있었다.

그는 아버지하고는 사이가 굉장히 나빴다. 아버지의 이름은 신한길이었다. 한길은 자수성가한 인물로, 마을 사람들의 신의를 한 몸에 받고 있어서 거래처의 사람들도 그를 믿고 빵을 사가고는 했었다. 그는 어릴 적 가난하게 시작한 자신의 모습을 되새기며 빵집 이름도 '가난과 축복'이라고 지었다. 그는 '가난하지만 빵을 먹는 달콤함이 축복을 가져다주리라.'는 의미로 빵을 만들었고, 빵집을 세워서 주변 사람들에게도 인정받는 그런 인물이었다. 그의 아들인 철수가 개망나니처럼 굴어도 주변 사람들은 그의 아버지 때문에라도 그저 그렇게 넘어가는 일도 많았다. 철수는 자신이 아버지에게 인정받지 못하는 것이 노력 부족이라는 사실을 인정하지 못하고는 직원들 탓으로 돌리곤 했었다. 그래서 직원들도 열심히 하는 것을 조절하면서 일을 하고 있었다. 너무 열심히 하는 것이 철수에게 발각되면 전에 장혁이처럼 누명이 씌워져서 일을 그만둬야 할지도 몰랐다. 때문에 사장인 한길은 자신이 운영하는 빵집에 아들이 들어오면서 눈에 띄게 가게가 느리게 돌아간다든지, 자신이 시켜놓은 일들이 가게에서 제대로 지켜지지 않은 부분들이 전보다는 많아졌다는 것을 공감하면서도 그것을 해결할 방법을 찾지 못하고 있었다. 그렇다고 나이는 먹어가고, 빵집 운영에 대해서는 아들이 알아야 할 것만 같았다. 그는 그래도 언젠가는 아들이 눈을 뜨게 되면 성실하고 책임감 있게 자신의 빵집을 이어줄 것 같다는 믿음의 끈을 놓지 않았다. 자신이 힘들게 일궈 놓은 삶의 터전을 아들이 이어나가길 바랐던 것이다.

"저 벽보에 붙은 일자리를 보고 왔습니다. 여기에서 일하고 싶습니다. 사장님 계신지요?"

정서가 물었다.

"아, 그렇습니까? 잠시 여기서 기다리시지요."

주인 아들은 뭔가 경계하면서 눈치를 살폈다.

철수는 자신이 면접을 볼 수 있는 권한을 주지 않는 아버지가 떠올라서 싫었다. 어쩌면 아버지가 싫었다기보다도 자신의 일이 발각될 것만 같아서였는지도 모른다. "도둑이 제 발 저린다."라는 말이 있지 않던가. 그는 새로 온 사람에게서 자신이 어떤 모습으로 비칠까 하는 두려움에 마치 장혁에게 누명을 씌운 일을 들키기라도 할 것만 같았다. 그는 걸음걸이에 삐딱선이 그려질 만큼 이상한 형태를 만들면서 걷더니만, 대뜸 이렇게 말했다.

"아버지가 흠흠, 아니 주인어른 아니, 사장님은 지금은 계시지 않아요."

"아, 그렇습니까?"

"여기 어디 사시는지 알려주시면 사람을 시켜서 나중에 사람을 보내도록 하죠."

그는 귀찮은 표정을 지었다.

"아, 아닙니다. 나중에 다시 찾아오겠습니다."

정서는 순간적으로 '예'라고 할 뻔했는데, 자신이 있는 곳은 지금 모란마을에서도 상희의 집이라고 할 찰나에 급히 숨기느라 순간적으로 거절하는 말을 한 것이다.

"예, 그럼 나중에 꼭 찾아오십시오."

그는 귀찮은 듯 창문으로 눈길을 재빨리 돌렸다.

박정서는 가게에서도 상당히 기분이 불쾌했다. 사람을 상대하는 것이 아니라 제대로 무시하는 것 같았다.

"잘 사는 사람들은 저렇게 사람을 짓밟겠지!"

정서는 바닥에 침을 뱉었다.

◆◆◆

"어떻게 됐냐? 박정서!"

혜주가 주먹으로 정서의 어깨를 툭 쳤다.

"사장이 없어서, 다음에 가기로 했어."

"아니, 집 주소나 그런 거 안 물어봐?"

혜주가 물었다.

"물어보기는 했는데, 내가 지금은 상희네 집에 있다고 하기는 그렇잖아…."

정서는 고개를 돌리면서 말했다.

"예, 잘하셨어요."

상희가 미소 지으며 말했다.

"그럼 나중에 다시 가봐야 할 것 같아요. 사장이 없으니…."

강진이 말했다.

5

네 명은 모람마을을 구경하는 시간을 가졌다. 그러다가 길거리에서 싸움이 일어난 것을 보았다. 두 사람이 치고받으며 싸우고 있었는데, 그 소란이 얼마나 요란하던지 주변 사람들도 모두 와서 구경하고 있었다. 주변에 물건들은 계속해서 깨지고 주변 사람들은 누가 와서 말려주기를 바랐다.

"그만하십시다!"

뒤에서 큰 목소리가 들렸다.

치고받고 싸우던 사람들이 갑자기 서로를 쳐다보더니만 뒤를 돌아보았다. 주변 사람들도 큰 목소리를 낸 사람을 모두 주시하기 시작했다. 그는 마을에서 '가난과 축복' 빵집을 하는 신한길이었다. 그는 마을에서도 유명해서 그에게 인사를 하고 다니는 사람들도 많았다. 그는 늘 가난한 자들을 염려하고 빵을 팔지만, 가끔씩은 빵도 하나씩 더 주기도 하였고, 가다가 가난한 사람들을 만나면 종종 돈을 주기도 하는 사람이었다.

"에이, 저 인간이 나타났군."

싸우던 두 사람은 이 말을 동시에 내뱉었다.

"우리가 왜 그만 싸워야 하는 거요?"

싸우던 사람 중 얼굴에서 피가 질질 흐르는 사람이 말했다.

"싸워봐야 뭐하겠소. 이제 그만하시오. 싸워봐야 피만 흘립니다."

한길은 주머니에서 돈을 꺼내더니 싸우는 사람들에게 조금씩 똑같이 나누어 주었다. 싸우던 사람들은 서로를 응시하더니만, 돈을 받고는 서로의 경계를 푸는 듯했다. 그러더니 서로 아픈 곳을 만지작거리면서 자신들이 망가뜨리고 깨뜨려버린 것들을 어떻게 변상해야 할지 서로를 쳐다보며 죄책감에 주눅이 들어 있었다.

한길은 주변에 망가지거나 깨져버린 물건들을 다 변상해주었다. 주변에 사람들은 그런 한길을 보며 인사하기도 했고, 존경하는 눈빛을 보내기도 했다. 그의 나이는 60은 넘어 보였으며 약간의 긴 모자를 쓰고 있었고, 눈은 작았으며, 눈썹은 짙었고, 수염은 약간 길었다. 그의 얼굴에는 전체적으로 듬성듬성 생긴 주름이 있었다.

"저 사람이에요!"

상희가 손가락으로 가리켰다.

"누가요?"

정서가 물었다.

"저 사람이 빵집 사장, 신한길입니다."

상희가 외쳤다.

정서는 순간적으로 사장을 속여서 빵집에 들어간다는 것 자체가 무겁게만 느껴졌다. 마을에서는 신망을 받는 사람이 아니던가. 하지만 사장 아들이 누명을 씌운 것은 용서가 안 되었다. 한때 자신도 초록바람대의 대장이었다는 것을 생각하며 냉정해지기로 했다.

'냉정해지자. 그래야 무거운 마음도 지어버릴 수 있는 거니까…. 냉정해지자.'

정서는 냉정에서 자신의 마음을 바로잡기로 했다. 그래야만 적어도 지금보다는 나을 테니까. 정서는 상희, 혜주, 강진을 뒤로 한 채, 홀로 신한길 앞으로 나아갔다.

"안녕하세요. 한길 선생님, 아니, 사장님!!"

정서는 한길에게 가서 인사했다.

"제 호칭을 어떻게 부르셔도 상관없지만, 제가 누군지 모르겠습니다. 혹시 이 마을에는 처음 오신 분이 아닌지…."

한길은 누군지 몰라서 당황했다.

"저는 처음 왔지만, 이 마을에서 아주 유명한 분이시라서, 이 마을 사람들로부터 이야기를 들었습니다."

"아, 그렇습니까? 혹시 무슨 일로 저를 찾아오셨는지요?"

한길은 자신의 모자를 다시 썼다.

"아, 제가 사장님의 빵집에서 일을 하고 싶습니다."

정서는 간곡히 말했다.

"일단은 제 빵집으로 가는 걸로 합시다."

한길은 앞으로 걸어갔다.

"예, 알겠습니다."

6

"혜주 님은 면접 보신 적 있으신가요?"

상희가 물었다.

"글쎄, 집에서 장사하는 거 도와주는 일만 해서…, 면접을 특별히 본 적은 없어요. 강진 님은 어떠세요?"

혜주가 말했다.

"신분 해방되기 전에는 면접을 본 적은 없습니다만, 신분이 해방되고 나서 면접을 본 적이 있습니다. 헌데, 아직도 노예라는 의미가 남아 있었고, 귀족들은 면접에서 그냥 통과되는 걸로 알고 있습니다. 그것은 아마 세월이 지나도 변할 것 같진 않습니다. 지금도 국민은 개돼지이듯이 세월이 지나도 개돼지라는 것이죠. 그것은 천 년 전이나 천 년 후에나 이천 년 전이나 이천 년 후에나 마찬가지일 것입니다. 면접은 어떻게 보면 영악하고 얍삽한 사람들만 뽑기 위한 제도일 뿐입니다. 말만 요리조리 잘하면 되는 것이죠. 과연 그것으로 사람을 보는 기준이 되는 걸까요? 그게 무슨 소용이 있을까요? 지원동기이니 뭐니 다 사기 아닙니까? 물론 정말로 지원동기가 진실인 사람도 있겠죠. 하지만 면접관이 믿어주지 않으면 그것 또한 사기가 아닙니까?

저는 이런 생각도 해봤습니다. 예를 들어, 10살 먹은 아이가 너무나 고귀하고 지혜롭다고 보일까 봐. 자신이 가지고 있는 것을 다 드러내면 친구가 다 떨어져 나갈 수 있다는 것을 염려하여 자신을 숨기면서 살았다고 칩시다. 그러니까 10살 먹은 아이가 너무나 성숙한 생각을 지녔다면 그 아이가 과연 또래 아이들과 잘 어울려 지낼 수 있겠습니까? 지낼 수가 없겠죠. 그래서 그는 자신을 숨기기 위해 여러 가지 시도를 시작했습니다. 자신의 생각을 낮추고 멍청이가 되기로 말입니다. 너무나 고귀하고 너무나 지혜로운 자신을 숨기며, 겉으로 어리석은 모습만을 보여주기로 말입니다. 여기에서 스스로 페르소나가 뭔지 깨달으면서 비웃을 수도 있었겠지요.

헌데 그렇게 살다가 면접이라는 새로운 이념을 가진 세계를 만납니다. 면접이라는 세계관은 또래 친구들과 어울리는 느낌과는 분명 다르지요. 그 세계에서 면접관이 무슨 질문을 던졌다면, 그 질문에 어떤 대답을 할지 망설이게 되겠지요. 왜냐하면 자신이 알고 있는 것을 얘기하다가는 면접관이 받아들이지 못할 테니까요. 게다가 다른 것을 얘기하기에는 또래 친구들과 있었던 느낌대로 이야기하게 되어서 스스로에게 경멸감을 느낀 겁니다. 그래서 대답을 제대로 못하게 되죠.

면접이라는 자리는 기다릴 때도 두려움으로 가득합니다. 떨리기도 하죠. '내 차례가 언제 되려나, 앞에 사람은 어떻게 면접을 치렀을까?' 등등 이런 두려움은 자신의 면접 차례에서 두려움으로 남을 겁니다. 그러나 중요한 것은 그게 본능을 더욱 자극한다는 겁니다. 두려움이 지속적으로 압박해 오면 면접에서는 본능을 자각하게 되죠. 그렇다면 과연 그 사람은 면접에서 면접을 제대로 볼 수가 있겠습니까? 없겠습니까?

"제대로 면접을 볼 수가 없겠습니다."

상희가 대답했다.

"그렇죠. 제대로 면접을 보기에는 힘들겠죠. 왜냐하면 스스로 본능을 경계하는 데 급급하니까요. 본능을 드러내면 또래 친구들을 잃었던 것처럼 면접이라는 기회조차도 잃어버릴 테니까요. 그래서 몇 번씩이나 다시 면접을 치릅니다. 면접에 많이 떨어지는 사람이라면 한 번쯤은 생각해 볼 문제이기도 하죠. 그것이 제가 지금 말하는 고귀하고 지혜로운 자를 예를 든 게 아니더라도 이런 비슷한 문제로 비슷한 증상을 겪게 된다는 거죠. 때론 그 어떤 것으로 인하여 자신이 숨기고 싶었던 모든 것들이 드러날까 하는 두려움으로부터, 두려움이 본능으로 번져 본능이 밖으로 드러나는 것을 경계하기에 급급하면서 무슨 대답을 하고 있는지조차 모른 채로 면접이 끝날 테니까요."

강진이 말했다.

"면접이라는 건 머리가 아픈 거야. 머리가 아파."

혜주는 머리를 손으로 가렸다.

"결국 면접이라는 것은 페르소나를 최대한 이용해서 최대치를 끌어내야 한다는 말로도 들리는군요."

상희가 무릎을 "탁" 치며 말했다.

"그렇죠. 최대한 가면을 유지할 수 있다면 그것만큼 나은 것은 없겠죠. 면접관이 생각하는 어떤 페르소나가 있겠죠. 그것과 지원자가 생각하는 페르소나의 접점 사이에서 면접관이 느끼기에 자신이 생각하는 어떤 페르소나에 가장 가까운 위치에 있는 자들에게 더욱 합격에 다가서는 길이 열리겠죠."

강진은 미소를 지었다.

"그렇게만 생각한다면 면접관도 지원자가 말하는 지원동기가 아무리 사실이라고 하더라도 충분히 거짓으로 받아들일 수도 있겠네요."

혜주가 약간 씁쓸한 표정으로 말했다.

"예, 그렇습니다."

강진이 대답했다.

"어떻게 보면 면접에 붙는 사람이 꼭 실력 있다고만 볼 수는 없는 것 같아요. 저도 면접을 본 적이 있지만, 제가 무슨 대답을 했는지조차 모르겠더라구요. 면접은 그만큼 떨리는 삶의 현장이에요."

상희가 말했다.

7

정서는 한길을 따라서 빵집에 도착했다. 빵집에 들어가니 사장 아들인 철수는 놀랐다. 일자리를 달라고 자신에게 찾아왔던 사람이 아버지랑 같이 들어왔으니 말이다. 어쩌면 철수는 놀랄만한 일도 아닌데 놀라고 있는지도 모르겠다. 아버지가 데려온 사람이 자신을 파헤칠 것만 같은 느낌을 받았다. 처음 왔으니, 더더욱 이 빵집의 세계를 모를 것이 아닌가. 모르는 이가 빵집의 세계에 대해서 알려고 한다면 그 자체로도 자신의 나태한 민낯이 드러날 것 같은 느낌이 들었다.

"아, 사장님과는 길 앞에서 만났습니다."

정서는 공손하게 말했다.

"아, 그러세요."

철수가 무뚝뚝하게 대답했다.

"서로 구면인 것 같은데, 어디서 만난 적이 있나?"

한길은 정서와 철수를 쳐다보더니만 물었다.

"벽에 사람 구한다고 부쳐 놓은 거 보고 아까 제게 왔다가 아버지 안 계신다고 하니까 다음에 온다고 하고 갔어요."

철수가 정서를 보았다.

"그래, 그럼 이 사람 이름은 뭐냐?"

한길이 물었다.

"이름은…, 물어보질 않았네요."

철수가 대답했다.

"뭐? 이름을 물어보지도 않았다. 그게 지금 말이라고 하는 거냐?"

"죄송합니다. 아버지…"

철수는 표정이 좋지 않았다.

"대체 너는 이 빵집에서 뭘 하는 거냐? 사람이 오면 이름도 물어보고 어디에 사는지도 물어보고, 나이도 물어보고, 그래야 하는 거 아니냐? 대체 뭘 하는 거야?"

한길은 화가 나서 목소리에 언성이 올라갔다.

"죄송합니다…, 아버지…"

"저런 놈이 어떻게 이 빵을 운영하게 될지…. 박정서 군 이쪽으로 오세요. 제가 직접 면접 진행할 테니까."

◆◆◆

"그럼 내일부터 나오세요!"

한길이 말했다.

"알겠습니다."

정서가 대답했다.

정서는 문을 나간 다음에, 바로 상희의 집으로 향했다. 상희의 집에는 정서가 오기를 기다리고 있었다. 꼭 빵집에서 일할 수 있게 되기를. 그래서 장혁의 누명을 벗겨주기를 말이다.

"나 왔어."

"정서, 온 거야? 어떻게 됐어?"

혜주가 물었다.

"내일부터 일하러 나오래!!"

"와!! 멋져요, 멋져!!"

상희가 박수를 쳤다.

"오빠에게 말해야겠어요. 이제 오빠도 마음을 조금 열지 모르겠어요."

상희는 너무나 기쁜 나머지 장혁의 방으로 가버렸다. 그러더니만 장혁을 방에서 데리고 나온 것이다.

"처음 뵙겠습니다. 상희의 오빠, 조장혁입니다. 저를 위해서 누명을 벗겨주신다고 들었습니다. 너무 감사해서 무슨 말씀을 드려야 할지…."

장혁은 너무나 떨리는 자신의 심장소리에서 벗어나지 못한 채 말을 하고 있었다.

"아니, 괜찮습니다. 마차에까지 뛰어들면서 자신의 오빠를 위해 목숨마저 버리려고 한 여동생에게 그 마음을 마주하기가 너무 힘이 들었습니다. 꼭 도움을 드리고 싶었습니다. 그래야 그 마음이 주는 고통을 조금이라도 덜어드릴 수 있을 테니까요."

정서는 장혁에게 악수하며 말했다.

"일단, 사장 아들인 신철수는 아주 교묘한 사람입니다. 사장이 보이면 무지 잘해주는 척하다가도, 보이지 않으면 금세 다른 사람이 되어버리지요. 그런 이중성을 얼마든지 포장할 수 있습니다. 지금 와서 생각해 보면, 제가 너무 열심히 일을 한 것이 잘못 같습니다. 일을 열심히 해도 어차피 다 보상받으면서 살 수 있는 세상도 아닌데, 일을 열심히 해서 제 목숨을 재촉한 것이지요. 이제 와서 생각해 보면 거기에서 같이 일하는 사람들은 그다지 열심히 일하지 않는 것 같습니다. 일한 만큼 보상을 받는 것이 아니라, 일한 만큼 질투를 받게 된다는 사실이지요. 신철수 같은 사람에게 저같이 신분 해방 전에 노예 신분이었던 자들은 더욱 쉬운 대상이 되겠지요. 그는 사람을 벌레로 보는 것 같습니다. 그런데도 그런 시선을 이겨내면서 일을 한다는 것은 저에게는 저주였어요. 저는 일을 열심히 하는 것으로 그 저주를 이겨내려고 했습니다. 제 본능이 스스로 그 저주를 이겨내려고 했다는 것을 이제는 확신할 수 있습니다. 지금 이렇게 되고 보니, 제 본능이 보이더라구요."

장혁은 눈물을 흘리며 자신이 빵집에서 일했을 때 이야기들을 뱉어냈다.

"그 마음 충분히 이해합니다. 저도 분노하고 있습니다. 제가 꼭 누명을 벗겨 드릴 겁니다."

정서는 주먹을 쥐었다.

"어떤 좋은 방법이 있나요?"

8

다음 날, 정서는 아침에 제시간에 출근했다. 그는 30분 정도 일찍 출근하여 빵집 일을 보고 있었다. 오전에 원래 가게 문을 여는 시간보다는 한 시간 정도 먼저 문을 열어 주변을 청소하는 직원들이 있었다. 그 들은 꿀 먹은 벙어리같이 매일 했던 일을 하는 것처럼 빗자루질을 하고, 쓰레기통을 치우며, 바닥에 걸레질을 하고 있었다. 몇몇 사람들은 창틀의 먼지나 빵마다 놓인 자리를 물걸레로 닦기도 했다. 직원 중 한 명이 정서에게 와서 물었다.

"오늘 일하러 온 친구지?"

"네, 그렇습니다."

"여기 사장 아들이 좀 독해. 남의 돈 벌기가 쉬운가. 꼭 참고 일할 수 있으면 해. 그래도 사장님이 워낙 좋으신 분이라서 다들 그것 때문에 참고 하는 거야. 사장마저 아들 같았으면 직원들 다 떠나고도 남았을 걸…."

정서는 이야기를 듣고는 신한길에 대해서 다시 한번 생각하게 되었다. 이 모람마을에서 그렇게 유명할 정도로 존경받는 사람이라는 것이 그에게는 감동을 주었다. 그렇다. 신분 해방이 되었어도 누구에게나 따뜻함을 먼저 전해주는 사람, 얼마든지 군림할 수 있지만, 그렇지 않은 사람.

하지만 그런 사람의 아들이라고 할지라도 그분을 위해서 모든 것을 넘어가 줄 일만은 아니다. 정서는 냉정해지는 것이 얼마나 참된 의미인지를 다시 한번 깨닫게 되었다. 사람은 누구나 개별적으로 놓고 생각해야 한다. 그 사람이 대단할지라도, 그런 사람의 아들일지라도, 아들이 개망나니라면 그 사람을 개별적으로 생각하여 잘못한 것을 꼭 물어야 한다는 것이다.

"내가 하라는 대로 잘들 하고 있군. 이봐, 너 오늘 처음 왔지. 날 따라와."

철수가 문을 열고 들어오더니 말했다.

"예."

정서가 대답했다.

빵집에는 안쪽에 다른 사무실 비슷한 것이 있었다. 철수는 정서를 데리고 자신의 사무실로 데리고 와서 앉혔다.

"너, 처음 왔다고, 모르는 게 있을 순 있지만, 그것을 이용해서는 안 될 거야. 뭐 예를 들면, 몰라서 빵을 전부 먹어버렸다거나. 몰라서 쓰레기통을 엎었다던가. '이건 몰랐다.'라는 이유를 너무 많이 들더라고. 처음 온 사람들일수록 더욱 그런 것 같아. 당연히 모를 순 있겠지. 하지만 계속 모르고, 모르는 것도 이유가 타당하지 않을 때는 모른 것이 아니라, 일부러 '몰랐다.'라는 말을 계속 쓰는 거라고밖에 볼 수가 없어. 몰랐다, 몰랐다, 몰랐다. 모른다는 이유가 굉장히 합리적인 말로 사람을 아주 성질나게 만들 수도 있다는 거야. 알겠냐?"

"네!"

"내가 보기에는 너는 아주 얼빵해 보여. 너무나 얼빵해 보여서 우리 아버지가 너를 뽑으신 거야. 우리 아버지는 사람이 너무 좋아. 얼빵해 보이는 너를 뽑으셔서 나 같이 악당 노릇을 하는 사람에게 대적하게 만드는 것 같단 말야. 그래서 나에게 죄책감을 뒤집어씌우려고 하지. 아버지는 나를 인정하지 않아. 그렇다면 나는 아버지에게 인정받으려고 노력해야 할까? 그것도 나를 노예로 만드는 일이야. 나는 악당으로 사는 게 좋거든. 돈이 있으면 즐기면서 사는 게 뭐가 나쁜 거야. 아버지는 통 막히셨어. 어머니는 돌아가시고는…, 조금 즐기면서 사셔도 될 텐데. 뭐가 그리 죽은 사람만 쫓으면서 사시는지 원!"

"……"

"앞으로 너를 얼빵이라고 부를 게 빵집이니까. 얼빵도 괜찮잖아. 얼얼얼 하하하하!"

철수는 비웃었다.

"예, 뭐 괜찮습니다."

"그럼, 나가서 일해."

정서는 밖으로 나가서 빵집 바깥을 쓸었다. 빵집 안에는 원래 일하던 사람들이 하기로 했고 정서는 처음 들어왔으니, 당연히 빵집 바깥부터 청소하는 게 먼저였다. 그는 청소를 하면서도 오늘 아예 일을 저지를 생각이었다. 얼빵이라고 부를 때마다 큰 빵을 집어다가 철수의 입에 넣어서 아무 말도 하지 못하게 하고 싶었다. 그는 청소를 하면서도 가끔씩 빵을 쳐다보며 먹을 생각은 하지 않고 무기로 쓸 생각을 하면서 달콤하게 청소를 마무리 지었다.

"청소는 끝났나?"

"네."

"그럼, 내가 주소에 적어준 대로, 그리고 거기 맡아둔 빵대로 배달을 갔다 와. 빵 이름은 여기 직원들에게 배우고, 내가 적어준 빵이랑 빵의 개수, 그리고 주소, 이 세 가지를 잘 맞춰서 빵을 배달하도록 해. 질문은 없지?"

"네."

"그럼 빨리 일해! 얼빵!!"

정서는 빵 이름을 직원들에게 물었고, 직원들은 빵은 어떤 빵들이 있는지 친절하게 알려주었다. 정서는 빵을 가지고는 철수가 적어준 메모지의 주소를 따라서 나가보기로 했다.

"이봐!! 얼빵!!"

"예."

"누가 그렇게 입고 나가라고 했나?"

"예?"

"유니폼을 입어야 될 거 아냐. 야 이 새끼들아. 새로운 사람이 와서 배달을 나가는 데 유니폼도 안 주면 어떻게 해? 지금 장난하는 건가? 꼬박꼬박월급 받아 가며 하는 짓이 이런 거지 같은 일이야. 대체 뭘 하는 거야?"

그가 화를 내면서 말할 때마다 직원들은 다들 서로의 눈치를 보며 말을 하지 못했다. '사장이 있어도 저렇게 얘기했을까?'라는 의혹이 강하게 남는다. 조금 나이가 많은 아주머니가 정서에게 유니폼을 주었고, 정서는 유니폼을 갈아입고 밖으로 나갔다.

'얼빵이 새끼, 저거 무슨 트집을 잡아서라도 내가 어떤 사람인지 알게 해주어야겠어. 일한 지가 처음이니까. 트집 잡을 게 없으니, 나중에라도 두고보라고!'

정서는 지나가는 사람들에게 집 주소를 물으면서 돌아다녔고, 때로는 분명 이 집이 맞는 것 같아서 찾아갔는데, 사람이 나오지 않아서 답답했다. 헌데 그것은 정서가 주소를 잘못 알고 간 것이었고, 그렇게 지체하는 시간들 때문에 배달도 늦어지고 빵을 제시간에 배달하기가 힘이 들었다. 물론 배달하는 곳에 사람이 나오지 않는 곳도 있어서 빵을 그냥 두고 오는 경우도 있지만, 사람에게 꼭 전해줘야 하는 빵들도 있었다. 그리고 처음 가는 길이라 가다가 길이 끊겨버린 곳도 있었다. 그럴 때는 다른 곳으로 돌아가야만 했다.

"배달 다녀왔습니다."

"그래? 왜 이렇게 늦게 와? 거기 도는데 왜 이리 늦게 오냐고? 설마 알려준 주소대로 간 것이 아니라서 아무도 나오지 않는 집에서 기다리고 있어서 시간이 지체된 것은 아니겠지? 응? 얼빵이?"

철수는 처음 일하는 사람의 문제점이 무엇인지 분명히 알고 있어서 정서를 훤히 꿰뚫고 있었다.

"아, 죄송합니다. 제가 처음이라서 잘 몰랐습니다."

"모르겠다. 결국에는 또 모르겠다는 말이군. 그래, 오늘은 처음이니 그 말을 허용하지. 하지만 계속 모르겠다고 하면 그땐 정말 각오해야 할 거야. 오늘은 고생했으니 이만 들어가 보도록 해."

"예."

정서는 유니폼을 갈아입으러 들어갔다.

"내 반지가 없어졌어!! 내 반지!!"

정서는 아주 큰 소리로 외쳤다.

직원들은 일을 마무리하는 것을 그만두고는 전부 나와서 정서를 쳐다보고 있었다.

"누군가가 내 반지를 훔쳐 간 게 틀림없어!"

정서가 말했다.

"뭔가? 무슨 일인데 이리 소란이야?"

철수는 사무실에서 뛰쳐나왔다.

"제 반지가 없어졌습니다!"

"뭐라고? 반지가 없어져?"

"네"

"지금 여기 있는 사람들을 모두 도둑으로 모는 건가? 오늘 처음 와서는 뭐 반지가 어쩌고 저째? 그깟 반지가 뭔데? 이리 호들갑을 떨어?"

그때 사장인 신한길이 빵집으로 들어왔다. 정서의 반지가 없어진 걸로 모여 있었지만, 사장이 들어오니까 모두 사장을 마중 나온 사람처럼 보이기도 했다.

"뭔데 이리 모여 있나?"

한길이 말했다.

"새로 온 신입직원이 자신의 반지가 없어졌답니다."

직원들 중 한 명이 말했다.

"뭐, 반지가 없어져? 도난 사건이 계속 끊이질 않는군. 기가 막히는군 그래. 내가 가난과 축복 빵집에서 열심히 일할 때는 이런 일은 생기지도 않았어."

한길은 자신의 지팡이를 한쪽에 내려놓고는 말했다.

"아버지는 결국 저를 또 탓하시는군요!"

철수는 아버지에게 가까이 다가가려다가 정서가 살짝 다리를 거는 바람에 넘어지고 말았다. 물론 정서는 다리를 걸 목적으로 다가가서 철수가 움직이는 방향으로 발을 뻗었다. 그리고는 발을 뻗을 때 정서의 손이 철수의 손에 닿을 정도로 부딪쳤는데, 그때 손에서 재빨리 반지를 꺼내서 철수의 손에서 떨어뜨린 것처럼 보이도록 했다. 그리고 그것은 사람들을 믿게 만들기에 충분했다. 아니 어쩌면 정서가 반지가 없어졌다고 소리치고 다니자, 반지가 나온다면 그것은 바로 철수에게서 나올 것이라고 사람들이 이미 생각하고 있던 탓일지 모른다. 반지가 철수에게서 나온 것이라는 믿음은 정서가 "반지가 없어졌다."라고 외치는 목소리에 집중한 대가일 수도 있다.

"아이고. 아야~~"

철수는 소리를 질렀다.

"죄송합니다. 죄송합니다."

정서가 고개를 푹 숙인 채로 말했다.

"야, 앞을 제대로 보고 다녀야지. 지금 뭐 하는 짓이야?"

철수와 정서가 이야기하는 중에 떨어진 반지가 데구르르 굴러가더니만 한길의 앞에서 멈췄다.

"혜주라…."

한길이 반지를 살펴보면서 말했다.

반지 안쪽에는 '혜주야 사랑해'라는 말이 적혀 있었다. 한길은 이 반지가 아들의 것이 아님을 분명히 알았다. 철수는 결코 사랑이라는 말을 입에 담지 않을 뿐만 아니라, 진심으로 누굴 사랑한 적이 없기 때문이었고, 한길은 철수가 어제도 분명 창녀와의 잠자리로 하루를 지새웠다는 것을 알고 있었다. 이 반지는 분명 정서의 반지일 것이다. 그리고 그 반지를 훔쳐 간 것은 바로 자신의 아들 철수였다.

그 반지를 보고는 바로 정서에게 돌려주었다. 그리고는 정적이 흘렀다.

"신철수! 네 놈이!! 지금 당장 사무실로 들어와!"

◆ ◆ ◆

사무실에서 큰 소리가 오고 갔다. 철수는 무슨 말이 하고 싶었던 것일까? 자기가 훔치지 않았다는 말? 아니면 자신도 누명을 쓰고 평생 도둑으로 산다는 것이 무엇인지 알았을까? 아니면 '어차피 사람들로부터 나쁜 놈이라는 말을 듣고 사니까. 상관없겠지.'라고 여긴 걸까?

그는 밖으로 나오더니만, 박정서를 노려보았다. 그러더니 빵집 밖으로 뛰쳐나갔다.

"박정서 군, 사무실로 들어오세요."

"네."

"정서 군이 많이 부럽군. 누구를 사랑한다니 말이야. 그 마음을 고이 간직하게. 내 아들은 아직도 사랑이 무엇인지 모른다네. 그러니 자네가 한 번 용서해주겠나."

"……"

"알고 있네. 자네가 일부러 반지를 내 아들을 통해서 떨어뜨렸다는 사실을. 아마 전에 내가 내쫓는 조장혁 때문이겠지?"

"네"

"나도 그 사실을 나중에 이해하게 되었네. 내 불찰이네. 이제 와서 장혁이에게 찾아가 봐야 무슨 면목이 있겠나 생각도 들기도 했지만, 한편으로는 장혁이의 누명을 풀어줘야 한다는 생각도 지금에서야 하게 되었네. 그러니 빵집에 한번 들르라고 하게. 자네도 빵집 일을 그만둬도 좋아. 어차피 빵집 일 때문에 매여있는 사람 같지도 않고."

"……"

"나는 이 마을을 구석구석 모르는 것이 없다고 자부하고 있네. 이 마을에서 뭐가 어디에 있고 무엇이 움직이고 있는지 대략적으로라도 많이 보고 있지. 그리고 내 아들이 어디에 있고, 어디에서 무엇을 하고 돌아다니는지도. 어제도 아마 창녀하고 밤을 같이 보냈겠지. 그래도 누명까지 씌울 줄은 몰랐어. 너무 많이 알고 있다는 게 방심을 불렀지. 나를 용서해 줄 수 있겠나?"

"용서는 제가 결정할 문제가 아닌 것 같습니다. 아무래도 장혁 님이 하셔야 할 일이라고 생각됩니다."

"그렇겠지. 장혁이가 해야겠지. 행여 장혁이에게 책임을 물었던 나를 원망하고 있는 것은 아닐까 생각했네."

"제가 원망할 부분은 아니라고 생각합니다."

"고맙군. 그렇게 생각해주니…."

9

정서는 장혁의 집으로 갔다.

"내일 빵집으로 나오라고 하네요. 누명을 벗겨주겠다고 하더군요."

"정말이요?"

상희가 깜짝 놀라며 물었다.

"네. 그럼요"

정서가 말했다.

"정말 감사합니다. 정말 고생 많으셨어요."

상희가 말했다.

"저를 위해서 애써주셔서 정말 감사합니다."

장혁은 고개를 숙이며 몇 번씩이나 거듭 말했다.

정서는 이번에 작전 중에 써먹은 반지를 꺼내서 혜주에게 주었다.

"어. 이 반지, 나 주는 거야?"

혜주가 어리둥절했다.

"응, 당연하지. 우리 아직은 결혼하면 안 되는 걸까? 빠르면 빠를수록 좋겠지. 아무래도 이번 일을 마무리하면 말이야. 그 결……혼."

"시끄러워! 이건 다 작전이야. 꿈도 꾸지 마!"

혜주는 발로 정서의 정강이를 차버렸다.

"아따따따~~"

정서는 발을 잡았다.

"이런 상황이 전 아직도 적응이 안 돼요."

강진은 고개를 저었다.

◆ ◆ ◆

다음 날, 장혁이는 빵집으로 갔다. 한길은 장혁이가 오는 시간에 맞추어 직원들을 모아 놓고 있었고, 장혁이가 왔을 때 모든 일은 자신의 아들이 누명을 씌운 거라고 했다. 장혁은 자신의 누명이 벗겨지자 영혼이 맑아지는 것 같은 느낌을 찾으며 떳떳하고 굳세게 살아가겠다고 다짐을 했다. 하지만 정작 아들인 철수는 그 자리에 보이지를 않았다. 이 모든 것은 그저 사장인 한길이 이야기 한 것이었다. 철수는 어디로 간 것일까?

철수는 어제 일이 계속 생각이 나서 빵집에 들어가지 않고 술집으로 갔다. 자신이 도둑질이나 하고 다니는 놈으로 아버지에게 보이게 된 것이 너무나 싫었다. 무엇보다 자기 자신은 정말로 도둑질을 하지 않았는데 자신이 도둑질이나 하고 다니는 놈으로 아버지에게 보이게 된 것, 그리고 아버지가 자신의 말을 믿지 않고 박정서의 말만 믿었다는 사실이 아버지하고 마주하고 싶은 생각을 아예 사라지게 만들었다. 어디서부터 잘못된 것일까? 박정서인가 그놈이 들어왔을 때부터. 아니 왜 자신에게 반지가 주어졌는지부터? 그 모든 것의 시작이 무엇일까?

그렇다. 바로 박정서라고 단정했다. 그는 자신이 장혁에게 누명을 씌운 것은 생각지도 않은 채, 박정서가 자신에게 누명을 씌운 것만 생각했다. 아무리 봐도 자신이 넘어졌을 때, 반지를 떨어뜨린 것이 분명하다는 거다. 문제는 심증은 있지만 이미 사람들이 보기에는 그가 훔쳐 간 것으로 되어 있고, 아버지도 그렇게 생각하고 있다는 것이다. 그것이 견딜 수 없었다.

그는 술집에서 어느 낯선 남자를 만났다. 바로 경찰 옷을 잘 입고 다니지 않는 차민수였다. 그는 민수하고는 모람마을에서 만난 사이였다. 차민수가 경찰로 들어가서 경위가 되자, 철수는 그의 부임식에 참석하여 축하하며 술을 사주었다. 그것이 서로 간의 만남으로 이어졌다. 마을에서 치안을 맡고 있으니, 철수에게 미리 잘 보이고 싶었다.

"그만 드셔도 됩니다."

민수가 말했다.

"나 같은 놈은 아버지에게 항상 미움만 받는단 말이야. 그 자식이 싫어!"

철수는 원망이 가득 차올랐다.

"누구를 말하는 건지요?"

"박정서라는 놈."

"예? 박정서라니요?"

"아니야, 어차피 말해도 잘 모를 텐데…."

"아닙니다. 저도 알아요. 그놈, 박정서라는 놈. 헌데, 제가 아는 박정서하고 철수 님이 아시는 박정서랑 같은 인물인지는 모르겠습니다."

민수가 술을 마시면서 말했다.

"하긴, 동명이인일 수도 있겠지. 그럼 오늘은 같은 박정서라는 이름으로 씹어대며 술을 한 잔 같이 마실까?"

철수도 술을 마셨다.

"아주 괜찮은 생각이시네요. 저야 언제든지요!"

◆◆◆

장혁은 아주 기쁜 마음으로 모람마을로 나왔다. 그는 물을 사러 지민의 가게를 들렀다. 지민은 동수하고 같이 물을 팔고 있었다. 동수는 죽은 승진이의 유언대로 지민이하고 잘 지냈다. 오늘은 지민의 일까지 도와주며 같이 물을 팔고 있었다. 지민은 친구가 생겨서 하루하루가 즐거웠다. 지민은 학교에 다니지는 않지만, 이 마을에서 아이들과도 제법 잘 지냈다. 동수가 항상 옆에 있어 주어서 건드리는 애들도 없었다.

"오랜만이다."

"아, 형. 안녕하세요. 물 사러 오셨나 봐요."

지민이가 인사했다.

"응, 그래."

그때 민영이가 찾아왔다.

"야, 꼬맹이들. 오랜만이야."

민영은 오랜만에 산장을 빠져나와 물을 파는 지민의 가게에 들렀다. 도현은 민영이가 지민이 가게를 들르는 것을 싫어했다. 그래서 민영은 혼자 빠져나와서 가끔 들르곤 했다. 산장에서는 물을 떠 오는 사람들도 있었지만, 바깥에 있다 보면 목이 마를 때도 있고, 아이들을 보고 싶은 마음도 있어서였다.

"예, 누나 안녕하세요."

지민과 동수도 같이 인사했다.

"혹시 예전에 곤란한 일이 있지 않았나요. 빵집에서 보았습니다."

민영은 장혁을 보더니 물어보았다. 예전에 빵집 앞을 지나갈 때, 자신이 외면했던 사람이었다. 민영은 분명히 얼굴을 기억하였다. 그냥 지나쳤던 사람이 분명하다.

"예! 괜찮습니다. 이미 누명을 벗게 되었어요."

장혁은 어차피 마을에서 생긴 일이라 마을 사람들이 많이 알고 있다고 생각했고 그저 사실대로 말했다. 장혁은 정서의 오른쪽 팔 부분에 있는 초록바람대의 문신을 본 적이 있는데, 민영의 오른쪽 팔에서도 비슷한 것이 보이기 시작했다. 민영의 오른쪽 팔 부위가 살짝 찢어져 있던 것이다.

"팔에 있는 초록물결무늬 비슷한 문신이 무엇을 뜻하는 거죠?"

장혁이 물었다.

"이 문신을 아시나요?"

민영이 물었다.

"아니요. 잘 모릅니다. 헌데 같은 문신을 한 사람을 본 적이 있습니다."

"뭐라구요?"

"같은 문신을 한 사람을 본 적이 있다고 했습니다."

"그자는 누구죠? 대체 어디에 있죠?"

"이름이 박정서라고, 저의 누명을 풀어주신 분이십니다. 어떻게 생겼더라. 갑자기 생김새를 물어보시니, 그게…, 이목구비가 뚜렷했으며…"

"뭐라구요!! 박정서!! 생김새는 됐어요. 어디로 갔나요?"

민영은 급하게 말을 잘랐다.

"방금 전에 마을을 떠났을 텐데요. 아마 온새미로마을로 간다는 것 같아요."

"방금 전이라고요?? 미안합니다. 먼저 가보겠습니다. 꼬맹이들아 먼저 가볼게!"

"아니, 누나 벌써 갈려고?? 얘기 좀 하고 가지…."

지민이 말했다.

"미안, 정말 미안해."

"누나. 아~~!"

동수가 아쉬움을 표현했다.

◆◆◆

민영은 미친듯이 달렸다. 그리고는 자신의 산적단에게 편지를 써서 전달했다. 편지에는 이렇게 쓰여 있었다.

> 지금 즉시 온새미로마을로 가려는 마차를 잡아서 못 가게 해야
> 해. 그리고 박정서라는 놈이 있다면 꼭 생포해야 해. 아니 온새
> 미로마을로 가는 방향의 마차를 무조건 다 잡아서, 박정서가 있
> 는지 확인을 해.
>
> — 민영이가

민영이는 편지지를 잘 접어서 빨간색 리본으로 묶은 뒤, 그것을 마을에 있는 정보원에게 넘겼다. 모람마을에는 민영이가 있는 산적단의 정보원들이 숨어있었다. 그들은 편지를 받으면 그것을 조금 더 가면 있는 정보원에게 전달하고, 그 전달받은 정보원은 조금만 더 가면 있는 정보원에게 전달하는 방식을 써서 그 편지가 산장에 있는 도현에게 전달되는 방법으로 정보를 주고받고 있었다.

민영은 미친 듯이 말을 타고 달렸다. 박정서를 꼭 만나기 위해서….

10

"이 산만 넘으면 온새미로마을 맞나?"

정서가 물었다.

"맞아."

혜주가 대답했다.

"강진 님이 일을 처리해야 제 마음도 편할 것 같네요. 모람마을에서 시간을 너무 지체한 것은 아닌지 미안한 생각이 듭니다."

정서는 정중하게 말했다.

"아니요, 괜찮습니다. 저도 장혁 님의 누명이 벗겨져서 너무 기분이 좋습니다. 이런 기분을 간직하면서 온새미로마을에서 일을 진행한다면 분명 저를 도와주시는 일도 잘 될 것이라고 생각합니다."

강진이 말했다.

"물론, 다른 길로도 충분히 온새미로마을로 갈 수 있지만, 꼬리별산을 통과해서 가는 것이 빠르다고들 해서, 이 길을 선택하는 것입니다. 강진 님을 위해서요. 그러니 시간을 조금 더 단축할 수 있을 거예요."

혜주가 웃으며 말했다.

◆◆◆

이미 민영이의 편지를 읽어 본 도현은 산적단을 모아서 매복을 하고 있었다. 여태까지 민영이가 편지를 띄운 적은 없었다. 도현은 민영의 말을 꼭 지켜주고 싶었다. 그래야 점수도 잘 받을 수 있고, 민영이에게 장가도 갈 수 있으니까. 도현은 갑자기 민영을 생각하더니만 얼굴이 빨개졌다. 상상은 무엇이든 자유니까.

그렇게 상상해 빠져서 헤롱헤롱거리고 있을 때 정서 일행의 마차가 꼬리별산을 지나가려고 하고 있었다. 도현은 마차소리에 놀라서 그 상상에서 빠져나왔고, 정서 일행을 덮치려고 준비하고 있었다.

마차가 드디어 매복이 덮치기 쉬운 장소에까지 이르자, 도현과 산적들은 모두 나와서 정서 일행을 덮쳤다.

"모두 꼼짝 마라!"

도현은 검을 꺼냈다.

주변은 완전히 포위당했다. 마부는 놀라서 마차를 멈추고는 도망가기에 바빴다. 정서와 혜주, 그리고 강진은 마차에서 밖으로 나왔다.

"수가 굉장한데, 이거 나 혼자서는 어려울 것 같은데 열 명이라…"

정서는 등에서 땀이 흘러내렸다.

"저는 그다지 전투타입이 아니라서…"

강진은 두려워했다.

"난 이런 거 처음 당해보는데, 산적이라니……"

혜주는 겁을 먹었다.

"여기 박정서라고 있나?"

도현은 분위기를 잡으며 말했다.

강진과 혜주는 서로 눈치를 보았으며 정서는 자신의 이름이 나온 것이 이해가 가지 않았다. 자신을 알 리가 없는 산적단들에게서 자신의 이름이 나온 것이다. 헌데 왠지 분위기가 자신이 박정서라고 하면 위험해질 것 같긴 했지만, 정서는 혜주와 강진을 살릴 수 있는 길은 이것밖에 없다고 여겼다.

"내가 바로 박정서요!"

정서는 앞으로 나오면서 말했다.

"얘들아, 이놈을 당장 잡아라!"

도현이 소리쳤다.

정서는 9명과 싸움을 해야 될 판이었다. 자그마치 9명이나 되는 인원과의 싸움. 그리 간단하지는 않았다. 정서는 검을 꺼내서 9명과 싸웠다. 처음에는 뒤로 물러나면서 싸우다가 서서히 앞으로 가면서 싸우는 방식을 선택하면서 9명의 시선이 한 곳에 집중되는 것을 피했다. 9명이 정서에게만 집중하고 있을 때, 강진과 혜주는 9명으로부터 관심 밖의 인물들이었다. 그다지 신경을 쓰지 않고 있었다는 것이다. 그런데 강진도 뒤에서 검을 꺼내어 공격했고, 혜주도 한두 명씩은 뒤에서 몽둥이를 꺼내서 때렸다. 정서는 9명을 거의 제압해 나가고 있을 때였다. 뒤에서 민영이가 말을 타고 나서서는 말에서 내렸다. 그리고는 민영은 정서를 보더니만 박정서 대장임을 파악했다.

"야!! 박정서, 너 박정서!! 맞지?"

민영이 물었다.

"넌 설마 최민영! 최민영이야? 네가 어떻게 여기를……"

정서는 놀랐다.

민영은 자신의 오른쪽 팔 부분에 있는 옷을 완전히 찢어서 초록물결무늬 문신을 드러냈다. 그러더니만 박정서의 오른쪽 팔에 문신이 있는 부위를 찢었다. 옷이 날아가면서 박정서의 초록물결무늬가 뚜렷하게 보이기 시작했다. 민영의 초록물결무늬가 3개라면 정서는 4개였다. 4개는 대장이라는 의미이며 나머지 대원들은 3개였다. 그건 민영이가 대장이라고 하나 더 그려준 것이었다. 원래 정서는 3개였다.

"저 초록물결무늬는 혹시……초…초초…초록바람………대"

혜주는 깜짝 놀랐다.

"맞습니다. 초록바람대. 대장이었군요. 박정서 님…"

강진이 말했다.

강진은 정서가 대장인지까지는 몰랐다. 예전에 살짝 본 문신은 그저 초록물결무늬 정도로만 파악했기에 그저 대원 정도일 것으로 생각했으리라.

도현은 초록물결무늬를 보고는 놀랐다. 박정서가 아무래도 초록바람대의 대장인 것 같았다. 그리고 뒷산에서 민영이의 눈물을 흘리게 한 사람이 바로 박정서라는 생각이 들었다. 물론 자신은 상대도 안 되겠지만, 도현은 정서에게 검을 들이댔다.

"박정서, 네 녀석이었군. 민영을 뒷산에서 그렇게 울게 한 놈이…"

도현은 분노했다.

"뭐라고?"

정서는 당황스러워했다.

"네 녀석은 결코 용서할 수 없다."

도현은 검을 들어서 싸우려고 했다.

"내가 뒷산에 올라간 건 어떻게 알았지. 하여간…두목은 참. 헌데 두목, 두목의 상대가 아니야. 물러서…"

민영은 도현을 비켜서게 하려고 했다.

"나와, 최민영! 이 녀석 맞잖아! 널 울리게 한 그놈이!"

도현은 민영을 밀치며 말했다.

"잠깐만, 두목이 상대할 수 있는 사람이 아니야. 강하니까."

민영이 말했다.

도현은 민영의 말에도 불구하고 정서에게 검을 먼저 날렸다. 정서는 방어를 했고, 도현은 계속 검을 날렸는데, 정서는 방어만 했다.

"야, 박정서, 공격해. 내가 우습나?"

도현이 인상을 쓰며 외쳤다.

"갑자기 너희들이 이러는 이유를 모르겠군. 민영이 하고는 오랜만에 만났는데, 뭐가 어떻게 된 건지, 민영이가 왜 나 때문에 울게 되었는지 모르겠네. 나는 지금도 반가운데……"

정서는 도현의 검을 방어한 채 말했다.

"넌 그게 문제야, 항상 따뜻하게 말을 하니까. 처음에 나를 봤을 때도 그렇게 말했지."

민영은 정서의 말을 비난했다.

정서는 도현을 검으로 밀어내고 다리를 걸어서 도현을 넘어뜨렸다.

"하아하아…, 강하군… 강하긴…. 하지만 난 널 용서하지 않아…. 민영이를 울리는 놈은 내가 용납하지 않아."

도현은 주저앉아서 울분을 가라앉히지 못한 채 주먹으로 땅을 치며 말했다.

"됐어. 내가 상대할게. 박정서 대장, 말이 뭐가 필요하겠어. 초록바람대의 승부는 알고 있겠지. 오랜만이네…, 이 승부를 하는 것은."

민영은 정서를 노려보았다.

"물론! 알고 있다. 그런데 내가 왜 승부를 해야 하는 거지?"

정서가 말했다.

"그건 승부를 이기면 얘기해줄게!!"

민영이 말했다.

"그래? 반드시 이겨야겠군."

정서가 말했다.

"과연 그게 쉬울까?? 난 그 신분 해방 이후로도 미친 듯이 연습해왔어."

민영이 말했다.

초록바람대의 승부, 그것은 검으로도 싸우지만, 총알은 한 발만 주어지는 총을 가지고서 싸움을 하여 상대를 제압하는 것이다. 간단하게 말하자면, 총알은 한 발만 주어지고 검으로 싸우는 것이다. 초록바람대 대원들끼리는 총알 한 발을 넣을 때 맞아도 죽지 않는 총알을 사용했다. 하지만 여기에서는 아무래도 맞으면 죽게 되는 총알을 사용할 것이다.

"좋아. 여기 민영이 네가 쓰게 될 총이야. 총알은 내가 직접 넣어주지."

정서가 말했다.

"좋아, 나도 총알을 넣어둘게. 대장 죽을 수도 있어."

민영이 살기를 품었다.

"그런가. 내가 네 손에 죽는 건가."

정서가 총을 주면서 말했다.

"정서야, 꼭 이 승부를 해야 하는 거야?"

혜주가 물었다.

"그러고 보니 저 애는 누구야? 꽤나 예쁘게 생겼네. 애인이야? 애인 앞에서 죽게 된다! 그런 비극을 내가 만드는 건가…, 하하하하하하하."

민영은 비웃었다.

"걱정마. 죽지 않을 테니까!"

정서가 혜주에게 말했다.

"……"

혜주는 민영의 눈치를 살피고는 아무 말도 하지 않았다.

"말해두는데, 난 강해!"

민영이 말했다.

민영은 검을 휘두르고 총을 이러저리 꺼내 보았다. 민영의 검 휘두르는 소리와 발차기 소리, 총을 꺼내는 소리와 동작들은 주변에 사람들의 시선을 모두 빼앗아 버릴 정도였다. 정서도 몸을 풀기 위해 검을 휘두르고 총을 이러저리 꺼내도 보았다. 소리는 민영과 거의 비슷했고 동작 또한 깔끔했다. 둘의 승부는 이제 막 시작하려고 했다.

민영은 처음부터 발차기를 노렸다. 정서는 검을 뽑기도 전에 민영의 빠른 발차기를 맞을 뻔했다. 가까스로 피하면서 검을 뽑았다. 민영도 검을 뽑았다. 언제든지 거리 안에 들어오면 발이 먼저 날아올 가능성이 크다. 민영의 발차기는 그럴 만큼 매섭고 무서울 정도였다.

"이거 정말 대단하네. 이 정도로 열심히 훈련을 했는지 몰랐는데…"

정서는 날아오는 발차기를 피하면서 말했다.

"더 놀라게 해줄게. 대장."

정서는 민영의 발차기를 잡지 못하고 그만 맞고 말았다. 정서는 쓰러졌다. 민영은 재빨리 총을 뽑아서 쏘려고 했는데, 정서는 일어나서 검을 민영에게 날렸다. 민영은 검을 막아냈는데 정서의 힘이 너무 강해서 뒤로 밀려났다. 정서는 이때 발차기를 날렸다. 민영은 정서의 발차기를 맞아 버렸다.

"아~~ "

민영은 아파하며 쓰러졌다.

"민영아~~~!"

도현과 9명의 부하들이 외쳤다.

"바람에 흩날리던 초록물결, 밤하늘에 빛나버린 우리들의 청춘, 이상은 석양에서 지지 않고 내일을 향해 나아가리라. 지난날의 노예에게 더 이상의 굴욕은 없네. 초록바람대여! 오늘도 검을 들어 자신을 세우리."

민영은 쓰러진 채로 피를 닦으며 말했다.

"너 정말 왜 그러냐? 대체 무엇 때문에 초록바람대의 맹세까지 지금 이 자리에서 지껄이는 거냐?"

정서는 무엇이 민영을 그렇게 만들었는지 화가 나기 시작했다.

민영은 그대로 검을 들어서 정서에게 달려들었고, 정서는 검을 막아냈다. 그렇게 둘은 검을 맞대며 서로를 쳐다보았다.

11

"박정서라는 그놈 어디로 갔는지 아는 사람, 빨리 말해 말하는 사람은 월급 두 배로 준다. 내가!"

철수가 빵집으로 와서 말했다.

철수는 박정서의 뒤를 쫓아서 자신의 누명을 벗어야겠다고 생각했다. 그리고 민수하고 술을 먹었을 때, 동명이인이 아닐 수도 있다는 생각도 들었다. 물론 재미도 있었다. 둘이서 똑같은 박정서를 올려놓고 씹어대면서 술을 먹는 재미가….

그렇게 술맛이 나니까. 더욱 박정서를 용서할 수 없었다. 그래서 뒤를 쫓아가서 죽이기로 마음먹은 것이다. 철수는 자신의 하인들에게 물어서라도 알아내기로 했다. 물론 하인은 신분 해방 이후 없어졌지만, 철수는 틈만 나면 하인이라는 말을 서슴지 않았고, 개돼지라는 말도 서슴지 않았으며 시종 새끼들이라는 말도 서슴지 않았고, 노예새끼니 뭐니 온갖 비하하는 말들을 다 지껄였다. 철수는 민수에게 틈만 나면 그런 말을 지껄였고, 민수는 그런 말을 들을 때마다 말장단을 맞춰주며 술을 마셨으며, 자신은 개돼지 노릇을 해주었다. 그러면서 개돼지 놀이를 하는 게 그들끼리 술 먹고 취한 후에 벌이는 일종의 놀이였다. 철수는 그 놀이에 미쳐있어서 그런지 정서를 더욱 쫓고만 싶은 마음이 들었다.

"그 새끼는 노예야. 노예 새끼 이거. 노예 출신이 분명해. 그놈은 동명이인은 아니고 동일 인물일 거야. 분명해."

철수는 자신의 생각이 현실이 되기를 간절히 바랐다. 그는 어떻게 해서든지 찾아내려고 애를 썼다.

"아무도 아는 사람이 없나? 월급이 두 배라고 두 배."

철수는 가게 안에서는 정서를 찾기가 어려울 것 같다고 여기기는 했지만 그래도 다행히 아는 사람이 있었다. 그는 정서가 온새미로마을로 갔다는 말을 들었고, 그것을 재빨리 민수에게로 가서 소식을 전했다. 민수는 아무래도 꼬리별산으로 넘어가는 고개로 갔다고 짐작했다. 그리고 경찰 부하들이 하는 말이 꼬리별산은 산적들이 가끔 출몰하여 위험하다는 것이다. 그래서 갈 거면 많은 수가 움직여야 한다고 했다. 때문에 부하들을 많이 데리고 가야 한다고 민수에게 얘기했고, 민수는 일리가 있다고 여겼다. 적은 수로 움직였다가 산적단들까지 나타난다면 어떻게 될까? 자신의 목숨은 하나인데 위험을 무릅쓰기는 싫어했다. 그래서 모람마을에 있는 가능한 한 모든 경찰들을 데리고 꼬리별산으로 말을 타고 달렸다.

◆◆◆

박정서는 최민영과 싸움을 계속하고 있었다. 민영은 힘들어하는 기색이

역력했다. 사람은 역시 상대와 대면해야 그 진면목을 알 수 있는 것 같다. 벌써 한 30분을 싸우고 있었다. 싸움은 그렇게 쉽게 끝나지 않았다. 둘의 싸움은 굉장했다. 혜주는 계속 뭔가 불안해했다. 정서가 저러다가 죽는 것은 아닌지, 그래서 계속 주시하면서 지켜볼 수밖에 없었다.

강진은 정서가 이 많은 산적단들과 싸우면서도 결코 지지 않을 정도로 강한 사람인 걸 알기에, 민영과의 싸움에서도 이기기를 바라고 있었다.

한편 도현은 민영이가 이 정도로 강할 줄은 몰랐다. 자신이 싸워서 한 번쯤은 이겨보고 싶었는데, 이제 보니 자신이 넘을 수 없는 상대였다는 것을 깨달았다. 심지어 도현의 부하들까지 민영이가 싸우는 모습에 감탄하여 넋을 잃고 있었다.

사실 정서는 민영을 이길 수 있지만, 어느 정도 실력을 봐주고 있었다. 그래야만 될 것 같았다. 그가 민영을 그냥 이겨버린다면 왠지 그녀는 더 울어버릴 것만 같았다. 그래서 대결을 이어가고 있었던 것이다. 자신이 민영을 다시 만났는데 그녀가 자신에게 반가움을 표현할 수 없었다면 그 정도의 값은 치러야 할 것 같다는 생각이었다.

그때 뒤에서 갑자기 말이 오는 소리가 크게 들렸다. 순간 모두 뒤를 쳐다보게 되었다. 바로 경찰들이었다.

"큰일이야!~~ 경찰들이다!!!!"

"저렇게 대규모로 움직이는 경찰들은 처음인데, 이럴 리가 없어. 이럴 리가~~~."

"지금 그럴 소리 할 때가 아니야. 빨리 산장으로 도망가야 한다!"

"경찰들이라고!"

부하 산적들은 경찰들을 보더니 기겁하며 외쳐댔다.

경찰들은 무자비하게 살육을 저지르고는 했었다. 어차피 몇 명 죽여도 경찰들은 치안을 위해서라고 할 테니까.

"저건 분명 산적단이 틀림없다. 저기 있는 놈들을 모조리 다 잡아라!"

차민수가 외쳤다.

"이 개돼지 같은 새끼들아! 하하하하, 도망치는 꼴 좀 봐봐!"

철수는 비웃으면서 말했다.

"저 새끼가!"

도현은 철수를 노려보았다.

"그렇게 노려볼 때가 아니야!"

민영이 도현을 말렸다.

도현은 민영의 말에 정신을 번쩍 차리고 부하들에게 나뉘어 흩어져 도망가야 한다고 지시를 내리고 있었다. 민영은 뒤에서 온 경찰들을 보며 정서의 일행들을 산장으로 데려가야 한다고 여겼다. 승부는 더 이상 진행될 수 없었다. 그러더니 뒤에서 개돼지라고 말했던 철수의 얼굴을 똑똑히 기억해 뒀다. 아니 아마 모든 사람들이 철수를 보았을 것이다.

"대장, 지금은 승부를 낼 때가 아닌 것 같아. 경찰새끼들, 꼭 이럴 때만 나타나서 지랄이란 말이야. 하는 일도 없는 새끼들이, 대장, 날 따라와! 너희 둘도 모두!"

민영이 급하게 말했다.

"알았다. 모두 민영을 따라가자!"

정서가 혜주와 도현을 바라보았다.

도현은 부하에게 나뉘어 먼저 도주하라고 지시하면서도 민영이 걱정되어 떠나질 못하고 있었다. 도현은 약하지만, 민영을 끝까지 생각하고 있었다.

"두목, 안 가?"

민영이 도현을 뒤돌아서 쳐다보았다.

"이제 가려고…. 네가 먼저 가야 내가 갈 거 아냐! 부하를 두고 먼저 떠나는 두목이 되라는 거냐?"

"그런 소리라면 됐어. 두목, 말을 타고 가! 여기 있는 이 계집애랑 같이 가는 게 낫겠어!"

민영은 자신이 타고 온 말을 가리키며 말했다. 민영은 정서 일행이 타고 온 마차에서 말만 타고 가기 위해 코치(사람이 타는 곳)랑 연결된 밧줄을 검으로 잘라 버렸다. 마차로 움직이기보다는 말로만 움직이는 게 나았다. 나무들 사이사이의 거리가 협소했고, 마차보다는 말로 움직여야 했다. 마차는 다행히도 두 마리의 말이 있었다. 민영이가 타고 온 것까지 해서 말은 총 세 마리였다.

"나, 정서랑 같이 갈 거야!"

혜주는 정서의 손을 잡아버렸다.

"이 계집애가 정말. 야, 산장으로 가는 길은 나하고 두목밖에 몰라. 지금 나머지 사람들(부하 9명을 뜻함) 다 산장으로 도망간 거 몰라. 지금 그런 러브스토리를 찍을 때가 아냐."

민영이가 말했다.

"혜주야. 민영의 말을 들어. 지금 오고 있는 자들은 차민수와 신철수가 분명해. 나를 쫓을 거야. 민영이 말대로 저 두목이라는 자의 말을 타고 가는 것이 맞아. 그래야 네가 더 안전해. 나는 민영이랑 말을 타고 갈게!"

정서가 말했다.

"알았어!"

혜주는 도현의 말을 보았다.

"나 먼저 가도 되는 거야?"

도현이 걱정돼서 물었다.

"두목은 먼저 가라고. 내가 대장 태우고 갈게."

민영은 말을 데리고 왔다.

"알았어. 부하보다 먼저 가는 것 같아서 좀 그러네."

도현은 말의 등을 때리고 출발했다.

도현과 혜주의 말이 먼저 산장으로 향했고, 그 말을 따라서 강진이도 같이 출발했다. 뒤이어 민영과 정서가 탄 말이 출발했다. 도현과 혜주가 탄 말과 강진이 혼자 타고 간 말은 민영과 정서가 탄 말과는 다른 방향으로 향했다. 그렇게 두 방향으로 흩어지면서 산장으로 향했고, 민수와 철수는 뒤에서 쫓아오면서 박정서를 멀리서 보게 되었다. 둘은 정서가 자신들이 쫓고 있는 동일인물이라는 것을 알게 되었다. 그래서 박정서가 도망치는 방향으로 경찰들을 더 많이 움직이는 걸로 정했다.

"박정서가 저쪽으로 도망쳤다. 몇 놈만 다른 방향으로 간 사람들을 쫓고 나머지는 전부 박정서 방향으로 간다!!"

철수가 말했다.

"예"

숨 막히는 추격전이 시작되었다. 도현과 혜주 그리고 강진을 쫓아오는 경찰들은 많이 없었다. 경찰들은 조금 쫓다가 굳이 힘들게 쫓아야 할 필요성을 모르게 되었다. 그저 쫓다가 놓쳤다고 보고하면 끝나는 일이었다. 그래서 도현과 혜주와 강진을 쫓는 경찰들은 조금 달리다가 서로 눈치를 보면서 조금씩 속도를 줄이고 있었다. 굳이 쫓을 필요성을 못 느낀 것이다. 정서와 민영의 방향으로 오는 민수와 철수, 그리고 경찰들은 수가 많았으나, 서로 말을 다루는 솜씨도 다르고 산을 타면서 올라가는 것이라서 추격해 오는 사람들은 속도에 따라 각자 선착순으로 올라오고 있었다. 민수와 철수, 그리고 몇 명의 부하경찰들은 민영과 정서의 뒤를 바짝 쫓는 데 성공하였다. 그도 그럴 것이 경찰들이 뒤에서 쫓아오니까, 작전을 짜서 도망치는 데 시간을 끌었고, 정서와 민영이가 같이 말을 타다 보니까, 속도에서 조금씩 밀리고 있었던 것이다. 반면에 철수와 민수 그리고 경찰들은 전부 한 사람씩 말을 타고 달려왔다.

"큰일이야. 대장 바로 뒤까지 쫓아 왔어. 어떻게 해야 하지."

민영이 말했다.

"일단 민영이 너 먼저 올라가고, 나를 내려줘."

정서가 말했다.

"뭘 어떻게 하려고?"

민영은 말을 멈췄다.

"지금으로서는 이 방법밖에 없겠어. 먼저 올라가라. 내가 시간을 끌고 있을 테니까!"

정서가 말했다.

"아니야. 대장, 내가 시간을 끌게."

민영이 말했다.

"민영이 너 혼자서 산장으로 가. 산장으로 가는 길을 아는 것은 너니까. 가서 꼭 산적단을 데리고 와. 방법이 없어. 내가 여기서 시간을 끌 테니까"

"알았어. 대장 꼭 무사해야 해!!"

민영은 정서를 바라보더니만 말을 타고 빠르게 산장으로 올라갔다. 정서는 총을 꺼내서 총알을 집어넣었다. 그리고는 바위 뒤에 숨었다. 적들은 수가 굉장히 많았다. 민수와 철수 그리고 부하경찰들은 나무들 사이로 말을 움직이면서 앞으로 달려 나가고 있었다.

"탕!"

총소리가 들렸다.

"모두 움직이지 마라!"

철수가 외쳤다.

"적은 분명 한 명입니다. 아까 한 명만 내려놓고 올라가는 것을 보았습니다. 총소리가 한 번 더 들린다면, 저곳을 파악하여 제가 우회해서 애들 몇 명 데리고 가서 잡겠습니다."

민수가 말했다.

"그렇군, 나는 여기에 남겠다. 가서 잡아 와, 여기 사람이 꽤 있다는 것을 저놈도 알게 해줘야지. 그리고 조심히 움직여야 하니, 모두가 움직일 필요는 없다."

철수가 말했다.

철수는 경찰이 아닌데도 지휘권자처럼 말하는 것을 보니 아무래도 경찰은 지휘체계가 개판인 듯했다. 그저 높은 사람의 말이라면 듣고 움직이는 게 고작이었다. 민수는 부하경찰 2명을 데리고 움직였고, 다른 2명은 다른 방향으로 우회하기로 했다. 어차피 적은 1명이었다. 분명히 그 1명은 박정서일 것이다.

"으악~~!"

비명소리가 들렸다.

정서는 멀리서 총을 쏴서 차민수의 부하경찰 한 명을 맞추어 죽인 것이다.

"저 새끼가~~"

민수는 화가 났다.

"저쪽에 있는 것이 틀림없다."

차민수는 이미 부하경찰이 총에 맞았을 때, 총소리를 듣자마자 망원경으로 재빨리 포착하여 위치를 파악한 것이다.

"아까 말했던 두 개의 조로 나누어서 움직인다. 가자!"

민수가 말했다.

민수는 아주 조심히 총소리가 들리는 방향으로 갔다. 부하경찰 두 명도 반대편에서 조심히 다가가고 있었다. 숨소리조차 조심하면서 한 발자국, 한 발자국 앞으로 나아가고 있었다.

그 바위 뒤로 가서 총을 겨누었다. 그런데 정서가 없었다. 민수와 부하들은 두리번거리고 있다가 위를 쳐다보게 되었는데, 나무 위에 박정서가 있었다. 정서는 나무에서 뛰어내리면서 부하 경찰 두 명을 검으로 베어버렸고, 차민수와 동행하던 부하 경찰 두 명도 순식간에 검으로 베어버렸다. 그리고는 차민수만 남겨 놓았다.

"이야, 차민수, 오랜만이군, 푸실마을 이후로 말이야"

정서는 아주 건방지게 말했다.

"박정서!!! 이놈 용서할 수 없다!!!!!!!!"

민수는 재빨리 총으로 정서를 쏘려고 했다. 그러나 정서는 그 총을 발차기로 차서 날렸다.

"이 정도로 날 잡을 수 있을 거라고 생각했나?"

정서가 말했다.

"그렇군, 내가 잘못 생각했군. 네 녀석이 이렇게 대단한 놈인지는 몰랐지. 전에 푸실마을에서는 그저 잔머리나 굴리는 놈이라고 여겼는데…"

12

철수는 멀리서 지켜보니 민수가 위험해졌다는 것을 알게 되었다. 그는 재빨리 모든 경찰들을 데리고 움직였고, 지금은 너무 위험해진 것을 알고는 박정서를 맞출 수 없어도 총을 쏴서 위협을 가해야겠다고 여겼다.

"탕탕탕"

총소리가 들리자, 정서는 재빨리 민수를 주먹으로 한 대 먹이고는 몸을 낮추고 뒤로 달아났다.

"윽…"

그는 정서에게 맞은 명치를 손으로 잡았다.

"저 새끼를, 죽여버려!!"

부하경찰들은 오르막길을 달려서 치고 들어왔다. 철수는 달리기가 느려서 열심히 뛰어도 다른 부하경찰들보다는 느렸다. 정서는 계속 위로 올라갔다. 민수는 경찰 부하 중 한 명의 총을 빼앗았다. 정서에게 맞아서 총을 떨어뜨렸기 때문이다. 그리고는 흥분을 가라앉히고는 정서를 조준하여 총을 쏘았다.

정서가 다리에 총을 맞았다. 그런데도 그는 계속 걸었다. 그러다가 등에 한 발을 더 맞았다.

"저 개자식. 모두 저 새끼를 잡는다. 이미 다리를 맞아서 많이 움직이지 못할 것이다."

민수가 말했다.

"아…, 큰일이군."

정서는 피를 흘리며 도망갔다. 그러나 도망가기에는 이미 속도에 밀리고 있었고, 그는 바위 한 곳에 숨기로 했다. 하지만 멀리서 망원경으로 확인하면서 뛰고 있는 부하경찰들에게 어느 바위에 숨어있는지까지 포착되고 말았고, 그 소식은 민수와 철수도 알게 되었다.

"수월하게 잡겠군."

철수는 승리의 웃음을 지었다.

민수는 경찰 부하들을 데리고 철수보다 빨리 움직여서 잡는 게 낫겠다 싶었다. 역시 민수는 눈치 하나는 빠르고 계산적으로 움직이는 놈이었다. 그래야 철수에게 더 많은 사랑과 관심을 받아 승진의 기쁨을 누릴 것이 아니던가.

정서는 절망했다.

'이렇게 죽는 건가…'

민수는 모든 부하들을 정서가 숨은 바위 뒤를 중심으로 해서 포위해 한꺼번에 덮치기로 했다. 그렇게 조금씩 조금씩 움직이면서 정서에게 다가가고 있었다.

정서는 적들이 사방에서 자신에게 다가오는 것을 알게 되었다. 그는 이제 자신의 목숨은 마지막이라고 여겼고, 마지막까지 싸우다가 죽는 것이 낫겠다고 생각했다.

"하하하하하, 박정서, 드디어 잡았군!!"

차민수는 아주 기뻐하였다.

"이런…"

그때였다. 위에서 총소리가 들렸다. 경찰 부하들 몇 명은 속수무책으로 총에 맞아 죽어갔다. 위에서 민영이의 소리가 들렸다.

"모두 움직이지 마라!!!"

민영이가 큰바위산적단을 이끌고 정서를 구하러 온 것이다. 도현이도 같이 왔다. 도현은 항상 민영을 졸졸 따라다니니까.

"나는 너 때문이 아니고, 이 여자를 좋아해서 왔다."

도현이가 외쳤다.

"아!! 두목, 좀 조용히 좀 해!"

민영이가 윽박질렀다.

"자, 이제 거기 쓰러진 사람을 이쪽으로 데리고 와라. 야, 거기 바로 옆에 있는 새끼, 박정서 옆에서 가장 얍삽하게 굴면서 생긴 것도 가장 얍삽하게 생긴 새끼야!"

민수는 그 말이 자신을 뜻하는 것은 아닐 거라고 여겼다. 자신은 분명 얍삽하게 생긴 것이 아니라 나름대로 잘 생겼다고 여겼다. 그는 자신보다는 옆에 있는 부하에게 눈짓을 보냈다.

"야!! 네가 잡아다가 데려다줘!"

부하 경찰은 민수의 말을 듣고는 정서를 붙잡아 올라가려고 했다.

"야, 잠깐, 지금 부축하는 애 말고, 방금 대충 보니까, 뭐라고 지시를 내린 것 같은데. 지시 내린 새끼가 데리고 와. 네가 제일 얍삽하게 생겼어!"

민수는 자신이 가장 얍삽하다는 소리를 듣고는 화가 났다. 주변에 부하 경찰들은 그 소리를 듣고는 살짝 웃기도 하였다. 그러나 그 웃음을 민수의 머리로는 전부 다 기억하기가 어려웠다. 무엇보다도 자신이 가장 얍삽하다고 생겼다고 말한 게 계집이었다는 사실이 수치스러웠다. 민수는 하는 수 없이 정서를 부축하여 산의 정상까지 데려다주었다.

"야, 잠깐, 너 이리 와봐!"

민영이 말했다.

민수는 조금씩 앞으로 다가갔다.

"정말 얍삽하게 생겼네. 이거, 하하하~!"

민영은 아주 크게 웃고 나서 웃음을 멈추더니 발로 민수를 차버렸고 민수는 굴러서 내려오게 되었다.

"살려줘~!!"

민수가 구르면서 내려갔다. 그가 입고 있던 경찰제복은 흙과 모래로 범벅이 되었고, 나뭇잎들이 덕지덕지 붙게 되면서 굴러서 떨어져 내려가고 있었다. 그 모습이 어찌나 웃기던지 부하경찰들은 웃음을 참느라 배를 부여잡고 있었다. 민수가 굴러떨어져 내려가는 것을 모든 산적단들이 웃음으로 지켜보았다.

그때였다. 경찰들이 일제히 사격했다. 아무래도 철수가 대오를 정비한 것 같았다. 도현과 혜주와 강진을 쫓던 경찰들도 모두 다 같이 합류하였다. 그들이 이렇게 늦게 합류한 것은 그저 조금은 더 여유를 부리고 싶었기 때문이다. 어차피 뒤에서 올라오는데 빨리 올라갈 필요도 없었다. 도현과 혜주와 강진을 쫓던 경찰들이 늦게라도 돌아왔지만 조금 더 게으름을 피우고 싶었다. 그러다 보니 늦게서야 민수와 철수가 있는 곳으로 온 것이다.

"탕탕탕탕~~~!"

많은 경찰들이 총을 쏴댔고, 도현과 민영은 정서를 부축하여 피신하면서 반격했다. 위에서 총을 쏘고 있는 도현과 민영, 그리고 산적단들은 총을 단 한 번도 맞지 않았고, 철수와 민수의 부하 경찰들 중에는 총을 맞고 쓰러지는 사상자들이 조금씩 나오고 있었다.

"이래서는 우리가 불리합니다. 우리의 수가 많다고 하더라도 그 차이가 크지 않으며 상대는 위에 있습니다. 우리는 아래에서 총을 쏘고 있어요. 우리 총이 제대로 맞겠습니까?"

부하 경찰이 말했다.

"철수해야겠어!"

철수는 자존심이 상했지만, 별수 없었다.

"알겠습니다."

민수가 대답했다.

"모두 사격을 중지하고 철수하라!"

경찰들은 총을 쏘는 것을 멈추고는 꼬리별산을 내려가기 시작했고, 철수와 민수는 화가 나서 견딜 수가 없었다.

"분명히 다 잡았는데, 이런 제길. 이런 제길!"

철수는 자신의 총을 집어넣으며 말했다.

민수는 그런 분노한 철수를 보며 눈치를 살피기에 급급했다. 괜한 소리를 했다가는 괜히 화가 자신에게 미칠 것만 같았다. 그들은 꼬리별산을 내려가서는 모람마을에 자신들의 경찰서로 갈 준비를 하고 있었다.

13

등과 다리에 총을 맞은 정서는 피를 흘리면서 도현의 부축을 받으며 산적단들과 함께 그들의 아지트에 도착했다. 강진은 아지트에 도착하여 정서를 기다리고 있었는데 총을 맞은 정서를 보고는 깜짝 놀랐다. 혜주는 일찍 도착하여 하루빨리 정서가 오기만을 기다리고 있었다. 그리고 다리에 총을 맞아서 비틀비틀 걸어오는 정서를 보게 되었다.

"정서야, 괜찮아?"

혜주는 눈물을 흘렸다.

"어, 걱정 마. 다리에 한 발 맞은 거뿐이니까. 울지 마. 울 정도는 아니니까…"

정서가 말했다.

"무슨 다리에 한 발이야? 등에도 맞은 거 다 보인다고!"

혜주가 말했다.

"넌 뒤에도 눈이 달렸냐? 홍혜주…."

정서가 말했다.

혜주는 정서를 부축하였다.

"괜찮으십니까?"

강진이 물었다.

"괜찮습니다. 총알을 빼고 치료하면 낫겠죠!"

정서가 말했다.

"나는 박정서 네 녀석이 싫지만 그래도 민영일 대신하여 싸워 준 걸로 그 마음을 조금 다르게 생각하기로 했어."

도현은 부축해 온 정서를 보면서 말했다.

"무슨 소리예요? 지금 사람이 총을 맞았는데! 그게 총 맞은 사람에게 할 소리예요?"

혜주가 윽박질렀다.

"……."

도현은 다른 곳을 쳐다보았다.

"그래, 두목은 항상 꽁해가지고는. 지금 그런 걸 따질 때가 아니야. 일단 정서 대장을 눕히고 치료를 서둘러야겠어!"

"야, 최민영, 너는 정서를 아주 죽일 정도로 싸워 놓고, 대체 너는 내가 어느 쪽에 서길 바라는 거냐?"

"몰라. 두목이 알아서 해!"

"일단 치료를 서둘러야 할 것 같습니다."

강진이 나서서 정서에게 다가가 정서를 부축하게 되었다.

"그나저나 꼬리별산에 이런 산장이 있었을 줄이야. 정말 놀랐습니다."

강진이 말했다.

"도현 두목이 만들었어요. 원래 산을 아주 좋아하는 사람이라서."

민영이 말했다.

"제가 만들기는 했지만, 저 혼자서 한 것은 아니고 부하들이 조금씩 늘어나면서 같이 했었죠."

도현은 부하들을 한 번씩 둘러보면서 말했다.

"나야 뭐 산장이 다 만들어지고 나서 합류한 사람이지만."

민영은 도현을 쳐다보았다.

강진은 정서를 산장 안으로 데리고 와서는 집안에 있는 침대에 눕혔다. 강진은 총에 맞은 다리의 상처를 치료하기 위해 그 주변의 옷들을 찢었고, 등 뒤의 상처도 확인하기 위해 윗옷을 찢었다. 총에 박힌 자국이 선명하게 드러났다.

"다행히 상처는 그다지 깊지는 않습니다. 운이 좋았습니다. 이 정도면 치료할 수 있습니다."

"지리꾼이라서 그런지 여러모로 박식한 구석이 있네요."

민영이 말했다.

"아, 아닙니다. 일단 제가 치료를 해 드리죠!!"

강진은 고개를 저으며 대답했다.

"나도 치료할 수 있는데…."

도현이 안타까운 표정을 지었다.

"아닙니다. 제가…."

강진이 나섰다.

"누구라도 빨리 좀 서둘러 주세요."

혜주가 안절부절못하며 말했다.

강진은 혜주의 말에 서둘러서 정서의 등 뒤와 다리에 박힌 총알을 제거했고, 정서는 치료하는 중에 그만 정신을 잃었다.

"대장은 괜찮겠지?"

민영이 물었다.

"네, 이상 없습니다. 한숨 자고 나면 일어날 겁니다."

강진이 말했다.

"민영이 걱정을 받고 사는 놈이라. 질투가 다 나는군!"

도현이 말했다.

"헛소리 그만하고 밖으로 나와!!"

민영이 도현의 옆구리를 치면서 말했다.

"정서야, 흑흑…."

혜주는 정서가 준 반지를 꺼냈다. 민영은 살짝 그 반지를 보게 되었는데 반지 안쪽에는 '혜주야 사랑해'라는 말이 적혀 있었다. 민영은 모두가 다 나가고 마지막으로 문을 나서면서 혜주를 지켜보았다. 혜주는 정서가 누워있는 침대 앞에 의자를 가져다 놓고 앉아서는 정서의 손을 잡고는 자신의 얼굴에 갖다 대었다. 처음 푸실 마을에서 자신의 아버지를 도와준 단 한 사람 박정서, 그리고 자신의 마을을 구해주는 데 많은 도움을 주었으며 자신을 사랑한다고 말한 박정서를 계속 사랑할 수 있도록….

도현과 민영은 정서가 치료받는 방에서 나오고는 서로 이야기를 주고받았다.

"두목, 오늘 한 일 두목 스타일 아닌 거 내가 알아."

민영이 말했다.

"알고는 있구나. 내가 누굴 돕는 스타일은 아니잖아."

도현이 말했다.

"그렇지. 강진 님에게는 어디서 자는지 알려주었지?"

"어. 부하들 중 한 명이랑 같이 쓰기로 했어. 어차피 며칠뿐이니까."

"그 사람이 지리꾼이라는데…."

"뭐? 지리꾼?"

"응. 두목 그게 뭐지?"

"지리꾼은 꽤나 오래된 직업이고 지금은 거의 없어졌을 텐데…, 뭐 지리꾼들마다 아는 정도도 다르고 지리적인 위치를 알고 있어서 조금 더 빠른 길을 알려준다거나. 혹은 지리적인 이점을 가장 잘 살려서 장사할 수 있도록 돕기도 하고, 들은 말로는 무슨 무법지대도 안다는 것 같던데 거기까지는 나도 잘 모르겠다. 그런 정보들을 팔면서 먹고 사는 직업이지, 사람에게 한

번 계약되면 그 사람 밑에서 오래 일하기도 하고, 단기간에 끝나기도 하고 여러 가지야."

"무법지대라면?"

"뭐 별거 아니야. 법이 먹히지 않는 지역이라고. 그 지역에만 특별히 법이 적용이 안 되니까 살인을 하더라도 딱히 처벌을 할 수가 없어."

"정말? 살인하면 원래 살인죄잖아?"

"그렇지. 헌데 무법지대에서는 그렇지가 않아. 말 그대로 무법지대라고. 하지만 그 경계선을 사람들이 잘 모르고, 안다고 하더라도 법이 두려워서 움직이지 않을 것 같아."

"하긴, 사람들은 법을 두려워하니까. 경찰들은 그런 점을 이용해서 사람들에게 살인을 할 만큼의 고통을 주어도 상관없다고 생각하겠지. 어차피 사람들은 살인할 수 없으니까."

"그렇지, 그럴 수 있겠지. 법을 이용하는 자들이니까."

"뭐, 예를 들면, 변호사를 선임할 비용도 없는 자들에게 무슨 법이다 무슨 법을 위반했다고 계속 뒤집어씌워도 당할 수밖에 없을지도. 그러면 그런 것을 당하는 사람은 살인을 하고 싶지 않을까?"

"살인하고 싶겠지. 헌데 경찰들이 노리는 것들이 바로 그런 점들이야. 자신들이 불리하면 모든 권력을 이용해서라도 살인할 만큼의 고통을 주고 실제로 살인이 벌어지면 그걸로 자신들이 불리한 점들을 덮으려고 한다는 거지!!"

"불리한 점을 죄로 만들어서 막는다…. 경찰들은 굉장히 야비한 놈들이군. 지리꾼이라… 나도 무법지대에서 누군가를 죽일까?"

"하하하, 최민영은 역시 최민영이야."

"두목, 그게 무슨 소리야? 나 지금 욕한 거지?"

"아니야. 아니라니까!"

도현은 슬그머니 자리를 피했다. 헌데 민영은 낌새가 이상하다는 것을 알고는 도현을 때리려고 했고, 도현은 도망가기에 바빴다.

"거기서, 두목~~~~!"

◆◆◆

"정서야. 일어났어?"

혜주가 미소 지으며 말했다.

"어. 얼마나 지난 거지?"

정서가 말했다.

"이틀 지났어. 이틀 동안 계속 잠만 잤어."

"그랬나?"

"정서, 네가 초록바람대의 대장이었다는 거 알고 깜짝 놀랐어······."

"숨겨서 미안해. 내가 초록바람대였다는 것을···, 굳이 알리고 싶지 않았어. 네가 나를 지금 모습 그대로 바라봐주는 것들이 너무 좋았어. 과거에 내가 어떤 사람이었는지 알기보다도 말이야···"

"아니야, 그거 굳이 얘기하지 않아도···."

"아마, 민영이가 나를 원망하는 이유가 지금 내가 생각하는 이유와 같다면, 민영이가 나를 원망하더라도, 나는 대장으로서 자격이 없어···."

"무슨 소리야? 정서 네가 대장으로서 자격이 없다니, 말해 봐? 무엇 때문이지?"

"달라진 게 없기 때문이야. 초록바람대를 해산한 것은, 신분 해방이 되고 나서 내가 적극적으로 주도한 것이니까. 이제 더 이상 초록바람대가 아니라, 각자의 고향에서 각자의 삶을 살아가기로 한 것이니까. 헌데 푸실마을에서 차민수를 보면서 달라진 게 없다고 느꼈어. 어차피 달라진 것은 아무 것도 없으니까. 지금 봐봐. 혜주야. 어떤 것 같아. 신분 해방이 되고 나서부터 지금의 우리들, 달라진 게 없잖아?"

"그래 맞아. 우리는 달라지지 않았어."

혜주가 곰곰이 생각하면서 말했다.

"아마 민영이가 그것 때문에 나를 원망하는 것 같아. 난 대장으로서 자격이 없어."

정서와 혜주가 방안에서 대화를 하고 있던 것을 민영이가 밖에서 엿듣고 있었다. 그녀는 아침에 일어나자마자 정서의 방에 가보려고 했으나, 혜주가 밤새도록 정서 옆에서 간호하는 것을 확인하고는 그냥 돌아가려는 사이에 정서가 일어나서 혜주하고 대화하는 것을 우연히 엿듣게 되었다.

민영은 혜주가 자신보다는 여성적이라는 것을 알았다. 자신은 그다지 여성적이지 못했다. 정서 대장이 누구를 사랑한다니…, 생각조차 못했다. 초록바람대에서는 자신에게는 꽤나 상냥하게 대해주는 사람이었는데…, 갑자기 뭔가 거리감이 느껴지기 시작했다. 자신은 여성적이지 못하니까. 민영은 스스로 자괴감을 느끼고 있었다. 심지어 치마 한 번 입은 적도 없었다. 항상 바지를 입으며 멋있는 발차기를 익히는 것에만 몰두했었다.

민영은 대화를 엿듣다가 산장에서 도현을 찾으러 갔다.

"두목?"

"왜?"

"아니야…"

"싱거운 놈!"

민영은 이제 정서와 떠나야 될 것 같다고 말한다면, 도현이 슬퍼할까 봐 말하지 못했다. 그렇다. 민영은 지금 산적단에 있는 것보다는 정서와 함께 떠나는 것이 낫다고 생각했다. 정서라면 차라리 산적보다는 더 나은 일을 할 것이라고 여겼다. 어젯밤에도 초록바람대의 일이 떠올라 마음속에서 심장이 요동치는 것을 느끼고 감지했다. 정서는 항상 정의롭게 살 것이라고 여겼다. 물론 원망도 했다. 하지만 이제는 그를 용서하기로 했다. 정서도 이미 자신이 무엇 때문에 원망을 하는 건지 눈치채고 있었다면, 그래서 스스로 그렇게 죄책감에 힘들어하고 있는 모습을 보니, 이 모든 책임이 꼭 정서에게만 있는 것은 아니었다.

그 책임은 도대체 누구였을까? 바로 나라였다. 나라에 문제 있는 것이지. 정서의 문제가 아니었다. 민영은 자신이 비겁한 사람이라는 것을 알았다. 생각해 보면 엄마가 죽는 날도, 귀족이라서 치료를 먼저 해 준 그 의사 놈도 도저히 용납되지 않는 이런 환경들, 나라에서 바꿔줘야 하는 것이 아니겠는가?

도현과 함께 있으면 자신이 나라로부터 당한 것을 갚아주기에는 한계가 있었다. 도현은 그런 것을 신경 쓰기보다는 자신을 더 챙기면서 살 사람이니까. 지금 있는 나라를 그저 관망하면서 말이다.

"대장이 깨어난 것 같아. 두목!"

민영이 말했다.

"뭐, 박정서가??"

도현이 말했다.

"응!"

"같이 방에 들어가 보자!!"

"알았어!"

혜주는 정서에게 붙어서 떨어지려고 하지 않았다. 혜주는 정서의 죄책감을 보고는 마음이 아팠다. 원망이라니, 그 원망이라는 것을 받아야 한다는 것이 얼마나 고통스러울지…. 그리고 자신이 몰랐던 한 남자의 세계관이 자신의 모든 오감을 떨리게 했다.

초록바람대라면 자신도 푸실마을에서 들어본 적이 있다. 그리고 민영의 초록바람대의 맹세를 듣고는 심장이 멎는 것 같았다. 그 세계에 자신은 없었다는 것이, 그것이 너무 싫었다. '민영이 정서를 좋아했던 것이 아니었을까?'라는 생각도 하였다. 혜주는 정서가 초록바람대의 대장이라는 사실을 알게 되면서 그와의 관계에서 자신감이 없어졌다.

◆◆◆

"안녕!"

민영이 인사했다.

"어…."

혜주가 말했다.

"분위기를 너무 잡네……. 두 사람이 말이야. 우리도 왔으니 잠깐 분위기 좀 바꿔도 될까?"

도현은 장난식으로 얘기했다.

정서는 도현과 민영이가 오는 것을 보고는 침대에서 일어나서 앉았다.

"이렇게 치료해줘서 고맙습니다."

정서가 말했다.

"내가 치료한 것도 아닌데. 뭐"

도현이 말했다.

강진은 아침에 일어나서 꼬리별산 산장을 한 바퀴 둘러보고 왔다. 산속 깊은 곳에 이렇게 튼튼한 집을 몇 채 지어서 산다는 것이 쉽지만은 않았을 텐데, 나무들 옆에 바로 집을 짓고 산다는 것은 자연과 하나 되는 것 같았다. 아침에 일어나면 새들의 노랫소리로 하루를 맞이하고, 꼬리별산에서 조금 내려가면 물을 뜰 수 있는 우물이 있으니, 물을 떠서 마실 수 있고, 얼마나 좋을까? 산에서 산다는 것이 말이다. 지리꾼으로서 이런 곳에서 늙어가는 것도 괜찮다는 생각도 들었다. 이제 정서가 정신을 차리면 온새미로마을로 가서 자신의 마을을 구할 것이다. 자신의 마을을 구할 수 있다면 얼마나 기쁠까? 온새미로마을은 자신에게는 고향이었다. 강진은 산장 주변을 둘러보고는 정서가 있는 곳으로 가 보았다. 아니나 다를까? 이미 모두 모여 있었다.

"모두 모여 계셨군요!"

강진이 씩씩하게 말했다.

"호랑이도 제 말 하면 온다더니만, 결국 왔군! 그래. 너를 치료해 준 건 바로 이 사람이다."

도현이 웃음으로 강진을 맞아주며 강진을 손으로 가리켰다.

"아, 그래요? 강진 님에게 정말 감사하다는 말 드리고 싶습니다."

정서가 말했다.

"그래도 여기까지 데려다 준 사람은 도현 님 아닙니까?"

강진은 도현을 지그시 쳐다보았다.

"나야, 민영이 때문이지 머."

도현은 민영을 지그시 쳐다보았다.

"……"

민영은 도현이 자신을 지그시 쳐다보는 것을 느끼고는 얼굴을 피했다. 자신은 아무래도 싸우려고 했고, 죽으려고까지 했으니까 말이다.

"다 탓을 미루고 있는 건가??"

정서는 웃으면서 대답했다.

"미안하지만, 나하고 민영이하고 둘이서만 이야기하고 싶어. 다들 나가 줄 수 있겠어?? 부탁할게!"

정서가 말했다.

"야!! 안 돼!"

도현이가 말했다.

"두목! 애처럼 굴지 마!"

민영이가 다그치듯이 얘기했다.

혜주는 계속 손을 잡고 있었다. 정서의 말에 혜주는 손을 내려놓았다.

"혜주야, 잠시 자리 좀 비켜줘!"

정서가 말했다.

"알았어."

도현과 강진은 먼저 나갔고, 혜주는 제일 마지막에 나갔는데, 나가면서도 뒤를 한 번 쳐다보았다. 그녀는 민영을 한 번 보면서 자신이 비켜줘야 하는 것은 이해가 가긴 하지만, 민영이가 정서를 좋아하는 것 같아서 신경이 쓰였다.

"무슨 일이 있었던 건지, 말해줄 수 없냐? 그동안에 말이야…."

정서가 물었다.

"엄마가 죽었어. 마차에 치어서 병이 더 악화되었어. 진료를 보는데, 순서대로 봐야 하잖아. 그런데 의사 그 새끼가 우리보다 늦게 온 급하지도 않은 귀족새끼 환자를 치료하느라 엄마가 죽었어…, 흑흑…. 대장…이런 게 대장이 원하던 거였어?"

민영은 눈물을 흘렸다.

"……."

정서는 잠시 머뭇거렸다.

"그 부분에서는 내가 할 말이 없다. 솔직히 신분 해방이 되었다고 하더라도 달라진 것이 없는데, 우리 다 그저 개돼지일 뿐이니까."

정서가 말했다.

"대장이면, 그런 것쯤은 미리 알고 있었어야 하는 거 아니야? 뭐가 그렇게 급했던 거야?"

민영이 말했다.

"할 말 없다. 근데 나 같은 사람이 한둘도 아니었었잖아."

"대장은 달랐어야 하는 거 아니야?"

"미안하다. 다 내 탓이야."

"아니야. 나도 다 대장 탓이라고 생각했어. 그렇게 대장을 원망했었지. 하지만 그런 생각이 들더라고. 모든 것은 다 나라 탓이라고. 대장 탓이 아니라 나라 탓이라고."

"민영이, 네가 그렇게 생각해준다면 나도 이 죄책감에서 조금은 더 자유로울 수 있겠다."

"그래, 대장 나에게 죄책감을 느끼지 않아도 돼. 그리고 나 그 새끼 죽였어. 그 의사 새끼. 근데 그 귀족새끼는 찾지 못했어…."

"민영아!! 네 심정이 어떨지 이해가 가!! 나라도 죽였을 거야."

"다시 티다르로 돌아가면 안 될까? 그 귀족새끼를 찾고 싶어!!"

"그래, 그러자. 너희 어머니가 많이 편찮으셨다는 것은 알고 있었어. 나도 도울게!"

정서는 민영을 보며 웃음을 지었다.

정서는 다시 초록바람대의 대원인 민영으로, 그리고 자신은 대장으로 만나게 되어서 마음의 편안함과 반가움을 느낄 수 있었다. 더불어 다른 대원들의 얼굴도 보고 싶었다.

'김한수, 황영길, 민은표, 부종훈, 백인석, 오태준, 석명재. 모두 잘 지내려나⋯.'

정서는 생각했다.

"혹시 다른 대원들을 만난 적은 없어?"

정서가 물었다.

"없어. 다들 어디에 있는 건지⋯."

민영이 말했다.

"나도 만난 적이 없는데⋯. 만나면 너처럼 날 원망할까?"

"모르지 머."

"⋯⋯."

정서는 바닥을 한참 쳐다보다가 민영을 보았다.

"네 일을 돕기 전에, 아니지 밖에 있는 사람들 전부 불러 줄 수 있겠어?"

"알았어."

민영은 밖으로 나가려고 했다.

"모두 들어와 봐!"

민영이 밖으로 나가면서 말했다. 헌데, 도현은 밖에서 정서와 민영이 무슨 얘기를 할까 궁금해서 엿듣기 위해 계속 노력 중이었고, 그것을 막아 보려다가 강진과 혜주도 궁금하여 그만 전부 엿듣고 말았던 것이다. 처음에는 도현을 계속 말렸었다. 그러나 그만 이야기가 시작하는 중에 강진과 혜주도 궁금하여 같이 엿듣고 있었다.

"이것들이 정말!"

민영은 화가 났다.

"밖에서 엿듣고 있었던 건가? 됐어. 민영아, 어차피 들어도 상관없잖아."

정서가 말했다.

"대장은 정말."

민영이 토라졌다.

세 사람은 기죽은 듯 있었다. 특히나 도현은 민영이의 눈치를 가장 많이 살폈고, 강진은 지리꾼이라는 나름대로의 명예로운 자리가 무너지는 것 같았으며, 혜주는 그저 얼굴이 조금 빨개졌다.

"민영아, 티다르로 가더라도 네 복수를 하기는 힘이 들 것 같아. 어디에 있는지 찾기도 어려울 것 같고, 그래도 넌 티다르를 먼저 가고 싶어 하겠지. 헌데, 강진 님을 먼저 도와야 해. 온새미로마을로 먼저 가야겠어. 네가 먼저 양보해줘. 여기까지 오는 것도 모람마을에서 먼저 장혁 님이랑 상희 님을 돕느라고 온새미로마을에 가지 못했어."

정서가 말했다.

"장혁 님이랑 상희 님이 누구지??"

민영이 물었다.

정서는 모람마을에서 '가난과 축복'이라는 빵집에서 있었던 이야기를 민영이에게 해주었다.

"아, 그 사람이, 조장혁이구나."

민영이 말했다.

민영은 정서 대장이 초록바람대를 해산하고도 남을 계속 돕고 사는 것이 자신과는 다르다는 것을 알게 되었다. 초록바람대에 처음 들어왔을 때, 자신을 지켜준 것처럼 지금도 누군가를 돕고 있었다. 자신을 위해 총에 맞아 죽을 고비를 넘기기까지 한 사람. 박정서 대장.

"응, 그래. 맞아."

정서는 웃음을 지었다.

민영은 눈물이 나는 것을 참았다. 혜주는 그런 민영의 상태를 금방 눈치챘다.

"그럼 여기서 쉬다가 온새미로마을로 가자고!"

혜주가 말했다.

14

신철수와 차민수는 모람마을로 가면서 옷이며 신발이며 모두 다 엉망진창이 되었고, 패배한 기분 때문인지 몸은 더 쑤셔왔다. 철수는 빵집에서 당한 것도 있는데, 인과응보를 마음속에서 외치면서 승리는 자신의 편이라고 여겼다. 자신에게 죄를 뒤집어씌운 정서를 잡지 못한 것을 하늘이 자신을 버린 것이라고 여겼다. 그는 뒤에 있는 부하들을 보았는데 하나 같이 거지꼴이었다. 부하들은 하나같이 축 처져서 땅을 바라보며 풀린 신발끈을 자신이 신발로 밟지나 않을까 생각하며 신발끈을 피해가며 터벅터벅 걷고 있었다.

민수는 마음은 말할 수 없을 정도로 화가 차오르는 것을 꾹꾹 참으면서 걸어가고 있었다. 분명히 다 잡았다고 생각했었는데 산적단들이 모두 공격을 해 오다니, 경찰을 한 번도 아닌 두 번씩이나 골탕을 먹이다니, 도저히 참을 수가 없었다. 물론, 푸실마을에서는 자신이 경찰은 아니었다. 하지만 거기에도 경찰은 있었다. 문제는 박정서랑 연관된 모든 사람들이 경찰을 전혀 두려워하지 않는 것이었다. 더구나 이번에는 자신이 직접 경찰이 되어서 맹공격을 퍼부었는데도 이렇게 당하기만 하니, 화가 나서 미칠 지경이었다.

철수와 민수는 모람마을에서 하루 정도는 부하들을 푹 쉬게 해주어야겠다고 생각했다. 그리고 내일 꼬리별산을 모조리 다 뒤져서라도 수색하여 산적단들의 본거지를 찾아내야겠다 싶었다. 꼬리별산에서 산적단이 활개 치고 다닌 지는 오래되었고, 경찰에 이야기했던 사람들도 꽤 있었다. 그러나 지금까지 조사한 적은 한 번도 없었다. 일단 산적단이라는 말만 들어도 경찰들은 벌벌 떨었다. 소수가 움직여서 해결될 문제가 아니었다. 그래서 경찰들은 꼬리별산에 있는 산적단을 방치해 놓은 것이다.

허나 이번에는 달랐다. 철수와 민수가 이렇게 당하고 나니, 모든 경찰들을 데리고 가서라도 꼬리별산을 아예 지도상에서 사라지게 해서라도 산적단의 본거지를 찾아내어 궤멸시키고 모조리 생포하여 고문을 해서라도 자신의 분을 풀고 싶었다.

"민수야, 꼬리별산의 산적단을 잡기 위해 허가를 받아와라. 익배 님에게 가서."

철수가 말했다.

"예, 알겠습니다. 걱정 마십시오. 안 그래도 익배 님에게 가서 싸인이 담긴 허가서를 받아 오려고 했습니다."

민수가 허가서를 들고 말했다.

"헌데, 철수 님, 익배 님이 주신 그림에 있던 여인은 우리가 정서 그 새끼를 쫓을 때, 같이 있었던 계집이 틀림없습니다."

민수는 꼬리별산에서 자신이 발로 차였을 때를 생각하며, 뭔가 뇌리에 번득이는 것이 있었다.

"정말인가?? 확실한 거지??"

"네, 그렇습니다. 확실합니다. 제가 그 계집을 직접 가까이에서 봤고 발차기로 얻어맞기까지 했습니다."

"그래. 맞아. 그러고 보니 그랬던 것 같아!!"

철수는 민수가 틀림없다고 하니 자신도 덩달아 맞장구를 쳤다.

"박정서를 쫓다보니 익배 님이 찾고자 했던 여인도 찾았군. 이것으로 실패했더라도 나름 얻은 것이 있으니, 우리의 체면이 그렇게 죽어 들어가는 것만은 아니야."

철수는 아주 기분이 좋아졌다.

"그렇네요. 익배 님이 실패했더라도, 그림 속의 여인을 찾아냈으니, 우리를 그다지 나쁘게만 보시지는 않을 겁니다."

민수도 패배한 기분에서 조금은 헤어 나오는 듯했다.

"내일 아침에 익배 님에게 가자고!!"

철수가 말했다.

"네!"

철수와 민수는 경찰 부하들에게 술과 고기를 충분히 먹도록 하였다. 경찰 부하들은 그저 윗사람이 하라면 하는 대로 움직인다. 그들에게는 승진과 돈이 전부다. 경찰 부하들은 윗사람이 하는 말에 반대하지 못한다. 반대를 한다면 돈을 조금만 벌게 되고, 안 좋은 곳으로 발령이 나기도 하며 심하면 경찰이라는 직업을 그만두기도 해야 한다. 그들은 윗사람 말만 잘 듣는 강아지처럼 군다. 그래서 술과 고기를 먹으면서도 꼬리를 살랑살랑 흔드는 느낌을 계속 보여준다.

◆◆◆

"익배 님"

철수가 말했다.

"음, 철수와 민수 아닌가? 어쩐 일로 오셨는가?? 헌데 몰골들은 왜 그러지??"

익배는 요즘 책 읽기에 부쩍 바빠서인지 책을 손에 들고 있었다.

"어제, 박정서를 발견하고는 쫓다가 이렇게 되었습니다."

민수가 침울하게 말했다.

"발견을 했단 말인가?? 벌써??"

익배는 깜짝 놀랐다.

"네."

민수가 말했다.

"제가 찾고자 했던 놈도 박정서였습니다."

철수가 말했다.

"빵집에서 죄를 뒤집어씌운 놈 말인가??"

"네"

철수가 말했다.

"어떻게 된 게 실패를 해서 돌아오는 것인가?"

익배는 인상이 찌푸려졌다.

"하지만 익배 님이 말한 그림의 인물을 찾았습니다."

민수가 말했다.

"뭐? 그게 사실인가?"

"네. 그렇습니다. 박정서하고 같이 다닙니다."

민수는 자신 있게 말했다.

"음, 드디어 찾아냈군. 그 계집을 내게 데리고 오게!"

"저 그렇다면 여기 허가서에 서명이 필요합니다."

민수는 허가서를 익배에게 주었다.

"음, 꼬리별산 토벌에 관련된 허가서군. 좋아. 모든 경찰들을 데리고 가게!!"

익배는 흐뭇해했다.

"네! 알겠습니다."

민수와 철수가 동시에 대답했다.

◆◆◆

산장에는 도현과 민영은 없었다. 도현의 큰바위산적단은 산장에서 떠나버린 도현과 민영의 이야기, 정서와 혜주의 이야기, 그리고 지리꾼 강진의 이야기로 넘쳐났다. 특히나 정서와 민영의 격투에 대한 이야기는 전설처럼 남아서 그들의 입가와 귓가를 맴돌았다. 도현과 민영이 붙는다면 도현이 절대로 이길 수 없다는 말이 많았다. 산적단은 그렇게 떠나버린 손님들을 그리워하면서 일과를 시작하려고 하였다. 누군가는 장작도 패고, 누군가는 물도 떠 오고, 누군가는 망가진 집도 보수하며….

◆ ◆ ◆

익배의 집에서 나온 철수와 민수는 경찰들을 모람마을 광장에 집결시키고는 꼬리별산으로 향했다. 꼬리별산에 도착하고 나서 수색을 계속한 끝에 꼬리별산 아주 깊숙한 곳에 나무들이 일렬로 들어선 길이 있는 것을 발견했다. 그러니까 어떤 나무들을 젖히고 들어서니 나무들끼리의 거리가 한 사람 정도 들어갈 수 있는 길이 있는 것이다. 그 길은 일렬로 가지런했다. 민수는 여기에서 경찰 특유의 감이 발동했다. 분명 이 길로 쭉 들어서면 뭔가가 나올 것이라는 생각이었다. 민수는 그 길을 쭉 따라가 보았다. 물론 민수는 모든 경찰들을 다 데리고 움직이지는 못했다. 다른 곳도 수색해야 하고, 일단 몇 명만 움직이고 나서 확인을 한 다음에 모두 데리고 움직일 생각이었다.
민수는 일렬로 뻗은 길을 계속 걸었다. 그러나 길을 다 걷고 나서도 산장은 보이지 않았다. 민수는 대체 산장이 어디에 있는지 알 수가 없었다. 그때 뭔가 소리가 들리기 시작했다. 자세히 들어보니 어디선가 도끼질을 하는 것 같은 소리였다. 이 근처 어디였다. 그 소리와 가까운 곳으로 가보니 몇 명의 산적들이 보이기 시작했다. 그리고는 다른 일렬로 뻗은 길이 하나 더 보였다. 분명 저쪽으로 가면 산장이 있을 것 같았다.
민수는 모든 경찰들을 자신이 있는 곳으로 모이도록 했다. 철수는 민수의 말을 듣고는 모든 경찰들을 불러 모아서 민수가 있는 곳으로 갔다. 때마침 도끼질을 다 마친 듯한 산적들이 그 일렬로 뻗은 길로 가는 것을 보았고, 그 길을 뒤따라 철수와 민수는 움직였다. 마침내 철수와 민수는 산장을 발견했다. 철수와 민수는 총으로 사격하여 무차별 학살을 했고, 산적단의 사람들은 죽어 나갔으며 산장은 부서지기 시작했다. 차민수는 신나게 총질을 해댔다. 철수도 덩달아서 신나게 총질로 사람을 죽였다. 그리고는 몇 명 남은 산적들을 살려두고는 박정서의 행방을 물었다.

"살려주십시오. 저희는 아무것도 모릅니다."

"어제 온 박정서 그놈 어디에 있나?"

철수가 물었다.

"오,,, 온새미로,,, 마을로 갔습니다."

"오, 그래, 무슨 일 때문이지?"

민수가 물었다.

"저희도 정확한 것은 모릅니다. 무슨 지리꾼을 도와야 한다고 간 것밖에는…."

"뭐, 지리꾼?? 음, 그래서 푸실마을에서도 무법지대로 나를 데려간 것이군."

민수는 엄숙한 표정을 지었다.

"더 이상 캐봐야 아무것도 안 나올 것 같아. 겁먹을 대로 먹었고, 그러면 어쩔 수 없지 머, 잘 가거라."

철수는 인상을 썼다.

"탕탕탕탕!"

철수와 민수는 꼬리별산에 있는 산적단을 모두 죽였고, 산장에 불을 질렀다. 도현이 힘들게 산적단들과 함께 만들어 놓은 산장은 한순간에 모두 재로 변했다.

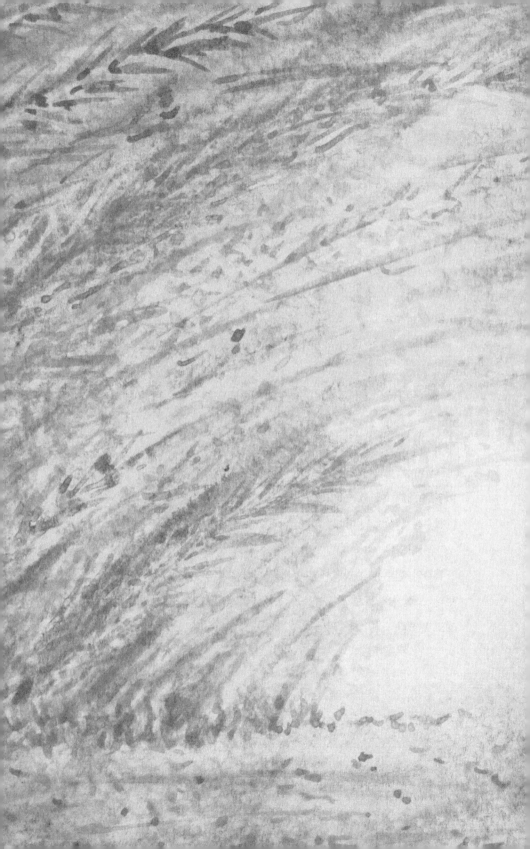

제4장

사이비

1

*나의 형제들이여, 그대들의 정신과 덕이 대지의 뜻을 받들도록 하라! 그리고 모든 사물의 가치가 그대들에 의해 새롭게 제정되도록 하라!

가치는 시대의 변화에 따라 끊임없이 새롭게 제정되어야 한다. 삶은 하나의 흐름이다. 삶은 계속해서 움직이는 강물과 같다. 강물은 흐름을 통해 신선함과 깨끗함을 유지한다. 흐름이 멈추면 강물은 오염될 것이다. 움직임은 일종의 청소 과정이다. 이런 점에서 인간의 실험은 길을 잘못 들었다. 인간은 한자리에 고정되었다.

만물은 변화한다. 그러나 공자의 말은 변하지 않는다. 공자에 의해 주어진 가치는 변함이 없다. 이것이 인간의 마음속에 두 갈래 길을 만든다. 만일 자연적인 삶의 흐름을 따른다면, 그대는 고정된 가치에 어긋나는 방향으로 갈 수밖에 없다. 그리고 고정된 가치를 따른다면, 삶의 흐름을 거스르는 것이다. 이렇듯 그대는 딜레마에 빠진다. 가치의 고정화는 인류를 파괴하고, 진보를 이룰 수 있는 모든 실험을 파괴한다.

갈릴레오(Galileo)는 지구가 태양 주위를 돈다는 사실을 발견했다. 그러나 그것은 성경(The Bible)에 어긋나는 것이었다. 성경에는 태양이 지구 주위를 돈다고 적혀 있었다. 일반 사람들 역시 그렇게 믿고 있었다.

그러나 갈릴레오는 과학자였다. 그는 실험 기구와 수학적인 계산을 이용하여 인류의 일반화된 생각이 잘못된 것임을 밝혀냈다. 즉시 그는 교황의 법정에 불려 나갔다.

교황은 그에게 명령했다.

"너는 당장 책의 내용을 수정하라. 성경은 신에 의해 쓰인 것이다. 그런데 네가 감히 신보다 더 현명하단 말이냐? 당장 네 책에 태양이 지구를 돈다고 써넣어라. 그렇지 않으면 너의 책은 모두 불태워질 것이고, 너는 산 채로 화형에 처해질 것이다. 너는 이단이다. 너는 감히 종교적인 개념을 네 멋대로 만들어내려 하는가?"

갈릴레오가 말했다.

_____

* 오쇼, 쁘렘 요잔 역, 《오쇼의 짜라투스트라나무의 꿈》, 2004. pp.434~435.

"이것은 종교와 아무 상관도 없는 문제입니다. 태양이 지구 주위를 돌건, 지구가 태양 주위를 돌건, 그게 종교와 무슨 상관이 있단 말입니까? 사람들은 변함없이 명상하고 기도할 수 있습니다. 교회에서 가르치는 것은 무엇이든 할 수 있습니다. 내 책은 교회에 아무런 영향도 미치지 않을 것입니다."

그러나 교황은 말했다.

"나의 명령은 최종적인 것이다. 너는 거짓을 유포하고 있다."

내가 갈릴레오를 사랑하는 것은 그의 유머 감각 때문이다. 갈릴레오는 말했다.

"그렇다면 좋습니다. 나는 책 내용을 바꾸겠습니다. 그리고 주석란에 이렇게 쓰겠습니다. '내가 교황님의 명령에 따라 책 내용을 바꾸었음에도 불구하고, 지구는 내 책을 읽지 않을 것이다. 태양 또한 내 책을 읽지 않을 것이다.' 유감스럽게도 지구는 변함없이 태양의 둘레를 돌 것입니다. 거기엔 변함이 없을 것입니다. 내 책을 고쳐 쓴다 해도 아무 변화도 일어나지 않을 것입니다."

기독교뿐만이 아니다. 세상의 모든 종교가 비슷한 어리석음에 빠져 있다. 그들은 이미 수천 년 전에 움직임을 멈추고 제자리에 서 있다.

짜라투스트라는 이렇게 말한다.

"항상 그대의 가치를 새롭게 하라. 그 목적을 위하여 그대는 투사가 되어야 한다!"

고정된 가치에 대항하여 싸울 필요가 있다면 기꺼이 투사가 돼라. 그대는 새로운 가치를 창조하는 창조자가 되어야 한다. 현시대에 알맞은 가치, 최근의 발견으로 인해 인정받는 가치, 과학과 심리학 등 모든 분야의 최신 실험으로 인정되는 가치를 창조해야 한다. 그럴 때에만 인간은 어딘가에 고착되지 않고 앞으로 나아갈 수 있다. 그래야만 인간의 진화가 방해받지 않는다.

정서 일행은 온새미로마을로 향했다. 마차는 신나게 온새미로마을로 향하고 있었다. 도현은 특별히 아주 좋은 특급의 말을 준비하였다. 마차는 말이 뛰어갈 때마다 바퀴가 힘차게 돌았고, 안에 있는 네 명은 아주 신나서 "하하호호" 했다. 강진이 마부 역할을 하였다. 온새미로로 가는 길이 훤하기도 하고 지리꾼이라서 그런지 마부의 일도 아주 잘 해냈다.

"내가 원래 싸움은 못해도 두목으로서의 머리는 조금 있는 사람이야!!"

도현이 말했다.

"두목이 무슨 머리를 써, 내가 다했지."

민영이 말했다.

"야, 최민영, 너는 두목을 두목이라고 생각 안 하지?"

도현이 말했다.

"누가 뭐랬어?"

민영이 말했다.

"도현이, 너 나랑도 한 번 붙어 볼래?"

혜주가 도현에게 말했다.

"뭐??"

도현은 아주 기가 막혔다.

"하하하하, 그쯤 해 두자!!"

정서가 웃으면서 말했다.

"모든 사람들이 나를 무시하는군!!"

도현은 마음이 상했다.

이 넷은 언제부터인지 서로 간에 말을 트고 이야기하기 시작했다. 그래서 서로 말이 쉽게 오갔다. 정서도 처음에는 도현을 존대하다가 언제부터인가 말을 편하게 하기 시작했다. 도현과는 함께 의리를 나눌 수 있을 만큼 가까운 친구처럼 대하게 되었다. 도현은 싸움을 잘 못하지만 마음은 괜찮은 사람이라는 생각이 들었다. 물론 도현은 산적기질이 있어서 그렇지 자신의 사람들에게는 잘했다. 민영은 도현보다는 대장을 더 믿었다. 그는 항상 든든한 생각이 들게 만드는 사람이었다. 도현과 정서와 혜주는 나이가 27살로 같았으며, 민영은 나이가 네 살 정도 어렸다. 그리고 강진은 29살이었다. 그렇게 이들이 서로의 이야기를 하고 있을 때, 마차는 온새미로마을에 도착했다.

온새미로마을, 여기는 여태까지 마을보다는 규모가 꽤 있는 마을이었다. 마을을 마차에서 내려서 멀리서 지켜보니, 사람들이 보이기 시작했다. 그런데 하나 같이 하얀색 옷을 입고 있는 것 같았다. 다 그런 것은 아니지만, 분명 하얀색 옷을 입고 있는 사람들이 많았다.

"하얀색 옷이 많은 것 같아."

혜주가 이상하다는 듯이 물었다.

"제 마을에서는 ^{**}백백교라는 종교가 들어오고 나서부터 흰색 옷들을 유난히 많이 입기 시작하였습니다."

강진이 말했다.

"백백교요??"

민영이 의아해했다.

"네."

강진이 말했다.

"백백교가 뭐지?"

도현이 물었다.

"백백교는 사이비 종교와 같습니다. 그들은 흰색이 자신들의 삶을 바꾸어 놓는다고 생각하고 있습니다. 단지 하얀색이기만 하면 그것이 자신의 마음을 정화하고 안정감을 주며 행운과 좋은 일들만 가져다준다고 믿고 있습니다. 저는 백백교가 처음에는 사이비라서 믿지 않을 거라 생각했지만, 사람들은 하나둘씩 사이비에 세뇌당하기 시작했습니다. 백백교는 인간의 환상을 좀 먹는 것이지요.

태어나면서부터 인간은 어떠한 환상에 사로잡혀 있죠. 그 환상에서 자신은 계속 긍정적이고 절대적인 존재로 있기를 희망합니다. 예를 들면, 사슴이라는 말을 알아들었을 때, 그 사슴이라는 것을 내가 알았을 때, 그 사슴이 자신에게 긍정적인 것으로 되어야 한다는 믿음입니다. 사슴뿐만이 아니죠. 책상, 의자, 침대 등 우리가 배우는 가시적인 물건들에서부터 그것이 자

---

^{**} 1920~30년대 일제강점기에 가평에서 창립된 사이비 종교 집단이다. 이 사이비 종교의 교주의 지시에 따라 300여 건이 넘는 살인사건이 자행된 것으로 유명하다.

신에게 긍정적으로 작용할 것이라는 믿음에 젖어 있습니다. 그것은 그 물건들이 자신을 위해서 존재한다고 착각을 일으키기도 하죠.

게다가 세상에 눈을 뜨면서 바라보는 시각들은 너무나 긍정적일 필요가 있습니다. 그래야 자신의 존재를 부정적으로 생각하지 않게 되죠. 내가 이 세상에 녹아있는 하나의 생명체라는, 사실은 모든 사물들을 긍정적으로 받아들여야 한다는 이런 생각들이 자기도 모르게 내면에 잠재해 있는 것입니다. 사이비 종교는 그런 인간의 잠재적인 성질을 어루만지며 계속 그 환상을 심어줍니다. '하얀색이라서 좋다, 검정색이라서 좋다, 파란색이라서 좋다' 이런 것들은 자신의 존재를 더 긍정적으로 만들어준다는 암시를 계속 부여하는 것이지요."

강진은 흥분하며 말했다.

"제 생각에는 그런 긍정적인 생각들이 아니라 그런 생각들을 뛰어넘어서 주어진 현실을 부정하면서 자신이 인정받고 싶은 마음이라고 생각합니다. 이미 주어진 현실을 부정하면서 자신의 존재를 더 세울 수 있을 거라는 생각이 더욱 사이비 종교에 빠지게끔 한다고 말입니다. 현실을 인정한다면 지금 자신의 존재도 그대로 인정하게 되는데, 그렇게 돼버리면 더 나은 방향으로 달라질 수 있는 부분을 인정할 수가 없어요. 그것은 지금 자신의 모습을 인정하게 되고. 자신의 모습이 지금 상태를 유지하려고 한다는 제한을 두게 된다는 겁니다. 사이비에 빠지면 보다 달라진 모습을, 그러니까 완전히 빠르게 달라진 자신의 모습으로 스스로 찾아간다고 생각하게 됩니다. 그런 작용들을 미끼로 던져서 어쩌면 보다 더욱 더 나는 고차원적인 사람이었다, 원래는 이런 사이비라는 종교라는 이념을 지닌 세상에 주어진 사람으로서 살아가야만 한다는 착각을 심어주고, 그 착각에 빠지도록 유도합니다. 사이비는 눈과 귀를 멀게 하고 현실을 알지 못하게 하며 환상에 젖게 만듭니다. 저 또한 사이비를 굉장히 경멸합니다. 그것은 국민들의 올바른 정신상태를 피폐하게 만들고 정신적인 충격을 주어 사람을 아주 정신 나간 얼간이로 만들어 버린다고 생각합니다."

혜주가 말했다.

"예, 제가 생각하는 부분의 반대 측면을 꼬집어서 이야기해 주시는군요. 예, 맞습니다. 제가 말하는 것과 혜주 님이 말하는 것도 다 사이비에 빠진 사람들의 특징이라고 봐야겠죠."

강진이 모든 사람들을 한 번씩 쳐다보며 말했다.

"그렇다면 사이비를 믿지 말라고 하면 되지 않나요?"

정서가 소리쳤다.

"아니요. 그렇지 않습니다. 이런 얘기를 한다고 해서 저를 믿겠습니까? 이미 얼간이가 되어버린 정신 상태에 놓인 사람들은 제 말을 무시하며 오히려 저를 죽이려 들 것입니다."

"그렇다면 무슨 방법으로 온새미로마을의 사람들을 구하시렵니까?"

민영이 말했다.

"지금 백백교는 너무나 커져서 신도들이 내주는 백백금(백백교에 내는 돈)으로 그 세를 엄청나게 확장했고, 백백교의 소문들이 온새미로마을의 관리들에게까지 전해져서, 마을의 관리들에게도 어느 정도 세금을 내는 것으로 알고 있습니다."

"그것을 백백교에 다니는 신도들도 알고 있나요?"

정서가 물었다.

"알고 있을 수도 있고, 모를 수도 있겠지요. 헌데 안다고 해도 그렇게 세금을 조금 준다는 것이 잘못된 일이 아니라고 그들은 여길 겁니다."

강진은 숨을 크게 쉬었다.

"백백금을 관리들에게 주면 안 되니까. 그 사실을 사람들이 알고 있으면 백백교를 다니는 것을 그만둘 것으로 생각하여 이야기한 것 같은데, 그렇지가 않아요. 그것은 지극히 당연한 일처럼 그들에게는 받아들여지는 것입니다."

강진이 이어서 말했다.

"하긴 우리가 옳다고 여기는 것도 거기에서는 틀린 것이며, 우리가 틀린 것이라고 여긴 것도 거기에서는 옳은 것이 되겠지요."

혜주가 말했다.

"세상의 옳고 그름은 어떤 이념을 지녔느냐에 따라 많이 좌우되죠." 강진이 말했다.

"인간이 무엇을 믿고 움직이느냐는 약점을 파고드는 것 같네요. 무엇이 옳은 건지 쫓는 것도 결국에는 자신이 선택하고 골라야 한다는 말이니까요."

민영이 말했다.

"우리가 무슨 일을 해야 할까요?" 정서가 벽에 기대며 물었다.

"일단 백백교에 들어가셔야 합니다. 백백교에는 여러 가지 일을 하는 사람들이 있습니다. 그저 직원처럼 움직이는 사람들, 간부들, 그리고 예배를 선동하는 사람들 등…. 저도 구체적으로 자세히는 잘 모릅니다만, 대략 이 정도는 알고 있습니다. 게다가 저는 얼굴을 아는 사람들이 많아서 들어가서도 불리한 점이 많습니다. 그래서 저는 가급적 우리 마을 사람들이 아닌 다른 마을 사람들로 도와줄 대상을 찾고 있었습니다. 온새미로마을 구석구석 백백교의 사람들이 말을 전해주고 그 말들은 백백교의 간부진에게 그리고 백백교의 교주에게로 흘러 들어갑니다. 여기 계신 분들은 다른 마을에서 오셔서 백백교에 대한 의심을 덜 받을 것입니다. 백백교는 꼭 없애야 합니다!! 교주 하일지를 잡아서 벌을 내려야 합니다!!"

강진은 분노했다.

"일단 백백교에 잠입하여 온새미로에서 제일 백백금을 많이 내는 사람들을 모조리 알아내는 것이 목적입니다. 아마 명부가 있을 겁니다. 명부에 적힌 사람들이 바로 간부들이겠지요. 그 명부를 찾아서 제게 전달해주시면 됩니다."

강진이 말했다.

"그 일을 누가 맡으면 될까요?"

정서가 물었다.

"이번에도 박정서 님이 맡아주셨으면 합니다."

강진이 말했다.

"그런가…."

정서가 말했다.

"예, 혼자서는 어려우실 것 같으니, 한 분 더 같이 움직이시는 게 나을 것 같네요."

강진이 혜주를 쳐다보았다.

"아, 이번에는 박정서 님과 홍혜주 님 두 분이 움직이시죠."

강진이 말했다.

"그렇다면, 우리는 뭘 해야 하나요?"

민영이 물었다.

"일단 저하고 같이 여관에 남아서 정서 님과 혜주 님의 소식들을 듣기도 하고, 남아서 정서 님과 혜주 님이 지원해 달라고 하면 보조역할을 해주셨으면 합니다. 물론 도현 님도 같이 하셔야 합니다."

"하긴, 무슨 일이 생길지도 모르고, 후방에서 지원역할을 해달라는 거잖아요?"

도현이가 말했다.

"예, 그렇습니다."

"헌데, 어떻게 해서 백백교로 들어가야 할지를 모르겠어요."

정서가 말했다.

"그건 간단합니다. 그저 입회를 신청하는 곳이 마을 근처 구석구석 있습니다. 거기에서 입회신청서를 작성하시고, 들어가시면 됩니다.

백백교 교주 하일지는 자신의 힘을 더욱 강하게 만들어서 온새미로마을을 뛰어넘어 나라 전체의 근간을 흔들 생각인 것 같더군요. 종교전쟁이라도 일으킬지도 모릅니다. 어쩌면 교황의 힘이 국왕의 힘보다 강했던 그때로 돌아갈지도 모르지요. 이 마을에서는 적어도 백백교 교주 하일지의 힘이 더 우세한지도 모릅니다. 마을의 관리들마저도 썩어들어가고 있으니까요."

"그저 모조리 다 죽이면 안 되는 걸까요?"

도현이 물었다.

"안 됩니다. 이 마을은 썩어들어가고 있지만, 아직 백백교의 실태를 잘 모르는 사람도 있어요. 이 마을에 와서 관리가 되신 분들, 혹은 먼 지방에서 이곳으로 일하러 오신 분들도 있고, 무엇보다 백백교가 그렇게 커져도 사태를 심각하게 알지 못하고 그저 조금 '그런 종교가 있었나, 그런가 보다.'라고 생각하는 사람들도 있죠."

"하긴 그저 모조리 다 죽인다면, 그게 살인자랑 다름없겠지. 누가 정말 그런지 알아야 하니까."

도현은 고개를 끄덕였다.

"일단 명부만이라도 손에 넣으세요. 그래야 누가 누군지 알 수 있으니까요."

강진이 말했다.

"백백교라 거기에 잠입한다면…, 정말 위험하겠어. 박정서 네가 정말 잘할 수 있을까?"

도현이 물었다.

"걱정마라. 이래 봬도 '가난과 축복'이라는 빵집도 내가 들어가서 장혁의 누명을 벗겨주었으니."

정서가 도현의 어깨를 두드렸다.

"대장이랑 혜주 언니, 둘 다 몸 조심해!!"

민영이 말했다.

"민영이 네가 간단한 호신술 정도는 혜주에게 가르쳐줘!!"

정서가 말했다.

"내가??"

민영이 말했다.

"약간의 호신술 정도는 익히는 것도 나쁘지 않겠어."

혜주가 싱긋 웃었다.

"참 그리고 그 반지 있잖아. 내가 준 반지 그거 꼭 착용하고, 너도 나에게 반지를 하나 줘."

정서는 혜주에게 말했다.

"왜??"

혜주가 물었다.

"연인일 필요가 있으니까!!"

2

철수와 민수는 꼬리별산의 산적단을 궤멸시키고는 모람마을로 돌아왔다. 바로 온새미로마을로 가기에는 무리가 있었다. 너무 많은 인원들이 온새미로마을로까지 갈 수는 없었다. 게다가 꼬리별산에 갔던 경찰들은 모두 지쳐있었다. 그들은 산적단의 머리 중 일부를 마을에 걸어버렸고, 꼬리별산의 산적단을 모조리 토벌했다고 글씨를 써서 붙였다. 마을 사람들은 산적단이 없어진 것을 알고는 모두 좋아하였다. 민수는 익배에게 가서 이 사실을 알렸고, 익배는 너무 좋아하였다.

민수는 예전에 푸실마을에서 산적은 아니었지만 경찰들과 손잡고 푸실마을에서 군림하는 건달이었다. 하지만 지금은 모람마을에 와서 산적단을 토벌한 아주 위대한 경찰이 되었다. 그것도 박정서를 쫓다가 생긴 개인적인 원한으로 말이다. 국민들이 도움을 필요로 할 때는 가만히 있다가 자신들이 문제가 생기면 그때서야 모두 토벌하는 것은 대체 무엇일까? 어쨌든, 철수와 민수는 승리의 기쁨을 나누며 익배와 술을 마시고 있었다.

"그 그림이랑 닮은 여인을 꼭 찾아서 내게 데려오게!!"

"염려 놓으십시오. 꼭 잡아서 데리고 오겠습니다!!"

민수가 말했다.

"오늘 승리했으니, 꼭 또 승리할 겁니다!!"

철수가 말했다.

"온새미로마을로 가면, 아마 백백교의 교주 하일지를 만날 수 있을 거야. 내가 자네들을 위해서 편지를 한 통 써 주겠네. 그 편지를 가지고 가게. 그래야 자네들도 온새미로마을에서 휘젓고 다니기 편할 걸세."

"예, 감사합니다."

민수와 철수가 동시에 대답했다.

"그리고, 내가 아마 티다르로 갈 날이 얼마 남지 않을 것 같군. 자네들도 모두 티다르로 데려갈 생각이니, 사양하지 말게!!"

"티다르로요?? 와 정말 축하드립니다."

민수가 박수를 쳤다.

"축하드립니다."

철수가 박수를 쳤다.

"하하하하하하"

이익배는 아주 크게 웃었다.

셋은 술을 마시고는 각자의 집으로 돌아갔다. 민수는 집에 가면서 생각했다.

'내가 언제까지 저런 새끼들 밑에서 일해야 하는 거야. 티다르까지 올라가면 제거를 해야겠어. 개돼지라고 생각하면서 아양이나 떠는 새끼로 아는 것 같은데, 내가 언제까지 이러고 있을 거라고 생각하겠지. 익배, 네 녀석부터 죽여주지!!'

다음 날, 철수와 민수는 부하 경찰들 몇 명만 데리고 익배가 써준 편지를 가지고는 온새미로마을로 떠났다.

편지에는 이렇게 쓰여 있었다.

친애하는 하일지

백백교 교주의 일은 할 만한가? 많이 바쁘게 돌아가고 있겠지.

내가 보내는 두 명의 부하가 있어. 잘 좀 부탁하네.

　　　　　　　　　　　　모람마을 책임 지도자 이익배

◆◆◆

"여기 입회신청서 드릴 테니, 성함이랑 주소 정도만 적어주세요."

온새미로마을은 입회를 받아들이는 일이 매일 진행 중이었다. 그래서 언제라도 쉽게 백백교에 들어갈 수 있었다. 입회신청서 일을 진행하는 인물의 이름은 고영희였다. 그녀는 백백교에 완전히 빠져버린 광신도였다. 그녀는 늘 하얀색 옷을 입으며 하얀색 신발을 신고 전도를 하였다. 옷이 전부 하얀색이라서 때가 지는 일이 많았지만, 그럴 때마다 깨끗하게 옷을 다시 빨아서 하얀색을 유지하려고 노력하였다. 그게 백백교에서의 일이었다. 그들의 외면은 항상 깨끗한 상태여야만 했다. 그것이 백백교에서 지켜야 할 기본적인 의무였다. 그녀는 백백교의 인원이 늘어나고 나름대로 새로 들어오는 새백자(새로 들어오는 백백교)를 양성하여 백백교에 자리 잡을 수 있도록 관리도 해주는 역할을 하는 인물이었다. 그녀는 늘 뭔가 혼이 빠진 듯한 표정으로 전도를 앞장서서 했으며, 그녀의 혼이 빠진 모습이 무엇을 의미하는지조차 모르는 사람들은 그녀가 하는 말에 속아 넘어갔다.

"주소까지도요?"

정서가 물었다.

"예, 편지를 써 드리거든요. 성함이 박정서 님 맞으시죠??"

"네, 아…저는 이번에 마을로 처음 오게 되어서 아직 주소가 없는데…"

정서는 난감해했다.

"묵고 있는 여관은 있으신가요??"

"예. 있습니다."

"그러면 묵고 있는 여관 주소를 작성해주세요!"

"알겠습니다."

"오늘 오후에 시간이 되시면 한 번 들러주세요. 오늘 예배가 있습니다."

"네, 함께 가는 사람이 있다면 데리고 가도 되는 것이지요??"

"물론, 대환영입니다. 같이 오셔도 됩니다."

정서는 예배 시간을 숙지하고는 강진이가 있는 곳으로 돌아왔다. 돌아와서 보니, 도현이와 민영이가 없었다.

"정서야, 어떻게 되었어??"

혜주가 물었다.

"응, 잘 됐어. 뭐 이게 어려운 게 있나??"

정서가 말했다.

"나도 예배에 갈 수 있는 거지??"

"그럼."

정서는 혜주를 보고 웃었다.

"헌데 도현이와 민영이는 어디 간 거야??"

정서가 말했다.

"밖에 잠깐 나갔다가 온다고 해서…. 온새미로마을을 구경할 생각인가 봐. 도현이는 산적 성격이 있고, 민영이도 잠시도 가만히 앉아 있는 성격 같지가 않아."

혜주가 말했다.

"헌데 지리꾼 장강진 님에게 궁금한 게 있습니다. 어쩌다가 지리꾼이 된 것인지, 잘 모르겠어요."

정서가 물었다.

"저는 지리를 좋아하다 보니, 지리에 관련된 서적을 보고는 연구하고 싶어서 지리꾼이 된 것입니다."

"혹시, 백백교에 관련해서 너무 자세히 알고 있는 것 같은데, 어떻게 알고 있는 건지 알려줄 수 있나요??"

혜주가 물었다.

"그것은 저도 원한이 있기 때문입니다. 저는 이 마을에서 태어나고 자랐습니다. 제 부모님도 계셨고, 제 동생도 있었죠. 헌데, 온새미로마을에 백백교가 들어섰고, 저도 백백교를 믿었습니다. 제가 전도하여 가족들을 전부 백백교에 입회를 신청하였죠. 귀족이나 노예나 차별이 없다는 말에 너무나 들어가고 싶어했어요. 헌데 막상 들어가서 보니, 그놈들은 귀족들의 끄나풀이었습니다. 이 사실을 몰래 엿들었던 나를 백백교의 사람들은 가만히 두지 않으려고 했었죠. 저는 그날 도망을 치고 가족들에게 사실을 알리려고 했었습니다. 헌데 백백교의 사람들이 너무 빨리 움직였습니다. 가족들을 모두 죽이고 동생도 죽였습니다. 저는 도망가기에 바빴죠. 겨우 목숨만 부지했습니다. 저희 가족들을 죽인 것은 바로 교주 하일지였습니다. 저는 그 후로, 온새미로마을로 바로 돌아오지 못했습니다. 저는 그 후로 나름대로 지리 공부를 더 열심히 했습니다. 지리적인 이점이라도 알고 있다면 백백교 놈들을 전부 죽일 수 있다고 생각했거든요. 그리고 온새미로마을 사람들보다는 다른 마을 사람들이 필요했던 겁니다. 그러다가 정서 님과 혜주 님을 만나게 된 것입니다. 저는 이 마을을 구하고 싶습니다. 예전처럼 살았으면 좋겠습니다."

강진은 눈가에 눈물이 고여 있었다. 마치 눈물을 흘리면 안 되는 사람처럼 참고 있던 것이다. 정서는 강진이가 여태까지 계속 같이 여행했지만, 자신의 일을 이렇게 말한 적은 없었다는 것을 알고 있었다. 아무래도 온새미로마을로 오고 나서, 자신의 이야기를 할 것 같다는 생각은 들었지만, 눈물까지 고일 줄은 몰랐었다. 정서는 강진이가 나름대로 냉철함을 유지하는 사람이라고만 생각했었다.

"교주 하일지라⋯.그런 일이 있었을 줄이야⋯. 지금까지 말이 없으셔서 통 알 수가 없었습니다."

정서가 말했다.

"백백교는 신분 해방 전부터 있었고, 지금은 신분 해방이 되었다면서, 교주 하일지는 자신들의 백백신이 한 일이라고 사람들을 설득시키고 있는 겁니다. 이대로 가다가는 이 마을은 전부 백백교에 세뇌되어 자신들이 가지고 있는 재물을 바치고, 자식들이 가지고 있는 재물마저도 바치게 하는 사람들이 넘쳐날 것입니다. 어떻게든 막아야 합니다."

강진이 몸을 부르르 떨었다.

"사이비 종교라는 것이 인간의 신분 평등을 미끼로 던져서 자신의 사리사욕을 채우다니, 인간이 품고 있는 이상을 상대로 사기를 치고 있네요."

혜주가 분을 터뜨렸다.

"신분 해방이라는 말을 저놈들이 지껄여댄다 이것이죠??"

정서가 물었다.

"예."

강진이 말했다.

"신분 해방이라는 말까지 이용하여 세뇌시켰다면, 사람들에게 뿌리박힌 이념의 틀을 부수기는 어려울 수 있겠어요."

혜주가 말했다.

"신분 해방이 되어도 달라진 게 없는 건 사실이지만, 그것을 백백신이 했다고 하면서 더욱 더 자신들의 신도들을 끌어들이는 수단으로 악용하는 것은 정말 괘씸하기 짝이 없군!!"

정서가 분을 삭이면서 말했다.

"교주를 죽인다고 해서 될 일이 아닌 것 같아. 어떻게든 괴멸을 시켜야겠어."

정서가 이어서 말했다.

"무슨 수가 있어??"

혜주가 물었다.

"글쎄…"

정서가 말했다.

"일단 명부를 찾고 나서 조금 더 같이 고민해보도록 하죠."

강진이 말했다.

◆ ◆ ◆

"야!! 이제 그만 좀 사도 되지 않을까?"

"두목, 더 사야 해!!"

도현과 민영은 먹을 것을 사 가지고 여관으로 돌아가려고 하고 있었다. 헌데 먼 곳에서 신철수와 차민수를 볼 수 있었다. 그래서 도현과 민영은 골목길로 숨어들었다. 철수와 민수는 어디서 본 듯한 얼굴들인 것 같아서 도현과 민영이 쪽으로 걸어왔다.

"그때 그 경찰들 아니야??"

도현이 물었다.

"맞아. 그 새끼들이다."

"온새미로마을까지 어떻게 찾아냈지??"

"그러게, 대단한 놈들이네. 이거"

"일단, 여기에 숨자!!"

도현과 민영은 골목길에 풀쑥 주저앉았다. 헌데 철수와 민수는 점점 더 가까이 도현과 민영의 쪽으로 다가오는 것이었다. 도현과 민영은 어떻게 해야 할지 몰랐다. 그래서 골목길에서 그저 서로를 껴안을 수밖에 없었다. 철수와 민수는 껴안고 있는 사람들까지 일일이 확인하기에는 무리가 있었다. 그래서 그들은 주변을 살펴보고는 돌아갔다.

"두목, 언제까지 껴안고 있을 거야? 갔어."

"아, 갔냐? 더 있으면 안 되냐?"

"진짜!"

민영은 도현을 손으로 밀었다.

"왜 이렇게 일찍 간 거지? 나쁜 놈들!!"

도현이 아쉬워했다.

민영은 얼굴이 빨개졌다. 도현이가 먼저 자신을 안아버린 것을 다시 한번 생각하게 했다. 민영은 도현이에게 어떻게 그런 순발력이 있었는지, 꽤나 남자다운 구석도 있다고 여겼다.

도현과 민영은 여관으로 가는 길에 다시 한번 철수와 민수, 그리고 몇 명의 경찰들을 보게 되었는데, 도현과 민영은 먼저 그들을 보자마자 건물들이 있는 곳에 벽 사이로 숨어버렸다.

"두목, 두목이 먼저 여관에 가서 이 사실을 알려!"

"너는 어떻게 하려고?"

"나는 한 번 저놈들을 따라가 볼 테니까."

"안 돼!! 너무 위험해."

"놈들의 행방을 알아내야 해. 내가 추격해 보고 있다가 여관으로 갈게"

"위험하다고!!"

"내 발차기 실력 알잖아. 저 정도쯤은 문제없어."

"그…래. 알았다."

도현은 민영이가 너무 걱정이 돼서 그러지 말라고 얘기하고 싶었지만, 민영은 그런다고 해서 들을 사람은 아니었다. 도현이가 민영을 모르지는 않으니까. 일단은 먼저 여관에 알린다면 정서도 있으니까. 뭔가 도움이 더 될 것 같다. 도현 자신이 할 수 있는 최대의 일은 여관에 가서 정서에게 이 사실을 알리는 것이었다. 도현은 급하게 여관으로 돌아갔다. 민영은 도현이가 간 것을 보고는 철수와 민수를 뒤쫓기 시작했다. 그들은 온새미로에서 약간 한적한 곳에 있는 조금 큰 건물로 들어갔다. 민영은 온새미로마을 한쪽에 이런 건물이 있는 줄을 몰랐다. 그녀는 온새미로마을에 한적한 곳에 조금 큰 건물이 있다는 것이 의아했다. 그리고 그 건물을 확인한 뒤 민영은 여관으로 돌아갔다.

"철수하고 민수가 왔다며??"

정서가 물었다.

"맞아!!"

민영이가 말했다.

"무사히 돌아온 걸 보니, 어디에 있는지 확인하고 온 거야??"

정서가 물었다.

"이 마을 한쪽 구석에 있던데."

민영이 말했다.

"아무래도 교주 하일지의 집인 것 같습니다."

강진이 말했다.

"하일지의 집이요??"

혜주가 물었다.

"네"

강진이 말했다.

"그럼 그 집만 관찰하면 명부는 필요 없지 않을까요??"

도현이 물었다.

"꼭 그렇지는 않아요. 왔다 간 것만으로 백백교라고 단정지을 수는 없지 않습니까?"

강진이 말했다.

"그러네요."

도현이 말했다.

"그러면 이렇게 하죠. 도현 님과 민영 님은 그 집을 관찰해주세요. 그리고 시간이 되면 그 집을 관찰하면서 얻어낸 정보들을 저에게 주세요."

강진이 말했다.

"괜찮은 생각이네요."

정서가 말했다.

3

정서는 혜주를 데리고 같이 백백교에 들어갔다. 백백교의 건물은 모조리 다 흰색이었다. 정서는 흰색을 보는 것이 아주 진절머리가 났다. 혜주는 이 상하게 하얀 소복을 입은 귀신만 생각나게 했다. 혜주는 자신이 흰색 옷을 입으면 처녀귀신으로 변신하는 기분이 들 것만 같았다. 백백교 안에는 장작 들이 한쪽 구석에 많이 보였고, 앉을 수 있는 의자들이 많이 있었다. 중심 부에는 백백신이라는 거대한 동상이 있었다. 백백신의 얼굴에는 눈이 없었 고, 코도 없었으며, 그저 입만 있었다. 백백신은 손에 횃불 같은 것을 들고 있었는데 자신이 얼마나 정결하고 고귀한 존재인지를 나타내는 것만 같았 다. 몇몇 사람들은 흰색 옷을 팔고 있었다.

"어서 오십시오."

고영희가 문에서 환영 인사를 했다.

"네. 안녕하세요. 헌데 제 이름은 알고 계시지 않습니까?"

정서가 인사하고 물었다.

"물론이죠. 박정서 님."

영희가 말했다.

"이름이 어떻게 되시나요??"

정서가 물었다.

"아, 전 고영희라고 해요. 오실 줄 알았습니다. 같이 오신 분은 친구이신 가요??"

"이 옆에 있는 사람은 제 친구가 아니라, 제 아내입니다."

정서가 말했다.

혜주는 눈이 둥그레졌다. 연인 사이라고 하고 왔는데, 갑자기 아내라니, 이것은 계획에도 없던 일이 아니던가. 혜주는 화들짝 놀랐다.

"예, 음…. 아…, 제가 바로 박정서의 아내 홍혜주라고 합니다."

영희는 두 사람이 낀 반지를 보고는 두 사람이 결혼을 한 사람이라고 생각했다. 반지의 의미란 참 다양하다. 연인으로서의 반지, 부부로서의 반지….

"결혼하신 부부가 들어오시다니, 백백교에 큰 도움이 되실 분들이라 생각되네요."

영희는 웃으면서 말했다.

"백백교는 사람들이 죄를 씻는 곳으로, 흰색 옷을 입으셔야만 죄의 정화를 누릴 수 있습니다. 오늘은 첫날이니까. 구매를 못하시더라도, 다음번에는 꼭 흰색 옷을 입으셔야만 합니다."

영희가 이어서 말했다.

"아, 그런가요? 꼭 흰색 옷을 입어야 하나요??"

정서가 물었다.

"네, 흰색 옷을 입으면 개돼지라는 생각도 덜 들게 될 겁니다."

영희가 친절하게 말했다.

"아, 흰색 옷이요??"

혜주가 의아해서 물었다.

"네. 자신의 정결함이 개돼지라는 생각을 덜어주는 것이지요."

영희가 말했다.

"신분 해방은 이미 되지 않았습니까??"

정서가 물었다.

"예, 그랬죠. 그것은 모두 백백신의 도움이었습니다. 신분 해방을 스스로 이룬 것은 없습니다. 이 하얀색 옷들이 몸과 마음을 정결하게 하여 도움을 주었고, 그런 하얀 옷들이 모여서 신분 해방을 이룬 것이지요."

영희는 자신의 흰색 옷의 한 부분을 잡고서 얘기했다.

"저는 잘 이해가 되지가 않네요."

혜주가 말했다.

"처음 오신 분들이니, 이해가 안 되실 거예요. 그러나 시간이 지나면 이해하실 겁니다. 우리 온새미로마을은 백백교의 교주님이 백백신의 도움으로 일으켜 세우신 마을이라고 해도 손색이 없습니다. 원래 이 마을의 사람들은 고리타분하기 그지없었습니다. 그러나 신앙을 갖춤으로써 더 세련된 자신을 만들어나갈 수 있었던 것이죠."

영희는 아주 즐거워했다.

"백백신이라…."

정서는 난감한 표정을 지었다.

"호호호, 너무 의심하지 마십시오. 믿음은 수용에서부터 시작되지요. 의심부터 앞서 나간다면 백백신의 힘이 깃들지 못합니다."

영희가 웃으면서 말했다.

"여기에 백백금을 많이 내면 더 좋은 자리에 있으신 분들을 만날 수도 있나요?"

혜주가 직설적으로 물었다.

"아직 신백자님이신데, 많은 것을 알고 싶으신 거군요. 그렇습니다. 내는 백백금에 따라서 아니, 백백금이 아닌 후원금을 내신다면 더 좋은 자리에 있으신 분들을 만날 수는 있습니다."

영희는 정중하게 말했다.

"간부진 분들을 만나고 싶은데요."

혜주가 말했다.

"간부진이라…, 저는 직원입니다만, 후원 쪽도 담당하고 있습니다."

영희가 말했다.

"그렇다면, 예배 후에 제가 후원을 조금 하고 싶은데, 따로 만남을 허락해 주실 수 있으실까요?"

정서가 물었다.

"예, 알겠습니다. 신백자님께서는 상당한 재력가이신가 봐요."

영희가 말했다.

"아, 요새 장사가 좀 잘되는 것뿐, 재력은 아닙니다."

정서가 말했다.

"무슨 장사를 하시죠??"

영희가 물었다.

"모람마을에서 조그마한 빵집을 하고 있었습니다. 지금은 팔고 온새미로에서 하려고 알아보고 있습니다."

정서가 말했다.

"빵집이 잘 되시길 바라겠습니다. 있다가 예배 후에 뵙기로 합시다."

정서와 혜주는 신백자답게, 알맞은 자리에 앉게 되었다. 예배를 진행하는데, 모아 놓은 장작을 가지고 와서는 불을 피웠다. 불은 빨간색인데, 갑자기 흰색으로 변하다가 다시 빨간색으로 변하기도 하였다. 하일지가 불에다가 무슨 가루를 뿌리는 것이었다. 그 가루가 뿌려질 때마다 빨간색에서 하얀색으로 잠시 동안 변하는 것이었다. 그때마다 수많은 사람들이 박수를 치기도 하고, 어떤 사람들은 울기도 하였다. 하일지 그의 옷은 역시나 온통 하얀색이었지만, 교주라서 그런지 빨간색 조끼를 하나 더 입고 있었다.

그는 교주답게 백백교에 대해서 얘기했다. 정서와 혜주는 들으면서도 따분했지만, 그래도 나름 신앙심을 가지려고 노력하는 사람처럼 보이기 위해 노력하고 있었다. 예배를 마치기 전에 신백자로 온 사람들은 모두 일어서서 사람들의 열렬한 환영과 축복을 박수와 함께 받았다. 그리고 예배가 모두 끝나자 정서와 혜주는 서둘러 영희를 찾았다.

"영희님, 이제 후원에 대해서 좀 이야기하고 싶습니다."

혜주가 말했다.

"예. 일단 식사라도 하면서 이야기하는 게 나을 것 같네요."

영희는 정서와 혜주를 데리고는 백백교 안에서 어떤 미로 같은 곳을 탐험하게 되었다. 물론 미로가 아닐 수도 있다. 그러나 좁은 길로 연결된 통로로 들어섰고, 지금 있는 백백교 안에서 뭔가 더 깊숙한 곳으로 들어가니 미로같은 느낌이 든 것이다. 백백교 건물 안쪽에 이런 길이 있다는 것이 낯설게 느껴질 정도였다. 그리고는 그 미로의 끝에서 문을 열어보니, 테이블과 의자들이 있었고, 그 반대쪽 방에는 부엌이 있었다. 거기에는 따로 주방장이 있어서 음식을 준비하고 있었다. 그냥 봐도 무척 고급스러워 보이는 곳이었다.

"후원금을 어느 정도로 생각하시는지요?"

영희가 물었다.

"저 1,000골드 정도 생각하고 있는데요."

정서가 말했다.

"1,000골드면 간부진과 동행하시기는 어려우실 것 같은데…."

"음, 그렇다면 여기에서 보통 어느 정도 금액을 후원하는지 알려주실 수 있나요? 뭐 이왕이면 명부에 적혀 있는 후원금이라던지. 뭐 그런 거 있지 않겠습니까?"

정서가 물었다

"그것을 보여드리기는 곤란하네요."

"그렇다면 어느 정도를 해야 하는지 알 수 있을까요?"

혜주가 물었다.

"일단 한 2,000골드 정도는 하셔야 합니다."

"2,000골드요?? 아, 너무 많은 금액인 것 같은데…."

혜주가 말했다.

"그러시다면 간부진과 동행하기는 힘들죠."

"좋습니다. 그렇다면 3,000골드로 하도록 하죠."

정서가 말했다.

"3,000골드씩이나요?"

영희는 놀랐다.

"대신 명부를 조금 보고 싶은데, 어떠신지요??

정서가 물었다.

"왜 자꾸 명부를 보고 싶으신 건데요??"

영희는 난감한 표정을 지었다.

"누가 얼마나 내는지, 그거에 따라서 저도 조금 더 내면 될 것 같기도 해서요."

정서가 말했다.

"음…, 그런 문제라면…. 좋습니다. 한번 보여드리도록 하죠."

영희는 밖으로 나갔다. 이때 혜주만 남긴 채 정서도 밖으로 나왔다. 정서는 영희가 있는 곳으로 몰래 따라가 보았는데, 미로 같은 복잡한 곳을 다 지나고 출구가 나오는 직전에 옆에 비밀 방이 하나 더 있는 것을 발견했다. 영희는 그곳으로 들어가더니만 명부를 챙겨서 나왔다. 정서는 드디어 방을 알아냈다고 생각했다.

영희는 식사하는 방으로 다시 돌아가려고 했다. 정서는 영희보다 먼저 다시 식사하는 방으로 빠르게 돌아와서 자리에 앉았다. 테이블 위에는 맛있는 음식이 나와 있었다.

"아, 이제 돌아왔습니다. 참 두 분은 결혼하신 지 오래 되셨나요??"

영희가 물었다.

"아니요. 2년도 안 되었어요."

혜주가 웃으며 말했다.

"결혼하신 지 2년이 안 되셨다구요??"

영희가 정서에게 물었다.

"아…."

정서는 순간적으로 대답을 어떻게 해야 할지 몰랐다.

"우리 2년도 안 되었잖아. 그렇지??"

혜주가 빠르게 먼저 정서에게 말을 던졌다.

"아, 그렇지. 우리 2년도 안 되었지. 갑자기 물으시니까 당황스러웠어!"

정서는 마음속으로 다행이라고 여기며 대답했다.

"그럴 수 있죠. 하지만 빨리 대답해 주신다면 혜주 님이 더 좋아하실 것 같네요."

영희가 질책하면서 말했다.

"예. 깊이 반성합니다."

정서는 기가 죽은 듯이 말했다.

"정서 님이 상당한 재력가이신가 봐요. 빵집으로 3,000골드씩이나 낼 정도면, 빵집 이름이 뭐죠??"

영희가 물었다.

"네?? 아, 빵집 이름이요?? 가난과 축복입니다."

정서는 고민하다가 말했다.

"가난과 축복이요?? 전혀 가난하지 않으신 분들 같은데요. 일단 여기 계신 분들이 얼마나 후원을 했는지 잘 적혀 있으니, 잘 한번 확인해보세요."

영희가 정서에게 명부를 건네주면서 말했다.

정서는 하나하나 자세히 보지는 못했지만, 대략적으로 이 명부가 어떻게 생겨 먹은 것인지 또 겉표지의 모양은 어떠한지를 확인했다. 그리고는 한 번씩 훑어보기도 한 후에 다시 명부를 돌려주었다.

"그러면 일단은 다음번에 3,000골드 정도 후원하는 걸로 하고, 그 다음번엔 제가 명부대로 적힌 것을 고려하여 후원금을 드리도록 하죠. 오늘은 이만 돌아가도록 하겠습니다."

정서가 말했다.

"아, 그러세요. 그러면 안녕히 가십시오."

영희가 말했다.

"예, 안녕히 계세요. 영희 님"

혜주가 말했다.

"예, 안녕히 계세요. 혜주 님"

영희가 말했다.

정서와 혜주는 여관으로 돌아가기로 했다.

◆◆◆

　도현과 민영은 하일지의 저택을 감시하다가 하일지가 백백교의 신전으로
가는 것을 확인했다. 그리고 나서도 계속 저택을 감시하고 있었는데, 철수
와 민수, 그리고 경찰 부하 몇 명이 밖으로 나오는 것을 보았다. 헌데, 이상
한 것은 철수와 민수는 백백교로 가지 않고 다른 방향으로 움직이는 것이
었다. 도현과 민영은 말을 타고 그들을 따라가 보기로 했다. 철수와 민수가
꼬리별산으로 향하는 것이 모람마을로 돌아가려고 하는 것이라고 여겼다.
도현과 민영은 철수와 민수가 꼬리별산으로 움직이는 것 같아서 꼬리별산
에 있는 산장에 들르기로 했다. 도현은 부하들이 생각이 났고, 민영은 동료
들이 생각이 났다.

　도현과 민영은 철수와 민수를 쫓는 것을 잠시 중단하고는 산장으로 돌아
갔다. 도현과 민영은 말에서 내렸다. 헌데 산장으로 가보니 모든 것이 불타
서 없어진 흔적이 보였고 불타서 남은 잿가루들로 가득했다. 도현은 절망을
보았고, 무릎을 땅에 꿇었다. 민영은 눈물이 흘러 뺨으로 내려가서 바닥으
로 떨어졌다.

　"이게 대체 어떻게 된 일이야!! 이게 뭐냐 말이야 대체!!"

　도현이 절규하며 소리쳤다.

　"흑흑…, 아무래도 그날 정서 대장을 구출하고 나서 생겨난 일인 것 같
아……"

　민영은 눈물을 흘리며 얼굴은 울상이 되었다.

　"도저히 용서할 수 없어. 그 개자식들이…."

　"두목, 미안해. 나 때문이야. 내가 정서 대장을 데리고 와서 이렇게 되었
어…, 나 때문이야. 모두가 나 때문에 죽어버린 거라고…."

　"아니야…. 네 잘못이 아니야. 정서의 잘못도 아니야."

　도현은 자책하는 민영을 그만두고 볼 수가 없었다. 민영의 눈물이 떨어질
때마다 가슴이 찢어질 것처럼 아파왔다. 산장 뒤로 올라가서 눈물을 흘리

는 모습을 볼 때도 가슴이 찢어졌지만, 지금은 더 아파오는 가슴을 막을 수가 없었다. 도현은 민영을 안아주었다. 그렇게라도 하지 않으면 자신도 견딜 수가 없을 것 같았다.

"민영아, 너 때문이 아니야. 자책하지 말라고…."

"흑흑…."

"이 일을 정서에게 아직은 얘기하지 말자. 어쩐지 놈들이 너무나 빨리 온 새미로마을을 기웃거린 것이 이해가 안 되었는데, 이제야 이해가 가. 놈들은 우리 산적단을 노렸던 거야. 하아…, 정말 병신같이…, 그걸 이제야 눈치채다니…."

도현의 눈에는 눈물이 맺혔다.

"민영아, 너 보물창고에 있는 돈들 가지고 다시 정서가 있는 곳으로 가자!!"

도현이 말했다.

"알았어."

둘은 슬픔에 잠긴 채 민영의 보물창고로 올라갔고, 민영의 돈을 말에다가 다 실었다.

"돈 많이 모아 놓아두었다. 너."

도현이 말했다.

"두목은??"

민영이 물었다.

"나도 따로 모아둔 곳 있어."

도현은 민영이가 돈을 다 실은 것을 확인하고는 자신이 숨겨놓은 장소로 가서 자신의 돈도 말에다가 실었다. 도현이가 있는 장소는 민영이가 있는 장소에서는 약간 벗어난 곳이었다.

"뭐야, 나랑 비슷한 곳에 있었네."

민영이 말했다.

둘은 물건을 가득 싣고는 산장으로 내려가려고 하고 있었다. 헌데 뒤에서 뭔가 인기척이 살짝 들리기 시작했다. 도현은 순간적으로 인기척을 감지했다.

'지금 누군가가 오고 있어. 지금 산장으로 내려가면 안 될 것 같아. 여기에서 지켜보자'

민영은 도현의 말을 듣고는 그와 함께 산장의 위쪽, 자신의 물건을 숨겨놓은 장소로 몸을 숨겼다.

"언제까지 여기서 있어야 하는 거야."

"민수인가 뭔가 낙하산 같은 새끼인데, 원 그 새끼 말을 언제까지 들어야 해!!"

"시끄러워. 임마, 너 목소리가 너무 크다고. 그러다가 민수나 철수가 여기로 오기라도 하면 다 들리겠다."

"나는 철수인가 그놈이 더 역겨워. 경찰도 아닌 놈이 지시를 다 하고. 우리는 따라야 하고. 원 이게 무슨 경찰이야!!"

"우리 같은 사람들 평생 남 밑에서 하라고 하면 하고, 말라고 하면 말면 그만이야. 그저 돈이나 받으면 된다고!!"

네 명의 경찰들이 나와서는 산장을 마구잡이로 돌아다니고 있었다. 아무래도 그들은 굉장히 방심하고 있고, 새로 들어온 차민수에게 굉장히 불만이 많은 듯했다. 하긴 차민수는 들어온 지 얼마 되지도 않았는데, 계급도 높고 이것저것 시키는 것이 부하 경찰들의 불만도 있을 만했다.

"저놈들을 지금 죽여버릴까? 두목"

"안 돼. 지금 죽인다고 해도 오히려 우리가 더 위험해질지도. 죽이다가 누군가가 올 수도 있잖아."

"저놈들을 족쳐서 철수와 민수를 쳐도 될 거 아냐. 저 정도 숫자면 나 혼자서도 기습하면 충분히 잡아."

"그러다가 철수나 민수가 들이닥치면 어떻게 하려고 그래?"

"됐어. 두목, 괜찮아. 두목이 저 네 명의 시선을 끌어, 내가 잡을 테니까."

"정말 너, 저놈들을 칠 생각이야?"

"그래, 우리 식구들을 전부 몰살시킨 놈들이야, 살려둘 수 없어."

"그래, 그렇게 하자. 널 누가 말리겠냐?"

"간다."

도현은 산장 뒤에서 혼자 튀어나와서는 검을 꺼내 들었다.

"이놈들아. 내가 바로 이 큰바위산적단의 두목이다. 덤벼라, 이놈들아!"

도현은 막무가내로 덤벼들었다.

"뭐야 이 시끄러운 놈은. 혼자서 우리 넷을 상대하시겠다 이거지?? 애들아, 쳐라."

네 명의 경찰들은 방심하기는 했지만, 도현이 워낙 멀리서부터 달려 나와서는 검을 들고 날뛰니까, 모두 검을 꺼내 들고는 도현에게로 달려들었다. 도현은 네 명과 싸우기에는 역부족이었다.

도현이 밀리고 있을 때, 옆에서 민영이 튀어나와서는 네 명 중에 두 명을 발차기로 일격에 기절시켜버렸다. 그 모습에 당황한 두 명은 사기를 잃고는 검을 땅에 떨어뜨렸다.

"살려주십시오."

둘 다 무릎을 꿇었다.

"내가 한 번 발차기 하면 너희는 다 죽는다!"

민영이가 말했다.

도현은 한 발자국 물러서서 민영이가 모든 이야기를 하게끔 했다. 도현은 뒤에서 검을 들고는 왔다 갔다 하면서 웃고 있었다. 민영은 검을 왼쪽에 무릎 꿇고 있는 경찰의 목 앞에 대었다.

"네, 무엇이든 물어보십시오. 알려드리겠습니다."

왼쪽에 무릎 꿇은 경찰은 큰소리로 말했다.

"모람마을에 신철수와 차민수라고 있지?"

민영이 말했다.

"네, 있습니다."

"걔네들이 여기 산적단을 몰살시킨 거 맞지?"

민영이 말했다.

"맞습니다."

"신철수나 차민수의 집이 어디 있는지 알아? 몰라? 모람마을에 어디 있는지 알 거 아니야."

민영이 말했다.

"차민수는 온 지 얼마 안 돼서 저도 잘 몰라요. 신철수의 집은 모람마을 어디에 있는지 압니다."

"어디야?? 거기가?"

민영이 말했다.

"가난과 축복 빵집 아시죠?"

"알고 있지. 그 빵집을 모르는 사람이 어디 있어!"

민영이 말했다.

"그 빵집 뒤에 보면 빨간색 지붕에 파란색 벽돌로 집을 약간 크게 지은 집이 있어요. 저택 이름에는 신한길이라고 돼 있을 겁니다. 거기가 집이에요."

"확실한 거겠지?"

민영이 말했다.

"예, 당연하죠. 지금 목숨이 달려있는데 어떻게 거짓말을 하겠습니까?"

"신한길이라면 나도 들은 적 있어. 그 빵집 사장 아들이 신철수 맞아. 거짓말이 아니야."

도현이 말했다.

"이제 저희를 살려주시는 거죠??"

"아니, 잘 가거라."

도현이 말했다.

도현은 두 명의 경찰을 죽였다. 그리고는 기절한 두 명도 죽였다. 민영은 네 명의 경찰이 죽어 나가는 것을 보고는 동료들의 죽음을 생각했다. 도현은 자신들의 부하들이 죽었기 때문에 살려둘 수 없었다.

"미안하지만, 내가 두목이라서."

도현이 말했다.

"두목이 죽인 건 이해가 가."

민영이 말했다.

"신철수를 죽인다."

"나, 그놈 누군지 알 것 같아."

"알아. 개돼지라고 하면서 비웃은 새끼라는 거. 잔인하게 죽여주지. 내 부하들이 죽은 것만큼 말이야."

"헌데, 신한길이 꽤나 신사로 유명하잖아. 모람마을에서…"

"나도 어느 정도 고려는 해봤지만, 그래도 우리 큰바위산적단을 몰살시킨 놈이야. 신철수를 죽일 수밖에 없어!"

"정서 대장에게 말해 볼까?"

"아니 됐어. 나 혼자서라도 갈 테니까. 넌 오지 않아도 돼."

"정말 두목 혼자서 갈려고??"

"그딴 새끼 한 명 죽이는데, 나 혼자서라도 충분해."

"그래도 부하들도 있을 수 있잖아."

"괜찮아. 혼자 있을 때를 노리면 되니까."

"아니야. 같이 가자."

"뭐??"

"나도 큰바위산적단이야."

"그래도 일단 오늘 모아둔 돈들을 한 곳에 묻어두자."

"두목 거랑 내 거랑 같이??"

"아니, 따로 묻어야지. 다만 같은 곳에 옆에 묻자고."

"아, 알았어."

두 사람은 다 타버린 산장 뒤쪽으로 다시 올라갔고, 원래 민영이가 묻었던 곳에 돈을 다시 묻었다. 그러자 날이 조금씩 어두워지기 시작했고, 둘은 말을 타고 달려서 모람마을로 향했다.

4

"밤이 어두워졌는데도, 도현과 민영은 아직 돌아오지 않았네요."

정서는 백백교에 들어갔다가 나온 사실을 알려주고 싶었다. 그리고 도현과 민영의 소식도 알고 싶었다. 하일지의 저택에서 무슨 일이 있었는지 말이다.

"그러게요."

강진이 말했다.

"저하고 혜주하고 같이 백백교에 들어가야 할 것 같아요. 명부가 어디에 있는지 알게 되었어요."

혜주가 말했다.

"혜주 님도 같이 가나요?"

강진이 물었다.

"예, 아무래도 밖에서 소란을 좀 피워야 할 것 같아요."

혜주가 웃으면서 말했다.

"혜주가 밖에서 소란을 피우고, 제가 안을 뒤져서 찾고 나와야겠어요."

정서가 말했다.

"그렇군요. 저는 여관에서 기다리겠습니다. 제가 밖에서 돌아다니다가 백백교의 사람들에게 걸리게 된다면 여기 여관에 계속 우리가 묵을 수가 없어요. 저는 되도록 밖의 출입을 자제하도록 하겠습니다."

강진이 말했다.

"때마침 백백교에서도 오늘 저녁에 댄스 모임을 가진다고 하더군요. 오늘 같은 날은 굳이 하얀색 옷을 입지 않아도 되는 날이라나. 예배시간이 아니라고 하던데요."

정서가 말했다.

"사람을 끌어모으는 데는 여러 가지 속임수가 많은 것 같아요. 특히 보여지는 달콤함에서부터 사람의 깊은 곳에 있는 인식을 좀 먹고 있는 것 같아요. 그런 것들이 고정관념으로 자리 잡고 본능으로까지 자리 잡히면 계속해서 사람들은 사이비에 빠지게 될 겁니다."

혜주가 말했다.

"일단 오늘 밤에는 가장 아름다운 모습으로 가야겠어요."

혜주가 말했다.

"나의 아내로서 준비해줘. 혜주."

정서가 말했다.

"음…, 으…, 알았어."

혜주는 머뭇거리다가 반지 낀 손을 더 훤하게 드러냈다.

"두 사람이 아주 잘 어울리네요."

강진이 웃으며 말했다.

"감사합니다."

정서가 말했다.

"저희는 그럼 일단, 나가보겠습니다."

혜주가 정서의 팔짱을 꼈다.

"네. 그럼 나중에 봐요. 여기서 기다릴게요."

강진이 말했다.

정서와 혜주는 밖으로 같이 나갔다.

강진은 문득 한 여인을 생각했다.

'고영희, 아직 백백교에 있겠지. 백백교에 세뇌된 채로 말이야.'

5

신철수와 차민수는 부하 경찰들을 데리고 모람마을로 돌아왔다. 철수와 민수는 온새미로마을까지 왔다 갔다 하는 것이 너무 힘이 들었다. 그래서 다음에 온새미로마을로 간다면 오랫동안 돌아오지 않을 생각이었다. 민수는 부하 경찰들을 해산시키고는 배가 고파서 그런지 철수랑 같이 밥을 먹기로 했다. 그리고 내일 익배에게 온새미로마을에 대한 정황들을 알려주기로 했다. 백백교의 수입이 생각보다 괜찮을 것 같기 때문에 나중에 자신들도 한 번 그런 종교를 만들어 보는 것도 나쁘지 않을 것 같다는 생각이었다.

민수는 하일지를 보고는 자신의 부하로 만들고 싶었다. 어차피 이익배는 자신이 죽일 것이다. 어차피 철수는 별 볼 일 없는 놈 같으니 그때 가서 자신의 부하로 삼아도 될 것 같았다. 자신이 몰아붙인다면 그저 지레 겁먹고 자신의 말을 듣게 할 수 있지만, 지금은 시기가 아니기 때문에, 져주는 척해 줘야 했다. 헌데 뒤돌아서고 나면 계속 쥐어패고 싶었다. 별 볼 일 없는 놈의 말을 들어주는 것도 지긋지긋해지고 있었다. 민수는 철수하고 밥을 먹었다. 먹으면서도 박정서 욕을 했다.

"박정서, 그 자식은 정말 어떻게든 잡아서 족쳐야겠어!!"

"예, 당연합니다."

철수는 정서가 자신에게 죄를 뒤집어씌우고 난 일을 당한 후에, 아버지를 두 번 다시 보지 않기로 했지만, 집에 가서 자신의 물건도 가지고 와야 해서 집에 들렀다가 잠은 민수네 집에서 자기로 했다. 둘은 그렇게 얘기했고, 철수는 자신의 집으로 돌아가려고 했다.

◆◆◆

도현과 민영은 모람마을에 도착했다. 일단, 도현과 민영은 스스로 분노를 어느 정도 삭힌 다음에 가난과 축복의 빵집 근처까지 왔다. 그리고 나서 꼬리별산에서 자신들의 아지트를 감시하고 있던 경찰들을 죽이면서 알아낸 신철수의 집을 알아냈다. 도현과 민영은 복면도 준비하여 일이 시작되기 전에 착용할 준비를 하였다. 둘은 흩어져서 신철수의 집 근처에 있는 벽들이나 숨을 수 있는 은밀한 장소에 몸을 숨기면서 신철수를 기다렸다.

"신철수야. 드디어 발견했군."

민영이 말했다.

"아, 저놈 맞아. 우리 보고 개돼지라고 했던 놈."

도현이 말했다.

"오늘이 신철수 네 놈의 제삿날이다."

민영이 말했다.

도현과 민영은 준비한 복면을 쓰고서는 철수에게로 갔다.

"으아악, 넌 누구냐?"

골목길을 걷고 있던 철수는 기겁을 하고는 도망을 가려고 했다. 그는 바로 도현이었다. 철수는 바로 골목길의 뒤쪽으로 뛰어갔다.

"으아악, 넌 누구냐?"

골목길의 뒤쪽에는 민영이가 있었다. 도현과 민영은 점점 거리를 좁혀왔다. 철수는 그만 우왕좌왕하면서 땀을 뻘뻘 흘리고 있었다.

"제발, 부탁이야. 살려줘. 너흰 누구야?? 돈이 필요하면 돈을 줄 터이니 목숨만은 살려줘. 좋은 자리로 취직도 시켜줄게!!! 부탁이야."

철수는 무릎을 꿇고 빌었다.

"잘도, 우리 큰바위산적단을 모두 몰살시켰더군."

도현이가 검을 꺼냈다.

"설마, 너는?? 박정서??"

철수는 놀란 표정을 지으며 물었다.

"아니, 난 박정서가 아니야. 내가 누구인지 알아서 뭐하겠어. 이제 저승길만 남았는데."

도현이가 검을 휘둘렀다.

"하하하하, 살고 싶어 환장하는 꼴이 개돼지라고 말하면서 비웃을 때의 모습이랑 너무 비교되는 걸!!"

민영은 비웃었다.

"제발!! 살려줘!!!"

"개돼지라고 한 번 해봐!! 다시!! 그럼 살려주지!!"

도현이 말했다.

"뭐? 정말?? …이지…."

철수는 웃으면서 말했다.

"그럼, 그렇고 말고."

민영이 싱긋 웃었다.

"개돼지"

철수는 말하고는 크게 웃었다.

"하하하하하"

"하하하하하하"

"하하하하하하하"

도현과 민영은 철수의 말을 듣고는 아주 신나게 웃었다. 그러더니만 민영은 갑자기 검으로 철수의 어깨를 살짝 베었다.

"으아아악!!!"

철수는 소리를 질렀다.

"뭐…야?? 약속이 틀리잖아!! 개돼지라고 하면 살려준다며."

철수는 피가 나는 어깨를 만지면서 말했다.

"하하하하, 다시 한번 해봐. 그럼 살려줄게!!"

도현이 비웃었다.

"개돼지!!"

도현은 반대쪽 어깨를 검으로 베었다.

"으아아악!!"

철수는 고함을 질렀다.

"다시 해봐!! 그러면 살려줄게."

민영이 검을 손으로 휘두르며 말했다.

"개돼지!!"

"으아아악!!"

민영은 검으로 복부를 살짝 베었다.

철수는 그렇게 계속 검에 베이면서 살이 하나하나 찢기면서 개돼지라는 말을 외치며 잔인하게 죽어갔다. 도현과 민영은 자신들의 산적단을 몰살시킨 철수를 잔인하게 죽였다.

헌데 그 모습을 보고도 도와주지 않고 가만히 끝까지 지켜본 자가 있었다. 바로 차민수였다. 민수는 철수에게 집에 오기 전에 가난과 축복 빵집에서 간식거리로 빵을 좀 가져다 달라고 얘기하려고 다시 철수네 집으로 가려고 했었는데, 철수의 죽음을 보게 된 것이다. 민수는 철수를 부하로 두고도 싶었지만 죽어가는 것을 볼 수밖에 없었다. 자신이 혼자 구한다고 해도 어려울 것 같고, 경찰 부하들을 데리고 올 동안 충분히 신철수를 죽이고 도망갈 것 같았다. 그는 얼굴을 살펴보니, 한 명은 익배가 말하던 여인이었고, 한 명은 전에 꼬리별산에 있던 놈이라는 것을 알게 되었다. 그는 차라리 철수가 죽는 것을 지켜보고는 이 두 사람을 따라가서 박정서가 있는 곳을 알아내기로 했다. 그리고 얘기 하는 것을 들어보니, 남자 이름은 한도현, 여자 이름은 최민영이라는 것을 알게 되었고, 그 외 홍혜주, 장강진이라는 인물도 있다는 것을 알게 되었다. 도현인가 하는 놈이 너무나 시끄러운 놈이라서 목소리가 다 들리는 것이 차민수 자신을 너무 기쁘게 하였다. 이 두 사람을 추격한 다음에, 전부 다 잡아들인다면 자신은 이익배에게 가장 신임을 얻게 되고, 그러면 익배를 더 빨리 죽일 수 있을 것 같았다.

민수는 두 사람을 추격했다. 말을 타고 달려가면 자신도 말을 타고 달려갔다. 그래서 온새미로마을에 있는 여관의 어느 방인지까지 몰래 알아내고는 다시 모람마을로 돌아갔다.

다음 날, 철수의 아버지 신한길은 철수가 죽은 것을 알게 되었다. 한길은 나와서 대성통곡하며 모람마을이 떠나갈 정도로 울었다고 한다. 하지만 사람들은 아버지의 슬픔은 이해하면서도 철수가 워낙에 개망나니여서 누군가에게 원한을 산 게 분명하고 그 원한 때문에 죽은 것이라고 여겼다. 아버지 신한길이 안되긴 했지만, 어쩌겠는가?

익배도 자신의 마을에서 철수가 죽은 것을 알게 되었다. 익배는 자신이 아끼는 부하가 죽긴 했지만, 별로 그다지 슬퍼하지는 않았다. 이때, 민수가 익배에게 찾아왔다.

"익배 님, 저 민수입니다."

"아, 그래, 민수, 밖이 떠들썩하지??"

"예, 철수 님이 운명하지 않으셨습니까?"

"그래, 누가 죽였는지 알고 있는가??"

"예. 알고 있습니다."

"뭐라고?? 누구인지 알고 있단 말인가? 그날 같이 있었나?

"아니, 없었습니다."

"그러면 자네는 대체 어떻게 누가 죽였는지 알았다는 건가?"

"이미 검에 많이 찔러서 이 세상 사람이 아닐 때에 목격하게 되어서 구할 상황이 아니었습니다."

"그래서 어떻게 했다는 건가?? 어서 말을 해보게."

"추격을 시작했습니다. 뒤를 추격해 보니, 흥미로운 사실을 알게 되었습니다. 익배 님이 찾으시는 그림의 여인의 이름을 알게 되었습니다."

"오, 정말인가?? 이름이 뭔가??"

"최민영입니다."

"최민영이라, 하하하, 잘했군!! 아주 잘했어."

"예. 감사합니다. 그리고 제가 찾고자 하는 박정서 외에 장강진, 홍혜주,

한도현이라는 놈들의 이름도 알아냈습니다."

익배는 이야기를 듣다가 표정이 갑자기 바뀌기 시작했다.

"자네 다 좋은데, 나는 그 최민영 말고는 관심이 없어. 나머지는 자네가 죽이든 살리든 마음대로 하게."

"예??"

민수는 당황스러워했다.

"못 들었나? 나는 최민영 말고는 별로 관심이 없다고 했네. 나머지는 자네가 죽이든 살리든 마음대로 하게!"

"예. 알겠습니다. 그럼 오늘 온새미로마을로 추격을 하러 가는데, 경찰들을 좀 데리고 가겠습니다."

"그렇게 하게. 최민영은 꼭 생포하고, 나머지는 죽이든 살리든 자네 마음대로 하게."

"네!"

"그리고 이제 이 자를 데려다가 쓰게!!"

익배는 달수를 민수에게 보조역할을 하게끔 했다. 그리고는 달수에게 경장이라는 계급을 주었다. 민수는 달수를 보고는 언젠가는 자신의 옆자리에서 일하게 될 사람으로 생각하고 있었는데, 지금이 그때라는 것을 알게 되었다.

"다시 만나게 돼서 반갑습니다. 강달수입니다."

달수는 공손히 고개를 숙여서 인사했다.

"아, 그래. 전에 본 적이 있었지."

민수가 대답했다.

6

혜주는 화장을 예쁘게 하였다. 큰 눈은 화장을 해서 그런지 유달리 반짝반짝 빛나는 별처럼 아름다웠다. 도톰한 입술은 빨간색으로 칠해져서 입을 맞춘다면 정열적으로 심장이 타버릴 것 같은 느낌을 주었다. 머리는 예쁘게 말아 올려서 고상한 느낌이 더 부각되도록 하였다. 혜주는 가슴이 파인 분홍색 드레스를 입었고, 등이 훤히 다 보였다. 그리고는 굽이 높은 구두를 신었다.

정서도 멋진 턱시도를 입었다. 그는 검정색 나비넥타이를 목에 달았고, 검정색 구두를 신었다. 그에게 만약 손이 잡히는 숙녀가 있다면 그 누구라도 영광으로 생각했을 것이다. 혜주는 정서의 손을 잡았고, 둘은 댄스파티를 갈 준비를 다 마무리 했다. 정서는 혜주를 마차에 태우고 자신이 마차를 움직이는 마부가 되어 백백교를 향해 출발했다. 온새미로마을에서 백백교까지 거리는 얼마 걸리지도 않았다. 어차피 백백교가 온새미로마을에 있으니까.

백백교의 댄스파티는 굉장히 성대했다. 중앙에 보이는 분수대에서는 물이 뿜어져 나왔고, 백백교의 음악단은 한쪽에서 연주를 했다. 음악소리가 울려 퍼질 때, 춤을 추는 사람들의 발걸음도 함께 움직이면서 댄스파티가 더욱 빛이 났고, 웅장하며 성스러워 보였다. 들어올 때, 입장료를 받아서 정서와 혜주는 입장료를 내고 들어왔다.

"아, 오셨군요."

영희가 말했다.

"네, 안녕하세요.

혜주가 말했다.

"오늘 참 예쁘게 하고 오셨네요."

영희가 말했다.

"영희 님도 참 예쁘세요."

혜주가 말했다.

정서는 가볍게 영희에게 인사하고는 백백교 안으로 들어갔다. 정서가 들어가서 1시간이 지나면 혜주는 중앙에 있는 백백교 동상에 폭탄을 터뜨려야 한다.

혜주는 영희하고 인사하고는 자신의 가방이 있는 곳으로 갔다. 중앙에는 사람들이 많아서 폭탄을 터뜨리기에는 어려움도 있지만, 이미 전에 중앙 동상 밑부분에 파인 곳을 보아두었다. 파인 곳은 동상의 그림자에 가려서 자세히 보지 않으면 안에 뭐가 있는지 잘 보이지 않는다. 밤이 되면 더욱 알아보기가 힘들었다. 혜주는 자신의 가방을 가지고는 동상 근처로 간 후 파인 곳 근처에서 구두 굽을 부러뜨렸다. 그런 다음에 구두 굽을 고치는 척하며 몰래 감춰 둔 폭탄을 꺼냈다. 폭탄은 누르기만 하면 터지는 방식으로, 버튼을 누르고 30분이 지나면 터지게 되어 있다. 혜주는 버튼을 누르고는 그것을 동상의 파인 곳에 놓아두었다. 그리고는 반대쪽 구두 굽도 부러뜨렸다. 사실 혜주는 구두 굽을 고칠 줄 몰랐다. 그래서 고치는 척만 한 것이다. 그 후에, 혜주는 하얀색 연기가 나오는 연막탄을 군데군데 설치하여 폭탄이 터지고 나면 바로 나오게끔 하였다.

일을 다 끝내고 난 후에 혜주가 가만히 서 있자, 어느 남자가 와서 혜주에게 춤을 추자고 권했다. 혜주는 춤을 출 수밖에 없었다. 백백교 댄스파티의 룰은 남자가 먼저 춤을 추자고 하면 여자는 춤을 출 수밖에 없는 것이었다. 혜주가 춤을 추고 있을 때였다. 폭탄이 터졌다. 폭탄이 터지자 백백교의 동상은 박살이 났고, 사람들은 모두 엎드렸다. 혜주도 엎드렸다. 파티장은 순식간에 아수라장이 되었다. 연막탄도 터지면서 하얀색 연기가 파티장 안을 뒤덮어 사람들은 숨쉬기조차 곤란했다. 폭탄이 터지면서 사람들은 두려움과 공포로 자신들의 목숨을 챙기기에 바빴다. 그래서 사람들은 테러를 당했다며 밖으로 나갔다.

정서는 폭탄이 터지는 소리를 듣고는 명부가 있는 장소로 바쁘게 움직였다. 그리고는 준비한 복면을 썼다. 그런데 그렇게 바쁘게 움직일 때, 누군가가 빠르게 들어오고 있었다. 중요한 물건을 꼭 챙겨서라도 나가야겠다는 생각이었나 보다. 사람들이 도망가기 바빠지니까, 자신도 어떤 분주함에 쫓기기 시작했는지, 허둥지둥 대기에 바빴다.

그녀는 고영희였다. 영희가 올라오고 있는 것을 알고는, 정서는 몸을 숨겼다. 영희는 정서가 있는지도 모른 채, 명부를 찾으러 그 비밀 방으로 가고 있었다. 정서는 영희만을 따라가면 명부를 찾는데 더 수월해질 것이라고 여겼다. 영희가 명부를 찾으러 방에 들어가서 비밀 열쇠로 문을 열고 명부를 꺼냈다. 정서는 뒤에서 영희에게 검을 꺼내 들어 위협했다.

"움직이지 마라."

"살려주세요!! 제발 살려주세요!!"

"그 명부를 내게 가지고 와라"

"이 명부 말입니까?"

"그래"

영희는 명부를 정서에게 주었다.

"뒤를 돌아보면 너는 죽는다."

정서는 명부를 손에 들었다. 겉표지가 전에 봤던 것과 같았고, 살짝 한 손으로 몇 장 넘겨보니, 전에 봤던 명부가 분명했다. 정서는 검의 손잡이로 영희 등을 쳤다. 그러더니만 영희는 기절해버렸다.

정서는 밖으로 나갔다. 밖은 어수선하고 대피하는 사람들, 계속 엎드려 있는 사람들도 있었다. 또 폭탄이 터질까 봐 두려워하는 사람들은 잠시 엎드려 있는 것이 낫다고 여기는 모양이었다. 그리고는 엎드려 있는 혜주를 발견했는데, 혜주의 어깨를 두드렸다. 혜주는 일어나더니만 정서와 함께 밖에 있는 마차를 타고 떠나버렸다.

◆◆◆

강진은 여관 안에만 있는 것이 너무 답답했다. 여관에서 벌써 며칠째 있다 보니 밖에 나가서 바람을 쐬고 오는 편이 낫다고 여겼다. 밤중이라서 아무도 자신을 알아볼 사람은 없다고 여겼다. 강진은 밖으로 나갔다. 강진은 밖에서 온새미로마을을 걸었다. 자신이 살아온 길을 보면서 자신의 부모님을 떠올리기도 했다. 꼭 백백교를 부수고 온새미로마을을 예전의 모습으로 바꿀 것이다. 헌데 반대쪽에서 자신을 빤히 쳐다보는 사람이 있었다. 누굴까?

"장강진??"

영희는 댄스파티를 하러 가려고 화장을 하고 옷도 예쁘게 입고 있었다.

"설마?? 넌?? 고영희??"

"넌 죽었다고 들었는데, 어떻게 네가 여기에 있는 거지??"

"난 죽지 않았어…."

"너희 가족들은 백백교를 배신했잖아."

"아니야. 그런 것이 아니야. 백백교가 나쁜 거지."

"뭐라고?? 백백교가 나쁘다고?? 더 이상 얘기를 할 필요가 없겠군. 예전에 너에게 가진 좋았던 기억들로 오늘 너를 본 것을 잊어줄게. 가라고 가버려!! 너 같은 애는 필요 없어."

"……"

강진은 떨떠름한 표정을 지었다. 그는 그녀에게 무슨 말을 해도 소용이 없다는 것을 알고 있었다. 백백교에 대한 절대적인 믿음은 백백교를 나쁘게 얘기하는 것 자체를 용납하지 않는다.

"백백교가 너에게 행복을 가져다 줄 거라고 생각하지??"

강진이 말했다.

"그만해, 듣고 싶지 않으니까. 너는 배신자일 뿐이야."

영희가 말했다.

"잘 들어, 고영희, 우리 가족들은 전부 백백교에 의해 그러니까 백백교의 교주 하일지에 의해 살해당했어."

"거짓말 마!!"

"정말이야. 나만 간신히 살아남은 거야."

"교주님은 좋으신 분이야. 난 네 말을 믿지 않아. 온새미로마을에서 너를 기억하는 사람들이 또 있을지 모르지. 백백교의 사람들은 온새미로마을에 많으니까. 그러니 몸조심해. 넌 걸리면 죽음이야. 그런 소리 하고 다니다간 목숨이 몇 개라도 부족하니까."

"……."

"잘 가!!"

"그래, 더 이상 무슨 말을 해도 소용없겠지."

강진은 영희하고 헤어지고는 여관으로 돌아왔다. 강진은 더 이상 여관에 있으면 안 된다고 생각했다. 영희가 이곳을 알지도 모른다는 생각이 들었다. 영희와 강진은 꽤 오래된 사이였다. 어렸을 적에는 영희가 강진을 많이 좋아했었다. 영희는 먼저 강진에게 고백을 했었다. 강진도 영희를 좋아했지만, 선뜻 고백하지는 못했었다. 그래서 먼저 다가와 준 영희에게 자신이 먼저 고백하지 못했던 미안함을 탓하기도 했었다. 아마 백백교만 아니었다면 둘은 혼인을 했을 것이다. 어느덧 백백교가 들어서면서 영희가 백백교에 먼저 들어갔고, 나중에 강진이 들어가게 된 것이다. 그렇게 둘은 백백교에서 사랑을 키워가길 원했지만, 백백교는 둘의 사랑을 갈라놓았다.

◆◆◆

정서, 혜주, 도현, 민영은 각자의 일을 마친 후 여관으로 돌아가고 있었다. 정서와 혜주는 일이 성공적으로 마무리되어 기쁜 마음이었고, 도현과 민영은 큰바위산적단이 몰살되어서 슬픈 마음이었다. 여관 앞에서는 돌아오는 강진을 보았는데, 표정에 기운이 하나도 없고 우울해 보였다.

'자신이 백백교가 귀족들의 끄나풀이고, 사이비 종교단체라는 것을 몰랐으면 어땠을까? 몰랐다면 지금처럼 괴로웠을까? 영희하고 결혼은 할 수 있었을까? 결혼했다면 그것을 모르고 결혼하고 지금처럼 살았다면 자신은 지금 행복했을까?'

강진은 이런저런 생각에 빠져 있었다.

"무슨 안 좋은 일 있어요??"

정서가 물었다.

"아니에요. 일단 여기 계신 분들은 다른 여관으로 옮겼으면 합니다."

강진이 말했다.

"예?"

"서로의 안전을 위해서니, 서둘러 자리를 피합시다."

넷은 서로의 얼굴을 쳐다보다가, 방으로 들어가서 짐을 챙겨 나왔다. 다른 여관으로 가서는 서로에게 무슨 일이 있었는지를 이야기하는 시간을 가졌다. 큰바위산적단이 몰살된 것을 얘기하지 않으려고 했지만, 민영이가 얘기하는 편이 낫다고 여겨서 도현과 이미 이야기를 한 상태였다.

"그랬구나…. 큰바위산적단은…, 나 때문에 죽게 된 거야!!"

정서는 스스로 죄책감을 심하게 느끼고 있었다. 그리고 그 죄책감은 민영에게 미안한 감정을 불러일으키기에 충분했다.

"아니야, 그런 생각 마. 박정서. 힘든 세상이야. 아무도 널 탓하지 않아."

도현이 정서의 어깨를 두드려 주었다.

"대장, 기죽지 마. 지금 일도 중요해. 대사를 그르칠 생각이야?? 죽어간 이들에게 지금 이러면 더 많은 빚을 지게 되는 거야."

민영은 자신 또한 슬픔에 젖어서 눈물을 흘리며 분노했으면서도 정서에게는 죄책감을 갖지 말라는 이야기를 했다. 자신보다는 정서가 더 힘이 들꺼라고 생각이 들어서였을까?

"알았어."

정서가 말했다.

"그래, 신철수가 죽었어. 그 새끼 개돼지가 어쩌고저쩌고 하더니만 끝까지 개돼지나 외치면서 죽어버렸네."

혜주는 정서의 슬픔을 돌리기 위해 다른 화제로 말했다.

"명부라, 앞으로 할 일이 많아지겠는걸!!"

민영이 말했다.

"일단 명부도 가지고 있으니, 이제부터는 이 명부대로 있는 사람들을 찾아서 혼쭐을 내주고 교주를 잡는 것이 낫겠습니다."

강진이 말했다.

"처음부터 교주 하일지를 잡는 게 낫지 않았을까?"

도현이 물었다.

"아니요. 그렇지는 않습니다. 교주를 잡는다고 해도 어차피 다른 간부진이 교주가 되어 움직일 테니까요. 일단 간부진을 모두 잡아서 사이비라는 것을 알려주고 사실은 귀족들의 끄나풀이었다는 것을 모든 온새미로마을 사람들 즉 신도들 앞에서 고백하게 해야 합니다. 그렇지 않고서는 방법이 없어요."

강진이 말했다.

"한 사람의 간부를 잡는다고 해서 될 일이 아닌 것 같아…, 모든 간부진을 잡아서 족쳐서 그들의 회답을 받아 내야겠어."

정서가 말했다.

"바로 그겁니다. 어차피 교주 한 명 잡는다고 해서 처리될 문제가 아니에요. 모든 신도들 앞에서 자신들의 죄를 낱낱이 밝히게 해야 합니다."

강진이 말했다.

"일단은 명부에 있는 명단대로 집집마다 족친 다음에 그 자식들을 한군데다가 모아 가둬 둘까??"

민영이 물었다.

"음, 그래야 할 듯해. 몇 명 내키지 않으면 죽여야 할지도 모르겠다."

도현이 말했다.

"죽이는 건 안 됩니다."

강진이 말했다.

"어째서죠??"

도현이 물었다.

"그렇다면 사실을 말해줄 사람이 없어요. 사실을 말해줘야 할 사람들은 그 사람들입니다. 우리가 떠든다고 한들 알아듣겠습니까?"

강진이 말했다.

"그것도 듣고 보니 그러네."

도현이가 말했다.

"아까 말했듯이, 일단 명부에 있는 사람들을 잡아서 족친 후에, 사람들을 한통속으로 묶어 내죠."

민영이 말했다.

"음. 좋아."

정서가 말했다.

"헌데, 사람들을 어디에다 모아두지??"

도현이 물었다.

"꼬리별산에 숨겨둘까?" 혜주가 물었다.

"꼬리별산에 있는 우리 산장은 지금은 폐허가 다 되어서 있을 데가 없어."

민영이 말했다.

"명부에는 몇 명 정도로 되어있지?"

정서가 물었다.

"대략 30명 정도야."

혜주가 말했다.

"간부는 30명이나 되는데…. 이놈들을 우리 넷이서 전부 다 잡을 수 있겠어??"

민영이 물었다.

"조금 어려울 것 같기도 하고…."

도현이 말했다.

"아니야, 방법이 아예 없는 건 아니야. 오히려 더 간단해지겠어…."

정서가 말했다.

"무슨 방법이라도 있나요??"

강진이 물었다.

7

다음날이 되었다.

"큰일이야. 명부를 도둑맞았어!!"

영희는 침울해하며 어찌해야 할지 몰랐다. 이 일을 교주가 알게 된다면 자신에게 무슨 벌이 내려질지 몰랐다. 그 명부를 들키면 안 되는 것이었다. 영희는 나라의 관리들과 백백교의 간부진들이 연결되어 있다는 것을 알면서도, 그것을 숨기는 일에 동조했다. 그것이 백백교의 일이라고 교주는 일러두었다. 백백교를 더 크게 부흥시키기 위해 어쩔 수 없이 해야 할 일이라는 것이다. 이런 일들을 해나가는 것이 지금은 힘이 들 수 있지만, 나중에 백백교가 천하를 뒤덮는 날이 오면 이런 일들을 그만두고 백백교 그 자체의 힘만으로 자립할 수 있다는 이야기였다.

하지만 영희는 교주 하일지에게 이용당하고 있다는 사실을 모르고 있었다. 아니, 그녀는 어쩌면 그녀가 믿고 싶은 것만 믿는 것인지도 모르겠다. 고영희, 그녀는 어릴 적부터 인형을 사람처럼 만드는 것을 좋아했었다. 신분해방이 되기 전에는 인형이 사람이라면 적어도 노예는 아니겠다는 환상이 있었다. 그 인형은 절대 노예가 아니라는 착각이었다.

왜 그녀는 그런 생각을 했던 것일까? 신분 해방이 된 후에 그녀가 만든 인형은 귀족이 되어야만 한다는 착각에 빠져 있었다. 그녀는 계속해서 인형을 만든 후에 더 사람답게 사는 방향으로 의미를 부여하고 있었다. 그런 환상으로 인해 더욱 더 백백교에 이용당하게 된 것이 아닐까?

고영희, 그녀는 장강진의 옛 애인으로 강진이의 말이라면 잘 믿었던 편이었다. 헌데, 이번만은 절대로 믿지 못했다. 교주 하일지가 강진이의 부모님과 동생을 죽였다는 말, 왜 자신 앞에 살아와서 기껏 한다는 말이 교주가 자신의 가족들을 죽였다는 이야기였을까? 도저히 믿을 수가 없었다. 그녀는 교주 하일지에게 자신이 명부를 잃어버렸다는 말을 해야겠다고 생각했다. 그래야만 백백교를 구할 방법을 같이 생각할 것이 아니겠는가? 그녀는 밤새

잠을 이루지 못하고, 다음날에 옷을 입고 하일지의 저택으로 가게 되었다.

"교주님"

"무슨 일로 온 거지??"

"제가……."

"뭔데…, 말을 해봐??"

"제가……."

"아침 일찍 무슨 일로 온 건지 원……."

"어젯밤에 백백교 파티에서 폭탄이 터졌습니다."

"뭐?? 폭탄이?? 빌어먹을…, 어제는 내가 다른 데 볼 일이 있어서 백백교에는 없었지만, 어제 댄스파티였잖아. 그래서 어떻게 된 거야??"

"동상에 폭탄이 터져서 동상은 박살 나고 명부를 빼앗겼습니다."

"뭐?? 동상이 박살이 나?? 이런 젠장할…, 그리고 뭐 명부를 빼앗겼다고?? 도저히 있을 수가 없는 일이다. 너는 대체 뭘 한 거야??"

"하지만 폭탄이 터지는 것을 제가 무슨 수로 막는다는 말입니까?"

"뭐? 지금 네가 나에게 따지는 건가??"

"네??"

"네년이 감히…."

일지는 영희의 따귀를 때렸다.

"아…."

영희는 자신의 빨개진 볼을 잡았다.

"네년이 지금까지 내가 하는 일을 잘 맡아 해주어서 백백교에서 그 자리까지 누리며 사는 주제에, 나에게 감히 따져!!! 네까짓 게! 네까짓 게! 이런 노예 같은 년이!"

일지는 영희의 따귀를 또 때렸다.

"아아…. 흑흑…."

영희는 눈물을 흘렸다.

"이 거지 같은 년이, 어디서 인형놀이나 하면서 사는 계집년을 좋은 자리에 앉혀 주었더니. 머? 명부를 잃어버리고, 큰소리나 치고 있고. 이 썩을 년아!"

일지는 주먹으로 마구 영희를 구타했다.

영희는 구타로 견딜 수 없을 정도의 몸에 상처를 받았다. 아니 몸보다는 마음의 상처가 더 많았다. 그녀는 상처를 받고 나서는 집에 와서 정말 백백교가 믿을 수 있는 곳이었는지, 다시 한번 생각해 보았다. 항상 자신에게 자상하고 따뜻하게 대해 준 교주 하일지가 갑자기 화를 내며 자신을 구타하는 것이 도무지 용납되지 않았다.

영희는 강진의 말을 떠올리기 시작했다. 정말로 교주 하일지가 강진의 부모님과 동생을 죽인 것이 확실한지 짚고 넘어가야 할 문제라고 여겼다. 그녀는 재빨리 강진을 만났던 곳으로 걸어갔지만 그를 찾을 수는 없었다. 어디에서 강진을 만나야 하는지 알 수조차 없었다. 그녀는 다친 곳을 움켜잡고는 자신의 어리석음을 조금씩 깨닫고 있었다.

'강진아, 너에 대한 증오심이 나의 명철함을 가리는구나.'

8

정서는 백백교에 돈을 내고 있는 온새미로마을의 사람들의 이름이 적힌 명부를 가지고 민영, 강진, 혜주, 도현에게 설명해 주었다. 정서는 흑색가면을 만들어서 썼다. 그리고 모두에게 흑색가면을 주었는데, 흑색가면은 눈을 가리는 역할만 해주었다. 민영은 흑색가면을 쓰고는 자랑이라도 하듯이 깔깔거리고 있었고, 도현은 그런 민영을 보며 얼굴이 빨개졌다. 혜주는 정서를 보고는 흑기사 같다고 했다. 도현도 흑색가면을 썼는데 산적이라서 그런지 불량스러운 느낌이 더욱 강해졌다. 혜주는 흑색가면을 썼더니 뭐랄까 귀족스러워 보였다고나 해야 할까? 이상하게 혜주는 더 고귀하게 보였다. 강진은 흑색가면을 쓰니 지리꾼이라서 그런지 뭔가 더 지혜로운 말을 잘 내뱉을 것 같은 느낌을 주었다.

다섯은 그렇게 움직이기로 했는데, 강진은 왠지 마음속에 계속 걸리는 것이 있었는지 표정이 불안했다.

"강진 님, 무슨 일 있으세요?"

정서가 물었다.

"혹시 고영희라고, 백백교에 있는데, 만난 적이 있으신가요?"

강진이 물었다.

정서하고 혜주는 백백교에서 고영희가 자신들에게 어떤 인물이었는지 강진에게 알려주었다.

"그랬군요. 만났었군요."

강진은 쓸쓸한 표정을 지었다.

"아는 사이세요??"

정서가 물었다.

"네. 예전에 친구입니다."

강진은 자신의 옛 연인이라고 말하지는 않았다. 그저 친구라고만 했다. 영희하고의 사이를 밝힌 이유는 혹시라도 돌발상황이 마주친다면 영희를 죽일지도 모르기 때문에, 지금이라도 말을 해서 그녀가 목숨이라도 부지할 수 있게 되길 바라는 마음일 것이다.

"알았어요. 행여 마주친다면, 조심하도록 할게요."

혜주가 말했다.

정서와 혜주는 왠지 모르게 강진과 영희가 보통 사이는 아니라고 생각했다. 일단 남녀가 아닌가? 민영도 뭔가 있는 사이라고 생각은 했지만, 도현은 그저 아무 생각이 없었다.

◆ ◆ ◆

밤이 되었다. 정서, 혜주, 강진, 도현, 민영은 이름이 적혀 있는 명부를 보고는 가장 돈을 많이 내는 놈을 찾아서 족치기로 했다. 백백교에 내는 돈은 결국에 자신들의 권력을 더 단단히 유지하고, 그 돈이 백백교의 힘을 확장하는 데에 쓰이기도 하며, 나라 관리들의 뒷주머니에 들어가는 뇌물로도 적용되는 것이다. 정서와 민영은 강진이가 명부에 있는 방세준의 집을 알려주어서 거기로 찾아갔다. 방세준의 집은 대문이 굉장히 컸다. 그냥 들어가기에는 미안할 정도였다. 어차피 대문을 통해서 들어가지는 않는다. 벽을 넘어서 들어갈 뿐이다. 일단 강진은 밖에서 마차를 준비하고는 상황을 지켜보는 것 정도로 하고 안으로 들어가지는 않았다. 들어가는 것은 정서와 민영이다.

정서와 민영은 다시 한번 자신들의 흑색가면을 점검했다. 도현과 혜주는 문 바깥에서 기다리기로 했고, 강진은 마차를 준비하고는 나오면 바로 태우고 나갈 준비를 하고 있었다.

"대장이랑 같이 이렇게 일하는 게 얼마 만이야!!"

민영이가 말했다.

"그러네…, 민영이랑 일을 한다…, 예전에는 꽤나 걸리적거렸는데 말이야."

정서가 말했다.

"뭐야?? 그때 얘기를 왜 꺼내?"

"네가 먼저 꺼냈어."

"지금은 달라. 나 잘하니까."

"그래. 너를 믿는다."

민영은 정서가 믿는다고 말하는 것이 너무 좋았다. 사실 민영은 초록바람대에서는 그다지 날째지는 못했다. 정서가 챙겨주는 것이 항상 더 많았고, 그 보살핌을 받으며 초록바람대에서 행동했었다. 정서에게 믿는다는 말을 듣고 나니, 민영은 더 잘하고 싶은 욕구가 들었다. 민영은 얼굴이 빨개지기도 했다.

"얼굴이 빨간색이 되었어. 어디 아픈 거야??"

정서는 민영의 이마를 만졌다.

"쳇, 만지지 마."

민영은 정서의 손을 뿌리쳤다.

흑색가면을 하더라도, 눈 부위만 가려져 있어서, 얼굴이 빨개지는 것은 가까이에서는 잘 보인다. 민영은 항상 이런 따뜻함이, 정서가 너무 따뜻하고 상냥한 사람이어서 좋았다.

정서와 민영은 벽을 넘었다. 벽을 넘고 보니 저택은 화려하고 웅장했다. 비싼 돌로 만든 집인지, 집은 천년이라도 갈 듯 화려하고 웅장했다. 집에는 호위병들이 꽤 있었다. 그들은 집을 정찰하며 돌아다니고 있었다.

방세준. 그는 온새미로마을에서 상당한 재력가로 많은 돈을 가지고 있었는데, 돈만으로는 힘들다는 것을 알고 있어서 백백교에 자금을 조달하고 있었다. 그리고 교주의 힘이 강해지면 마을의 관리들도 누를 수 있다는 말을 믿고 있었다. 방세준은 사업할 때, 마을의 관리들에게 이리 치이고 저리 치이며 살았다. 그것이 두고두고 마음에 쌓이기 시작했었는데, 도저히 그런 관리들을 죽일 방법이 떠오르지 않았다. 아니, 어쩌면 절대로 그런 방법은 없을 것 같았다.

그러나 교주 하일지를 만나고는 방법이 있다는 것을 알게 되었다. 백백교의 힘을 키운다면 마을 관리들을 누를 수 있을 것 같았다. 그래서 돈을 더 많이 상납했다. 마을 관리들을 자신의 발아래 꼭 짓밟고 싶었다. 사실 백백교에 돈을 많이 내는 이유는 다들 방세준과 비슷했다. 명부에는 대략 30명 정도 적혀 있지만, 그중에서 정말 재력가는 4명 정도였다. 나머지 26명도 돈을 내지만, 재력가 4명을 합친 것보다도 적었다. 30명 모두는 백백교의 교리 같은 것보다도 백백교를 통해서 자신들의 권력을 확보하는 데에 치중하고 있었다. 그러기 위해서는 신도들을 확실히 끌어들여야 한다는 생각이었다. 신도들은 일단 돈을 내기도 하고, 자신들을 따르는 세력이 되기 때문에, 나중에 나라의 관리들을 죽일 때, 자신들에게 힘이 되어줄 수 있다. 신도들은 무엇이 진정 백백교인지 알지 못한 채 돈을 내고는 머리를 조아렸던 것이다.

◆◆◆

정서와 민영은 담을 넘은 후에 문 안쪽에서 왔다 갔다 하는 호위병들을 간단히 제압하고 문을 열었다. 그러자 문 바깥에서 기다리던 도현과 혜주가 들어왔다. 정서는 먼저 호위병들의 주위를 끌기 위해 일부러 더 활개 치고 다녔다. 호위병들은 대부분 정서를 쫓고 있었다. 민영이는 도현, 혜주와 함께 방세준을 납치하기로 하였다.

"침입자가 나타났다. 저놈을 잡아라."

호위병들은 소리를 질렀다.

정서는 적절히 도망가면서 따라오는 호위병들과 싸우며 기절도 시켰다. 그 틈에 민영과 도현, 혜주는 방세준을 찾기로 했다. 방세준의 집을 돌아다니면서 시녀를 찾았다. 민영은 시녀에게 검을 들이댔다.

"방세준이 어디에 있는지 말하라."

"살려주세요. 살려주세요."

시녀는 겁에 질렸다.

"이년이, 살려달라는 말 말고, 방세준이 어디에 있는지 말해!!"

민영은 검으로 시녀의 머리카락을 잘라버렸다.

"이 복도 끝으로 가면 방이 하나 있는데, 그곳에 계십니다."

민영은 검의 손잡이로 시녀의 등을 찍어서 기절시켰다. 그리고 셋은 방이 있는 곳으로 뛰어서 문을 열었다.

"무슨 일이요?? 댁들은 누구시오??"

방세준은 기겁을 했다.

방세준은 자신 옆에 같이 잠을 자던 부인도 같이 있었는데, 부인은 아주 젊은 여자였다. 그녀는 옷을 홀딱 벗고 있었다. 그녀도 기겁을 했다.

"살려주세요. 살려주세요."

그녀는 젖을 흔들면서 살려달라고 애원하고 있었다. 목숨이 왔다 갔다 하니 자신의 몸을 가리는 것 또한 신경 쓰지 않았다.

"이년이, 이불로 몸을 가리지 못해?"

민영이 소리쳤다.

"몸을 좀 가려라."

혜주가 불쌍하다는 듯 쳐다보았다.

도현은 나체를 보고는 고개를 바로 돌려 버렸다. 방세준의 부인은 이불로 자신의 몸을 가렸다.

"야, 방세준!!"

도현이 불렀다.

"네??"

"너, 잠시 잠 좀 자라."

도현은 방세준을 기절시키고는 등에 업어서 밖으로 나갔다. 혜주는 도현의 앞을 살펴주는 역할을 하였다. 민영은 주변을 더 잘 살피면서 다가오는 호위병들이 있다면 무찌를 태세를 갖췄다. 셋은 그렇게 전진하며 집을 빠져나와 뜰로 나갔다.

그때 정서가 호위병들과 싸우는 장면들이 보였다. 민영은 서둘러 앞으로 나가 정서가 호위병들과 싸우는 것을 도와주었다. 혜주는 주변을 더 주의 깊게 살피며 도현이 세준을 잘 업고 나올 수 있도록 도와주었다. 정서와 민영은 호위병들을 모두 다 쓰러뜨렸고, 밖으로 나와서 강진이가 준비한 마차를 타고는 서둘러서 꼬리별산 근처 여관으로 달렸다.

"힘들었어!"

정서는 땀을 흘렸다.

"그러게…."

혜주가 정서의 땀을 소매로 닦아 주었다.

"드디어 방세준을 잡았군. 하하하하"

민영은 큰 소리로 웃었다.

"야, 내가 잡은 거지, 내가 데리고 왔잖아!!"

도현은 민영에게 큰소리쳤다.

"알았어. 두목이 잡았어!!"

민영이가 말했다.

"아니야, 우리 모두 같이 한 거야."

혜주가 웃었다.

마차 안에서 한바탕 웃음소리가 끊이지 않았다.

◆◆◆

한편, 차민수는 달수와 경찰들을 이끌고 여관을 덮칠 생각을 하였다. 어차피 이 여관 안에 정서도 있고 민영도 있으니, 자신은 두 마리 토끼를 잡는 것이다. 민영을 잡아다가 익배에게 데려다주면 자신은 더 크게 승진을 할 것이고 돈도 더 많이 받을 수 있다. 민수는 경찰들을 데리고는 여관을 포위하고는 여관으로 들어갔다. 여관주인은 무슨 일이냐고 물었지만, 민수는 자신이 경찰임을 나타내고는 여관주인의 말을 듣지도 않았다. 민수는 여관에서 자신이 미행했던 방문을 열었다. 그러나 그 방에는 아무도 없었다. 민수는 이게 도대체 어떻게 된 영문인지 몰랐다. 그는 밖으로 나와서는 박정서를 크게 불렀다.

"박정서!!!!!!"

민수는 발을 동동 구르며, 화가 머리끝까지 치솟았다. 분명히 다 잡았다고 여겼는데, 도대체 어디로 없어진 것인지… 온새미로마을은 떠난 것은 아닌지 생각하였다. 하일지에게 가서 무슨 수상한 일들은 없었는지 물어보는 게 좋을 듯싶었다. 박정서 그놈이 여기 있다면, 무슨 시끄러운 일들이 있었던 것이 틀림없다는 게 그의 생각이었다. 백백교 교주 하일지에게 물어서 정보를 캐리라.

"혹시 무슨 일이 없었는지요?"

민수는 일지에게 물었다.

"일은 있었죠. 누군가가 잠입하여 우리 백백교에 폭탄을 터뜨리기도 했고, 명부를 가져갔어요."

"역시 박정서, 그놈 짓이 틀림없어요."

"네?? 박정서요??"

"그렇습니다. 박정서 그놈은 먼 곳에 있는 푸실마을에서부터 줄곧 저를 괴롭혔던 매우 나쁜 놈입니다."

"그런 놈이 있었군요. 헌데 푸실마을에서 여기 온새미로마을까지 왔단 말입니까??"

"네. 여관에서 놈의 흔적을 발견했습니다."

"그래요?? 아무래도 그놈 짓이 맞는 것 같네요."

"백백교를 노린 것을 보니, 놈은 분명 교주님도 노릴 겁니다."

"설마? 그럴 리가요?? 저는 박정서에게는 원한을 살만한 행동을 하지는 않았습니다. 제발 저 좀 지켜주세요. 차민수 경위"

"그놈은 그게 문제에요. 자신과 원한도 없는데도 계속 문제를 만들고 다니죠. 예전에 유치장에서도 제가 주의를 준 적이 있지만, 아직도 이러고 다니는 것을 보니, 별로 소용이 없나 보네요. 걱정 마십시오. 제가 꼭 지켜드리겠습니다."

9

도현은 물을 가져다가 방세준의 얼굴에 뿌려버렸다.

"언제까지 잠만 잘 건가??"

"으으으음…."

세준은 눈을 찌푸리며 정신을 차리고 있었다.

도현이의 산적단이 궤멸되고 불에 타서 폐허가 되어버린 장소지만, 그래도 아직 한 사람 정도 가두기에는 충분한 장소가 남아 있었다. 정서 일행은 거기에 세준을 묶어 두고는 물을 뿌려 깨운 후 일으켜 세웠다. 정서는 똑바로 서서는 세준을 주시하고 있었다.

"방세준, 정신은 좀 드나?"

"대체 내게 이러는 이유가 뭐요?"

세준이 말했다.

"방세준, 당신이 백백교에 돈을 많이 낸다지??"

"그렇소만, 당신들은 대체 누구요??"

세준은 주위를 둘러보면서 물었다.

"백백교를 이용해서 마을 관리들을 잡을 생각인가??"

"그것을 어떻게??"

"하지만, 죽어나는 국민들은 생각하지 않더군."

"국민들까지 내가 일일이 알아야 할 필요는 없소. 약자는 죽는 것이 당연한 것이오."

"뭐라고?? 아직 정신을 덜 차린 것 같군."

정서는 주먹으로 방세준을 때렸다.

"으아아아. 살려주시오. 살려주시오. 뭐든지 하라면 하라는 대로 하겠소."

세준은 몸을 부르르 떨었다.

"명부를 보니, 당신 같은 사람들이 대략 29명은 더 있던데, 그중에서 당신이 가장 돈을 많이 내는 사람이고, 나머지 한 3명 정도가 돈을 당신 다음으로 가장 많이 내는 것 같군. 어떤가? 당신이 파티를 주체한다고 하고 사람들을 모두 불러 모으는 자리를 만들어 보는 것이 어떠냐 말이야??"

"대체 왜 이러시오? 그들을 불러들여서 대체 무슨 짓을 꾸미려는 것이오."

"그것은 나중에 차차 알게 될 거야."

"알았소, 그들에게 내가 친히 편지를 써주겠소. 내 이름을 남기겠소."

방세준은 29명에게 편지를 썼고, 자신의 이름을 남겼다.

"만약, 당신이 내 약속을 어긴다거나 이 사실을 다른 사람에게 알렸을 경우, 당신이나 당신 가족들은 모두 죽음을 면치 못할 것이오. 참고로 우리는 사람을 여러 죽였소. 내 말 잘 들으시오. 초록바람대라고 알고 있겠지??"

정서는 목소리를 지그시 깔면서 협박을 했다.

"흐익, 초록바람대라니…. 그것은 사라졌다고 들었는데…."

세준은 무서워서 몸을 덜덜 떨었다.

"누가 사라져?"

민영이 주먹으로 한 대 때리려는 포즈를 취했다.

"제발 살려주세요. 제발 살려주세요."

세준은 손을 싹싹 빌었다.

"일단 오늘은 돌려보내 주지. 너희 집에서도 널 찾으려고 난리일 테니까. 허나, 만약 약속을 어길 시에 너는 이 세상 사람이 아니야."

도현이가 검을 꺼내서 세준의 목에 겨누었다.

"그러지 말고, 재산을 양도한다는 서류를 작성하는 게 낫겠습니다."

강진이 준비한 서류를 꺼냈다.

"그런 방법이 있었네요."

혜주가 무릎을 '탁' 치며 외쳤다.

"좋은 생각이군!! 네가 만약 약속을 이행하지 않는다면 재산을 우리가 갖는다는 재산 양도증서를 강제로 쓰게 해야겠군."

정서가 말했다.

세준은 자신의 재산을 모두 혜주에게 넘긴다는 재산양도증서에 사인하게 되었다. 만약 약속을 이행하지 않는다면 모든 재산은 혜주에게로 돌아갈 것이다.

"재산뿐만 아니라, 가족들의 목숨도, 너의 목숨도, 다 내 손에 있다는 것을 알아둬라."

정서는 세준에게 묶여있던 밧줄을 검으로 잘라서 세준을 풀어주었다. 세준은 서둘러서 집으로 돌아갔다. 호위병들은 몰려와서 세준을 만났다.

"아니, 주인어른, 괜찮으십니까?"

호위병이 세준을 부축했다.

"이게 괜찮아 보이냐?? 이 등신 같은 새끼들아!"

호위병들은 세준의 고함에 스스로 움츠러들어서 서로 간의 눈치만 보고 있었다. 세준은 집으로 들어가서 자신의 서재에 앉았다.

"아이고 턱이야. 아이고… 아이고…."

세준은 계속 신세타령을 했다. 그는 자신의 재산이 다 빼앗기게 될까 봐 조마조마했고, 초록바람대라는 말이 자신의 심장을 멎게 했다. 초록바람대가 누구던가. 마을 곳곳에 나타나서 다녀간 곳에는 피바람만 남는다는 말도 들었다. 세준은 자신이 죄를 지었다는 생각에 부들부들 떨었다. 자신의 목숨이 어떻게 날아가 버리는 것은 아닐는지…. 정서 일행은 세준이 써 준 29장의 편지를 직접 집마다 방문하며 전달하였다.

10

정서는 파티장소에 사람들을 가두어 두기 위해서 꼬리별산 근처에 있는 술집을 통째로 빌렸다.

파티 장소에 사람들이 모이기 시작했다. 테이블은 원으로 만들어져서 세 개로 나뉘어 있었는데, 중앙에는 탁자가 하나 놓여 있었다. 아무래도 거기가 세준의 자리인 듯싶었다. 사람들은 모여서 싱글벙글 떠들기 바빴다. 세준은 29명의 사람 앞에서 두려워하고 있었는데 그 두려움을 남에게 들키지 않기 위해 억지웃음을 짓고 있었다.

파티가 시작되려고 할 때였다. 정서 일행이 들이닥쳐서는 검을 꺼내 들었다.

"지금 바깥에는 수많은 나의 부하들이 검을 꺼내 들고 나의 지시 한마디에 당신들의 목을 벨 기회를 노리고 있소."

정서가 말했다.

사실 바깥에는 아무도 없지만, 있다는 듯이 얘기했다. 그도 그럴듯한 게, 안에 30명이나 있는데, 고작 4명이 와서 자신들을 위협한다는 것이 말이 되지 않았다.

"우리한테 왜 이러는 겁니까?"

"우리는 잘못이 없습니다."

"이러자고 우리를 이 자리로 불러낸 것이오?? 방세준 의장"

29명은 세준을 죽이고 싶은 표정으로 이를 갈며 쳐다보았다.

"자자, 그만하시고…. 천지호, 남일우, 강수만. 셋은 아주 잘나가시더군. 여기 간부 중에서도. 이 세분은 앞으로 나오시오!"

도현이는 자신의 소매를 접었다.

셋은 세준을 아주 매섭게 쳐다보면서 도현이가 있는 곳으로 갔다. 세준은 세 명의 시선을 피하느라 눈을 어디에다가 둘지 몰랐다. 도현은 세 명의 재산양도증서를 작성하는 것을 맡았다. 세 명은 도현의 패기에 기가 눌려서는 쥐 죽은 듯 조용히, 자신의 재산을 전부 혜주에게 맡기겠다고 적었다.

"여기 계신 분들은 재산 양도증서를 쓰게 되실 겁니다. 만약 쓰지 않으시면 이 자리에서 목을 베어드리지요."

혜주가 서류를 꺼냈다.

혜주와 민영은 나머지 26명에게 서류를 꺼내 들고는 자신의 재산이 전부 혜주에게 상속되게끔 하는 서류를 작성하고 있었다. 정서는 26명이 똑바로 하지 않을 시에 금방 베어버릴 것처럼 서 있었다. 간부들은 하나같이 자신의 재산이 전부 다른 사람에게 넘어가는 것이 배가 아파 죽을 지경이었지만, 그래도 목숨을 살려주는 것만으로도 참아야만 했다.

"이제 다 했습니다. 우리가 왜 이래야 하는지 이유를 말해주시오."

26명 중에 한 명이 일어나서 이야기했다.

"당신들은 전부 이번에 있는 예배에 가서 백백교를 없애는 데 동조하시오. 안 그러면 당신들은 이 자리에서 죽게 될 것이오. 물론 재산도 없지. 만약 당신들이 동조한다면 재산을 돌려주겠소. 신도들 앞에서 자백을 하란 말이야. 이 종교 자체가 사이비이며 나라의 관리들에게 들어가는 뇌물도 있었다고 말이야. 당신들 입으로 자백을 해."

정서가 험상궂게 말했다.

"그럴 수는 없습니다."

일어난 사람이 말했다.

"이 새끼가."

민영은 다가가서는 발차기로 명치를 때렸다.

"윽…."

일어난 사람은 배를 부여잡았다.

"죽고 싶지 않다면 하라는 대로 하는 게 좋을 거야!"

민영의 표정이 굳어졌다.

"아…. 알았습니다. 우리 모두 이번 예배에서…, 국민들 앞에서 자백하겠습니다."

26명 모두가 말했다.

"하하하하하, 매우 잘하는군. 최민영이, 승깔은 여전하군."

정서는 아주 크게 웃었다.

"모두 돌아가시고, 재산양도증서를 찢고 싶다면 이번에 있는 예배에서 모든 신도들에게 고하는 게 좋을 겁니다."

정서가 말했다.

30명은 우르르 밖으로 나갔는데, 나가면서도 밖에는 아무도 보이지 않는 것이 이상하다 싶었다. 분명 밖에는 부하들이 많이 있다고 했는데, 실제로 밖으로 나와 보니 아무도 없는 것이었다. 그들은 꿀 먹은 벙어리처럼 서로 눈치만 보고 구시렁거리며 집으로 돌아갔는데, 그 꼬락서니가 뭐에 굉장히 홀린 사람처럼 보였다.

◆ ◆ ◆

혜주와 민영이는 잠시 밖으로 나왔다.

"그나저나 걱정이야."

혜주가 고개를 흔들었다.

"왜?"

민영이가 물었다.

"우리가 인원이 너무 없어서."

"그러게…. 그래도 오늘은 잘 넘어갔잖아."

"그렇지, 방세준을 납치하면서 명부에 적힌 사람들의 목줄을 쥔 건 알겠지만, 아직 우리가 백백교에 상처를 받아서 증오하는 사람들을 찾지도 못했으니, 이러다가 목줄 쥔 것도 다 놓쳐버릴지 모르겠어."

"마을에 가서 찾아보려고 해도 다들 겁을 많이 먹어서 그런지, 우리가 나선다고 선뜻 함께할 사람들이 아니야. 뭔가 방법이 필요하긴 할 텐데."

"정서가 그 일로 걱정이 많아."

◆ ◆ ◆

강진은 백백교의 간부들을 잡는 자리에 참석하지 않고 바깥에서 걷고 있었다. 그는 자신의 모습을 드러내지 않으려고 해서 모자가 달린 외투를 입고 있었다. 그는 예전에 묵었던 여관 앞을 지나가다가, 영희를 만나게 되었다. 영희는 모자가 달린 외투를 입고 가리고 있어도 낮이 익은 느낌이 들어 강진을 알아보았다.

"역시 강진이 너구나!!"

"영희. 너 얼굴이 왜 그래??"

"네 말이 맞았어. 백백교가 너희 부모님을 죽인 것이 맞지??"

"그래…, 맞아…."

"역시. 맞구나. 마을 사람들 몇몇 알아보니, 원한을 산 사람도, 싫어하는 사람들도 꽤 있었어."

영희는 자신이 백백교를 좋아할 때는 보이지 않았던 것들이 이제 백백교를 싫어하게 되자 비로소 눈에 보였다.

"그 사람들은 지금 어디 있지??"

강진이 말했다.

"왜??"

"그 사람들이 필요해. 너도 백백교가 없어져 버렸으면 좋겠지??"

"응."

"그 사람들만 있으면 돼. 그 사람들을 나에게 연결시켜 줘. 그리고 최대한 모아서 꼬리별산 입구로 데리고 와. 알았지?"

"어, 알았어. 참 그리고 이 지도 너에게 줄게!!"

"아니, 이것은…."

"그래, 맞아. 지금 법의 경계선이라는 지역이 많이 사라졌어. 거의 모든 영역에 법이 적용되고 있고, 그것을 나라에서 주도했어. 하지만 아무리 그래도 아직 법의 경계선이 희미하게나마 남아 있지."

"그래, 고마워."

강진은 정서와 혜주하고 같이 법의 경계선에서 푸실마을을 구하기 위해 저지른 일 때문에 지도가 변했다고 여겼다. 강진은 정서에게 가서 영희가 사람들을 모아서 합류할 수 있다는 소식을 전했고, 정서는 사람들이 모두 모였을 때, 예배 시간에 해야 할 일들에 대해서 알려주었다.

11

백백교의 예배일이 되었다. 이날은 무척이나 사람들이 많이 왔다. 백백교의 교주 하일지는 사람들이 너무 많이 와서 기뻐했다. 그리고 이날은 차민수도 달수와 자신들의 부하들을 데리고 참석을 했다. 하일지가 박정서로부터 자신을 지켜달라고 부탁한 것도 있고, 일지랑 같이 있으면 박정서의 행방을 찾을 수 있을 것 같았다. 그리고 최민영도 찾아야 했다. 민수는 예배와는 정말 거리가 먼 사람이었지만, 그는 어쩔 수 없이 이것도 경찰이 해야할 의무라고 여겼다.

예배가 시작되었다. 예배 시작과 함께 간부들 30명이 모두 갑자기 일어서더니만 큰소리로 외쳤다.

"우리 모두 신도들에게 고하겠습니다. 백백교는 사이비 종교입니다. 그리고 여기서 내는 백백금은 모두 관리들의 똥구멍으로 들어가고 있었습니다. 우리 백백교의 간부 30명은 나라의 국민에게 씻을 수 없는 죄를 저질렀습니다."

한 명도 아니고 30명이 일제히 큰 소리로 이야기하니 그 파장은 너무나컸다. 신도들은 이게 무슨 소리인가 싶었다. 서로 얼굴을 쳐다보고 말을 주고받으며 눈치를 보고 있었다. 그러더니만 주위에서 오늘 들어온 사람들즉, 영희가 오늘 데리고 온 사람들이 많이 일어났다.

"백백교는 물러나라!!"
"백백교는 물러나라!!"
"백백교는 물러나라!!"

분위기가 술렁이기 시작했다. 백백교의 교주 하일지는 소란이 가중되는것을 지켜보고는 어찌해야 할지 몰라 차민수만 쳐다보고 있었다.

차민수는 어쩔 수 없이 소란이 더 커지기 전에 진압을 해야 했다. 그는 달수에게 온새미로마을 경찰 전부를 데려오라고 시켰다. 백백교에서 경찰서는그다지 멀지 않았다. 경찰들이 먼저 도착하고 달수는 경찰들을 통솔하느라고 조금 늦게 도착했다. 백백교는 아수라장이 되어 가고 있었다. 특히나 하일지 앞에 수많은 신도가 모여서 큰소리로 그를 겁박하고 있었다. 일지는민수의 뒤에 숨어있었고 민수는 경찰 부하들을 앞세워서 총을 겨누면서 지원이 오기만을 기다리고 있었다.

"여기다, 여기 이 멍청이들아!!"

민수가 외쳤다.

경찰들은 민수의 말에 전부 뛰어와 그의 앞에 섰다. 민수는 총을 하늘로 쏘았다.

"여기 백백교의 간부 30명은 사이비 종교에 동참했으니 모두 체포하고, 교주 하일지도 체포한다. 나라의 관리들은 돈을 받은 적이 없다. 이 자들은 지금 너희들을 현혹하고 있는 거다. 이 자들을 모두 체포하여 내가 엄히 다스릴 터이니, 여기 있는 국민들은 모두 자신의 집으로 돌아가라!! 돌아가!! 안 그러면 총으로 쏴서 다 죽일 테야!!"

민수가 총을 겨누었다.

"아니 어떻게 제게 이러실 수 있으십니까?"

하일지가 억울한 표정을 지었다.

"나하고 아는 사이인가? 나는 자네를 몰라"

민수는 냉정하게 말했다.

차민수는 가장 경찰다운 모습을 보였다. 그렇다 민수는 지금 자신이 할 수 있는 최고의 임기응변을 보인 것이다. 나라의 관리들을 지켜야 한다는 사명, 그것이 더 중요한 것이다. 사이비 종교를 만들었던 것에 대한 죄만 물으면 그만인 것이다. 그래야 이 성난 국민들을 다스릴 수 있다. 아무 죄도 없다고 하고 그냥 지나간다면 분명 이 자리에서 폭동이 일어날 것 같았다. 이 앞에 있는 국민들을 어느 정도 진정시킬 필요가 있어서 약간의 요구를 들어주는 방법을 쓴 것이다. 지금 민수 앞에는 사람들로 인해 지나갈 수도 없다. 일단은, 사이비 종교를 만든 것만은 확실하다는 죄는 처벌을 받게 하지만, 나라의 관리들에게 뇌물을 주었다는 혐의는 어떻게든 무마시켜야만 했다. 그렇게 해야만 국민들의 신뢰를 계속 이어갈 수 있는 것이다.

차민수는 천부적으로 경찰 체질이었다. 경찰로 오래 있지도 않았지만, 그는 정말 영악하게 사건을 처리했다. 이것은 얼마나 현명하고 지혜로운 일인가!!! 그의 외침에 국민들은 조용히 입을 다물었다. 그 많은 군중들이 민수의 말에 말문이 막혔다. 그리고는 정서의 얼굴을 보게 되었다. 정서 일행은 뒤에서 하얀 옷을 입은 채로 이 일을 주도하고 있었다.

민수는 한눈에 정서를 알아보고는 '역시 네놈 짓이었어.'라고 생각했다. 그리고 최민영도 눈여겨보았다. 익배에게 데리고 가야 할 계집이었다. 정서는 민수를 보고는 '아니 어떻게 저런 말을 지껄일 수 있는 거지, 아니 어떻게 저렇게까지 국민을 기만할 수 있단 말인가!!'라고 생각했다.

민수는 지금 예배당에서의 소란스러운 분위기, 즉 몰려드는 신도들을 막아내는 것이 벅찼고, 폭동으로 번지지 않도록 하는 게 우선이라서 지금 당장 정서를 잡으러 갈 수는 없었고, 정서도 굳이 민수랑 부딪칠 필요는 없었다. 둘은 그저 서로를 눈으로 확인하고 있었다.

◆ ◆ ◆

백백교는 그렇게 끝이 났다. 온새미로마을의 사람들은 다시 예전으로 돌아왔고 마을은 예전 모습을 찾았다. 정서 일행은 영희의 집에 머물렀는데, 혜주는 자신의 이름으로 되어있는 재산양도증서를 모두 영희에게 주었다. 경찰들에게 끌려간 간부들은 자신들의 재산 문제를 거론하지 못하는 듯했다. 그 재산 자체가 국민의 피로 만들어진 것이 분명했다. 영희에게 주인을 찾아서 돌려주라고 전했다. 영희는 이 마을에 대해서 강진이 보다는 더 많이 알고 있었고, 알았다고 대답했다.

"이제 헤어질 시간이네요."

정서가 말했다.

강진이와 영희는 서로의 사랑을 확인했는지 서로 손을 잡고서는 정서 일행을 배웅 나왔다.

"교주 하일지를 죽일 수도 있었을 텐데요, 결국에는 법의 심판에 맡기는 건가요??"

정서가 강진에게 물었다.

"네, 제 가족들을 죽인 것에 대해서는 저도 하일지를 죽이고 싶습니다만, 이번 일에 대해서 하일지도 법의 심판의 화살을 피할 수는 없습니다. 게다가 죽이는 것보다는 형벌이 인간에게는 더 가혹한 고통이 되니까요."

강진이 말했다.

정서일행은 각자의 짐을 잘 챙겼는지 확인하면서 강진과 영희를 바라보았다. 바람이 잔잔하게 부는 것이 서로가 인사를 나눈다면 섭섭함이 더 진하게 느껴질 것만 같았다.

"이제 어디로 가시나요?"

강진이가 물었다.

"글쎄, 티다르로 갈까 합니다."

정서가 웃으며 말했다.

"티다르로요??"

영희가 물었다.

"초록바람대는 원래 티다르에서 시작했어요."

정서가 말했다.

"이제 다시 만날 수 없겠죠? 섭섭해서 어떡해요."

강진이 씁쓸한 표정을 지었다.

"그러게요, 하하, 또 만나자구요."

정서가 말을 타며 손을 흔들며 말했다.

"즐거웠어요. 안녕!!"

혜주가 말을 타며 손을 흔들며 말했다.

"기회 되면 또 보자구!!"

도현이 말을 타며 손을 흔들며 말했다.

"고생했어요."

민영이 말을 타며 손을 흔들며 말했다.

네 명은 저녁에 지는 태양을 바라보며 이상을 향해 신나게 달릴 것이다.

◆◆◆

    민수는 백백교 사람들과 그에 관련된 모든 사람들을 잡아서 감옥에 넣어버렸다. 그리고는 마을 관리들의 명예를 지켜낸 것에 대한 공로로 감사패를 받았다. 그의 응기응변이 이룬 성과였다. 사람들은 감사패를 받은 민수를 보고는 대단하다고 여겼다. 그렇다 실제로 그는 온새미로마을의 영웅과도 같은 존재가 된 것이다. 그는 백백교의 사건을 잘 마무리한 대가로 경위에서 경감으로 승진했다. 몇몇 사람들은 진실을 알고 있지만, 그것을 알린다고 믿어줄 세상은 아니었다. 그러나 온새미로마을에서 사이비 종교인 백백교가 없어진 것만큼은 확실했다. 정서 일행도 그것으로 그저 만족한 채 티다르로 떠난 것이다. 민수는 하일지를 나중에 풀어주고 싶었지만 그럴 수가 없었다. 이미 다같은 간부까지 엮여있으니 말이다. 민수는 어쩔 수 없는 일이라고 생각했다.

    그는 모람마을로 돌아와서는 사이비 종교 일에 엮여서 정서와 민영이도 놓쳤다고 익배에게 보고했다. 익배도 그들을 놓친 것은 어쩔 수 없는 일이었으며 온새미로마을의 관리들의 명예를 지켜준 것을 잘한 일이라고 여기며 민수를 더욱 믿게 되었다. 익배는 예전에 민수에게 얘기한 대로 티다르로 가게 되었고, 민수와 달수도 티다르로 가는 것을 좋아하였다. 더욱 큰 곳에 있으면 더욱 낫지 않은가. 박정서는 결국 언젠가 다시 만날 것이라는 기대와 함께 그들은 티다르로 향했다.

제5장

배신

1

*브루터스
케이어스 캐씨어스, 머리를 자르고 사지를 절단하면
우리의 거사를 너무 잔혹한 것으로 보이게 할 수 있소.
마치 분노 때문에 살해하고 악의가 지속되는 것처럼
안토니는 씨저의 곁다리에 불과하니 말이오.
케이어스, 제물 바치는 사제는 될지언정 도살자는 되지 맙시다.
우리 모두는 씨저의 기운을 꺾기 위해 일어서는 것이고,
인간의 기운 속에 피가 흐르는 건 아니잖소?
아, 우리가 씨저의 기운만을 취하고
그의 몸을 난도질하지 않을 수 있다면! 허나, 어쩌리요,
씨저는 피를 흘려야 하오. 그리고, 고결한 동지들,
그를 담대하게 죽이되 분노하여 죽이진 맙시다.
제신들 위한 제상에 진설키 위해 그를 죽이되,
개들에게 던져 줄 살점처럼 그를 베진 맙시다.
그리고 우리 심장이 영리한 주인들 하듯
그 종복인 격정으로 하여금 광기 어린 일 저지르게 한 뒤,
나중에 짐짓 나무라도록 합시다. 그래야만 우리의 거사가
필요에 의한 것이지 악의 때문이 아니었음을 입증할 거요.
대중들의 눈에 그렇게 보일 때, 우리는
살인자가 아니라 치유한 자로 불릴 것이오.
그리고 마크 안토니에 대해선, 생각지도 맙시다.
씨저의 머리가 잘려나간 후엔, 씨저의 팔 한쪽이
무얼 할 수 있겠소?

**모두 달려들어 씨저를 찌른다.

---

* 윌리엄 셰익스피어, 이성일 옮김, 《줄리어스 씨저》, 나남, 2011. pp.60~61.
** 위의 책, p.91.

씨저

브루터스, 너마저? 허면, 씨저 쓰러질 밖에![죽는다]

***브루터스

끝까지 참고 들으시오.

로마인들이여, 동포여, 벗들이여, 나를 보아 내 말 들으시오.

그리고 내 말 들을 수 있도록, 조용히 해 주시오.

내 명예를 보아 내 말 믿어 주고, 내 말 믿기 위해서,

나 명예로운 자임을 잊지 말아 주오. 그대들 슬기로

나를 심판하되, 그대들의 심판이 올바른 것일 수 있도록,

그대들의 이성(理性)을 일깨우시오. 여기 모인 사람들 중,

씨저에게 다정한 친구 하나 있다면, 나는 그에게 이렇게 말하겠소.

씨저를 향한 브루터스의 사랑은 그의 것 못지않았다고.

그렇다면, 왜 브루터스가 씨저에게 반기 들었느냐고 그가 묻는다면,

이것이 나의 대답이오. 내가 씨저를 덜 사랑한 것이 아니라, 로마를

더 사랑했기 때문이라고. 씨저 죽어 모두 자유인으로 사는 것보다,

씨저 살고 모두가 노예로 죽는 걸 원하시오? 씨저 나를 사랑했기에,

나 그를 위해 우오. 그가 행운아였기에, 나 기쁘다오. 그가 용감했기에,

나 그에게 영예를 돌리오. 허나, 그가 야망을 가졌기에, 나 그를 죽였소.

그를 사랑했기에 눈물짓고, 그의 행운을 기뻐했고,

그의 용맹을 예찬했소. 허나, 야망에 대해선 죽음뿐이오.

노예 되기를 마다하지 않을 비열한 자 예 있소?

있으면, 말하오. 나 그에게 잘못했소.

로마인 되기를 꺼려하는 우매한 자 예 있소?

있으면, 말하오. 나 그에게 잘못했소.

조국을 사랑하지 않을 정도로 비열한 자 예 있소?

있으면, 말하오. 나 그에게 잘못했소.

대답 기다리고 잠시 멈추겠소.

***앞의 책. pp.105~106.

이익배는 차민수와 강달수를 데리고 티다르에 왔다. 익배는 티다르에서 마을을 관리하는 지도자로, 그리고 민수는 치안 담당을 맡게 되었다. 달수는 민수를 보조하는 역할을 하기 위해 경장에서 경위로 진급했다. 셋은 그렇게 티다르를 둘러보고 있었다. 티다르는 이 나라에서 가장 큰 도시이다. 그리고 이 티다르를 삼키려는 악의 무리의 행방이 지금 뿌리를 내딛기 시작했다.

차민수는 티다르의 경찰서로 오자마자 초록바람대의 소식을 듣기 시작했다. 초록바람대가 다시 날뛰기 시작했다는 소리였다. 그리고 단서를 찾았다는 소리도 들었다. 초록바람대 중에 백인석을 붙잡았다는 소식이었다. 듣던 중에 너무나도 반가운 소리가 아니던가. 초록바람대라는 소리만 들어도 이가 갈리는 민수였다. 민수는 자신이 초록바람대를 모두 잡고 싶었다. 초록바람대가 예전에 날뛰고 다니었을 때도, 자신은 푸실마을에 있어서 초록바람대에 당한 적은 한 번도 없었다. 그러나 초록바람대가 국민에게 받는 믿음과 지지는 기분이 나빴다. 자신의 존재를 위협하는 느낌을 준다고나 할까? 푸실 마을에서도 지나다닐 때 마을 사람들이 초록바람대의 이야기를 하면 구역질이 났다. 무슨 영웅이라도 된 듯 구는 그런 잘난 척하는 이야기를 자신이 들어주어야 하는 것이 뼈가 시리도록 싫었다.

이제는 그 뿌리를 잘라버릴 때가 온 것이다. 민수는 일단 누가 백인석을 잡았는지부터 조사하기로 했다. 그래서 백인석을 잡았다는 경찰놈을 찾아가 보기로 했다. 민수는 부하들에게 얘기한 끝에 티다르에서 일하는 김지섭을 알게 되었다. 민수는 인석을 잡았다는 지섭이 마음에 들지 않았다. 인석을 잡았으니, 더 기고만장하면서, 자신이 수사해야 한다는 등, 자신이 잡았으니까 일망타진할 생각이 있을 거라고 여겼다. 민수는 지섭을 몰래 죽여야 겠다고 생각했다. 지섭을 초록바람대에게 죽임을 당했다고 보고하고, 자신이 초록바람대를 일망타진한 것으로 이야기를 하는 편이 낫겠다고 여겼다.

민수는 익배가 알지 못하게 지섭을 몰래 어두운 밤하늘이 지배하는 골목길 뒤편에서 총으로 쏴서 죽였다. 그리고는 자신이 발견했다고 말하며 지섭의 죽음이 초록바람대의 짓이라고 떠벌리고 다녔다. 민수는 자신이 초록바람대의 일을 담당해야 한다고 생각했다. 그래야 티다르의 기강이 바로 설 것이며, 나라의 치안이 바로 설 것이라고 말이다. 초록바람대는 나라의 기강을 문란하게 만드는 위협적인 존재이며, 공권력을 함부로 농단했고, 귀족들의 집을 털어 재산을 빼앗고 가난한 자들에게 함부로 나누어주는 일까지 하고 있다는 것이다.

민수는 비위가 굉장히 상했다. 박정서가 생각났다. 푸실마을부터 시작해서 온새미로마을까지 자신의 일을 방해하고 긁어대는 놈, 그놈을 죽이고 싶도록 미워했다. 민수는 박정서에 대한 원한을 초록바람대에 그대로 투영했다. 초록바람대 놈들을 모조리 잡아서 반드시 자신의 원한을 조금이라도 씻어내는 도구로 쓰리라. 그렇게 다짐하고 맹세했다.

"저, 지도자님, 제가 초록바람대의 수사를 맡을 수 있도록 도와주십시오."

민수는 간곡한 어조로 익배에게 말했다.

"그렇지, 자네가 초록바람대의 일을 맡게, 안 그래도 김지섭 경장이 죽었다더군. 자네가 그것을 발견했고. 그러니 자네가 맡아서 했으면 하네. 온새미로에서 백백교의 일을 잘 수습했던 것처럼 자네의 활약을 기대하겠네. 자네라면 초록바람대를 모두 다 잡아내고 나라의 기강을 살릴 것이야!!"

"네, 감사합니다."

민수는 자신이 티다르에서 초록바람대를 모두 다 잡을 수 있게 된 것에 굉장히 큰 의미를 뒀다. 이번 일만 성공시킨다면, 자신을 이 나라에서 막을 수 있는 사람은 거의 없을 것이라고 자부했다. 민수는 백백교의 일을 잘 처리한 대가로 모든 경찰들이 우러러보는 선망의 대상이 되었다. 그랬다. 적어도 자신이 백백교의 일을 임기응변을 잘 처리한 대가를 받은 것이라고 여겼다. 역시 모름지기 사람은 세 치 혀를 잘 이용해야 한다는 것을 뼈저리게 느꼈다.

민수는 백인석을 심문하여 나머지 초록바람대의 인원들을 찾아낼 생각이었다. 백인석. 그는 초록바람대에서 활동했던 인물이었다. 그는 태어날 때부터 노예라는 것을 경멸했다. 자신이 왜 노예인지 자체를 인정하고 싶지 않았다고나 할까? 그는 언제든지 자신이 부를 누리는 사람이 될 수 있다는 착각에 빠져 있었다. 그래서 초록바람대에 들어온 것이다. 적어도 그 착각에서 깨지 않은 채 꿈을 꿀 수 있으니까 말이다.

초록바람대에서도 인석은 그런 현실을 부정하고 싶은 마음이 더욱 적나라하게 드러나는 행동들을 하기도 했다. 초록바람대는 귀족들에게서 빼앗은 물건들을 가난한 사람들에게 나누어 주기도 했지만, 인석은 그런 일들에 그다지 동조하고 싶지 않았다. 초록바람대 대원들의 목소리가 하나처럼 그렇게 하라고 하니까 마지못해 할 수밖에 없었다. 하지만 나름대로 초록바람대에서도 의견이 엇갈린다든지, 혹은 문제가 생기는 상황의 배후에는 항상 인석이 있는 경우가 많았다. 대원들은 그런 일들이 일어날 때마다 인석이 느끼는 노예에 대한 경멸감 때문이라고 이해해주고 넘어가곤 했다.

"초록바람대 백인석이, 지금 잡혀 온 소감이 어떠한가??"

"……."

"너를 잡아 온 담당 경찰이 초록바람대에게 죽었다더군. 그래서 앞으로 내가 너를 담당하게 될 거야."

"……."

"어떤가??"

"초록바람대가 나를 잡은 사람을 알 리가 없는데, 어떻게 알았다는 거지??"

"그런 것까지 일일이 너에게 얘기해 줄 필요는 없다고 생각하는데…. 일단 너는 엄청난 고문을 당하게 될 거야. 어떤가? 엄청난 고문이 오기 전에 동료들을 팔아서 자신의 미래를 저축하는 것이 말이야. 동료들만 팔아서, 자신을 위해 부귀영화를 누려 보는 것이 어떻겠나?"

"……."

"하긴, 입을 열 리가 없겠지. 명예를 소중하게 여긴다면 말이야. 그 명예가 언제까지 유지될 수 있을지 한 번 보자고."

차민수는 인석을 고문하기 시작했다.

"으아아아"

인석은 비명을 지르기 시작했다.

"이것 봐, 백인석, 내 말 잘 들어. 지금 자네는 기회를 엿보고 행동하는 게 낫다는 얘기야. 초록바람대라는 것이 얼마나 오래 가겠어. 어차피 도적 집단과 다를 것이 없잖아. 나라를 위해 일하는 게 어떻겠어?? 나처럼 경찰도 시켜주고, 팍팍 밀어주겠어. 부귀영화가 코앞이라고. 이런 고문으로 몸이 만신창이가 되어서 살아간다 한들 뭐 하겠어? 아무 의미가 없잖아. 안 그래?? 차라리 그럴 바에는 사지가 멀쩡한 채로 하루하루 살아가는 게 낫지 않을까?"

민수는 인석을 고문하다가 가까이에서 쳐다보며 말했다.

"……"

인석은 아무 말도 하지 않았다.

민수는 더욱 더 강력하게 인석을 고문하려고 했다. 그러자 인석이 입을 열었다.

"나라를 위해서 일한다는 말? 그 말 정말 믿어도 되는 거지?"

"이것 봐!! 백인석 잘 들어!! 초록바람대는 도적집단이야. 의적이니 뭐니, 다 정신 나간 소리라고, 그게 얼마나 갈 것 같아?? 나라를 위해서 일한다는 게 뭔지 모르는 자들이 하는 말이지. 나 같은 경찰들을 봐봐. 나라를 위해서 얼마나 최선을 다하고 있는지."

"좋다. 초록바람대를 넘겨줄 터이니, 나라를 위해서 일할 기회를 줘!!"

"그래, 이제야 말을 잘 알아듣는군. 앞으로 부귀영화를 누리며 살게 해주지!!"

"약속은 지켜야 할 거야."

"물론이지!!!!"

민수는 더 나은 대화를 하기 위해 주변에 있는 고문 도구 등을 멀리 치우고 인석에게 물을 마시도록 했다. 인석은 물을 벌컥벌컥 마셨다. 민수는 물을 한 잔 더 인석에게 주었다. 인석은 물을 또 벌컥벌컥 마셨다.

"자아 그럼, 시작해볼까?? 초록바람대는 모두 몇 명인가??"

"나까지 포함해서 9명이다. 헌데 지금은 나까지 포함하여 7명이야. 해체된 후에 다시 모인 사람들의 수다."

"사람들의 이름을 말해."

"김한수, 황영길, 유은표, 부종훈, 오태준, 석명재, 그리고 나머지 두 명은 최민영과 박정서인데, 박정서가 바로 초록바람대의 대장이다."

"뭐?? 박정서…라고??"

"아는 사람인가??"

"아니야, 아니야," 민수는 고개를 저었다.

" 혹시 최민영은 여자가 아닌가??"

민수가 물었다.

"그렇다. 민영이 혼자서만 초록바람대에서 유일히 여자다."

민수는 자신이 쫓고 있는 사람도 박정서라는 것을 굳이 인석에게 얘기하고 싶지 않았다. 굳이 얘기할 필요가 없지 않은가. 그리고 최민영은 분명 익배가 찾고 있던 그림의 여자가 틀림없다. 정서와 동행하는 것이 분명하니까. 두 사람의 이름이 같이 나온 것을 보면 확실히 두 사람은 자신이 쫓고 있는 사람들이 분명했다. 그나저나 박정서도 그렇고 최민영도 그렇고 둘 다 초록바람대였다니, 게다가 박정서가 초록바람대의 대장이었다니, 만만한 상대들이 아니었구나. 푸실 마을에서도, 온새미로마을에서도 당한 이유가 있다고 생각했다.

민수는 인석을 자신의 옆자리에 두어서 자신을 지키는 사람으로 쓰기로 했다. 달수가 있긴 하지만 자신을 지켜주는 존재로는 역부족이고 그저 자신이 시키는 일을 할 정도밖에 안 되었다. 하지만 인석은 달랐다. 무예도 출중

하고 머리도 조금 있는 놈이 아닌가. 비록 노예 출신이지만, 능력을 조금 더 고려하기로 했다. 생각해 보면 인석만 한 사람도 없었다.

◆◆◆

인석은 민수의 지시대로 초록바람대에게 편지를 써서 한 곳으로 모두 모이게 했다. 6명의 초록바람대 대원들은 인석을 보러 티다르의 한 허름한 집으로 들어갔다. 6명의 인원이 모두 다 집으로 들어가서 인석을 만났다.

"미안하군. 대원들이여."

인석이 말했다.

"뭐????"

초록바람대의 대원 중 은표가 소리쳤다.

"모두 나와서 포위하라!!"

민수가 말하자, 달수와 수많은 경찰이 여섯 명에게 총을 겨누며 포위했다. 민수는 드디어 한 건을 제대로 하는 것을 보여줄 때가 된 것에 기쁨에 젖어 있었다. 그는 자신이 하는 일이 성사될 수 있다는 것에 빠져 있었다. 김한수, 황영길, 민은표, 부종훈, 오태준, 석명재는 민수와 배신자 인석에 의하여 붙잡힌 것이다. 이들은 초록바람대가 해체되었음에도 언제부터인가 다시 모여서 활동을 재개하고 있었다. 아마 모두가 다시 돌아올 것이라고 믿었을 것이다. 그래서 티다르에서 하나둘씩 모여서 활동을 재개하였다. 그러나 백인석이 잡히면서 모두 일망타진 될 줄 누가 알았겠는가. 이제 이들의 목숨은 바람 앞의 등불과도 같다.

2

정서 일행은 온새미로에서의 일을 마치고는 티다르로 바로 가려고 했으나 혜주가 부모님이 있는 곳에 들르자고 해서 먼저 푸실 마을로 가기로 했다.

말을 타고 달리는 네 명만의 재미난 여행, 꼬리별산을 넘어 모람마을을 지나 계속 달리다 보면 푸실마을이 나온다. 넷은 달리다가 쉬기도 하였는데, 푸실마을에 있었던 무법지대의 이야기를 정서와 혜주가 민영과 도현에게 알려주기도 하였다. 넷은 박장대소로 웃으며 즐거워했다. 그리고는 예전에 이야기했던 상희와 장혁의 이야기도 다시 들려주면서 보석에 관해서도 말해주었다. 혜주가 끼고 있는 반지가 그 반지였다는 것이 민영을 자극했다.

민영은 정서에게 마음이 있었다. 자신은 비록 도적이 되었지만, 대장은 어딜 가나 누군가를 돕고 살고 있었다. 그럴 때마다 자신이 부끄럽게 느껴졌다. 어머니가 그렇게 돌아가셨지만, 그건 대장탓이 아니었음을, 자신이 작아지는 느낌을 느끼면서 정서에게 마음이 향했다. 그것은 자신의 죄책감에서 벗어나고 싶은 탈출감이었는지도 모른다. 아니, 어쩌면 그녀는 정서가 자신을 구해준 그 날부터 내면에 있었던 정직하지 못했고, 숨기고 싶었던 마음을 간직한 채로 헤어짐을 맞이해서 마음에 응어리로 남았던 것이, 정서를 다시 만나게 되면 죽이고 싶다는 생각으로 정서에 대한 자신의 정직하지 못한 마음이 왜곡되게 표출된 건 아닐까?

항상 남을 돕고 살면서 강함을 유지하는 것도 쉽지는 않을 텐데, 그런 대장이 있어서 초록바람대가 즐거웠다. 대장이 없는 초록바람대는 생각조차 하고 싶지 않았다. 다른 대원들은 지금쯤 무엇을 하고 있을까?

넷은 푸실마을까지 달려서, 혜주가 사는 가게에 도착했다.

"우리 혜주 왔구나!"

하나는 밖으로 나와서는 혜주를 맞이하였다.

"어, 엄마. 나 왔어."

"오랜만입니다."

정서가 말했다.

"예, 안녕하세요. 혜주 언니랑은 언니 동생하며 지내는 최민영입니다."

민영이 고개를 숙여 인사했다.

"안녕하십니까? 한도현입니다."

도현이 고개를 숙여 인사했다.

"어찌 이리 많은 사람들을…, 친구들을 많이 사귄 거니??"

하나가 물었다.

"응, 여행하면서 만난 친구들이야."

"정서를 따라 나서더니만, 많이 의젓해져서 돌아온 것 같아."

하나는 혜주를 보고는 예전보다는 더욱 성숙해져 돌아왔다는 것을 느낄 수 있었다. 도수는 자신의 딸이 왔다는 소식을 듣고는 나가서 만나고 싶었지만, 가게 일이 바빠서 그러질 못하고 있다가 늦게 나왔다.

"일꾼들이 이리도 많이 온 건가??"

"아빠!!"

혜주가 달려와서 도수에게 안겼다.

"그래, 아빠도 만나도 반갑다. 일단은 너희들이 가게일 좀 도와줘야겠어. 같이 일 좀 도와줄래?"

도수는 껴안은 혜주를 잠깐 피하고는 얘기했다.

"옛!!"

모여드는 손님들이 많아서, 가게 일을 도와주었다. 정서와 혜주는 손님들을 대접하면서 호흡을 맞추었다. 정서와 혜주는 오랜만에 상당한 편안함과 아늑함을 느꼈다. 예전에 서빙일을 하면서 즐거웠던 시간들을 추억할 수 있었다. 그랬다. 이렇게 시간이 멈추어 버렸다면 얼마나 좋을까?

도현과 민영도 팀을 이루고 일을 하고 있었다. 민영은 계속 따라다니는 도현이 어쩔 수 없었나 보다. 도현은 물건 나르는 일에 미숙한지 접시를 몇 개 깨드리고 말았다.

"아이고, 이거 죄송합니다."

도현은 고개 숙여 인사했다.

"두목은 참."

민영이 도현의 어깨를 쳤다.

"괜찮아요."

도수가 웃으며 말했다.

도현은 사실 혜주가 약간 껄끄러운 사람이라고 느껴졌다. 민영이가 혜주에게 느끼는 그 무엇인가가 있었다면 도현은 미리 알고 있었을 것이다. 그래서 약간 혜주랑은 거리를 두었다. 물론 여자들끼리의 문제라, 도현은 혜주가 하는 이야기라면 그러려니 한다. 정서한테는 라이벌 의식 같은 것이 있는데, 나름 그것을 극복하기 위해 노력하는 중이다. 나름 무예를 닦고 자신을 다듬는다고나 할까?

도현은 자신은 도적이지만, 민영이가 초록바람대였다는 것도, 정서가 초록바람대였다는 것에서 스스로 부끄러움을 느꼈다. 남을 위해 노력한다는 삶이 주는 것, 그렇다. 그래도 그들은 주는 사랑으로 자신을 극복하는 것이라는 점이다. 어려운 상황에서도 자신의 계산적인 부분만을 노려 이익을 취하려 한다는 점, 그 점을 극복해야 한다는 면에서 자신이 민영에게도 지고, 정서에게는 상대도 안 될 만큼 지고 있다는 것을 알고 있었다. 큰바위산적단 두목으로 살아온 그였지만, 너무 계산적이며, 자신만을 위해서만 살아온 것이 문제라는 생각이 들었다. 사랑이란, 남을 위해 노력하는 것이지만, 한 여자를 위해 노력하는 것 또한 너무 계산적이었던 것은 아닌지 곰곰이 자신을 돌아보았다. 물론 사랑하는 여자가 먼저겠지만, 죽어가는 사람들마저 외면한다면 지금 앞에 있는 사랑하는 여자는 자신을 어떻게 생각할지. 지난날의 기억들을 돌아본다. 그리고 그 상황에서 같이 계산적으로 움직이는 여자였다면, 그 또한 자신이 사랑할만한 가치가 없는 여자가 아니겠는가.

도현은 민영과 같이 움직이면서 정서와 혜주의 행복한 모습을 보았다. 자신이 가지고 있지 못한 그 무언가가 분명 정서에게는 있었고, 그것은 아무리 어려운 상황에서도 남을 사랑하려는 마음이다.

가게 일이 끝났고, 가게를 청소하고는 저녁에 술을 마셨다. 도수와 하나,

그러니까 혜주 부모님에게는 지금까지 여행했었던 이야기들을 들려주었다. 술맛도 끝내줘 기분을 더 즐겁게 해주었다. 아마 날이 새더라도 이야기가 다 안 끝날 것이다.

정서와 도현과 민영은 부모님들이 다 돌아가셨다. 그래서 혜주 부모님을 보면서 혜주가 참 사랑을 많이 받고 자란 아이라는 점을 알게 되었다. 민영은 그런 혜주를 보며 '사랑받고 자란 사람이 사랑받는 법을 더 잘 아는 것이 아닐까?' 하는 고민을 했다. 자신은 엄마가 언제 하늘로 돌아가시는 것은 아닐까 항상 불안했었다. 세상에 혼자 남겨질 것 같은 느낌들, 그런 불안감들로 인해 더욱 초록바람대에 기대감을 가졌고, 그 기대감을 저버린 것이 대장이라고만 여긴 것은 아니었을까? 다시 한번 생각하게 되었다. 자신이 정서에게는 왜 여자로 느껴지지 않았을까? 혹시 여자로서 사랑받아야 하는 부분을 스스로 저버린 것은 아니었을까? 초록바람대에서 민영은 혼자만 여자였다. 생각해 보면 거기에서도 자신은 받은 것이 많았다. 하지만, 그렇게 받았던 그 무엇들은 자신에게 원래 있던 불안감을 깨뜨리기에는 부족했던 것 같다. 민영은 스스로 너무 이기적이었던 것은 아닌지 생각해 보게 되었다. 말하자면, 자신의 불안감을 덜기 위해 초록바람대에서 주는 사랑을 그저 자신을 위로하는 것으로만 여기지는 않았는지 말이다.

3

정서와 도현은 같이 방을 쓰기로 했고, 혜주와 민영은 같이 방을 쓰기로 했다. 넷은 이렇게 두 명씩 혜주의 집에 남은 빈방을 차지하기로 했다. 혜주는 일어나서 빗자루로 마당을 청소하고 있었다.

푸실 마을은 차민수 사건 이후로, 중앙정부에서 직접 관리를 하게 되었다. 그래서 그런지 마을에는 민수처럼 움직이는 사람은 없었다. 그러나 언제까지 계속 중앙정부에서 관리를 하게 될까? 사람이 바뀌면 상황도 변하는 것이니까. 그러다 보면 또 중앙정부에서는 관리를 소홀히 할 것이고, 그러면 또 차민수 같은 인물이 나올 것이다.

정서는 아침 일찍 일어나서 마을을 한 바퀴 돌고 있었다. 어찌 되었든 간에 푸실은 자신의 고향이었다. 그는 유은표를 생각하고 있었다. 은표는 초록바람대를 결성하게 된, 말하자면 시작부터 함께한 친구 같은 놈이었다. 둘은 헤어질 때 은표가 준 편지를 정서는 아직도 가지고 있었는데, 그 편지의 내용은 이러했다.

사랑하는 나의 친구 박정서

난 항상 정서 너를 부러워했었지. 내 덕이 너에게 미치지 못했다는 것을 알고 있었어. 이렇게 초록바람대가 끝이 났으니, 우리는 다시 만나기가 어렵겠지. 내가 가장 사랑하는 친구 박정서, 즐거웠다. 너와 함께 한 시간들은 영원히 잊지 못할 것이다. 너하고 마셨던 초록바람대의 첫 번째 승리의 술이 떠오른다. 고맙다. 너란 놈을 만나서 나란 놈의 모자란 점을 보게 되어서. 그것이 내가 가장 너에게 고마워하고 축복하는 부분이다.

영원한 벗 유은표가

정서는 편지를 보고는 은표의 생각에 더욱 자신의 과거를 돌아보았다. 은표는 지금쯤 무엇을 하고 있을지 말이다. 어쩌면 지금 이런 달라진 게 없는 상황들을 미리 알고 티다르에서 활동하고 있는 것은 아닐까? 정서는 혜주네 가게로 가고 있었다. 그러다가 청소하고 있는 혜주하고 만났다.

"혜주야!!"

"왜 그래?? 정서야?"

"혜주야, 너랑 티다르에는 같이 가기가 어려울 것 같아. 거긴 너무 위험해. 내가 계속 지켜주지 못할지도 모르겠어. 거기는 큰 도시야. 여기에서 기다려 줄래?"

"싫어, 나도 같이 갈 거야."

"아니야. 거기는 위험해. 여기에 남아 있는 게 나을 거야."

"싫다고, 나도 갈 거야."

"혜주야."

혜주는 정서를 꼭 따라가고 싶어 했다. 혜주는 정서밖에 몰랐다. 그랬다. 적어도 정서가 대장이라는 초록바람대의 문신을 보았을 때, 그때 정서에게 더욱 마음이 흔들렸다. 그리고 자신에게 용기를 가르쳐 준 사람, 그 사람이 바로 정서니까.

"정서야, 난 너하고 있으면 용기가 생겨서 좋아. 옆에 있고 싶다고."

"……."

정서는 머뭇거렸다.

"앞으론 정말 위험할지도 몰라."

정서가 말했다.

"괜찮아. 네가 준 용기가 있으니까!"

정서는 혜주를 안아주었고, 둘은 서로 입을 맞추는 키스를 했다. 혜주는 눈을 감았다. 헌데 민영이도 때마침 밖으로 나왔고, 둘이 키스하는 장면을 보게 되었다. 민영은 나서지 못하고 있었다.

"혜주야, 여기에 남아 있어 줘. 티다르에서 자리를 잡고 나면 널 찾으러 다시 푸실마을로 올게. 부탁이야."

"……."

혜주는 아무 말도 안 하다가 이내 말을 이었다.

"알았어. 나 네가 준 반지 항상 끼고 다닐게."

혜주는 예전에 정서에게 준 반지를 정서의 손가락에서 빼 버리고는 예전과 같은 반지를 하나 꺼내 주었다. 그리고 혜주가 준비한 반지 안쪽에는 '정서야 사랑해'라는 말이 새겨져 있었다.

혜주는 반지를 정서에게 끼워주었다.

"나를 위해 준비해 준 건가??"

정서는 웃으면서 물었다.

"그래, 이거 꼭 차고 다녀야 해, 어디 가더라도."

혜주가 지그시 쳐다보았다.

"알았어. 이제 집으로 돌아가자!!"

정서는 혜주의 손을 잡았다.

정서는 자신의 방에 도현이가 없는 것을 알고는 혜주를 방으로 불렀다.

"왜??"

혜주가 물었다.

"팔을 걷어봐."

"무슨 일인데??"

정서는 혜주의 오른쪽 팔에 초록바람대의 초록물결무늬 문신을 그려주었다.

"이제 나도 초록바람대인가??"

혜주는 너무 기분이 좋아서 자신의 팔에 그린 초록물결무늬를 정서의 팔에 갔다 대었다.

"그럼, 그렇고 말고."

정서도 팔을 혜주의 팔에 갔다 대었다.

민영은 숨어있다가 방으로 들어가는 것을 보고는 밖으로 재빨리 나갔다. 그리고는 마을을 한 바퀴 돌아보려고 했다. 걷다가 마을에서 도현을 만났다. 도현은 공터 같은 곳에서 혼자 훈련하고 있었다.

"두목!!"

"최민영"

"이렇게 일찍 일어나서 밖에서 뭐해?"

"너 이겨보려고 노력 중이야."

"하하하, 무서운데 이거, 나도 조금 더 일찍 나올 걸 그랬나 봐."

"왜??"

"아니야. 발을 조금 더 쭉 뻗어봐. 내가 상대 좀 해줄게."

민영은 자신이 배운 것들을 조금 더 도현에게 알려주었다.

도현은 민영의 말을 듣고는 실력이 더 좋아졌다.

"이야, 이런 부분이 내가 부족했네. 역시 최민영이 대단하군 그래."

도현은 자신의 실력이 확실히 좋아졌다는 것을 알았지만, 민영을 상대하기에는 부족하다는 것을 알았다.

"민영아. 티다르에 가면 어쩌면 초록바람대를 한 명이라도 더 만나게 될 텐데, 나도 초록바람대에 들어가도 될까?"

도현이 물었다.

"물론이지. 내가 대장에게 말해줄게."

"그래, 고마워."

도현과 민영이는 걷다가 혜주네 가게로 돌아왔다. 정서와 혜주도 밖에 나와 있었다. 혜주는 뭔가 기쁘지 않은 표정이었다.

"혜주는 여기에 남기로 했어."

정서가 말했다.

"뭐 왜?" 민영이 물었다.

"위험하니까."

정서가 말했다.

정서는 혜주하고 같은 반지를 끼고 있는 것을 손에서 빼더니만 도현과 민영이에게 보여주었다. 반지 안쪽에는 분명 '정서야 사랑해'라고 말이 새겨져 있는 반지였다.

"호오, 의미가 새겨진 반지로 다시 받았나 보네."

도현이 웃으며 말했다.

"그렇게 되었어."

정서는 고개를 돌리더니 얼굴이 빨개졌다.

혜주는 얼굴이 빨개졌지만, 너무 좋아서 어쩔 줄을 몰라 했다. 그녀는 정서가 자신에게 준 반지를 만지작거리고 있었다.

"그럼 우리 셋만 티다르로 가면 되는 건가?"

민영이 물었다.

"그래, 그렇게 될 거야, 이따가 아침 먹고 오후에 떠나자고!!"

정서가 말했다.

정서, 민영, 도현은 혜주하고 아쉬운 이별을 해야 했다. 혜주 부모님은 나와서 셋을 배웅했다. 특히나 정서에게는 더욱 신경을 썼다. 두 분은 정서의 마음을 무엇보다도 잘 알았고, 혜주도 자신의 반지를 낀 정서를 바라보았다.

"기다릴게. 꼭 데리러 와."

혜주가 아쉬운 표정을 보였다.

"걱정 마. 내가 꼭 다시 올 테니까."

정서는 혜주의 손을 잡았다.

"기다리겠네."

혜주의 부모님이 말했다.

"안녕히 계세요."

민영과 도현은 인사했다.

4

셋은 마차를 타고는 티다르로 달렸다. 마부는 마차를 티다르에서 내려다 주고는 돈을 받았다. 티다르는 이 나라의 수도였다. 티다르는 무지하게 큰데 도시의 한구석에는 단두대가 있었다. 단두대에서는 처형 준비를 하고 있었는지 사람들이 많이 모여 있었다. 마차로 도시의 중심부까지 갈 필요는 없다고 여기고, 티다르의 한구석에 내려다 주었다. 헌데 그것이 단두대 근처였었다. 셋은 내려서 사람들이 모여 있는 단두대에 가면서 어떤 사람이든 만나면 무슨 일이냐고 묻기로 했다.

"오늘 무슨 일이 있나요?"

정서가 지나가는 사람을 붙잡고 물었다.

"허, 이 젊은이 여기는 처음 왔나 본데, 지금 초록바람대가 모두 잡혔어. 오늘이 처형하는 날이야."

"뭐라구요??"

민영이 놀라서 소리쳤다.

"초록바람대가 모두 잡혀서 목이 잘릴 걸세. 그 목을 아마 티다르에서 제일 잘 보이는 곳에 효수하겠지!!"

"그럴 수가…. 초록바람대라니요? 이미 해산한 거 아니었나요?"

정서는 사실을 부정하고 싶어 했다.

"이 젊은이가 뭘 좀 알긴 아나 본데, 해산되었다가 다시 모였다는 이야기야. 신분해방이 되어도 세상이 달라지지 않았다지. 그래서 그들도 다시 모여서 활동을 했었나 봐. 헌데 뭐 내 생각인데, 깨졌다가 다시 붙이면 잘 안 되는 거 아닐까? 난 이만 가봐야 해서…."

정서, 민영, 도현은 서로 얼굴을 번갈아 쳐다보더니만 단두대로 뛰어갔다. 단두대에서는 예전 대원들 그러니까 김한수, 황영길, 유은표, 부종훈, 오태준, 석명재가 눈에 들어왔다. 그들은 죽어갈 준비를 하고 있었다. 차민수가 제일 앞에서 설쳐대었다. 그리고 백인석이 민수의 옆에서 아무렇지 않게 서 있는 모습을 보았다. 달수는 민수 옆에서 그저 가만히 보고만 있었다.

"어떤가? 백인석, 이자들의 죽음에 대해서 말해 보라."

민수가 말했다.

"어리석은 자들입니다."

"하하하하, 아주 잘했어. 보기가 아주 좋군. 그래."

김한수, 황영길, 유은표, 부종훈, 오태준, 석명재는 부들부들 떨며 백인석을 눈을 부릅뜨고는 쳐다보았다.

"백인석, 이 배신자 새끼야. 하늘 보기 부끄럽지 않은 것이냐? 동료를 팔아먹다니 이놈."

은표가 소리쳤다.

"사는 것이 중요한 것이지. 이참에 얘기해 주지. 나는 나 자신의 이익을 위해서 일했던 것뿐이야. 초록바람대니 뭐니, 그런 것도 다 나를 위해서였다고. 지금은 또 나를 위해서 움직이는 거고."

인석은 여유 있게 비웃으며 말했다.

"박정서 대장이 안다면 너는 무사할 수 있을까?"

황영길이 말했다.

"하하하하하, 박정서 대장이라. 이제 경찰의 힘도 나에게 있는데, 정서 대장이라니 뭐 어차피 고향에서 잘 지내겠지. 뭐⋯⋯."

"네 녀석은 결코 쉽게 눈 감지 못할 것이다."

은표는 이를 부득부득 갈며 말했다.

"그럼 이제 집행을 한다. 목을 잘라라!"

민수가 소리쳤다.

단두대에서 목이 잘리려는 순간에 은표는 자신을 쳐다보는 사람들을 보았다. 그 순간, 박정서를 보게 되었다. 그리고 옆에는 최민영이 있었다. 아마 그것을 목격한 사람은 은표뿐이었으리라. 은표는 정서를 지그시 쳐다보았다. 이제는 다시 볼 수 없는 친구라는 표정이었다. 그는 정서에게 미안해했다. 초록바람대를 지키지 못했던 것이 가장 큰 이유였다. 정서는 은표를 보고는 아무것도 하지 못하는 자신을 탓하며 그곳을 지켜보고 있었다. 민영은 달려가서 다 때려눕히고 싶었지만, 너무나 많은 사람들이 있었고, 경찰들이 주변을 모두 장악하고 있어서 움직일 수가 없었다.

그들은 단두대에서 목이 잘리기 직전에 마지막 말을 외쳤는데 모두 다 같은 내용이었다. 그것은 바로 초록바람대의 맹세였다.

"바람에 흩날리던 초록물결, 밤하늘에 빛나버린 우리들의 청춘, 이상은 석양에서 지지 않고 내일을 향해 나아가리라. 지난날의 노예에게 더 이상의 굴욕은 없네. 초록바람대여! 오늘도 검을 들어 자신을 세우리."

◆◆◆

정서, 민영, 도현은 티다르를 걷고 있다가, 정서가 예전에 만들어 놓은 비밀 아지트로 향했다. 정서는 초록바람대를 해체하기 직전에 아지트를 하나 만들어 놓았는데, 그곳은 초록바람대도 알 수 없는 장소였다. 아지트를 만들어 놓고 신분 해방이 되어서 그곳을 알릴 필요가 없었다. 그곳은 인적이 드문, 티다르의 마을 바깥으로 나와서 조금만 오른쪽으로 걸어가면 보이는 곳이었다.

"대장, 이런 곳도 있었어??"

민영이 놀라며 물었다.

"당연하지. 내가 만들어 놓은 곳인데."

"곳곳에 먼지가 수북하군."

민영은 주위를 둘러보았다.

"안 온 지 오래되었으니까."

정서가 대답했다.

책상과 의자들이 널브러져 있었고, 먼지가 쌓여 있었다.

"배신자 새끼, 백인석 결코 용서치 않을 거야."

민영이 이를 갈았다.

"백인석이 누구야?"

도현이 물었다.

"초록바람대 대원인데 배신자지. 차민수 옆에 있었던 놈이야. 내가 죽일 거야. 앞으로 두목도 초록바람대의 초록물결무늬 문신을 해. 내가 그려 줄 테니까. 정서 대장 괜찮지??"

민영이 말했다.

"그럼. 괜찮아. 새로운 사람이라니, 나도 기쁘다."

정서가 말했다.

"너에게 기쁨까지 받을 줄이야. 하하하"

도현이 웃었다.

민영은 그러더니만 갑자기 도현의 오른쪽 팔의 소매를 걷었다. 도현은 얼굴이 시뻘게지면서 가만히 있었다. 민영은 문신을 그려주고 있었다.

"인석이가 대원들을 배신할 줄이야…."

정서는 침울해하며 말했다.

"백인석이가 계산적이기는 했어."

민영이 말했다.

"너와 내가 있었다고 하더라도 같았을까?"

정서는 주먹을 쥐었다.

"같았겠지."

민영은 도현의 문신을 그려주면서 정서하고 말을 주고받았다. 그리고는 도현의 문신을 완성했다.

"야!! 왜 내가 세 개야?"

도현이 정서를 보았다.

"그럼 네가 대장이냐!!"

정서가 소리쳤다.

"나 산적 두목 출신이야."

도현은 문신을 위에다가 그려 물결을 네 개로 만들지는 않았지만, 세 개의 초록물결무늬에 대각선으로 한 선을 더 그려 넣었다.

"뭐야? 두목?"

민영이 당황스러워서 물었다.

"이제 내가 초록바람대 부대장이다."

도현이 말했다.

"헐. 내가 부대장 해야 하는데. 두목이 굉장히 센스 있네."

민영이 외쳤다.

"그래, 니 좋을 대로 해라."

정서는 고개를 저었다.

초록바람대에서 부대장은 없었다. 대장만 있을 뿐, 그저 도현이가 만들어 낸 것이었다. 밤이 되자, 셋은 밖으로 나와서는 티다르로 갔는데, 티다르의 중앙 광장에 대원들의 목이 걸려 있는 곳으로 걸어갔다. 그들은 몰래 광장에 걸린 대원들의 목을 낚아챘다. 그리고는 무덤을 만들어주기 위해 티다르를 벗어나서는 온새미로마을 외곽 숲속으로 향했다. 그리고는 언덕이 있는 자리에 와서는 그들을 묻어주었다. 민영은 눈물이 멈추지 않았다. 도현은 그런 민영을 바라보고 있었다. 정서는 죽어간 대원들을 묻어주면서 은표가 준 편지를 다시 읽어 보았다. 그는 눈가에 눈물이 맺혔다.

◆◆◆

"다 죽였나??"

익배가 물었다.

"네, 초록바람대를 모두 죽였습니다."

차민수가 대답했다.

"음, 아주 좋아. 그래, 자네의 승진을 고려하겠네. 아, 참 그리고 달수도 같이 말이야."

"감사합니다. 그리고 이번 일에 크게 협조한 백인석을 경찰에 넣어주셨으면 합니다."

"아, 초록바람대였다가 자네가 우리 쪽으로 끌어들였다는 사람 말인가??"

"네. 그 사람 덕분에 초록바람대를 모두 붙잡을 수 있었습니다."

"알았네. 헌데 정확히 말하면 초록바람대 모두를 붙잡은 것은 아니지?"

익배가 물었다.

"그렇죠. 지금 두 명이 남았습니다."

"그동안, 나라에서 그놈들 때문에 골치 썩은 것만 생각하면, 그 두 놈도 찾아내!"

"한 명은 박정서고, 다른 한 명은 바로 익배 님께서 찾던 그 그림의 인물입니다."

"그런가?? 두 명 다 자네에게는 중요한 인물이군. 박정서는 죽이고 여자는 생포해오게!!"

"예. 분부대로 하겠습니다."

익배는 초록바람대가 거의 죽어 나간 것을 알고는 기분이 좋아서 입이 귀까지 올라갔다. 그동안 초록바람대가 국민들에게 얼마나 큰 상징으로써 움직였었나. 곰곰이 생각해 보았다. 그리고는 자신도 나라를 위해서 한 일이 있다고 자랑스러워했다. 적어도 나라를 이끌어나가는 한 사람으로서 자신이 조금은 더 기틀을 마련했다고 여겼다. 익배는 자신의 수염을 만지면서 민영과의 만남을 기다리고 있었다. 예전에 몰락해가는 귀족 가문인 다현을 떠올렸다. 익배는 민영이가 그런 다현의 빈자리를 채워줄 거라고 믿고 있었다. 자신의 생각이 현실이 되길 바라면서….

차민수는 문밖으로 나가면서 기분이 안 좋아졌다. 언제까지 그 자식이 하는 말, 즉 익배가 하는 말을 고분고분 듣고 있어야 하는지 화가 났다.

'언젠가는 그 자식을 죽여버려야겠어!!'

민수는 언젠가는 죽이리라고 마음을 굳게 다짐하고는 백인석이가 있는 방으로 갔다.

"어떤가? 지낼 만해?"

"예, 배려해주셔서 좋습니다."

"내 밑에서 일을 해"

"그렇다면, 저도 경찰이 되는 겁니까?"

"너 정도의 실력이라면 경위로 시작해도 되겠어."

"경위요??"

"그래."

"그래도 경찰들 사이에서 반발이 심할 텐데요."

"아니, 걱정 마. 나도 경위로 시작해서 지금 경감된 거니까."

"대단하시군요."

"뭐 별로, 대단할 건 없어. 너를 채용하는 것은 내가 이미 추천했고 익배님에게 이야기를 이미 다 한 상태니까."

"네."

"그리고 나머지 놈들을 또 초록바람대인 척 접근하여 붙잡도록 해."

"예??"

"말을 못 알아들었나 보군. 그대가 초록바람대인 척 접근하여 초록바람대의 나머지 놈들, 박정서와 최민영을 데리고 오도록 하란 말이야."

"……."

"다 나라를 위해서 하는 일이야, 그렇지 않나, 그대는 이미 이 나라를 위해서 목숨을 버렸다고 생각해, 알았지??"

"……."

"어차피 인생은 한 번이야. 강한 쪽에 붙는 것만이 살아남는 진리지."

"예. 그렇게 하겠습니다."

"너의 확신에 찬 얼굴이 나를 기쁘게 하는군. 일단 선택했다면 후회하지 말고 살아. 어차피 너는 이미 나와 같은 배를 탔어. 어딜 갈 수 있단 말이야?"

"네, 알고 있습니다."

인석은 나가면서 하늘을 한 번 쳐다보았다. 정서 대장과 최민영, 이 둘은 초록바람대에서도 제일 만만한 상대는 아니라고 생각하고 있었다. 물론, 민영이는 무력으로라면 충분히 이길 수 있다고 생각하고 있지만, 영민한 구석이 있어서, 상대하기가 버거운 점도 있었다. 인석은 이 두 사람을 항상 자신의 잣대에 올려두면서 고민하고는 했었다. 그리고 지금은 그 고민이 현실과 가장 잔인하게 맞닿아가고 있다는 것을 알았다. 둘 다 한꺼번에 상대하기보다는 민영을 먼저 잡고 나서 정서를 붙잡는 것이 낫다고 여겼다. 정서랑 붙는다면 분명히 자신은 깨질 것이니까.

◆◆◆

"티다르의 중앙 공원에 걸려 있던 초록바람대의 목들이 다 사라졌다더군요."

달수가 급하게 경찰서 안으로 뛰어 들어와서는 민수에게 말했다.

"뭐야?? 그럼 대체 누가 그런 짓을 했다는 건가??"

"아무래도 초록바람대가 아닐지??"

"초록바람대라고?? 그럼 박정서가 지금 티다르에 있다는 건가??"

"아무래도 그럴지도…."

"알았어. 내가 익배 님에게 보고하겠어. 그리고 경찰서 안의 경계도 강화해야겠어!!"

5

"대장, 이제 가야지."

도현이가 말했다.

"웬일로 대장이냐? 네가?"

정서가 물었다.

"대장으로서 챙겨주고 싶어서."

도현이가 말했다.

"대장, 인석이 잡아야지."

민영이가 말했다.

"알았어. 오늘부터 인석을 찾아보자. 단두대 주변을 계속 살펴보면 충분히 인석을 잡을 수 있을 거라고 생각해."

정서가 말했다.

"그렇겠네. 아무래도 단두대에는 다시 나타날 가능성이 크겠어."

민영이가 말했다.

셋은 단두대 주변을 감시하고 있었다. 단두대에서 부는 바람이 죽어간 자들의 비명소리처럼 들렸다. 그곳에 아나 다를까 백인석이 나타났다. 셋은 인석을 미행했다. 그리고는 인석이 있는 집을 알아내었다. 셋은 밤이 될 때까지 기다린 후에 인석이 있는 집을 덮치기로 했다.

밤이 되었다. 때마침 인석은 밤이 되었을 때 밖으로 나왔다. 그때였다. 민영이가 먼저 나와서는 앞을 가로막았다.

"오래간만이네, 백인석"

"어?? 이게 누구야? 최민영, 예전 대원을 보게 되다니, 나에게는 큰 행운이야."

인석은 자신의 배신을 했다는 것을 최대한 감추기 위해 시치미를 떼며 말했다. 그리고는 최대한 죄책감을 느끼지 않기 위해 초록바람대의 문신을 만지작거리고 있었다.

"문신이 약간 지워진 것 같은데?"

민영이 말했다.

"아니, 이건 지워지지 않는 문신인데, 무슨 소리야? 한 번 새기면 지워지지 않는 건데"

인석은 최대한 민영을 민수에게 데려가기 위해 민영을 잘 구슬려야겠다고 여겼다.

"호, 그래??"

민영은 갑자기 발차기를 인석에게 날렸다. 인석은 맞고 쓰러졌다.

"이게 무슨 짓이야?"

"배신자 새끼."

"하하하하하하하, 알아 버렸구나."

"경찰들에게 빌붙어서 동료들을 팔다니, 너는 내 손으로 죽인다."

"네가 나를 상대할 수 있을까? 박정서 대장이라면 모를까?"

"네가 날 모르는 것 같은데, 난 예전에 최민영이 아니야. 붙어볼까? 초록바람대의 승부는 알고 있겠지. 물론 실탄으로 해야겠지. 총알 한 발은 말이야."

"기꺼이 받아주지. 초록바람대니 뭐니 나는 그딴 거 잊어버렸지만, 승부는 그 방식으로 응해주지."

"쓰레기 같은 새끼."

둘은 집에서 약간 떨어진 위치에 있는 곳으로 걸어갔다. 그곳은 싸우기에 충분한 장소였다. 둘은 서로 실탄을 주고받았다. 그리고는 바로 서로를 쳐다보더니만 검을 맞대었다. 백인석은 검술 실력은 민영이보다는 뛰어났다. 민영은 정서랑 붙었을 때 정서가 봐준 것도 모르고 정서랑 자신이 비슷하지는 않아도 어느 정도 상처는 줄 수 있는 실력으로 착각하고 있었다.

인석은 검으로 계속 민영을 밀어붙였다. 민영은 검술의 약세를 발차기로 메꾸려고 노력했지만 인석은 피해버렸다. 그리고는 민영의 검을 날려버렸다. 민영은 재빨리 총을 빼서 인석을 노렸지만 인석은 그것마저 피해버리고 재빨리 자신의 총을 빼서 민영이에게 겨누었다. 민영은 눈을 감았다.

그때였다. 박정서가 뒤에서 발차기를 날렸다. 인석은 맞고 쓰러졌다.

"오랜만이군, 백인석."

"박정서 대장……."

인석은 정서를 보더니 두려워하며 몸을 약간 떨었다.

"배신자 새끼가, 민영이마저 죽이려고 들다니, 대단하군. 그 뻔뻔함이 말이야."

정서가 말했다.

도현은 재빨리 민영을 일으켜 세웠다.

"단두대에서 대원들이 죽어가는 것을 보았다. 그러고도 다시 단두대에 나타나다니, 그럴 이유가 너에게는 없어. 네 녀석은 결코 살아날 수 없을 것이다. 아직 실탄이 있는 것 같은데, 나에게도 실탄을 넣어주지, 그래?"

정서가 말했다.

"알았어."

인석은 꾸물거리다가 대답했다.

민영은 아무 말도 하지 않았지만, 자신과 비슷했던 실력이라면 정서 대장은 결코 인석을 이길 수가 없을 거라고 생각했다. 자신의 실력이 그렇게 많이 늘었는데도 이렇게 지고 말았는데, 정서 대장이라고 별수 있을까? 민영은 스스로 그렇게 생각했다.

인석은 두려워했다. 박정서 대장은 자신이 이길 수 없다는 것을 알기 때문이다. 손을 떨면서 실탄을 한 발 넣어 정서에게 주었고, 정서는 실탄이라는 것을 확인하고는 총을 받았다.

정서는 시간을 오래 끌 생각이 없었다. 인석은 검으로 먼저 공격을 시도했다. 정서는 검을 받아내더니 다리를 걸어서 넘어뜨렸다.

"일어나야지, 지금 시작인데…."

민영은 그 광경을 보고는 정서가 자신을 상대할 때 봐주었다는 것을 눈치챘다.

인석은 일어나면서도 자신이 검을 잡는 것조차 구차하게 느꼈다. 어차피 정서 대장은 이기기가 어렵다. 자신이 민영을 생포해 정서를 상대로 인질극을 벌여 정서를 붙잡는 것 역시 가능성이 없다. 자신은 실패했고 정서에게 죽임을 당할 거라는 것을 알고 있었다. 그래도 검을 잡고 정서에게 달려들었다. 총은 아직도 실탄이 있지 않은가.

하지만 정서는 인석의 검을 받아치면서 검을 잡은 손등을 베어버렸다.

"으아악"

인석은 검을 잡고 있던 손을 내려놓았다. 인석은 재빨리 다른 손으로 총을 빼서 정서를 겨누려고 했으나, 정서는 발차기로 인석이 총을 든 손을 차버렸다. 그리고는 발을 걸어 인석을 넘어뜨렸다.

"살려줘!! 정서 대장, 우린 같은 초록바람대였잖아."

인석은 무릎을 꿇고는 정서의 다리를 잡았다.

"배신자가 구걸까지 하다니. 민영이를 죽이려고 해놓고. 이제는 목숨을 구걸한다고?"

정서는 실탄이 한발 들어 있는 총을 빼더니만 정확히 심장을 조준하여 총을 쏘았다.

"윽…."

인석은 피를 흘리며 죽었다.

"정서 대장, 예전에 승부할 때 날 봐준 거지??"

민영이 뒤에서 정서에게 말했다.

"민영아, 지금 그런 얘길 따질 때가 아니야."

"알았어."

도현은 정서가 굉장히 뛰어난 무예를 가지고 있는 것을 다시 한번 확인하였다. 민영이와의 승부는 봐준 것이었다는 사실을….

헌데 이 모든 것을 지켜보는 자가 있었으니, 바로 차민수였다. 민수는 인석에게 정서와 민영이의 문제를 얘기해야 할 것 같아서 급하게 찾아왔으나 지금 인석의 죽음을 보게 되었다. 민수는 민영을 잡기가 쉽지 않을 것 같다는 생각이 들어서 마취총을 준비해야겠다고 여겼다. 특히나 인석을 상대할 때, 발차기가 대단하다는 것을 알아채고는 반드시 마취총으로 민영을 잡아야겠다고 생각하고 경찰서로 돌아갔다. 인석이 죽었으니 이제 모든 것을 차민수가 해야 한다. 민수는 달수를 데리고 익배가 있는 곳으로 가서 인석이 죽었다고 익배에게 말했다. 하지만 익배는 인석이 죽은 것에 대해서 아무런 감정이 없었다.

****내가 지금 제시하려고 하는 사례는 22세의 한 의과 대학생의 경우이다. 그는 자기의 일에 흥미를 가지고 있으며, 남들과의 관계도 정상적이다. 그는 가끔 가벼운 권태를 느끼고 삶에 대해 특별한 애착을 가지고 있지도 않지만, 그렇다고 유독 불행하지도 않다. 정신과 의사가 되려고 하는 그가 정신분석을 의뢰한 이유는 보다 학술적이다. 그의 단 하나의 고민은 의학적인 분야에서 발생하는 일종의 장애이다. 그는 책에서 읽는 것을 잘 기억하지 못하고, 강의시간에 심한 피로를 느끼기 일쑤이며, 시험성적도 별로 좋지 않다. 다른 주제를 다룰 때는 뛰어나게 좋은 기억력이 발휘되는데 말이다. 자신이 의학공부를 원한다는 데 대해 아무런 의심도 갖지 않는 그는 의학공부를 할 만한 자신의 능력에 대해서는 때때로 아주 강한 의문을 가졌다.

몇 주에 걸친 분석이 끝난 뒤, 그는 그가 꾼 꿈 이야기를 했다. 그는 자기가 세운 마천루 꼭대기에서 약간 우쭐한 기분으로 다른 빌딩을 둘러본다. 갑자기 마천루가 무너져 그는 건물더미에 깔린다. 그를 구출하기 위해 사람들이 붕괴된 건물을 치우려고 애쓰고, 누군가가 그가 중상을 입었으며, 의사가 곧 온다고 말하는 소리를 듣는다. 그는 의사가 올 때까지 몹시 오랜 시간을 기다린다. 이윽고 의사가 왔는데, 의사는 치료 도구를 잊어버리고 가져오지 않아 그를 구할 수가 없다. 순간, 그는 의사에 대해 심한 노여움을 느낀다. 갑자기 그는 벌떡 일어났는데, 자기가 조금도 부상당하지 않았다는 사실을 깨닫는다. 그는 의사를 비웃는다. 그때 그는 꿈에서 깨어났다.

그는 이 꿈에 대해 많은 연상을 가지고 있지 않았는데, 그런 만큼 그 연상은 더욱 중요하다. 그는 자기가 세운 마천루에 관련하여 자기가 건축에 비상한 흥미를 가지고 있었던 사실을 문득 생각해 낸다. 어렸을 때, 그는 꽤 오랫동안 집짓기 놀이를 즐겨 했다. 그리고 17세 때 건축가가 되려고 생각하고, 그 생각을 아버지한테 이야기한다. 아버지는 친절하게 대답했다.

"물론 너의 직업은 네가 자유로이 선택해야겠지. 그러나 건축가가 되겠다는 생각은 어린애 같은 욕망이 남아 있는 것에 지나지 않는다. 나는 네가 의학

****에리히 프롬, 원창화 옮김, 《자유로부터의 도피》, 홍신문화사, 2006. pp.170~173.

공부를 했으면 좋겠다."

아이는 아버지의 말이 정당하다고 생각하여 그 뒤 이 문제에 대해서는 다시 이야기하지 않고, 당연한 일로서 의학 공부를 시작했다.

늦게 들어온 데다 치료도구마저 가져오지 않은 의사에 대한 그의 연상은 희미해서 충분하지 않았다. 그러나 꿈의 이 부분에 대해 이야기하고 있을 때, 분석의 시간을 변경하지 않으면 안 될 일이 생겼다. 그는 반대하지 않고 동의했으나, 실제로는 몹시 성이 나 있었다. 그는 이야기를 하는 동안에 분노가 치솟는 것을 느꼈다. 그는 분석하는 사람이 제멋대로라고 비난하고, 끝내는 "네, 결국 나는 내가 바라는 일을 할 수 없으니까요."하고 쏘아붙였다. 그는 자기의 분노와 이 말에 스스로 놀랐다. 왜냐하면, 그때까지 그는 자기에 대한 분석과정에 조금의 적대감도 느끼지 않고 있었기 때문이다.

며칠 뒤 그는 또 꿈을 꾸었다. 그 꿈에 대해서는 극히 일부밖에는 기억하지 못했다. 그의 아버지가 자동차 사고로 부상을 당한다. 그는 의사가 되어 아버지를 돌보는데, 아버지를 진찰하려고 노력하지만, 완전히 마비된 듯하여 아무 일도 하지 못한다. 그는 공포에 질린 상태에서 잠을 깨어 눈을 뜬다.

이 꿈에 대한 연상 과정에서 그는 최근 몇 년 동안 아버지가 갑자기 죽을지도 모른다는 생각을 하고 있었고, 그 생각이 자신을 위협했다고 내키지 않는 투로 이야기했다. 때로는 자기에게 남겨질 재산, 심지어는 그 돈으로 무엇을 할까 하는 생각까지 했다고…. 그는 망상이 나타나면 곧 그에 대한 억압을 강행했으므로 더 이상 진전되는 일은 없었다고 했다.

이 꿈과 앞의 꿈을 함께 살펴보면, 그는 의사란 충분한 도움이 되지 않는 사람이라는 확실한 생각을 가지고 있다. 최초의 꿈에서 의사의 무능에 대한 뚜렷한 분노와 조소의 감정이 나타나 있다는 지적에 그는 의사가 환자를 구하지 못한 경우를 듣거나 책에서 읽었을 때, 당시는 의식하지 못했지만, 우월감 비슷한 감정을 느꼈던 사실을 떠올렸다고 했다.

분석을 더욱 진행시켰으며, 이제까지 억압되어 온 다른 일들이 나타났다. 그는 놀랍게도 아버지에 대해 심한 분노를 느끼고, 더욱이 의사로서의 무력감은 그의 삶 전체를 통한 보다 일반적인 무력감의 일부임을 알아챈다. 표면적으로 그는 자신의 계획에 따라 삶을 꾸려왔다고 생각하고 있었는데, 비로소

심층에 잠재되어 있는 체념의 감정을 느낀다. 그는 자기가 바라는 일을 할 수 없는 인간이며, 남의 기대에 맞추지 않으면 안 된다고 생각해 온 스스로의 내면을 의식한다. 그는 더욱이 보다 뚜렷하게, 실제로는 결코 의사가 되겠다고는 생각지 않았으며, 또한 자기에게서 나타난 무능력하다는 느낌은 수동적이며 소극적인 저항의 표현이었음을 알게 된다.

위의 사례는 현실적 욕구의 억압에 대한, 그리고 자신의 욕구라고 생각되는 방법으로 행해지는 타인의 기대 수용에 대한 전형적인 예이다. 여기서도 원래의 욕구가 거짓 욕구로 대치되어 있다고 말할 수 있다.

사고나 감정이나 의사에 대한 본래의 행위가 거짓 행위로 대치되는 것은 드디어 본래의 자아가 거짓 자아로 대치되는 데까지 나아간다. 본래의 자아란 정신적인 여러 활동의 창조자인 자아이며, 이에 비해 거짓 자아는 타인으로부터 기대되는 역할을 자기 이름 아래 행하는 대리인에 지나지 않는다. 어떤 사람은 분명 많은 역할을 하고, 주관적으로는 그 역할에서 자기는 '자기'라고 확신한다. 그러나 실제로 그의 행위는 이 모든 역할에서 타인으로부터 기대되고 있다고 그가 생각하는 그 자체이며, 많은 사람들에게서―대부분의 사람은 아니더라도―본래의 자아는 거짓 자아에 의해 완전히 억압되어 있다. 가끔 꿈이나 환상에서, 또는 술을 마쳤을 때 본래적인 자아가 나타나 현실적으로 그가 몇 해 동안 경험하지 않았던 감정이나 생각이 나타날 때가 있다. 그것은 그가 두려워하거나 부끄럽게 생각해서 억압해 온 감정이나 생각들이다. 그러나 어떤 때는 그 감정이나 생각들이 그의 내부에 있는 최선의 것이지만, 그것으로 하여 타인으로부터 조소나 공격을 받을지도 모른다는 두려움 때문에 억압해 온 것이기도 하다.(본질적으로 정신분석적 과정은 한 인간에게 본래적인 자아를 폭로시키는 과정이다. '자유연상'은 본래의 감정과 사상을 표현하는 것, 즉 진실을 말하는 것을 뜻한다. 여기서의 진실이란 한 인간이 생각하고 있는 그대로가 아니라, 그 생각 자체가 본질적인 것으로서 다른 사람들의 기대에 의해 적응되지 않은 것이다. 프로이트는 '나쁜 행위'의 억압만을 강조했다. 그는 '선한 일'도 어느 정도 억압된다는 사실을 충분히 이해하지 못했던 것 같다.)

자아의 상실과 함께 나타나는 거짓 자아의 대치는 개인을 심한 불안 상태로 내몬다. 본질적으로 타인의 기대에 대한 반영이며, 어느 정도 자신의 완전성을 상실했기 때문에 그에게는 회의(懷疑)가 따라다닌다. 이와 같은 완전성의 상실에서 비롯되는 두려움을 극복하기 위해 그는 순응을 강요당하고, 타인에 의해 줄곧 인정받고 승인됨으로써 자기의 완전성을 구하고자 한다. 그는 자신이 어떤 사람인지 모르지만, 타인의 기대대로 행동한다면 적어도 타인은 알아줄 것이고, 타인이 알고 있다면—그들의 말을 믿는다면—그도 알게 될 터인데, 이는 그에 대한 타인의 기대를 그대로 받아들이는 경우에만 그러하다는 것이다.

혜주네 가게가 돈을 꽤 많이 벌게 되었다. 혜주의 아버지, 홍도수는 자신이 번 돈을 수단으로 귀족으로서의 삶을 살아가기로 선택했다.

그는 귀족연합에 찾아가서 자신도 귀족의 반열로 올려달라고 간청하면서 많은 돈을 헌납했다. 그리고는 귀족으로서 자격을 받는 데 성공했다. 누구나 귀족연합에 일정의 돈을 지불하면 귀족이 될 수 있었던 것은 아니다. 그 사람이 어떤 사람이고 어느 문제가 있었는지도 생각하게 된다. 그리고 심사가 끝나면 귀족으로 신분 상승이 될 수 있다.

물론, 신분 해방 사건이 없었다면 이런 제도는 존재하지도 않았을 것이다. 그러나, 신분 해방이 되고 나서부터는 귀족들도 생각이 바뀌었다. 혜주는 귀족이 되는 것을 아버지에게 얘기하여 말렸다. 하지만 아버지 홍도수는 이야기를 듣지 않았고, 결국 혜주도 귀족아가씨라는 말을 듣게 되었다. 혜주의 어머니도 귀족으로서의 품위를 당당히 누리면서 살기를 원했다. 이미 가게에서 돈은 상당히 벌었다. 그리고 혜주네 집이 귀족이 되었다는 것은 신문에도 실렸다.

혜주는 이 모든 상황들이 난감하기만 했다. 자신은 귀족이 되고 싶지 않았다. 무엇보다 귀족이 되자마자 부모님의 생각이 급속도로 달라지는 것이었다. 혜주의 아버지, 홍도수는 정서를 기다리지 말고, 괜찮은 귀족을 만나서 결혼하라는 둥 그런 얘기뿐이었고, 정서의 집안도 물어보곤 했다. 처음에 정서를 만났을 때는 정서의 집안에 대해 개의치 않았으나, 이제는 집안에 대해서도 물어보시고는 혜주가 모르겠다고 하자 무조건 반대하셨다. 게다가 정서는 마땅한 직업도 없는 사람이었다.

혜주의 어머니 오하나도 그런 가난한 사람과는 혼인하면 안 된다고 얘기를 하셨다. 도수와 하나는 혜주가 정서가 준 반지를 손가락에 끼고 다니는 것 또한 허락하지 않았다. 그래서 혜주는 그 반지를 다른 곳에 보관하고 있었다. 혜주는 푸실마을에서 나와 밖을 돌아다니면서 고민하고 있었다. 앞으로 어떻게 해야 하는 건지…. 자신은 귀족과 혼인하고 싶지는 않았다. 아직도 정서에 대한 생각이 많았다. 푸실마을에서 귀족이 된 후로, 다른 귀족들 사이에서도 입소문은 빠르게 전달되어 혜주에게 관심을 보이는 귀족 남자들이 많이 생겨났다. 그래서 한 번쯤 밖에서 혜주를 쳐다보고는 그냥 가는 일도 꽤 있었다고 한다. 혜주는 귀족이 되고부터는 옷도 다르게 입고 다녔다. 그렇지만 사고방식만은 아직도 귀족의 티를 낼 만큼 때가 묻지 않았다.

'아, 박정서, 나의 사랑이여, 내가 귀족이 되어 그대를 만난다고 한다면 그대는 나를 받아줄 수 있나요? 오, 나의 사랑이여, 그대는 내가 어떤 사람이 되어도 나를 예전처럼 사랑해 줄 수 있나요? 오, 나의 사랑이여, 나는 지금 그대가 준 반지도 끼고 다닐 수 없을 만큼 상황이 달라졌어요.'

혜주는 달빛을 보며 생각했다.

달빛을 보며 뭔가를 얘기하면서 우울한 표정을 짓고 있는 혜주를 보며 멀리서 지켜보던 어느 귀족 남자가 혜주에게 다가와서 말을 건넸다.

"홍혜주 님, 혜주 님을 멀리서부터 지켜보던 저는 그저 말을 걸기조차 어려워하다가 지금에서야 용기를 냅니다. 저에게 하루라도 시간을 주시어 혜주 님의 마음을 얻을 수 있도록 허락해주시겠습니까?"

"아니요. 그러지 마세요. 저는 마음을 준 사람이 있습니다."

"그 사람이 누구든지, 혜주 님이 기다리는 사람은 언제쯤 올까요? 혜주 님을 기다리게 할 정도의 남자라면 저는 대단한 남자는 아니라고 생각합니다.

저라면 혜주 님을 기다리게 하지 않을 테니까요. 그럼 이만 가보겠습니다."

그는 가볍게 인사하고는 혜주의 곁을 떠났다. 그녀에게 처음부터 청혼하는 귀족들도 가끔 있었는데, 그럴 때마다 그녀는 거절하기 바빴다. 그녀는 옷도 고급스러운 옷을 입으며 화장도 예쁘게 하고 다녔는데, 그 모습은 어느 남자라고 해도 한 번쯤 눈을 돌리고 쳐다볼 만큼 아름다웠다. 그녀는 게다가 귀족이라는 신분도 얻게 되었다.

◆◆◆

민영은 밖에서 신문을 사서 보고는 혜주가 귀족이 되었다는 것을 알게 되었다. 그리고 그 신문을 정서에게 전해주었다.

"정서 대장이 사랑하는 여자가 귀족이 되었다네. 이거 축하해야 하나?"

민영은 살짝 비꼬는 식으로 얘기했다.

"……."

정서는 신문을 보고는 깜짝 놀랐다. 귀족이 되어버린 혜주라니, 앞으로 어떻게 대해야 할지 몰랐다. 정서는 지금이라도 당장 혜주를 만나러 가야겠다고 여겼다. 한편으로는 이제 더 이상 자신과는 함께 갈 수 없을 것 같다는 생각도 들었다. 그는 지금 당장 푸실마을로 가야 했다. 그래서 이야기를 해봐야겠다고 여겼다. 사실 그는 배신자 인석을 죽이고, 혜주를 푸실마을에서 데리고 나올 생각이 있었다.

"나 푸실마을에 갔다 와야겠어."

"정말?? 가려고??" 민영이 물었다.

"응, 나 혼자 갔다 올게."

"가면 만나주기는 하는 거지?"

도현은 걱정스러워했다.

"일단 가봐야겠지…."

정서는 혼자서 말을 타고는 푸실마을로 향했다.

7

차민수는 달수를 시켜서 자신의 모든 경찰 부하들에게 그림을 보여주며 이 그림의 여자가 있는 곳을 알면 자신에게 보고하라고 시켰다. 마취총을 쏘는 것은 본인이 꼭 해야 할 문제였다. 아니, 정확히 말하자면 자신이 직접 잡아야 이익배에게 할 말도 있고 또 승진도 할 수 있는 문제였다. 그는 계급이 또 승진되기를 바랐다. 이미 초록바람대를 잡아서 승진했지만, 그는 계속 더 올라가고 싶었던 거다. 민수의 부하들은 민영이가 있는 곳을 알아내었고, 그 소식을 민수에게 알렸다. 헌데, 그림의 여자와 살짝 닮은 구석이 있을 뿐, 실제로는 그다지 닮지 않았다. 아무래도 그림을 민수 한 명만 가지고 있고 경찰들은 그림을 자주 볼 수가 없어서 그런 것 같다. 뭐 그건 어쩔 수 없는 문제였다.

그러던 중에 정말로 민수는 민영이가 있는 곳을 알아내었다. 그들은 민영이 티다르마을 약간 바깥으로 향하는 것을 보게 된 것이다. 민수는 그곳을 조사하기 시작했다. 거기서 민영과 도현 둘을 보게 되었다. 어찌 된 일인지 정서는 보이지 않았다. 민수는 굳이 정서가 있을 때 민영을 잡을 필요는 없다고 생각했다. 물론, 그렇게 해서라도 잡는다면 잡을 수 있겠지만, 그렇다면 민수 쪽도 희생도 있을 수 있고, 최악의 경우 실패할 수도 있는 문제였다. 그리고 민영을 잡은 후 정서를 잡으면 된다고 여겼다. 그렇게 조금 염탐하는 시간을 가졌다.

"어찌 된 일인지 박정서는 통 보이지 않네."

민수가 말했다.

"그렇습니다. 저 둘뿐인데, 지금 들이닥친다고 하더라도 막을 수는 없을 겁니다."

달수가 말했다.

"기다려봐."

민수는 전에 나무 위에서 뛰어 내려오던 박정서의 무예 실력을 보고는 자신이 다칠 것 같다는 생각도 들었다. 그리고 차라리 도현이라도 없을 때를 노리는 것이 좋다고 여겼다. 계속 멀리서 살펴보았고, 도현이가 밖으로 나오길 기다리고 있었다. 아니나 다를까, 도현이 밖으로 나가는 것을 보게 되었다. 민수는 이때다 싶었다. 자신의 마취총을 다시 한번 확인하고는 부하들에게 저 집을 에워싸라고 시켰다.

"문 열어!!"

민수가 외쳤다.

"누구냐?"

민영이 말했다.

"경찰이다. 문 여는 것이 좋을 것이다."

달수가 말했다.

민영은 안에서 다급해졌다. 밖에는 경찰들이 꽤 많이 있는 것처럼 느껴졌다. 민영은 뒷문을 이용해서 나가는 것이 낫겠다고 여겼다. 그런데 뒷문을 살짝 열어서 살펴보니, 뒤에도 경찰들이었다. 아니, 이 집 자체를 전체적으로 포위하고 있었다. 앞문에는 차민수가, 뒷문에는 강달수가 지키고 있는 셈이다. 민수가 지시를 내리자 경찰들이 문을 열고 총을 들이댔다. 뒷문에서도 달수와 경찰들이 뛰어나왔다. 결국에 경찰들은 민영을 에워싸고는 총구를 겨누었다. 차민수는 민영의 정면에서 승리의 웃음을 짓고 있었다.

"하하하하, 드디어 잡았군, 최민영!!"

"이런…. 어떻게 내 이름을 아는 거지"

민영은 수많은 총들이 자신을 향하고 있어도 싸울 기세를 하고 있었다. 그러나 민수는 마취총을 그녀에게 쏘았다. 민영은 마취총을 맞았다.

"이런 정신이 희미해지잖아……"

민영은 정신이 희미해져도 경찰들에게 발차기를 날렸었는데, 경찰들 몇 명이 발차기를 맞고 쓰러지기도 했다. 그러나 민영은 결국 정신이 흐려지며 기절해버렸다. 민수는 민영을 익배에게 데리고 갈 수 있게 되었다. 그는 민영을 체포해 경찰서로 향했다.

한편 도현은 밖으로 무예 연습을 하러 나왔다가, 훈련용 신발을 안 갈아 신고 나온 것을 깨닫고 다시 돌아왔다. 그때 민영이 납치되어가는 것을 지켜보게 되었다. 그는 아무것도 할 수가 없었다. 정서가 돌아오기만을 기다려야 할까? 아니면 혼자서라도 민영을 구하러 가야 할까? 그는 경찰서로 잡혀간 민영을 지켜만 볼 수밖에 없었다.

◆◆◆

민수는 달수를 시켜서 민영을 꽁꽁 묶어 잡아다가 익배 앞으로 데리고 왔다. 민영은 마취에서 깨어나지 않은 상태였다.

"드디어 잡았습니다. 그 그림 속의 인물 말이에요."

민수가 말했다.

"누구? 최민영 말인가??"

"네."

민수가 말했다.

"정말인가?"

"네, 그렇습니다."

달수가 말했다.

"고생했군. 됐어. 자네가 초록바람대도 대부분 처형했고, 민영을 잡기까지 했으니, 이제부터는 경감이 아니라 경정이고, 달수는 경감으로 하겠네!!"

"네. 감사합니다."

민수와 달수가 동시에 대답했다.

"헌데, 이 여인의 옷차림도 그렇고 많이 지저분하군."

"아무래도 노예 출신이다 보니까."

민수가 말했다.

"알고 있네. 일단 일어나면 하녀들에게 지시해 목욕을 시키고 최고급 서

비스를 제공하게. 최고급으로 제일 예쁘게 화장을 시킨 다음에 나에게 데려오란 말이야."

익배는 최고급이란 말을 두 번이나 연속으로 내뱉었다.

"예, 허나 너무 위험한 사람입니다. 마취총이 없으면 상대할 수가 없을 겁니다. 무예도 그렇고."

민수가 말했다.

"하하하하, 나 이익배야. 그 정도도 준비 안 했을 것 같나. 그만 돌아가 보게!"

민수와 달수는 걱정이 되긴 했지만 익배의 명령에 따랐다.

◆◆◆

민영은 정신이 들고 일어나 보니 아주 좋은 침대 위였다. 그녀는 자신의 옷이 벗겨지고 다른 옷이 입혀진 것을 알게 되었다. 그녀가 일어났을 때 주위에 하녀들은 그녀의 지시를 기다리는 모습을 취하고 있었다.

"괜찮으신가요??"

하녀가 물었다.

"아…. 네, 괜찮습니다. 여기는 어디인지??"

"어디인지 대답해 드릴 순 없지만, 명령을 따라야 할 일이 있어서요. 이 명령을 이행하지 못하면 저희가 모두 죽게 됩니다. 부디 따라 주시겠습니까??"

"예?"

"제발 부탁드립니다. 명령을 따라주십시오. 저희 말을 들어주세요."

하녀들은 애절한 표정을 짓고 있었다.

"예, 알았어요. 무엇이죠?"

많은 하녀들은 민영의 정신을 빼앗을 정도로 오가며 민영의 옷차림을 하나하나 바꾸어 주었고, 화장도 예쁘게 해주었다. 거울 앞에 선 민영은 완전히 다른 사람이 돼 있었다. 무엇보다 민영은 생전 처음 치마를 입어 보게 되었다. 민영은 하녀란 직업이 신분 해방과 함께 사라진 줄만 알았는데, 아직도 존재하고 있는 것이 이상했다. '아직은 시간이 걸릴 문제였었나.'라고 여겼다.

"너무 아름답군."

이익배는 멀리서 걸어오면서 민영을 향해 말했다.

"당신은 누구죠?"

민영은 처음 보는 사람이라서 당황하며 물었다.

"나는 티다르 마을의 지도자 이익배라고 합니다."

"헌데 제게 왜 이러시죠??"

"저하고 혼인을 해주셔야겠습니다."

"아니, 갑자기 혼인이라니요? 저는 아직 결혼하고 싶은 마음이 없습니다."

"저는 그대가 누구인지 알고 있습니다. 초록바람대든 뭐든, 그런 것은 제 명령 한 마디면 없어져 버리죠. 게다가 그대가 얼마나 무예 실력이 출중한지도 알고 있습니다. 그래서 한 가지 덧붙여 말하지만 만약 여기서 없어지시거나, 제 청을 거절하신다면, 여기 주위에 있는 하녀들은 모두 죽게 될 겁니다."

"뭐라구요??"

"한 번 해보세요. 다 죽게 될 테니까. 어떻게 하시겠어요? 저하고 혼인하겠습니까? 아니면 그렇게 예쁜 옷을 입혀주고 화장도 해주던 하녀들을 죽이시겠습니까??"

"……"

민영은 곤란한 표정을 지었다. 그리고 이 앞에 있는 이익배라는 사람을 그냥 쓰러뜨리기에도 무리는 있었다. 그의 주변에는 그를 보호하는 사람들이 몇 명 있었다. 그들은 총을 가지고 있었고, 민영이 날뛰는 순간에 그 총이 자신에게로 향하고 하인들에게도 향할 것만 같았다. 무엇보다 뭔가 짓누르는 느낌을 받았다. 그것은 아마도 자신이 지금 차려입은 옷차림에서 오는 두려움일지도 모르겠다. 한 번도 입어 본 적이 없는 치마를 입었고 하녀들에게는 주인 취급으로 대우를 받고 나니까, 자신을 잃어버린 느낌이 들었던 것이다. 그래서 더욱 얼어붙는 느낌이 더해졌다. 자신이 하고 싶은 대로 막 할 수도 없는 것은 본질적으로 자신의 뿌리를 흔들고 있었던 치마 입은 모습이 가장 큰 이유인 것 같았다.

"그럼 허락한 걸로 알겠소. 나랑 혼인한다면 원하는 모든 것들을 가질 수 있소. 내 그대를 위해서라면 뭐든지 할 터이니, 내 청을 거절하지 말았으면 합니다."

"조…, 조금만 시간을 주시겠어요. 허락은 하겠어요. 하지만 너무나 갑작스럽네요. 여인으로서 이 모든 것을 감당하기에는 어려움이 있습니다. 다만, 조금 생각을 하고 싶네요. 혼인은 하겠습니다만, 혼인 날짜를 바로 내일로 하시거나 그러지 않으셨으면 합니다."

"아, 그렇군요. 그런 부분이라면 얼마든지 들어드리지요. 2주 정도면 충분하겠소??"

"예. 좋아요."

"그렇군요. 그럼 2주 뒤에 최민영 그대를 나의 신붓감으로 정하겠소."

"네."

민영은 억지로 환하게 웃음을 지었다.

8

지민과 동수는 티다르로 올라오게 되었다. 그도 그럴 것이 지민이의 할아버지가 돌아가시면서 모람에 있고 싶지가 않아졌다. 그는 티다르로 가고 싶었다. 도시에서 살면서 장사를 할 생각이었다. 지민은 혼자서 티다르로 가겠다고 했지만, 동수는 그런 지민이를 끝까지 지켜주고 싶어서 학교를 그만두었다. 동수는 그냥 평민의 가난한 집안의 아들이지만, 부모님과의 사이는 그다지 좋지 않았다. 동수는 나름대로 자신의 고집이 강하고 추구하는 바가 있으면 하는 스타일이었다.

그는 승진이 죽음에 이르렀을 때, 남긴 유언을 가슴 깊숙이 새기고 있었다. 그래서 집을 나와서 지민의 일을 도우며 지민이에게 어느 정도 돈을 받고 일을 하며 티다르에서 같이 살기를 바랐다. 어차피 학교 나와봐야 졸업하고 나서 마땅히 돈을 벌 수 있는 곳도 없을 거라고 생각했다. 그는 지민이랑 같이 있으며 장사에 대해 배우기로 했다. 둘은 티다르로 올라오는 날에 단두대에서 처형되는 초록바람대를 보았다. 그리고는 예전에 민영이 누나가 빵집에서 일하던 형이 말하는 문신 얘기를 듣고는 뛰쳐나간 것이 생각이 났다. 민영이 누나는 분명 초록바람대임이 틀림없다.

"동수야!"

"알아. 지민아 네가 무슨 말을 하려고 하는지. 민영이 누나 얘기하려는 거."

"설마, 민영이 누나가 벌써 어디선가 죽은 건 아닐까?"

"그럴 리가…, 없어."

"사람 죽어나가는 거 쉬운 세상이란 거 알잖아. 우리도 언젠가 저렇게 죽게 될지도 모르지. 하지만 죽더라도 죽음이 결코 헛되지 않는 곳에 있고 싶어."

"승진이 죽었을 때가 생각나…."

지민과 동수는 티다르에서 물장사를 하기 위해 가게를 알아보고 있었다. 일단 가게보다는 길거리에서 물을 파는 것이 낫다고 여겼다. 가게의 자리가 어디서 장사가 잘되는지 알 수가 없어서. 길거리에서 물을 팔면서 지켜보다가 괜찮은 자리를 생각하여 그 가게를 살 수 있으면 사는 편이 낫다고 여겼다.

지민과 동수는 길거리에서 물을 팔려고 나와 있을 때였다. 누군가가 그들에게로 다가왔다. 그는 티다르에서 소년단을 이끄는 소년단장 주운모였다. 운모는 초록바람대의 최후를 보면서 자신이 그 뒤를 이어야 한다고 생각하는 아이였다.

"야!! 너희들 못 보던 애들인데, 누가 여기서 장사하라고 했냐? 장사를 하려면 자릿세를 줘야 하는 거 아니야?"

운모가 말했다.

"너는 대체 누구길래 우리 보고 장사를 해라 마라냐?"

동수는 화가 나서 맞받아쳤다.

수가 많더라도 겁먹을 동수가 아니었다.

"어쭈? 내 뒤에 숫자가 우습게 보이냐?"

"그래, 너희들은 다 우스워 보여. 나는 친구의 죽음마저도 지켜본 자로서 결코 지금 상황을 그냥 넘어가지 않아."

"오호. 그래, 얘들아!! 이놈이 하는 얘기 다 들었지?"

"응. 단장, 들었어."

소년들은 하나같이 말했다.

"좋아, 그 정도 배짱이라면 우리 소년단으로 들어오는 게 어때?"

운모가 말했다.

"뭐 소년단?? 그게 뭐지??"

동수가 물었다.

"전에 초록바람대가 단두대에서 사라지는 거 보았지?"

"어."

"우린 그 뒤를 이을 조직이야."

"뭐??"

"우린 그 뒤를 이을 조직이라고."

"정말로??"

"초록소년단이라고 하지."

"네 이름이 뭐지?"

"내 이름은 주운모라고 해. 뒤에 있는 친구들과 초록소년단을 이끌고 있어. 너희는 이름이 뭐냐?"

"내 이름은 민동수고, 얘는 유지민이야. 만나서 반가워."

"우리를 소년단에 넣어줘서 고마워!!"

지민이가 말했다.

지민이는 무엇보다 민영이 누나와 더 가까워진 느낌을 받아서 좋았다. 물론 민영은 죽었을지도 모른다. 그러나 그녀가 살아있다면, 자신도 초록소년단에서 일하다 보면, 그래서 누나를 만나게 되면, 분명 기뻐할 것이다. 어차피 이제는 모람마을에서 살지도 않아서 누나를 다시 만나기도 어렵겠지만, 살다 보면 뭐 또 만날 날이 있지 않을까 해서 말이다. 그래서 초록소년단에 들어왔다.

지민이와 동수는 초록소년단장인 운모와 그 친구들과 헤어지고 계속해서 물장사를 했다. 길거리에서 물장사를 하는데, 도현과 마주치게 되었다. 도현은 지민을 알아보고는 인사했다.

"어이 꼬맹이, 티다르까지 온 거냐?"

도현은 지민을 보고는 깜짝 놀랐다.

"네, 안녕하세요. 오랜만이에요. 형."

지민도 놀라긴 했지만 반갑게 인사했다.

지민은 옆에서 멀뚱하게 쳐다보고 있는 동수를 보고는 인사를 시켜야겠다고 생각했다.

"아, 인사해. 이분은 민영이 누나랑 같이 다니던 형이야."

"안녕, 나는 한도현이라고 한다. 민영이가 친구가 많네."

"네, 안녕하세요. 저는 민동수라고 합니다."

"티다르에서 물장사라니, 장사로 크게 성공할 것 같다."

도현이 말했다.

"네, 감사합니다. 헌데 혹시 민영이 누나는 잘 지내나요?"

지민과 동수가 동시에 물었다.

"어, 그래. 잘 있지… 여기 너희들이 있다고 말해줄게."

도현은 민영이가 납치되어 있다는 사실을 말하지 않고는 아이들에게 거짓말을 했다. 지민과 동수는 민영이가 살아 있다는 것을 알고는 서로 쳐다보며 미소를 짓고 있었다.

"예, 꼭 전해주셔야 합니다."

지민이와 동수가 동시에 대답했다.

"헌데, 너희들 나 좀 도와줄 수 있겠니??"

"네, 무엇을요??"

지민이가 물었다.

"내가 쓴 편지를 지금 저쪽에 보이는 저 집 알지?? 거기에 사람이 올 거야. 한 남자인데, 어깨에 나처럼 문신이 있을 거야. 초록색의 문신 말이야. 그래 이 문신은 잘 안 보일 수 있어. 그 남자에게 이 편지를 꼭 좀 전해주렴. 그래야 한다."

도현은 자신의 문신을 몰래 보여주고는 다시 옷을 입었다.

"어, 이거 초록바람대 문신 아니에요?"

동수가 놀라서 물었다. 그리고는 민영이 누나랑 관계된 사람들은 전부 초록바람대와 관련이 있는 사람이라고 생각했다. 물론 지민이도 같은 생각을 했을 것이다.

"그래 맞아, 하지만 그 얘기를 크게 해서도 안 되고, 소문을 내서도 안 돼. 그리고 이 편지도 읽어서는 안 된단다. 아마 경찰이 올 수도 있을 거야. 물론 그런 일은 거의 없을 테지만, 경찰은 보통 두 명 이상 움직이거든. 한 명만 오지는 않아. 한 명이 온다면 그것은 아마 내가 말한 사람일 가능성이 높아. 절대 경찰에게는 이 편지를 주면 안 돼. 그가 어떻게 생겼냐면…."

도현은 정서가 어떻게 생겼는지도 설명해 주었다.

"알았어요."

동수와 지민 둘은 동시에 고개를 끄덕였다.

동수와 지민이는 민영이 누나를 만나고 싶어 했다. 그리고 초록바람대를 도울 수 있다는 사실을 초록소년단에게 알리고 싶어 했다. 헌데, 지금은 도현이 형이 바쁜 것 같아서 자신들이 초록소년단이라는 사실을 알리지는 않았다.

"도현이 형, 우리는 초록바람대를 무지 좋아해요!!"

동수와 지민이 말했다.

"훗"

도현은 싱긋 웃었다.

◆◆◆

도현은 동수, 지민이와 헤어졌다. 그는 혼자서라도 들어가야겠다고 생각했다. 아니 어쩌면 하루라도, 한 시간만이라도 먼저 민영을 만나야겠다고 여겼다. 그래야 자신이 마음이 더 편할 것 같았다. 그는 차민수가 있는 경찰서로 들어가는 것을 택했는데, 때문에 경찰 복장이 필요했다. 그래서 경찰들 중 한 명을 죽인 다음 경찰 옷을 입고서 들어가는 것을 택했다. 그렇게 경찰서 주변을 감시하고 있을 때, 경찰서에서 갑자기 큰 박수 소리가 들리면서 모두 바깥으로 나왔다.

"이익배 님께서 결혼을 하신다고 하니, 이거야 원 마을 축제를 열어야겠어."

"마을 축제를 해야지."

결혼하는 것이 무슨 대수라고 마을 축제까지 한다고 설쳐대다니…. 귀족들의 생각은 신분 해방이 되고 나서도 똑같다는 것을 실감했다. 도현은 건물 뒤편에 숨어서 경찰들의 이야기를 듣고는 신분 해방 후나 지금이나 달라진 것은 없다고 여겼다.

"이름이 뭐였더라. 최민영이라고 하던가. 무지 예쁘게 생겼던데,"

"내가 봐도 그래. 뭔가 때 묻지 않은 순수함도 같이 있는 것 같은 느낌이라고나 할까?"

"민수 경정님이 소개해 주신 걸로 아는데, 민수 경정님은 어떻게 그런 미인을 알고 계셨을까?"

'최민영이라고?'

도현은 이익배라는 티다르의 마을 지도자가 최민영과 결혼한다는 소리를 듣게 되었다. 그리고 그것은 경찰서로 잠입을 한다고 해서 될 문제는 아니었다. 마을 지도자라면 마을관리위원회를 찾아서 그곳에서부터 샅샅이 뒤져봐야 한다. 아니 어쩌면 익배의 집을 수색해야 할지도 모른다. 허나 익배의 집은, 어디에서부터 찾아야 할까? 도현은 어디에서부터 손을 써야 할지 난감해했다. 그리고 일단은 다른 여관을 찾아서 그곳에서 묵기로 했다. 이미 정서가 만들어 놓은 아지트는 경찰이 알고 있어서 갈 수가 없었다.

9

박정서는 말을 타고 달리고 달려서 푸실마을에 도착했다. 그는 먼저 혜주에게로 가려고 마음을 먹고 있었다. 허나, 이미 혜주네 가게는 없어진 후였다. 혜주는 어디에 있는 걸까? 혜주를 찾는다고 할지라도 자신이 다가갈 수 없는 존재가 되어버린 것은 아닐까? 정서는 푸실마을을 말을 타고 한 바퀴 돌고 있었다. 헌데 거기에서 남자들이 조금 모여 있는 곳으로 가보았다. 그들은 하나같이 누군가를 훔쳐보고 있는 것 같았다. 정서도 그들의 틈으로 가서 무엇을 보는지 보았는데, 그곳에서 혜주를 발견하게 되었다. 혜주는 어떤 귀족 남자하고 같이 푸실연못길을 걷고 있었다. 그리고 그것을 부러워하는 남자들은 이 모습을 지켜보고 있었다. 이 중에서 혜주에게 마음을 거절당한 남자들도 있었다.

정서는 혜주가 너무나 예쁘게 꾸미고 있는 모습을 보고는 자신이 혜주에게 얼마나 모자란 사람인지 알게 되었다. 그랬다. 적어도 자신이 부족하다고 생각하기에는 충분했다. 그렇게 시무룩해졌을 때 혜주를 조금 더 가까이에서 보게 되었다. 혜주는 옆에서 쳐다보고 있는 남자들을 보고도 그저 모른척했다. 그것이 자신이 아닐 거라고 생각했고, 다른 곳을 쳐다보는 것으로 여겼다. 어차피 푸실연못길은 관광지로서 사람들이 많이 찾는 곳이었다. 혜주는 정서가 많은 사람들과 같이 있어서 보지 못했다. 정서는 혜주를 쳐다보았는데, 혜주가 넘어질 뻔한 것을 같이 푸실연못길을 걷고 있던 남자가 잡아주었다. 헌데 그 모습이 정서에게는 안아주고 있는 모습으로 보였다. 게다가 혜주의 손에는 자신이 준 반지가 없었다. 그리고 혜주가 준 반지를 낀 자신의 손을 쳐다보았다. 정서는 자신이 이미 버림받았다는 것을 느껴버렸다. 정서는 혜주에게 가서 말을 걸지 않았다. 그녀는 이미 어차피 귀족이 아니던가. 다가간다고 하더라도 어차피 맺어질 수 없는 사이였다는 것을 느껴버렸다.

'그래, 홍혜주 잘 있어. 너는 귀족이니까. 나 같은 놈이 아니더라도 잘 살 거야.'

푸실연못길의 입구에는 제일 큰 느티나무가 있다. 느티나무 앞에는 나무의 유래에 대해서 적혀 있는 바위가 있었는데, 정서는 거기에다가 혜주가 준 반지를 두고 왔다. 그는 그리고 나서 말을 타고는 미친 듯이 달렸다. 티다르로 말이다.

갑자기 하늘이 어두워지고 비가 내리기도 했다.

'아, 하늘이시여, 나의 사랑이, 사랑이 아님을 알려주시는구려, 이 비는 그 사랑이 끝났음을 알리는 징표로 생각하겠습니다.'

정서는 비가 와도 달렸다. 그는 미친 듯이 달려서 티다르로 갈 것이다.

◆ ◆ ◆

혜주는 푸실연못길을 나오면서 입구에서 제일 큰 느티나무가 있는 곳으로 가보았다. 느티나무 앞에 있는 바위에서 뭔가 빛나는 것이 있음을 알게 되었다. 그리고 그것이 무엇인지 살펴보았는데, 언뜻 보니 자신이 정서에게 준 반지하고 비슷하게 생겼다. 그리고 반지의 안쪽에는 자신이 새겨 놓은 글귀를 발견하였다. 반지 안쪽에는 "정서야 사랑해."라는 말이 적혀 있었다. 혜주는 정서가 자신을 보고는 그냥 간 것을 눈치챘다. 그리고 자신의 눈으로 반지가 없는 자신의 손을 쳐다보았다. 설마 정서가 지금 나를 본 것일까? 그럼 내 손에 반지가 없음을 알고 있었던 걸까? 설마, 아까 내가 넘어질 뻔했을 때 날 잡아준 사람과 내가 포옹을 하고 있다고 생각한 것은 아니었을까?

혜주는 여러 가지 생각들이 들었다. 그리고 그녀는 눈물을 흘렸다.

'흑흑⋯. 정서야⋯. 결국에는⋯이렇게까지 되는구나⋯. 내가 꼭 티다르로 너를 찾으러 갈게!!'

혜주는 집으로 와서 어떻게든 푸실마을을 벗어나서 티다르로 가야겠다고 생각하고는 허름한 옷으로 갈아입었다. 그래야 활동하기도 편하기 때문이었다. 하지만 비가 너무 많이 와서 지금은 떠날 수가 없었다.

이 비는 언제쯤 그치게 될까?

◆◆◆

정서는 티다르로 와서는 자신의 아지트로 가려고 했다. 헌데 아지트 앞까지 가려고 해도 뭔가 이상했다. 문이 열려 있는 것도 이상했고, 뭔가 낌새가 심상치 않았다. 문도 약간 비뚤어진 느낌이 들었다. 정서는 밖에서 조금 대기하며 시간을 기다려봐야 한다고 여겼다. 혼자서 머뭇거리며 시간을 기다리고 있을 때였다. 뒤에서 어린 소년들이 자신에게로 다가왔다.

"혹시 초록바람대 아니세요??"

"그런 말을 쉽게 해서는 안 되는데, 너희들 목숨이 위험해."

정서는 단두대에서 목이 잘려버린 대원들을 생각하며 그런 말을 함부로 내뱉어서는 안 된다는 것을 알려주었다.

"제 이름은 유지민이에요. 이걸 도현이 형이 전해주래요. 그리고 괜찮아요. 도현이 형이 알려준 생김새랑 같은 것을 확인했으니까요."

지민이는 편지를 건넸다.

"저는 민동수입니다."

"그래, 반갑다."

정서는 편지를 받아서 뜯어보고는 그 자리에서 읽었다.

박정서 대장

민영이가 경찰들에게 붙잡혔어. 나 혼자서라도 민영이를 구할
테니까. 이 편지를 보게 된다면 경찰서로 민영일 구하러 와. 내
가 죽을지도 모르겠지만.

부대장 한도현

"애들아, 나중에 너희들을 만나면 그때 정말 맛있는 거 먹자. 지금은 내
가 많이 바빠질 것 같아서…."

"그럼, 나중에 티다르 길거리 상가를 잘 둘러보세요. 저희 물장사 하거든
요."

지민이가 말했다.

"아, 그러니???"

"그럼 이만 저희도 가보겠습니다."

지민과 동수가 동시에 대답했다.

"그래"

정서는 지민이, 동수와 헤어지고는 무작정 경찰서로 향했다. 길거리는 축
제 분위기로 들썩였다. 폭죽이 터지기도 했고, 큰 금돼지도 나와서는 사람
들의 눈요깃감이 되었다. 나팔소리와 함께 행진하는 사람들도 있었다. 사람
들이 웅성웅성 떠들고 있었다.

"최민영이라는 여자가 좋은 데로 시집을 가네!!"

"그러게, 이익배한테 시집가면 평생을 호의호식하며 살게 될 거야!!"

"또 모르지. 익배가 금방 질려서 다른 여자를 구할지…."

"하긴 그럴지도 모르죠."

정서는 사람들이 하는 말에 분명 '최민영'이라는 말을 들었고, 길거리를
돌아다니면서 그는 민영이가 설마 결혼을 하는 것인지, 아니면 이름만 같은
다른 사람인지 생각하고 있었다.

"박정서 대장"

도현이가 뒤에서 불렀고, 정서는 뒤를 돌아보았다.

"한도현 부대장"

"지금 무슨 생각을 하는지 맞혀 볼까? 지금 대장이 생각하고 있는 민영이가 민영이가 아니라고 생각하고 있지?"

"응,"

"틀렸어. 민영이가 그 민영이야."

"그럴 수가…."

"내가 똑똑히 들었어."

"민영이가 결혼을 하다니. 그것도 이익배라는 귀족이랑 말이야."

"민영이를 구해야 해. 아무래도 강요당한 게 틀림없어."

"내가 봐도 그래. 하지만 상대는 티다르를 전부 좌지우지할 수 있는 존재라고…."

"경찰들이랑 비교할 순 없겠지. 참, 혜주랑은 어떻게 되었어?"

정서는 혜주와 있었던 일들을 이야기해 주었다.

"그럴 수가…, 혜주가 귀족 남자와…."

도현은 깜짝 놀랐다.

"뭐, 나보다는 귀족이 더 낫잖아. 귀족은 여전히 존재하니까."

정서는 혜주를 잃어버린 일을 계기로 민영에게 다른 의미를 부여하고 있었다. 민영이만은 절대 양보할 수 없다는 게 맞는 말일까? 혜주는 귀족이 되어 자신이 잊어야만 할 존재로 남았지만 민영이만은 그럴 수가 없었다. 그 마음은 혜주를 잃어버린 상실감에 한층 깊이를 더해주었다. 민영이는 지금 원하지 않는 결혼을 하고 있다. 갑자기 결혼이라니, 이게 무슨 뜬금없는 소리인가. 그것도 가장 신분이 높은 이 도시의 지도자가 아니던가? 절대 있을 수가 없는 일이다. 분명 무슨 일이 있다.

"앞으로 어쩔 생각이지? 대장??"

"글쎄, 일단은 민영을 구해야겠지. 결혼식 날 민영이를 구출해서 데려가 야겠어."

"어떻게?"

"방법을 생각해 봐야겠지. 참, 그리고 그 소년들이랑은 아는 사이야?"

도현은 모람마을에서부터 지금까지의 이야기를 정서에게 들려주었다.

"민영이도 소년들을 안단 말이지."

정서가 말했다.

"맞아."

"일단 소년들에게 부탁해서 민영이를 구해야겠어."

"그래 대장, 같이 물장사를 하는 곳으로 가보자."

10

드디어 결혼식 당일이 되었다. 민영은 아주 예쁘장한 웨딩드레스를 입었 는데, 거울 앞에서 스스로 봐도 본인이 아닌 것처럼 느껴졌다. 가슴이 파인 웨딩드레스는 볼륨감을 더욱 두드러져 보이게 했고, 빨간색으로 변해버린 자신의 입술은 거짓말을 한다고 해도 다 받아줄 것처럼 느껴졌다.

'하아. 이거야 원, 이게 나 맞아? 정말 결혼해야 하는 걸까?'

익배는 검정색 정장을 깔끔하게 차려입고는 민영을 바라보았다. 늘 다현 이가 웨딩드레스를 입은 모습을 상상하곤 했는데, 민영의 자태를 보니 그 상상 속의 다현이와 그대로 들어맞았다. 익배는 자신이 생각해도 지금까지 해 온 고생들이 결코 헛되지 않음을 느끼면서 스스로 성취감에 흠뻑 젖어 있었다. 차민수를 자신의 밑에 둔 것도 옳은 판단이라 여기며 자신이 용인 술에 능하다고 자부했다.

그의 미소에는 승리를 암시하는 그 무엇인가가 묻어났다.

"드레스를 입으니 정말 아름답군!!"

"아…, 예…, 헌데, 제 어디가 좋으신가요??"

"어디가 좋으냐고?? 내가 결혼을 하려고 한 사람이 죽게 되었어. 그대는 그 사람과 너무나 닮았지. 그래서 내가 사람을 시켜서 찾고 있었던 거야. 그 것만으로도 그대는 나에게 선택받은 것이고, 평생을 나와 함께 호의호식하며 살게 되는 거지."

"호의호식이요??"

"그래, 호의호식. 최민영 그대는 이제 평생을 호의호식하며 살게 되는 것이지."

민영은 겉으로는 최대한 미소를 짓고 있었지만, 속은 부글부글 끓어서 발차기를 날려 익배를 때려눕히고는 이곳을 빠져나가고 싶었다. 하지만 자신이 나간다면 하인들이 모두 죽게 될 터이니 어쩔 수가 없었다. 그냥 이곳에 머물러 있을 수밖에…. 익배는 자신이 초록바람대였다는 사실을 이런 식으로 이용하는 것 같았다. 익배는 민영이가 지키고 싶은 정의를 오히려 민영이를 옭아매는 올가미로 활용하고 있었다.

◆◆◆

이익배는 전단지를 뿌리는 사람들에게 돈을 지불하고는 야외결혼식을 진행할 거라는 것을 티다르의 전역에 알리게 했다. 티다르의 중앙공원에서 오전 11시에 결혼을 할 것이라는 이야기는 순식간에 티다르에 퍼지게 되었고, 그 소식은 정서와 도현에게도 들리게 되었다. 그리고 민영이가 시간을 달라고 익배에게 이야기한 시간들이 다 지나가고 드디어 결혼식날이 되었다.

티다르의 많은 사람들이 기대하고 있었다. 물론 사람들은 자신들이 조금 더 놀 수 있는 시간이 생겨서 좋았다고 봐야 할 것이다. 무슨 한 도시의 지도자가 결혼하는 데 며칠을 놀 수 있는 시간을 주는 것인지, 귀족들의 힘이 신분 해방이 되어도 여전히 강하다는 것을 보여주고 있었다. 차력을 보여주는 행진들이 앞으로 나가기도 했었다. 사람들은 차력쇼를 하는 사람들을 보며 열렬한 환호를 보내기도 했다.

드디어 "신랑 입장"이라는 말과 함께 이익배가 힘차게 앞으로 나아갔고, '신부 입장'을 외치려는 순간이었다. 갑자기 하늘에서 나뭇잎들이 떨어지기 시작했다. 그것은 모두 초록색이었다. 바람에 흩날리고, 또 흩날렸다. 모든 곳곳에서 나뭇잎이 흩날렸다.

"초…, 초록바람대다!!!!!!"

"초초록바람대야!!!"

"초록바람대가 나타날 징조다!!!!!"

사람들은 모두 놀랐다. 이미 초록바람대 대원들은 죽어버리고 없는데 어떻게 된 것인지 깜짝 놀랐다. 그랬다. 적어도 초록색의 나뭇잎이 하늘에 흩날리는 일은 다시는 없어야 했다. 헌데 지금 다시 흩날리기 시작했다. 그것은 초록소년단의 짓이었다. 정서가 아이들에게 높이 보이는 곳에서 나뭇잎을 뿌리라고 했다. 나뭇잎을 보고는 익배에게 초대된 사람들은 하나 같이 기겁하며 결혼식장을 나가려고 했다. 초록바람대가 자신들의 목숨을 노리는 것 같아서였다. 그렇게 우왕좌왕하는 사람들이 있다 보니 죄도 없는데도 불구하고 도망가는 사람들까지 있었다.

"아니 이게 뭐냐?? 이게 무슨 나뭇잎이야??"

익배가 화가 나서 소리쳤다.

"초록바람대는 다 죽었을 거 아니야?? 인원이 있다고 해도 저런 짓을 할 만한 인원은 없을 텐데, 차민수 경정, 이게 대체 무슨 일인가?? 티다르의 치안대장을 맡고 있으면서 지금 이 군중들의 동요는 무엇이지??"

익배는 민수를 노려 보면서 말했다.

"저도 그게 잘…."

민수는 고개를 좌우로 흔들면서 지금 상황을 보고 있었다.

"뭐 하는 거냐고? 차민수 경정!!!! 왜 서서 보고만 있나?? 만약 내가 혼인을 하지 못한다면 자네는 그때 정말 끝이야!! 알겠나?? 지금 즉시 나뭇잎이 떨어지는 장소로 가봐, 초록바람대가 무슨 일을 꾸밀지 몰라. 빨리빨리 움직이라고!! 알겠어??"

익배가 소리쳤다.

"네, 알겠습니다. 달수야. 서둘러서 저 나뭇잎이 뿌려진 곳을 전부 다 수색해!! 경찰들은 모두 들어라. 전부 나뭇잎이 있는 곳으로 흩어져서 가라!!"

민수가 말했다.

"네, 알겠습니다. 차민수 경정님!!"

달수가 대답했다.

민수는 익배의 눈치를 보며 명령을 내렸다. 적어도 오늘 혼인만큼은 꼭 치를 수 있도록 노력을 해야 했다. 경찰들의 병력이 나누어졌을 때, 정서와 도현은 흑색 가면을 쓰고 앞으로 나왔다. 그리고 도현은 조금 더 날뛰는 역할을 했다. 도현이 앞장서서 시선을 끌면서, 사람들을 자신에게 집중시키는 역할, 말하자면 총대를 메는 역할을 한 것이다. 그때 정서가 가서 민영을 구출하는 방법을 쓰기로 했다. 정서가 더 날뛰는 역할을 하려고 했지만, 도현은 민영이가 안전하게 구출되기를 원했다. 그래서 도현이가 더 위험한 일을 맡게 된 것이다. 도현은 익배 근처에 있는 경찰 부하들의 시선을 끌기로 했다. 도현은 먼저 나가서 검을 꺼내어 휘둘렀다. 경찰들은 도현에게로 병력을 집중시키려고 했다.

"민영아, 나야 정서"

정서가 민영의 옆으로 재빨리 가더니만 민영에게 말했다.

"대장!!"

"못 알아보겠다."

정서는 민영의 웨딩드레스 입은 모습을 보았다.

"대장, 지금 여기를 나가면 모든 하녀들이 죽게 될 거야. 어떡할 거야??"

민영은 허둥지둥 대며 말했다. 그녀는 불편한 웨딩드레스를 입고 탈출하기도 힘들다고 생각했다.

"아마 하녀들을 바로 죽이진 않을 거야. 일단 너를 구하고 상황을 보자."

정서가 손을 내밀며 말했다.

"아, 그런 방법이 있었지. 일단 내가 탈출하고 바로 대장이랑 부대장과 함께 오면 되겠다."

민영은 정서가 내민 손을 잡았다.

너무나 혼란스러운 상황들이었다. 하늘에서 내려오는 나뭇잎들과 사람들의 동요감…. 민영은 정서를 데리고 웨딩드레스를 입고서 기다리고 있었던 대기실로 데리고 갔다. 그곳에는 탈의실이 있었다. 정서는 그곳에서 민영을 지키며 옷을 갈아입을 때까지 기다렸다. 헌데 경찰들 몇 명이 정서가 있는 곳으로 오고 있었다. 정서는 잠시 탈의실 근처 벽 뒤에 숨어 있었다. 그런데 경찰들이 탈의실을 수색하려 했다. 정서는 민영이가 탈의실에 있으니, 벽 뒤에 숨어있다가 밖으로 나와서는 경찰 네 명을 순식간에 죽였다. 그동안에, 민영은 옷을 재빨리 갈아입고 나왔다. 그리고는 정서하고 같이 밖으로 나가면서 부딪치는 경찰들을 처리해 나갔다.

정서는 민영을 데리고 말을 타고서는 온새미로마을 근처 숲속으로 왔다. 일단 도현을 기다리기로 했는데 도현은 아주 멀리서부터 보이기 시작했다. 헌데 도현의 모습이 심상치가 않았다. 말을 타고 오지만 뭔가 비틀거리는 것 같았다. 도현은 다 도착했을 무렵에 그만 말에서 떨어졌다.

"두목!!!"

민영이 외쳤다.

"부대장 한도현!!!"

정서가 외쳤다.

둘은 재빨리 뛰어가서 피 흘리는 도현을 부축하고 데리고 왔는데, 몸에 총알이 5방 이상은 박혀 있었다.

"난 이제 틀린 것 같아. 미안해. 박정서 대장. 나 민영이하고만 둘이서만 이야기하고 싶어서. 예전에 대장이 민영이하고 둘이서만 이야기하고 싶다고 했지…. 나도 지금 그러고 싶어…. 이게 아마 마지막일 것 같아…. 그래 줄 수 있겠어…? 대장에게는 미안해…, 끝까지 초록바람대에 있어 주지 못할 것 같아…."

"하아…, 그래 알았어…. 그렇게 해!"

정서는 잠시 뒤로 빠졌다.

"나…. 네 무릎에 조금 누워도 될까??"

도현이 비틀거리며 말했다.

"응, 두목 그래도 돼!!"

민영은 눈물을 흘렸다.

"하아…. 쿨럭… 쿨럭…. 네가 웨딩드레스……, 입은 모습 나도 보고 싶었지만, 화장한 모습만 보게 되네…."

"……"

"네가 정서를 사랑하고 있다는 것을 알고 있어. 지금도 사랑하잖니! 쿨럭…. 그래서 더 너에게 적극적으로 이야기해 왔던 것 같아. 아니 노골적이었지. 그리고 나는 항상 계산적이었다는 것도. 그래서 그런 이기심을 극복해 보려고 노력해 봤었어…. 네가 그런 면을 좋아하니까. 정서를 보면서 내가 너무나 부족하다는 것을 더 많이 알게 되었지. 그래서 네가 날 좋아하지 않았나 봐…. 하아…. 가끔씩은 아무도 없는 곳에서 정서 흉내를 내보기도 했지. 난 네가 너무 좋았어…. 내 인생에서 널 만나서 즐거웠다…."

"두목, 너무 말 많이 하지마. 피가 많이 나…."

민영은 눈물을 뚝뚝 흘렸다. 도현은 출혈이 굉장히 심했다.

"난 이제 틀린 것 같아…민영아…. 꼬리별산에 내가 모아놓은 돈 있는 거 알지. 너하고 같이 묻어두었잖아. 그 돈 너에게 다 줄게. 하아…,하아……, 내가 그래도 큰바위산적단 두목 출신이야…. 네가 내 부하라고…, 너는 내 부하야. 내가 부하를 지키기 위해 싸운 거라고…. 이것으로 먼저 죽어버린 부하들에게 저승에서라도 면목이라는 게 있을 것 같아. 잘 있어라…, 내 부하 민영아…."

"두목, 두목, 부대장!! 야, 한도현!!! 정신차려!!!!"

민영은 큰 소리로 소리를 질러댔고, 정서는 뒤에 있다가 그 소리를 듣고는 민영에게로 달려왔다. 민영은 얼굴에서 눈물과 콧물이 다 나올 정도로 울어댔다. 정서는 도현이가 죽은 것을 보고는 깊은 마음으로 애도했다. 그리고는 도현을 초록바람대의 대원들이 묻힌 곳에 같이 묻어주었다.

◆◆◆

"이런 멍청한 놈들!!! 한 명도 보지 못했다는 게 말이 되는 것이냐??"

민수는 모든 경찰 부하들에게 큰 소리로 지껄였다. 경찰 부하들은 민수 앞에서 다들 고개를 숙인 채 아무 말도 하지 못하고 있었다.

"올라가 보니…. 모두 꼬맹이들 뿐이었습니다, 초록바람대 대원인 것 같은 사람들이 나뭇잎을 뿌리고는 다들 없어졌다는 이야기였습니다…."

달수가 말했다.

"그렇다면, 꼬맹이들에게 나뭇잎을 뿌리라고 시켰을 수도 있잖아!!"

민수가 말했다.

"아, 그렇네요…."

부하 경찰들은 서로의 얼굴을 쳐다보았다.

"이런 멍청한 놈들!! 아마 박정서는 꼬맹이들을 이용했을 것이다. 이미 초록바람대는 모두 단두대에서 처형을 당했어. 오늘 함께 온 사람도 아마 이름이 한도현이었을 거야. 총알이 몸에 박혀서 도망갔다고 해도 오늘을 넘기기 어려울 것이다. 이제 남은 건 박정서하고 최민영 둘뿐이야."

민수는 나름대로 추리한 것들이 맞기는 했지만, 초록소년단이 있다는 것을 간과하고 있었다. 그저 정서의 말을 듣고 움직인 어린아이들은 아무 잘못이 없다고 여기고 있었다.

이때 갑자기 문을 열고 들어오는 자가 있었으니 이익배였다. 익배는 화가 머리끝까지 나서는 민수를 따로 사무실 안으로 불러들였다.

"티다르 치안대장님께서는 대체 무엇을 하는 겁니까??"

익배는 격노하며 물었다.

"죄송합니다. 지도자님, 뭐라고 드릴 말이 없습니다."

"앞으로 어떻게 하실 겁니까?? 차민수 경정??"

"아무래도 소년들이 이번 일에 관여된 걸로 보입니다."

"뭐라고??"

"일단은 조사가 진행되면 그 결과를 알려드리겠습니다."

"대체 민수 경정은 뭘 하는 건지, 지난번에 온새미로마을의 백백교 사건과 초록바람대를 잡은 것은 잘했지만, 내 결혼문제는 영 마음에 들지가 않아. 민수 경정 일을 제대로 하게!! 알겠나?? "

"네!!!"

"나가 보시오!!"

민수는 밖으로 나가면서 박정서라는 말을 혼잣말로 중얼거렸다. 그리고는 이제 더 이상 참을 수가 없었다. 때가 된 것 같았다. 자신이 분노를 정말 제어할 수 없는, 그런 때가 온 것이다. 더 이상 가만히 있지 않을 것이다. 민수는 참을 수 없는 단계에 이르렀다.

그는 제일 먼저 달수의 행동을 살폈다. 달수는 바로 익배의 직속 부하이지 않은가. 그는 제일 먼저 달수를 잘 살피고는 달수가 없는 시점에 몰래 들어가서 익배의 머리에 총을 쏘기로 했다.

11

다음 날이 되었다. 민수는 일을 다 마치기 1시간 전에 익배가 없는 틈을 타서 미리 익배의 집으로 몰래 들어갔다. 이미 민수는 익배의 집에 자유롭게 들락날락 할 수 있을 정도의 사이였다. 그래서 하인들은 민수가 왔는지

갔는지도 잘 모를 때도 있었다. 오늘도 그런 날 중 하나였다. 민수는 익배의 집에 숨어있었다.

익배는 집으로 와서도 자신의 혼인이 두 번이나 망가진 것 때문에 계속 화가 났다. 자신은 지금 나이도 많은 중년이다. 장가를 가서 안정적으로 살고 싶은 것이다. 결혼은 모든 성병으로부터 자신을 보호하는 것이다. 오직 한 사람과의 성을 약속하면서 말이다. 자신도 그 의미를 깊이 있게 파악하고 있었는데, 이게 대체 무슨 일인가.

그는 민영을 강제로 겁탈하지도 않았다. 더 신사적으로 대했다. 결혼식이 끝나면, 자신은 그 성에 대한 해방감을 민영에게 부여하려고 했다. 아니 어쩌면 익배는 스스로 로맨스를 꿈꾸고 있었다. 민영이가 다현이랑 닮았고 그래서 더욱 더 로맨스를 꿈꾸었다. 성에 대한 해방감, 그런 것은 처음부터 없었는지도 모른다. 그는 심하게 분노하기도 했고, 술을 많이 마시기도 했다. 두 번이나 실패한 결혼이 자신을 괴롭혔다. 다현이랑은 노예에게 밀리고, 이번에는 초록바람대가 와서 결혼을 망쳐 놓았다. 그는 심하게 분노하였고, 민영을 맡았던 하인들을 당장 모두 처형하기로 했다.

"여봐라!!"

"예!!!"

"민영을 돌보던 모든 하인들을 데리고 와라."

"알겠습니다."

민영을 돌보던 하인들은 모두 나와서 익배에게로 와서 죄지은 사람처럼 어두운 표정을 짓고 있었다.

"지금 당장 너희들의 목을 베어서, 중앙공원에 매달 생각이야. 민영이가 도망갔으니까. 말이지. 그래야 그걸 지켜보는 민영이도 괴롭지 않겠어??"

"……"

하인들은 아무 말도 하지 않았다. 주변에 네 명 정도의 경찰 부하들이 있었다. 헌데 하인들 중에서 한 명이 갑자기 나오더니만 네 명의 경찰 부하들을 단번에 제압했다. 기습적으로 공격해서 그런지 네 명을 기절시키는 것은 그다지 어렵지 않았다. 이익배 혼자 남게 되었다.

"네 놈이 바로 이익배로군!!"

박정서가 하인의 복장으로 숨어들어 이익배를 죽일 계획이었던 것이다.

"네 녀석이 어떻게 내 집에 숨어 들어온 거지??"

"하인의 목숨을 담보로 민영일 움직이지 못하게 하다니. 비열한 놈….."

"하하하하하, 목적을 위해서라면 수단은 상관없는 것이지."

정서는 재빨리 총을 꺼내서 익배의 심장에 쏘았다. 익배는 총에 맞았다. 하지만 익배가 피하는 바람에 심장에 정확히 맞지는 않고 오른쪽 어깨로 비껴서 맞았다.

"지금 웃음이 나오냐?? 이익배!! 이 더러운 놈아!!"

정서는 도망가는 익배를 보며 말했는데, 익배는 재빨리 책상 밑으로 숨어 버렸다. 그때였다. 민수가 장롱 뒤에 숨어있다가 나왔다. 정서는 깜짝 놀랐다. 민수가 뒤에 숨어있을 줄 몰랐다. 민수는 총으로 정서를 쏘았다. 정서도 어깨에 총을 맞고는 자신이 가진 총을 땅에 떨어뜨렸다.

"윽, 차민수!!!"

"하하하하, 박정서, 너는 내가 죽인다."

민수는 사격술 하나만은 누군가에게도 지지 않을 정도로 굉장했다. 정서는 도망가기 위해 뒤로 빠졌다. 민수는 총을 또 계속 쏘다가 죄 없는 하인들이 맞아 죽게 했다.

정서는 민수가 총알이 떨어진 틈을 노렸다. 총알을 다시 장전했을 때, 정서는 달려가서 발차기로 민수를 때렸다. 민수도 발차기를 맞고는 쓰러지더니만 다시 일어나서는 정서에게 발차기로 반격을 했다. 정서도 발차기를 맞고는 쓰러졌다. 다시 일어나서 민수를 때리려고 했으나, 책상 밑에 숨어서 자신의 목숨을 챙기느라 겁에 떨고 있던 이익배가 일어나면서 자신의 책상 서랍에서 총을 꺼내는 것이 얼핏 보였다. 정서는 있는 힘을 다해 민수에게 발차기를 해 뒤로 넘어지게 하고는 도망갔다.

"차민수, 자네가 어떻게 내 방에 있을 수 있었던 거지??"

익배는 뭔가 이상하다는 것을 짐작하고는 민수에게 질문을 던졌다. 그랬다. 민수가 지금 왜 자신의 장롱 뒤에 숨어있었던 것인지 이해가 가지 않았다.

"아!! 제가 깜짝 놀라게 해드릴 일이 있었습니다. 가까이서 보여드리죠."

"뭐??"

익배는 뭔가 이상하다 싶었다.

민수는 가까이 가더니만 익배의 총을 빼앗아서 그대로 익배의 머리에 쏘아서 죽였다. 하인들은 놀라서 민수를 쳐다보고 있었다. 경찰 부하들은 정서에게 맞아 기절했다가 지금에서야 일어나 익배가 죽은 것을 목격했다.

"이게 대체 어떻게 된 일입니까?? 차민수 경정님."

경찰 부하들 중 한 명이 물었다.

"몰라서 묻는 건가?? 지금 초록바람대 박정서가 이익배 님을 죽인 거야."

"사실입니까??"

"그럼 자네들은 누구에게 습격을 당했나??"

"하인이었습니다."

"그 하인이 바로 초록바람대의 대장 박정서라네."

"그렇다면 경정님은 어떻게 이 자리에 있을 수 있었던 것이죠??"

"지금 나를 의심하는 건가?? 나는 원래 익배 님의 집에 자주 왔다 갔다 했고, 오늘도 보고할 것이 있어서 왔다가 이 자리에서 정서를 놓친 것이야. 박정서는 내가 쏜 총에 맞아 어깨에 부상을 입고 달아났어!!"

"그랬군요. 역시 경정님이십니다. 우리를 구해주신 거군요."

"당연하지. 일단 익배 님의 죽음을 중앙 정부에 보고해야겠어."

"예, 그래야겠죠!!"

민수의 총에 맞지 않고 살아남은 민영을 돌보던 하인들은 그 자리에서 꿀 먹은 벙어리처럼 있었다. 민수 경정이 익배를 죽이고 정서에게 뒤집어씌운 사실을 말이다. 아니 어차피 자기들이 지껄인다고 해도 믿어주지 않았을 것이다. 힘 있는 자의 말은 옳은 것이며, 힘없는 자의 말은 그른 것이다. 만일, 민수가 죽였다고 말하고 다닌다면 오히려 자신들이 위험해질 것이다. 그리고 남은 하인들도 6명 정도밖에 없었다.

사건 후, 정부에서는 다음 지도자가 선출될 때까지 임시로 민수를 타다르의 지도자 대행으로 임명했다. 경찰에서는 민수의 계급을 총경으로 승진시켰고, 달수를 경정으로 승진시켜 민수를 보조하는 역할을 계속하게 하였다. 비록 민수의 계급은 총경이지만, 경찰서 안에 자신보다 높은 계급의 사람조차 민수에게는 함부로 하지 못했다. 민수는 타다르의 임시 지도자까지 맡고 있으니까 누가 뭐라고 하겠는가.

민수는 익배를 죽인 것을 목격한 하인들이 거슬리기 시작했다. 물론 그들이 말한다고 해도 믿어주지 않겠지만, 그래도 여전히 찜찜한 것이다. 그래서 민수는 남은 하인들을 모두 불러다가 약간의 돈을 준다고 했다. 돈을 주면 약간의 미소가 보이는 하인들을 총으로 쏘는 재미는 민수에게는 더할 나위 없는 즐거움이었다. 하인들 6명은 민수의 손에 의해 죽었다. 민수는 이참에 아예 하인이란 직업을 없애버리는 게 나을 것 같았다.

어차피 이미 신분 해방은 되었다. 하인들이 더 이상 귀족들의 집에 머물러서는 안 되는 것이다. 다른 직업을 구해야만 했다. 단지, 자신의 손과 발이 되어줄 사람이 없어지는 것이 귀찮았던 익배가 그 일을 미루고 있었을 뿐이었다. 민수는 익배의 집에 남아 있는 하인들에게 약간의 돈을 주고는 모두 밖에서 일자리를 다시 구하라고 얘기했다. 이 일로 인해, 하인이란 직업이 정말로 다 사라져 버렸다.

◆◆◆

온새미로마을의 한 여관에는 두 명의 남녀가 있었다.

"정서 대장 괜찮아??"

"아~~ 아프지만…, 그런대로 살 만해."

민영은 정서의 다친 어깨 부위에서 총알을 빼내고는 정서를 정성을 다해 치료해 주고 있었다. 정서는 민영의 모습을 보고는 얼굴이 저절로 빨개지는 것을 자제할 수가 없었다.

'어쩌면 혜주를 만나지 않았다면 민영을 좋아했을까? 도현이가 옆에서 민영을 좋아한다고 해서 더욱 혜주에게 마음을 주려고 했던 것은 아니었을까?'

정서는 누워서 민영의 치료를 받다가 민영의 손을 잡고는 일어나서 민영을 안아버렸다. 민영은 그런 정서의 대담한 행동을 그대로 받아들였다. 정서는 민영에게 키스했고, 둘은 서로의 옷을 벗었다. 그리고 둘은 서로의 몸을 만지면서 침대에서 뜨거운 하룻밤을 보냈다. 이 밤이 영원하길 바라면서….

한편 혜주는 정서를 찾으러 티다르로 왔지만, 어떻게 찾아야 할지 도무지 알 길이 없었다.

'정서야…'

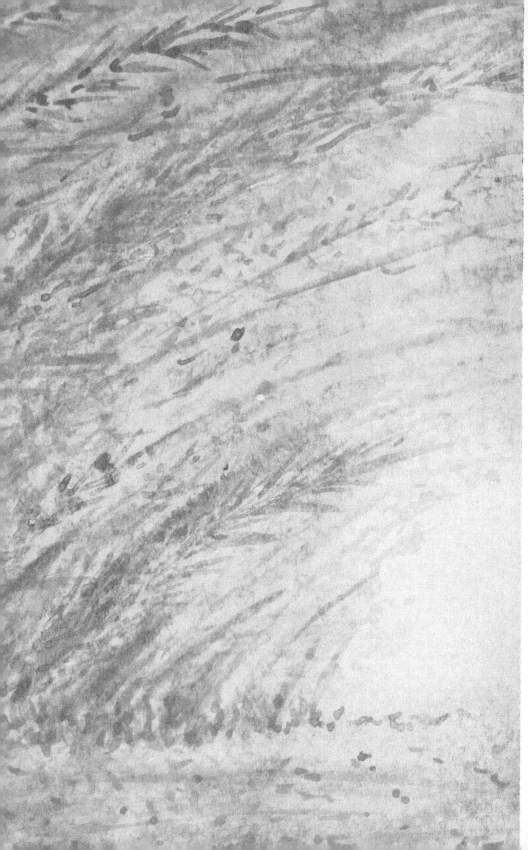

제6장

노예시장

1

*— 이 대목에서 '어떻게 사람은 자기의 모습이 되는가'라는 질문에 진정한 대답을 하는 것을 더 이상 피할 수는 없다. 그리고 이로써 나는 자기 보존 기술의 걸작을 잠시 언급하게 된다. — 즉 이기적임을……자기의 과제, 천명, 과제의 운명이 평균적인 대중을 탁월하게 넘어서고 있다고 상정해보면, 이 과제를 지니고 있는 자기 자신을 파악하는 것보다 더 큰 위험은 없을 것이다. 어떻게 사람은 자기의 모습이 되는가는 자기가 본래 무엇인지에 대해 가장 희미하게라도 예측하고 있지 않다는 것을 전제한다. 이런 관점에서는 삶의 실책들마저도 나름의 의미와 가치를 갖게 된다. 즉 때때로 옆으로 샌다든지, 길을 잘못 든다든지 하는 것, 주저하는 것, '겸손함', 자기의 과제에서 멀리 떨어진 과제들로 인해 진지함을 허비해버리는 것 등도. 여기서 어떤 위대한 현명함이, 심지어는 최고의 현명함이 표현〈될〉수 있다 : 너 자신을 알라가 몰락으로의 처방이 될 경우에는, 자기 망각, 자기 오해, 자기 약화, 자기 협소화, 자기 평범화가 이성적인 것 자체가 된다. 도덕적으로 표현하자면 : 이웃사랑, 다른 사람들과 다른 것들에 대한 사랑은 가장 강한 자아를 유지하기 위한 방어조치일 수 있다. 이런 예외적인 경우에 나는 내 법칙과 확신에 반하여 '비이기적인' 충동의 편을 든다 : 이때 그 충동들이 이기적임과 자기 도야에 봉사하기에. — 사람들은 의식의 전 표면을 —의식은 표면이다 — 여느 대단한 명령들로부터 순수하게 유지해야만 한다. 온갖 대단한 말들과 대단한 태도를 조심하라! 본능이 너무 일찍 '스스로를 알아차리는' 것은 위험할 뿐이다. — 그 사이에 조직하고 지배하도록 되어 있는 '이상들'이 의식의 깊은 곳에서 점점 자라나서 — 명령하기 시작하고, 서서히 옆길과 잘못된 길에서 되돌아오게 하며, 언젠가는 전체를 향하는 필요 불가결한 수단으로서 증명될 개별적인 성질들과 유능함을 준비하는 것이다 — 그것은 '목표', '목적', '의미' 등 어떤 지배적인 과제에 대해 무엇인가를 알려주기 전에 거기에 봉사하는 모든 능력을 차례로 형성해낸다. — 이런 측면에서 바라볼 때 내 삶은 그야말로 놀랍다. 가치의 전

---

* 백승영 옮김, 〈바그너의 경우·우상의 황혼·안티크리스트·이 사람을 보라·디오니소스 송가·니체 대 바그너〉, 《니체 전집》, 책세상, 2002. pp.368~371.

도라는 과제를 위해서는 한 개인 안에 함께 거주하고 있는 능력보다 더 많은 능력이 필요했었을 것이다. 서로를 교란시켜서도 파괴시켜서도 안 되는 능력들의 대립이 무엇보다도 필요했었을 것이다. 능력들의 서열 ; 거리 ; 적대시키지 않으면서도 분리하는 기술 ; 그 무엇도 섞지 않고, 그 무엇도 화해시키지 않음 ; 거대한 다수성이지만 그럼에도 불구하고 카오스와는 반대되는 것 ― 이것이 내 본능의 전제 조건이자, 오랫동안의 비밀스러운 작업이자 수완이었다. 내 본능의 고등한 보호책은 무엇이 내 안에서 자라고 있는지에 대해 내가 결코 예감조차도 할 수 없게 만들었을 정도로 강력했다 ― 내 모든 능력이 갑자기 성숙하여 궁극적인 완성 형태로 하루아침에 튀어나왔을 정도로 말이다. 내가 한 번이라도 열심히 노력했던 기억은 없다. ― 내 삶에서는 어떤 투쟁의 특징도 증명될 수 없으며, 나는 영웅적인 본성과는 반대된다. 어떤 것을 '원하고', 어떤 것을 '추구하며', 특정한 '목적'과 '소망'을 염두에 둔다는 것 ― 이 모든 것을 나는 내 경험상 알지 못한다. 이 순간에도 나는 내 미래를 멀리 잔잔한 대양을 바라보듯 바라본다 ― 광대한 미래를! : 어떤 욕망도 잔물결을 일으키지 않는 미래를. 나는 어떤 것도 자기의 모습과 다르게 되는 것을 결코 원치 않는다 ; 나 자신도 다르게 되고 싶지 않다. 언제나 나는 그렇게 살았다. 나는 어떤 소망도 가져본 적이 없다. 44년간을 살아온 후에 자기 자신이 결코 명예와 여자와 돈 때문에 애쓴 적이 없었다고 말할 수 있는 사람이다! ― 그것들이 내게 결여되지 않아서는 아니었다…. 그래서 나는 한때 대학교수이기도 했다 ― 나는 그렇게 되리라고는 꿈도 꾸지 않았다. 내 나이 그때 스물네 살이었기 때문이다. 그리고 그보다 2년 전 나는 한때 문헌학자이기도 했다 : 어떤 의미로든 나의 시작이었던 내 첫 문헌학적 작업이 내 스승인 리츨에 의해 〈라이니셰스 무제움Rheinisches Museum〉에 게재가 요청되었다는 의미에서(― 경외의 염을 품고 말하지만 ― 내가 오늘까지도 유일한 천재적인 학자로 알고 있는 리츨은 우리 튀링겐 사람들에게서 특징적이고 심지어는 어떤 독일인도 공감하는 기분 좋은 타락을 갖추고 있었다 : ― 우리는 진리에 이르기 위해 샛길을 더 좋아한다. 이 말로써 내가 내 가까운 동향인인 영리한 레오폴트 폰 랑케Leopold von Ranke를 평가절하하고 싶어 하는 것은 결코 아니다……)

강병탁은 노예시장을 관리하는 사람이었다. 그는 나라에서 노예시장을 그만하라는 권고에 지금 있는 노예시장을 없애고는 새로운 노예시장을 만들었다. 그는 나라에서 노예시장을 운영할 때도 뒷돈을 많이 받아 부를 축적하였다. 그 돈 버는 맛이 제법 쏠쏠했는데, 갑자기 나라에서 하지 말라고 하니 화가 많이 났다. 신분 해방이니 뭐니 그런 말을 따르기도 싫었고, 노예는 죽을 때까지 노예인데 무슨 소리인가 싶었다. 그런 뜬금없는 소리에 반대하기 위해서라도 그는 티다르의 빈민 지역 깊은 곳 지하에 노예시장을 불법적으로 차린 것이었다.

그리고 그는 민영의 어머니를 죽게 만든 인물이기도 하다. 그는 예전에 티다르 병원에서 위급한 환자보다도 먼저 치료받기를 원했다. 그래서 의사를 협박하기도 하였다. 나중에 그 의사가 죽게 되었다는 사실도 알고 있었지만, 그는 별로 개의치 않았다. 어차피 자신과는 상관없는 일이었으니까. 그는 귀족은 아니었지만, 노예시장에서 빼돌린 돈을 많이 상납하여 귀족들과 자주 어울려 나름 귀족이라는 이름을 듣기도 하였다. 아마 민영은 자신의 어머니가 죽었을 때, 병탁을 귀족이라고 착각했을 것이다. 말하자면, 강병탁은 귀족이지만 간접귀족 취급을 받는 인물이라고 보면 되겠다. 사람들은 속설로 간귀라는 말을 많이 쓰기도 했다.

간귀. 귀족이 아니지만 귀족들 옆에 붙어 다니면서 밑이나 핥고 다니는 놈들을 가리켜서 간귀라고들 했다. 간귀 강병탁은 악명으로도 유명했다. 아마 초록바람대가 사라질 무렵에, 서서히 그 이름을 날리기 시작했다. 그래서 정서는 간귀 강병탁을 알지 못했다. 그 후에, 은표를 중심으로 한 초록바람대가 다시 활동하여 간귀 강병탁에 대해서 처단을 하려고 했지만, 초록바람대가 해산하는 바람에 강병탁을 찾지는 못했다. 강병탁, 그는 노예시장을 활성화하기 위해 사람들을 납치하기도 하였다.

"임시 지도자라…."

병탁은 떨떠름한 표정을 지었다.

"아시는 분이라도 있나요??"

병탁의 부하가 물었다.

"아니, 없어. 나라에서 노예시장을 그만두라고 할 때부터, 나는 이미 나라하고는 같이 못 가겠다고 한 놈이니까."

"하긴, 노예시장이 없어진다면 우리는 뭐 먹고 살겠어요. 사람들은 결투장에서 누가 이길지 돈을 걸고 내기하는 것을 좋아하는데 그렇게 사람이 죽어나가는 것을 좋아하는데, 어떻게 이런 것을 금지시키려는 건지 모르겠네요."

"세상은 도박이야. 내가 도박판을 얼마나 기웃거렸는지 알아?? 그래서 도박하는 놈들을 잘 알지. 나는 그 도박장 중에도 가장 큰 걸 만든 거야. 나는 그런 자부심에 산단 말이야. 생각해봐, 도박이 없는 세상이라면 얼마나 재미없겠어. 사람들은 뭔가 서로에게 거는 것에 재미를 느껴. 그것이 가치가 두 배 혹은 세 배가 되어 자신에게 돌아오는 것에 대해서만 생각을 하지. 그리고 서로 간의 전쟁을 해. 누가 이길 것이다. 누가 질 것이다. 하면서 서로 간의 전쟁을 시작하지. 사람들은 그런 게 재미있는 거야."

병탁이 말했다.

"처음에 도박하면서 돈을 조금만 걸고, 잃으면 그냥 가는 놈들을 봐봐. 그들은 돈을 걸지. 그것은 자신의 인생에서 약간을 잃는다고 생각하면서 돈을 건단 말이야. 잃어도 상관없을 만큼의 돈들. 그 정도는 모험이 아니라고 생각하지만, 사실 자신의 마음을 시험하고 있는 거야. 얼마나 도박에 빠지지 않고 자신의 재산을 완전히 탕진하지 않을 수 있는지…. 그러면 적당히 잃어도 통제가 되는 그 사람들은 뭐냐? 우리에게는 이득이지. 어차피 돈을 잃어주려고 온 거니까. 우리는 그런 사람들만 있어도 돈을 벌게 되지. 뭐, 그 외에 도박에 미친 듯이 빠진 사람들이야 돈을 많이 잃어서 원금을 찾으려고 하는 심정이라는 건 뻔한 이야기고…."

병탁이 이어서 말했다.

2

나법모는 예전에 정서에게 의뢰를 많이 하던 인물이었다. 그는 초록바람대가 해체되고 정서가 떠나던 날에 아쉬움이 많았다. 하지만 어쩌겠는가? 이미 신분 해방은 되었고 갈 사람은 가야 하는 것을.*** 회자정리라고 했던가…. 그도 정서가 고향으로 떠나가던 날에 고향인 늘솔길 마을로 와서는 지냈었다.

헌데 최근에 자신의 마을인 늘솔길에서 의문의 납치 사건이 일어나고는 했었다. 무엇 때문인지는 알 길이 없었지만, 풍문에 티다르의 빈민가에 노예시장이 있는 것이 아니냐는 소리가 들렸다. 늘솔길은 티다르의 빈민가에서 아주 가까운 곳에 있었다. 물론, 노예시장은 신분 해방이 되고 나서 없앤 것이라고 들었지만 그것이 정말 없어졌는지는 알 길이 없었다. 게다가 외곽지역에는 아직도 노예처럼 사는 사람들도 있었다. 사람들은 납치 사건의 배후로 대부분 노예시장을 떠올리는 경우가 많았다.

나법모는 초록바람대가 다시 활동한다는 소식을 듣고는 티다르로 한번 올라가려고 했다. 막상 그가 티다르로 와보니, 초록바람대가 이미 모두 처

***"만나면 언젠가는 헤어지게 되어 있다"는 뜻으로, 인생(人生)의 무상(無常)함을 인간(人間)의 힘으로는 어찌할 수 없는 이별(離別)의 아쉬움을 일컫는 말

형되었다는 소식을 들었다. 그는 예전에 정서하고 많이 걷던 티다르의 공원 뒷길을 걷고 싶었다. 의뢰를 항상 성공적으로 마무리하고 돌아오면 술을 같이 마시며, 있었던 일들을 얘기해주던 정서 대장이 그리웠다. 그리고 오늘도 정서 대장에 대한 그리움과 추억에 빠져 그 길을 걷다가 건달들을 만나게 되었다.

◆◆◆

정서는 민영이와 함께 꼬리별산으로 향했다. 그곳에서 민영이가 모아둔 자금과, 죽은 도현이의 자금을 모두 회수했다. 그리고 그 돈을 초록소년단의 아이들에게 나누어 주기도 했고, 새로운 아지트를 사고 수리하는 데 쓰기로 했다. 정서는 나무와 벽돌들을 사서 초록소년단 아이들과 함께 아지트를 보수하기도 하고 예쁘게 꾸몄다.

민영은 먹을 것을 만들어서 아이들에게 나누어 주기도 하였다. 특히나 그녀는 초록소년단에 있는 동수, 지민과 모람마을에서부터 알고 지낸 사이라서 대화가 잘 통하기도 하였고, 지민은 민영을 잘 따랐다. 동수와 지민은 무엇보다도 민영이가 살아 있어서 다시 만난 것 자체를 좋아했다. 운모는 초록바람대의 죽음을 보고는 초록소년단을 직접 만든 소년으로, 예전에 익배의 결혼식사건에서 나뭇잎을 제일 먼저 날리기도 한 당사자였다. 운모는 동수보다 더 맹랑한 구석이 있었다. 그래서 그런지 동수와 운모는 항상 단짝이었다. 운모는 전쟁터에서 아버지를 잃었고, 아버지가 벌어다 준 돈으로 어머니의 병을 간간이 보살필 수 있었다. 그러나 전쟁으로 아버지가 돌아가시고는 그마저 힘들어서 어머니가 세상을 떠나게 되었다. 그래서 스스로 노예가 되는 길을 택했다.

하지만 신분 해방이 되고는 생계를 유지하기가 더욱 어려웠다. 뭐, 예를 들면 하인이라는 일자리가 없어진 것처럼, 노예로서의 일자리가 없어진 것이니까. 그는 어렵게 신문배달하는 곳에 들어갈 수 있게 되었고, 나름대로 틈틈이 신문배달을 하면서 살고 있었다. 그는 스스로 전쟁고아들이나 고아가 된 아이들을 불러 모아서 같이 놀면서 지냈었다. 그러다가 초록바람대가 처형되는 것을 보고는 초록소년단을 만든 것이었다.

정서는 초록소년단을 보고는 아이들이 살 수 있는 곳으로 큰 아지트를 하나 더 사야겠다고 생각했다. 물론 돈은 충분하고도 남았다. 그는 그 문제로 인해 티다르로 갔다가 예전에 자신이 걸었던 티다르의 공원 뒤쪽 길을 잠시 걷기로 했다. 바로 나법모하고 걸었던 길을 말이다. 헌데 거기서 누군가가 위험에 처한 것을 보게 되었다. 다섯 명의 건달들 앞에 무릎을 꿇고 있는 한 사람이 보였다. 정서는 그 모습을 그냥 지나치지 못하고 나섰다.

"모두 그만 돌아가는 것이 좋을 거다."

정서가 뒤에서 말했다.

"네 녀석은 뭐야??"

건달들이 모두 뒤돌아보며 말했다.

"뭐냐고??"

정서는 피식 웃었다.

"헉, 박정서 대장!!!!"

법모가 불렀다.

"설마!! 나법모??"

"휴, 살았네."

법모는 무릎 꿇고 있다가 벌떡 일어섰다.

"뜨거운 맛을 봐야, 웃음이 사라지겠군. 모두 다 저놈을 잡아라."

건달들 중 우두머리가 외쳤다.

정서는 달려가서 다섯 명의 건달들과 싸웠다. 정서는 날아서 발차기로 두 명을 기절시키고는 한 명은 뒤로 돌아가서 등 뒤를 주먹으로 찍어서 기절시켰다. 나머지 두 명은 법모가 도와주어서 같이 기절시켰다.

"휴, 살았네. 정서 대장 오랜만이에요."

"그러네, 오랜만이군. 일단 여기서는 오래 있지 말고, 다른 곳으로 가자고!!"

둘은 공원길에서 벗어나서 술집으로 향했다.

"이거 얼마 만에 정서 대장이랑 같이 마셔보는 술이에요?"

"그렇군, 그동안 어디 박혀 있었어??"

"저야 늘솔길에 있었죠. 거기가 제 고향이니까요."

"늘솔길 마을이 너의 고향이었나?"

"하긴, 정서 대장이 기억을 못할 수도 있겠죠."

"아니야, 기억이 난다. 그러고 보니 늘솔길에 있다고 했었어."

"정서 대장은 요즘 어떠세요?? 저는 초록바람대가 전부 처형된 걸로 들었는데."

"전부는 아니고, 나하고 민영이만 빼고는 전부 다 처형되었지."

정서는 그동안 살아왔던 이야기를 들려주었다.

"아, 그랬군요. 배신자 백인석도 죽였군요. 헌데 대장, 이번에도 문제가 조금 생겼어요."

"뭔데??"

"그러니까. 우리 마을 사람들이 납치되고 있고, 그것은 아무래도 티다르의 빈민가들이 사는 지역에 노예시장이 있다는 정보에요."

"뭐, 노예시장??"

"예"

"노예시장이라면, 신분 해방 후에 바로 없애버렸다고 들었는데."

"그렇죠. 하지만 실상은 그렇지가 않아요. 노예상인들이 다른 곳에 불법적으로 노예시장을 만들어서 암암리에 노예들을 사고팔더라구요."

"그럴 수가…. 노예들이 다 가만히 있겠어??"

"정서 대장이나, 초록바람대는 그래도 신분 해방 전에도 그렇고 지금도 공부하고 그러잖아요. 하지만 대부분의 노예는 공부를 하지 않아서, 잘 모르는 부분들이 많아요. 신분 해방이 되었다고는 하나, 자신들이 나라에서 무엇을 받았는지조차 모르고 사는 사람들이 많죠. 그래서 두려움이 많은 거에요. 자신들이 노예가 아니라고 생각하려고 해도 사람들은 노예는 노예라고 규정지으며 사람 취급을 안 해주니까요. 그래서 그들은 스스로 노예로 살기를 바라는 거에요."

"노예시장이라면 굉장히 더러운 놈들이 많을 텐데."

"예, 그래서 정서 대장에게 부탁하는 거예요."

법모는 술을 마시면서 말했다.

"그래, 좋아. 내가 한번 해봐야겠군."

"의뢰비는 충분히 드리죠. 예전처럼요."

"이거 향수의 기운이 나를 더 자극하는군. 예전이라…."

"하하하하, 정서 대장은 여전하시네요."

"그런가?? 내일이라도 당장 노예시장을 한 번 찾아보도록 할게!!"

"예"

3

강병탁은 임시라고는 하지만 새롭게 부임한 민수에게 관심이 많았다. 그래서 아는 사람에게 물어보니, 푸실마을에서부터 소문이 자자한 사람이라는 소리를 들었다. 병탁은 나라에서 금지하는 노예시장을 계속 불법적으로 운영하는 것이 항상 마음에 걸렸다. 부하들이나 사람들 앞에서는 큰소리를 치지만 언제 들이닥칠지 모르는 경찰들이 두려웠다. 그래서 병탁은 몰래 민수를 만나서 약간의 돈을 주더라도 자신들의 일들을 눈감아 달라고 부탁을 할 생각이었다.

병탁은 민수를 찾아가기 위해 빈민가에서 나와서 경찰서를 향해 걸어가고 있었다. 아니 어쩌면 병탁은 민수가 자신이 하는 일을 눈감아 줄 거라는 확신을 미리 가지고 있었는지도 모르겠다. 누울 자리를 보고 다리를 뻗으라는 말이 있듯이….

민수는 이제 지도자 일도 대행하는 만큼 경찰서 안에서도 꽤나 깊숙한 곳에 있는 자리에 앉아 있었다. 그는 경찰서와 지도자 사무실을 왔다 갔다 하며 일을 하고 있었고, 민수 주변에는 항상 경찰 부하들이 따라다녔다. 아무래도 지도자일까지 같이 하다 보니, 경찰 부하들은 더 많이 민수 주변에서 맴돌게 되었다.

민수는 지금 지도자 사무실에 앉아 있었다. 그는 경찰서보다는 지도자 사무실에 있는 것을 좋아했다. 그게 더 높은 자리니까 말이다.

"저…, 지도자님 계신가요??"

병탁은 왠지 경찰서보다는 지도자 사무실에 분명 민수가 있을 가능성이 더 크다고 여겼다. 자기가 치안대장 겸 지도자일까지 한다고 한다면 분명 경찰서보다는 지도자 사무실에 기웃거릴 것이다.

"누구인가??"

문을 지키는 경찰이 말했다.

"저 빈민가에 사는 강병탁입니다."

"헌데, 무슨 일로 오셨는지??"

"지도자님을 한 번 뵈러 왔습니다."

"지금 지도자님은 안에 계시긴 하지만 용무가 뭔지 알아야 할 텐데…."

"지도자님과 단둘이서 이야기하고 싶습니다. 제발 단둘이서 만나게 해주세요."

"그래?? 알았어. 일단은 안으로 들어와!!"

병탁은 빈민가에 사는 사람이지만, 옷차림은 티다르에서 가장 비싼 곳에 사는 사람처럼 입고 다녔다. 그는 얼굴에 윤기가 흐르기도 했으며, 눈은 우락부락하게 생겨서 성질이 급해 보였다. 지도자 사무실 바깥에 있는 의자에 앉아서 민수가 불러주길 원했다.

경찰 부하는 달수에게 누군가가 민수를 찾아왔다고 보고했고, 달수는 누구인지 밖에 나가서 먼저 병탁을 보았다. 언뜻 보기에도 한 번도 만나본 적이 없는 얼굴이었다. 행여 예전에라도 봤더라면 어떤 위험이 있을지도 모른다는 생각이 들었을 텐데, 지금은 아무리 살펴봐도 예전에 만난 적이 없는 얼굴이었다. 달수는 병탁을 눈여겨보고는 민수가 있는 사무실로 들어갔다.

"한 번 만나 보셔도 될 것 같습니다."

달수가 말했다.

"그래?? 들어오라고 해."

민수가 대답했다.

달수는 문밖으로 나가더니만, 병탁에게 들어오라고 했다. 병탁은 들어가자마자 민수를 보고는 무척 반가운 얼굴로 미소를 지었다. 그 모습은 마치 부담스럽기도 하면서 뭔가 들이댈 듯한 표정이었다.

"저 좀 도와주십시오."

병탁이 말했다.

"무슨 일이지??"

"제 이름은 강병탁입니다. 저는 사실 노예시장을 운영하고 있습니다."

"노예시장이라니, 아니 그것은 불법이 아닌가??"

"하지만, 갑자기 나라에서 하지 말라고 하면, 지금까지 그것으로 인해 흥미를 느끼고 살던 사람들, 그것으로 인해 돈을 버는 사람들은 다 어디에서 무엇을 먹고 살겠습니까? 모든 일에는 시간이 어느 정도 주어져야 하는 법입니다. 갑자기 불법이라니, 우리처럼 생계 수단으로 사는 사람들은 힘이 들지요. 그래서 저도 지금 당장은 아니지만 앞으로 2년만 유예기간을 주신다면 불법적으로 운영하는 노예시장을 금하겠습니다. 아니면 저하고 같이 장사를 하며 저를 도와주는 사람들은 일자리를 모두 잃게 됩니다. 대신 그동안에 얼마의 돈을 드리죠. 어떻습니까??"

"……."

민수는 생각을 조금 더 해보기로 했다. 지금은 치안 상태가 대단히 좋지 않다. 나라의 재정문제도 심각해서, 나라에서 주는 돈이 언제 줄어들지도 모르고, 심지어 안 줄지도 모른다고 생각했다. 일단 이 문제는 병탁의 제안 대로 하는 것이 나을 것 같았다. 어차피 2년 정도 후면 자연스럽게 없어질 문제다. 그동안에 돈을 조금 더 챙겨서 권력을 더 단단히 만들어 버리는 것이 낫지 않을까?

"음…, 그렇겠군, 앞으로 불법적인 일이라고 할지라도 2년 정도 유예기간을 주는 것이 좋을 것 같아. 갑자기 일자리를 잃어버린다는 것은 말이 안 되는 것 같군."

"감사합니다. 감사합니다. 민수 지도자님."

"나는 임시로 지도자를 맡은 것뿐이야."

"임시라고 해도 지도자님으로서 일은 확실히 할 수 있지 않습니까?"

"뭐 그거야, 그렇지."

"정말 감사드립니다."

"그러나 이것은 서로 간의 비밀로 했으면 좋겠어. 이 말이 밖으로 새어나가면 그땐 모두 정말 체포하겠어."

"비밀로 하겠습니다."

"그래, 좋아. 내가 경찰들에게 일러둬서 거기에서 일할 때 단속을 피해주도록 하지."

"정말 감사합니다. 매달 30프로 정도의 돈을 상납하겠습니다."

"그래. 좋아 그렇게 하자고!!"

병탁은 너무나 좋아서 문밖으로 나가면서도 웃음이 얼굴에서 떠나지 않았다. 2년 동안 불법적인 일을 경찰들과 손잡고 할 수 있게 된 것이다. 병탁은 빈민가인 자신의 노예시장으로 돌아갔다.

"이걸 허락하셔도 괜찮으신지요??"

달수가 물었다.

"음, 괜찮아. 괜찮아. 우린 돈만 받으면 돼. 익배 님도 없는데, 돈이라도 더 챙겨놔야 우리의 자리가 더 올라갈 수 있는 거니까."

민수가 말했다.

"예, 알겠습니다."

4

혜주는 티다르에서 이곳저곳 너무나 많이 다녔다. 정서를 찾으려고 해도 도저히 찾을 수가 없었다. 정서는 대체 어디에 있는 건지, 혜주는 자신이 정서에게 준 반지와 정서로부터 받은 반지를 둘 다 가지고 다녔다. 그래서 다시 정서의 손가락에 반지를 끼워주고 싶었다. 하지만 정서는 어디에 있는 건지 알 길이 없었다. 그녀는 길을 걷다가 목이 말라서 길거리에서 물을 파는 곳에 가게 되었다. 그런데 우연하게도 거기는 지민이와 동수의 가게였다.

"어린 소년들 같은데, 장사하는 거니??"

혜주가 물었다.

"어리다고 무시하지 말아요. 생업에 종사하는 데 나이가 어디 있겠어요?"

동수가 말했다.

헌데 이때 정서도 지민이에게 말할 것이 있어서 길거리에서 물장사하는 곳에 들른 것이다.

"박정서!!!!"

혜주가 말했다.

"홍혜주!!"

정서가 말했다.

"정서 대장!!! 아는 사이에요??"

지민이가 물었다.

"어. 일단 너희들은 여기에서 물장사를 계속하고 있어. 이따가 다시 올게!!"

"네."

동수가 대답했다.

"홍혜주, 일단 공원으로 갈까??"

"그래…."

정서는 중앙공원의 한 길가에서 혜주하고 앉아 있을 곳을 찾아서 자리에 앉았다.

"어쩐 일이야?? 티다르까지…. 푸실마을에서 굉장히 멀 텐데…."

"어, 멀긴 멀더라. 여기까지 와서 너 찾을 수 없을 것 같았어."

"너 귀족 되었다는 소식 들었어."

"뭐, 누구한테??"

"신문에서 봤지."

"신문에서??? 아버지도 참…."

혜주는 허둥지둥하기 바빴다. 나름 귀족 티를 내지 않으려고 차려입고 왔는데…, 귀족이라는 것을 들켜버려서 마음속으로 죄책감이 느껴졌다.

"무엇 때문이지?? 여기까지 온 것은??"

정서가 말했다.

"혹시 푸실연못길에 와서 날 본 거야??"

혜주는 자신의 주머니 속을 뒤져서 정서에게 준 반지를 찾아서 꺼냈다. 정서는 그 반지를 보고 놀랐다. 자신이 버린 반지를 혜주가 가지고 있어서였다. 정서는 혜주의 손에 반지가 없는 것을 보고는 왜 자신의 반지를 가지고 있는지 궁금해졌다.

"어, 봤었어. 헌데 왜 반지를 가지고 있는 거지?"

"네가 느티나무에 버리고 간 거잖아. 반지를 받아준다면, 나도 네가 준 반지를 다시 낄 생각이야."

"혜주야!!"

"응??"

"사람은 신분에 의해 만날 사람이 이미 결정돼 있어. ****우리는 무의식적으로, 상대방에 대한 나의 의견을 상대방이 얼마나 존중해 주느냐에 따라 상대방에게 미치는 나의 힘을 측정하는 경향이 있지. 자신의 힘이 미치지 못하는 사람들은 싫어하니까. 그처럼 사람의 자존심에 아픈 상처를 주는 것은 없을 테니까."

"무슨 말이야? 그게??"

"우린 만나서는 안 될 사람들이었다는 거지."

"내가 널 무시한다는 소리야??"

"우린 신분이 다르니까. 지금은 어떨지 몰라도 신분이 그렇게 만들 거야. 아니 내가 불편해. 넌 나보다 더 좋은 사람 만나!!"

"정서야…. 다시 한번 생각해 볼 수 없어??"

"미안, 내 마음은 확실해. 어차피 우린 이어지지 못해. 혜주야, 넌 이미 귀족이야. 나하고는 근본적으로 다르지. 아마 너희 부모님도 나를 반대 하실 거야. 나는 보지 않아도 알 수 있어. 나처럼 가난하게 사는 사람. 누가 좋아하겠어?? 내가 무슨 일정하게 돈을 버는 사람도 아니고."

"아니야. 정서야. 돈은 신경 쓰지 마. 돈은 우리 집도 많아."

"혜주야, 그만둬. 그런 이야기라면…, 난 나의 길을 걸어가야 해. 너도 귀족으로서 잘 살아. 그리고 너 남자하고 포옹하고 있는 것도 다 봤어!!"

"뭐??

"나 다 봤다구!!"

"야, 박정서, 그건 포옹이 아니라, 내가 넘어질 뻔한 걸 잡아준 거야."

"됐어. 그런 얘기가 중요한 건 아닌 것 같아. 우리의 만남 자체가 잘못된 거지. 그리고 네 주변에 너를 원하는 남자들이 많다는 것도 다 알아. 굳이

****윌리엄 서머셋 모옴, 송무 역, 《달과 6펜스》, 민음사, 2000. p.206.

나일 필요가 있을까?"

혜주는 화가 나서 손을 들어서 정서의 따귀를 "철석" 때렸다. 혜주는 눈물을 흘렸다.

"너 이런 놈이었어??"

"그래, 나 이런 놈이야. 염탐이나 하면서 질투하고, 귀족이라면 아예 치를 떨지. 너라고 해도 예외는 없어!!"

"야! 박정서!! 너 정말!!!"

"그만, 너 먹물 많이 먹은 것 같다. 내 눈은 속이지 못해. 그만 가라. 네가 있을 자리는 여기가 아닌 것 같아. 저기 높이 보이는 곳에서 너를 부르고 있는 사람들이 많으니까."

"뭐라고!! 이 자식이!! 정말!!"

혜주는 화가 나서 정서의 정강이를 발로 차버렸다.

"아아~~!"

정서는 자신의 정강이를 부여잡았다.

"난 이제 떠날 거야. 잘 있어!!"

◆◆◆

정서는 자신이 혜주에게 한 일을 잘한 거라고 생각했다. 어차피 그녀는 귀족이다. 그녀는 자신을 사랑하기에는 너무나 가진 것이 많은 존재다. 그녀는 자신이 아니라고 해도 얼마든지 돈 많고 신분이 귀족인 사람을 만날 수 있다. 지금이 신분 해방이라고 해도 아직 노예라는 의미는 좋은 것이 아니다. 노예시장도 아직 남아 있지 않은가. 정서는 법모가 얘기한 노예시장을 끝장낼 방법을 생각하고 있었다. 정서는 다시 지민이가 물장사를 하는 곳으로 왔다. 와보니 민영이도 있었다.

"민영아!"

"박정서 대장!!!"

정서는 민영을 꼭 껴안아 주었다. 그러면서 혜주는 절대로 이런 느낌을 자신에게 주지 못할 거라고 생각했다. 민영이에게 느껴지는 이 느낌, 자신과 같으면서도 함께 모든 것을 이겨내려는 이 느낌이 좋았다. 절대로 혜주를 껴안는다고 느껴질 것 같지가 않았다. 정서는 이 느낌을 지켜주기 위해서라도 꼭 노예시장을 끝장내야겠다고 생각했다.

지민이와 동수는 서로 껴안고 있는 정서와 민영을 보며 '저런 게 바로 사랑인가?'라는 생각을 하면서 서로를 쳐다보기에 바빴다. 그리고 아이들은 적어도 정서 대장이 겪고 있었던 고민을 이해하려는 눈빛이었다. 적어도 누구를 사랑한다면 자신들도 정서 대장처럼 하고 싶어 했다. 정서는 아이들에게는 동경의 대상이었다.

그때 갑자기 뒤쪽에서 초록소년단을 이끄는 단장 주운모가 나타나서는 먹는 물을 하늘로 뿌렸다. 지민이와 동수도 하늘로 물을 뿌렸다. 물을 뿌릴 때 태양에 의해 살짝 무지개가 보였다가 말았다. 정서와 민영은 서로를 껴안으면서 살짝 보인 무지개를 보았다. 희망은 이 물이 뿌려질 때 잠시라도 보이는 것일까?

5

민영은 혼자서 어두운 골목길에서 마치 납치라도 당하기를 기다리는 사람처럼 서 있었다. 그러다가 그녀는 정말로 괴한들에게 납치를 당하고 말았다.

사실 이렇게 납치당하는 것이 애당초 민영의 계획이었다. 그래야만 노예시장이 정말 있는지 알 수가 있으니까 말이다. 그녀는 자진해서 납치를 당했다. 민영은 납치되어 눈이 가려진 채 어딘가로 끌려가고 있었는데, 도착하고 나서 눈가리개를 벗어 보니, 아니나 다를까 많은 여인들이 같이 납치되어 있었다. 민영도 그곳에서 여인들이 납치된 것을 보고는 여기에서 성노예로 팔려 가는 여인들이 꽤 있을 거라고 생각했다. 민영은 누군가가 오기를 기다리고 있었다.

"꽤 괜찮은 계집애를 잡았습니다."

부하들 중 한 명이 말했다.

"호오, 그래??"

병탁이 말했다.

"네, 아마 판다면 값은 꽤 나갈 겁니다."

"그렇겠지. 고생했군. 어디 가서 얼굴 좀 볼까??"

병탁은 지하로 내려가서 자신의 물건들이 잘 있나 확인도 하고, 오늘 새로 들어온 물건도 살펴보러 갔다. 병탁은 지하 감옥에 갇혀 있는 민영을 보고는 너무나 마음에 들어 했다.

"호오, 저런 년이라면 아주 비싸게 팔리겠군. 그래."

병탁은 변태스러운 눈길로 민영을 쳐다보았다.

'저 새끼가…, 거시기를 걷어차 줄까 보다….'

민영은 생각했다.

병탁은 내일 올 손님들을 생각하며 마음이 흡족하여 술을 마셨다. 그러다가 자신의 부하가 자신을 부르는 소리를 들었다.

"손님이 오셨습니다."

"이 시간에 누가 온 거지!! 이름이 뭔데??"

"이름이 달수라고, 강달수 경정이라고 하면 안다고 하더라고요."

"달수 경정이라, 아, 그리고 보니 전에 민수 임시 지도자님 옆에서 계셨던 분이군. 오시라고 해라!!"

"네"

◆ ◆ ◆

"아, 안녕하시오."

"아, 달수 경정님, 어쩐 일로 여기까지 오셨나요."

"우리가 뒷돈 받는 곳이긴 해도 그래도 여기는 한 번쯤 둘러봐야 할 것 같아서 들렀어. 민수 총경님, 그러니까 민수 임시 지도자님도 그렇게 말씀하셨고."

"하긴, 그래야겠죠. 그래야 뒷돈을 받더라도 마음이 편하실 테니까요. 지하로 내려가서서 오른쪽 문을 열고 가면 여자 노예들이 있습니다. 성노예로 팔아버리고 있습니다. 그리고 왼쪽으로 가서 문을 열면 남자 노예들에게 검투사로 승부를 가릴 수 있도록 해두었죠. 남자 노예들은 편이 갈라져 있어서 감옥을 따로 쓰고 있어요. 감옥도 좁아서 그렇게 많은 노예들을 데리고 올 수가 없죠."

"검투사라…."

"하하하하. 재미있지 않습니까??"

"이제 2년이 지나면 이런 것도 없어지는 것인가??"

"그렇죠."

"노예라…"

"일단 계집애들부터 보여드리지요."

병탁은 달수와 함께 지하로 내려가서 부하들과 같이 오른쪽 문을 열었다.

"흠, 이게 바로 여자 노예들인가."

여자 노예들은 자신들이 어떻게 팔릴지를 걱정하고 있었다. 헌데, 이상하게 병탁은 자신이 예전에 다친 곳이 아프기 시작했다.

"아야, 왜 이리 쑤시는 거지."

"괜찮은 건가??"

"예, 괜찮습니다."

"헌데 내가 보기에는 그렇지가 않아. 갑자기 여자 노예들 방에서 아프다…, 내가 어떻게 해석해야 하는 걸까? 내가 오는 것이 싫은가?? 돈을 주는 것이 싫어서 그러는 건가??"

"아니요. 절대 아닙니다. 예전에 무릎을 다친 적이 있어서, 치료를 좀 받았습니다. 아니 그때, 천한 것들이 줄을 서서 치료를 받는데 제가 먼저 치료를 받고 싶어서 새치기를 했었죠. 그날 치료를 했던 곳이 계속 아프고 시리네요."

"그런가?? 그렇게 사실적으로 이야기한다면야. 알았어. 믿어주도록 하지!!"

병탁은 달수 앞이라서 그런지, 거짓말로 대충 둘러대서는 안 될 것 같은 느낌이 들어서 아주 자세하게 예전에 다쳐서 치료받은 얘기까지 했다. 달수가 그래도 경찰이 아니던가. 정직해야지만 달수가 자신을 믿어줄 것만 같았다. 정직이라는 선물을 이런 곳에서 이런 일에 낭비하고 있었다.

"무릎은 한 번 다치면 잘 낫지가 않아. 아마 평생 고생할 거야."

달수가 말했다.

"예, 저번에 의사도 그렇게 얘기했습니다."

민영은 병탁이 하는 소리를 듣고서는 자세히 얼굴을 보니까, 어머니의 진료 순위를 가로챈 바로 그놈이었다. 귀족이라고 생각했었는데, 귀족은 아니었나 보다. 그날도, 민영은 병실에서 어머니의 진료순서를 기다리고 있었다. 헌데 저런 얼굴 형태를 가진 놈이 들어간 것이 분명했고, 그 후에 저놈이 먼저 진료를 받았던 것이 틀림없었다. 그리고 저놈이 진료를 받은 후에, 자신의 어머니가 들어가서 치료를 받아야 할 상황이었다. 바로 그때, 어머니는 의사가 진료를 시작하려는 순간에 돌아가셨다. 저놈만 아니었다면, 어머니는 돌아가시지 않았을 것이다. 민영은 어머니의 원수를 갚아야겠다고 생각했다.

"저놈, 이름이 뭐야?"

민영이 주변에 여자 노예에게 물었다.

"아, 강병탁이라고…, 우리를 납치하도록 지시한 사람이며 우리를 사고파는 사람이지. 여기 노예시장의 주인이기도 해. 우리는 저놈의 손과 발이 되어서라도 팔려서 좋은 곳으로 가는 것이 나아. 좋은 주인 만나면 자유인이 될 수도 있어. 여기에 있으면 우리 다 죽어."

"자유인?? 자유인이라니, 이미 신분 해방은 된 거 아니야??"

"우린 힘이 없어. 신분 해방이 되도 달라진 게 없다는 소리지."

민영은 아무래도 자신이 어떻게 해서든 병탁이랑 단둘이 있을 때를 노려야 한다고 여겼다. 자신과 하룻밤을 자게끔 유도해야 한다. 그래서 단둘이 있을 때 저놈을 죽이는 것이 가장 현명한 방법이라고 생각했다.

병탁은 달수와 함께 남자 노예들이 있는 감옥으로 갔다. 남자 노예들은 하나 같이 지친 구석이 보였다. 그들은 온종일 체력단련을 했다. 그래야 전투에서 이길 수 있고, 이겨야 자신들에게 돈을 거는 사람들이 좋아한다는 것을 알고 있었다. 그리고 무엇보다 자유를 원해서 더욱 체력단련을 하고 싶었다.

자유인이 되어야 했다. 자유인, 그것은 바로 신분 해방인 국민이 되었다는 증거다. 허나, 노예시장에서만은 자유인이라는 표현을 더 많이 썼다. 물론 신분 해방은 되었다. 하지만 여전히 행해지던 악습은 고쳐지지 않는다. 이들은 오랜 시간 동안 사람들에 의해 노예로 길러졌다. 그 악습 속에서 사람들이 자신을 어떻게 생각하고 있었으며 그곳에서 어떻게 해야 자신이 자유인이 될 수 있는지를 뼈저리게 느끼면서 살았다. 마지막에 승리하여 남는 자는 자유인이 된다. 그리고 돈도 많이 받게 되고, 그것은 자유인이 되어서 살아가는 밑천이 된다.

그들은 밤이 되어 지쳐서 그저 누워있거나 서로를 쳐다보며 웃고 있었다. 어차피 죽임을 당하더라도 서로를 원망하지는 않는다. 각자의 자유를 위해서 죽인 것이니까. 그들의 모습은 마치 굶주린 야수와도 같은 모습이었다. 그들의 웃음은 항상 인생의 마지막인 것처럼 보였다.

"저들이, 남자 노예들인가??"

달수가 말했다.

"예, 검투사들이죠."

병탁이 말했다.

"검투사라, 하하하 재미나군. 지하에 이런 감옥도 있고, 불법경기장도 있고 말이야."

"예, 만드느라고 고생 좀 했습니다."

"그럼, 경기장도 보여줄 수 있나??"

"예, 저만 따라오십시오."

병탁은 지하로 한 번 더 내려가더니만 원형경기장이 있는 곳으로 달수를 안내했다. 경기장에는 핏자국들이 선명했고, 어디서 퍼왔는지 모래가 많이 보였다. 지하 2층까지 모래를 퍼오기는 쉽지 않았을 텐데, 모래 위의 전투를 실감 나게 표현하기 위해 실제 모래까지 갖춘 것이다.

"음, 아주 아름답군. 그래. 예전에는 이런 결투를 많이 보았지만, 지금은 보기가 어려울 텐데, 모래까지 갖추어졌군."

달수가 말했다.

"예전에는 지상에서만 했던 일들이었죠. 그러나 불법이 되면서 지하에 이런 경기장을 만들어 놓고는 합니다."

병탁이 말했다.

"지하경기장에 모래라…"

"예, 여기에서 경기가 행해지면 사람들이 많이 옵니다."

"주로 어떤 사람들이 오지???"

"불량한 친구들이 많이 오고, 귀족들이 오기도 하고, 경찰들도 오기도 합니다."

"경찰들까지도 말인가??"

"예, 그렇습니다."

"일반 국민들은 오지 않는 건가??"

"여기도 입장료가 있고, 나름 기본적으로 걸어야 할 판돈이 있어서…"

"하긴 돈이 문제지. 문제야."

"여기 검투사들의 경기는 피를 흘리며 서로를 죽이는 것이라서 말이죠. 이런 경기를 모든 국민들이 보기에는 무리가 있습니다. 저희도 시끄러운 일은 피하고 싶어서요."

"하긴 국민들이 누구나 볼 수 있다면, 문제가 생길 수도 있겠군. 피라…"

"자유의 대가입니다."

"자유의 대가라, 자유라는 것은 피 없이는 존재하지 않는 것 같아. 피가 있는 곳에 자유가 있다."

"너무 그럴듯한 말인데요."

"그런가…."

달수는 병탁이 알려준 대로 노예시장을 모조리 둘러보고는 돌아갔다. 병탁은 달수를 돌려보내면서도 제발 좀 다시 오지 말았으면 좋겠다고 생각했다.

병탁은 오늘 잡아 온 여자 노예가 마음에 들었다. 그는 그 여자 노예를 팔지 않고 자신의 첩으로 삼을 생각도 하고 있었다. 어차피 자신이 여기서는 왕이 아니던가. 노예들 위에 군림하면서 마음껏 자신의 성노리개로도 이용할 수 있는 것이다. 병탁은 서둘러 지하로 내려가서는 민영을 데리고 오라고 시켰다.

6

정서는 민영이와 얘기한 대로 시간이 되어서 노예시장에 들어가 보기로 했다.

"어이, 여기 주인 있나요??"

"예, 잠시만 기다려 주세요."

병탁은 민영과 잠자리를 하려고 했으나 손님이 왔다는 말에 밖에 나갈 수밖에 없었다. 정서는 굉장히 돈이 많은 사람처럼 차려입은 후 부티를 내고 있었는데, 그 모습을 부하들이 보고는 굉장한 손님이 왔다는 말을 병탁에게 전한 것이었다.

"보아하니, 귀족분 같은데, 무슨 일로 여기까지 오셨는지 질문을 드려도 될까요??"

"여기가 소문으로만 듣던, 노예시장이 맞나요??"

"예, 맞습니다."

"검투사들의 경기를 보고 싶어서 왔어요. 제가 가진 돈으로 도박을 조금 하고 싶어서요."

"그러시다면, 내일 다시 오십시오. 내일 오전 중으로 경기가 있습니다. 오셔서 돈을 걸고 시합을 즐기십시오. 돈을 걸지 않으면 재미가 없습니다."

"그렇겠죠. 헌데 경기장을 일단 둘러보고 싶은데, 안내 좀 해주실 수 있나요??"

"예, 알겠습니다."

정서와 병탁은 경기장이 있는 지하 2층으로 내려갔다.

"여기서 자유가 결정된다니 어찌 보면 참 초라한 곳이군요."

"하지만 사람들은 여기서 열광을 하고, 그들은 그 열광에 맞춰 죽이기도 하고, 살리기도 합니다. 그것은 검투사가 승리하고 나서 할 수 있는 자신들의 권한이죠."

병탁은 굉장히 귀찮아했다. 돈이 많은 귀족이 아니었다면, 그냥 이 자리에서 바쁘다며 돌려보냈을 것이다. 병탁은 내친김에 여자 노예가 있는 방도 보여주기로 했다.

"저기 보이는 저 노예를 제가 사고 싶은데 괜찮습니까??"

정서가 말했다.

"누굴 말하는 건지요??"

병탁은 고개를 돌렸다.

정서는 민영을 손가락으로 가리켰다.

"아, 저 아이는 지금 팔지를 않습니다. 한 일주일 후에나 되면 모를까??"

병탁은 고개를 저었다.

"이유가 무엇이죠??"

"아, 저에게 팔려 온 지 얼마 안 돼서, 나름대로 가격측정이 이루어지지 않았습니다."

병탁은 나중에 첩이라도 삼고 싶었지만, 그냥 팔기로 했다.

그러나 자신이 일주일이라도 민영과 잠자리를 하고 싶어서 말을 돌렸다.

"그래요. 그럼 제가 이 돈이라도 주고 싶습니다."

정서가 말했다.

"아, 돈이요??"

"네, 아주 마음에 들게 생겨서요."

"그런 거라면 상관이 없죠."

정서는 동전을 주면서 민영이 돈을 받을 때 쪽지를 몰래 민영이에게 건넸다. 민영은 그 쪽지를 받아서 주머니에 몰래 넣었다. 쪽지에는 '마구간'이라고 쓰여 있었다.

"다음에 저 계집애를 저에게 꼭 파셔야 합니다. 약간의 선불금을 드리죠."

"아, 그래요?? 그런 거면 선불금으로 2,000골드 정도는 주고 가셔야 합니다."

"알겠습니다."

병탁은 사무실로 가더니만, 정서에게 돈을 받고 영수증을 써주었다.

"그럼 내일 경기를 보러 오시고, 저 아이는 일주일 뒤에 데려가세요."

"예, 알겠습니다."

"예, 감사합니다."

정서는 안의 상황을 파악하고는 소년들을 불렀다.

병탁은 민영을 자신의 잠자리로 다시 부르기 위해 민영을 불렀다. 그는 몸을 깨끗이 씻었고, 민영도 몸을 깨끗이 씻고 오라고 해서 서로는 몸을 깨끗이 한 채로 있었다. 민영은 병탁에게 지는 척, 응하는 척했다.

"술이라도 한 잔 마시고 시작하시는 게 어떻겠어요??"

민영은 일부러 더 애교스럽게 말했다.

"오, 그런가. 그렇지 내가 깜빡 잊었군. 술을 한 잔 마셨어야 하는데 내가 그걸 몰랐군."

병탁은 술을 벌컥벌컥 마시고는 민영을 야릇하게 쳐다보았다.

"오!! 너무 아름답군."

병탁이 말했다.

민영은 수건으로만 몸을 가렸는데, 그 모습은 너무나 섹시했다.

"그 수건을 이제 벗는 게 어떨까??"

"그래요??"

민영은 수건을 벗었는데도 또 옷을 입고 있었다. 병탁은 깜짝 놀랐다. 아니 옷을 다 벗고 있어야 하는데 옷을 또 입고 있는 것이었다. 하지만 민영은 거의 속옷 차림에 가까웠다. 가슴은 그저 브래지어로 가리고 있었고, 짧은 바지를 입고 있을 뿐이었다.

"이거, 나를 더 기대하게 하는군!!"

병탁은 민영의 허벅지를 더듬었다.

"예전에 무릎이 많이 아프셨나 봐요???"

"무릎?? 아, 그랬지. 무릎은 지금도 아파."

"예전에 티다르의 한마음병원에서 치료를 하셨죠?? 그때 새치기도 하시고??"

"어, 새치기야 했었지. 헌데 그 병원을 어떻게 알았지??"

"저를 기억 못하시겠죠?? 그때, 제가 그 뒤에 있었는데."

"뭐???"

"히히히히히, 네가 우리 어머니를 죽였어. 병탁아. 네 목숨은 여기까지다. 잘 가라!!"

민영은 발차기로 병탁의 거시기를 차버렸다.

"아아……."

병탁은 온몸으로 바닥에서 데굴데굴 굴렀다.

민영은 자신이 몰래 허리에 숨겨둔 작은 검을 꺼내고는 병탁의 거시기부터 베어버린 후 숨통을 끊었다.

7

정서는 운모와 동수, 지민을 불렀다. 셋에게 병탁의 집 앞에 있는 마구간에 불을 지르라고 시켰다. 마구간에는 말들이 열 마리는 넘게 있었는데, 불을 지르니 말들이 튀어나와서는 소리를 지르며 집에서 달려 나가 버렸다. 병탁의 집에서는 그의 부하들이 무슨 일인지 확인하러 나왔다. 그때 정서는 얼굴을 복면으로 가리고 나와서는 부하들 몇 명을 때려눕히고는 병탁의 집으로 들어갔다. 정서는 이미 귀족 행세를 하며 들어와 본 적이 있어서, 길을 찾기가 수월했다. 정서는 감옥으로 내려가는 길에서 민영과 만났고, 지하로 내려가서는 노예들을 구출했다. 밖으로 나가는 길에는 병탁의 부하들이 몇몇 있었지만, 마구간에 난 불을 끄느라고 부하들이 많이 나가서 남은 부하들은 그다지 많지 않았다. 정서와 민영은 둘이서 병탁의 부하들을 혼내주었고, 그것을 지켜보던 남자 노예들은 검투사로서의 실력 발휘해서 도움을 주기도 했다.

운모와 동수와 지민은 마차와 말들을 많이 불러 놓았는데, 남녀 노예들을 태우기에는 충분했다. 하늘에는 이미 나뭇잎을 떨어뜨렸다. 나뭇잎이 바람에 나부끼는 가운데 초록바람대는 노예들을 구출하고 온새미로마을의 외곽지역으로 달렸다.

외곽지역에 다 도착한 후에, 노예들은 스스로 몸을 돌아보고 있었다.

"이미 신분 해방은 되었고, 모두 자유인입니다. 무엇이 그대들을 스스로 노예로 만들었단 말이에요??"

민영이 물었다.

"스스로를 믿지 못했던 겁니다."

검투사를 준비하는 남자 노예가 말했다.

"신분 해방은 이미 되었습니다. 저 병탁이라는 인물에게 이렇게 매매적인 가치로 전락해 버려야 할 이유가 없습니다."

정서가 말했다.

"나라에서 주어진 형식은 자유였으나 이제는 노예가 아닌 국민으로서 나 자신을 생각하기에는 그 모든 것들이 낯설기만 하고, 어떤 마음가짐으로써 살아가야 하는지부터 잘 모르겠네요. 그저 저같이 검이나 쓰는 검투사는 상대를 죽여서 자유를 쟁취해야 하는 입장인데, 갑자기 신분 해방이 되었다니…. 제가 감히 이 모든 낡은 관념에서 얼마나 자유로워질 수 있을까요??"

남자 노예가 말했다.

"하지만 버려야 합니다."

정서가 소리쳤다.

"우린 몸을 팔아서 사는 것을 당연하게 생각했어요. 저의 가치는 그 정도밖에 안 된다고 여겼으니까요. 신분 해방이 되었다고는 하나, 아직도 노예들은 노예가 아닌지요??"

여자 노예가 말했다.

"우리 모두가 그 노예라는 것에서 해방되어 스스로 국민으로서의 자리로 찾아가고 목소리를 먼저 내야 하는 겁니다. 이렇게 당하고 있어서는 안 돼요. 나라 꼴이 지금 어떻습니까?? 돌아가는 상황들이 말이에요. 나라 재정은 궁핍하며 국민들은 가난에 허덕이고 먹을 것은 모두 귀족들과 경찰들의 입구멍에 들어가고 있어요. 이미 신분 해방은 되었습니다. 스스로 왜 계속 노예로 살려고만 하십니까? 이제는 우리가 이 나라에서 국민이 되어야 이 나라를 살릴 수도 있는 겁니다. 정신 차리셔야 합니다."

민영이가 말했다.

"흑흑, 저는 저 자신을 믿을 수가 없어요."

여자 노예가 울면서 말했다.

"저도요. 노예로 생각해 주는 사람들이 있는 게 더 좋아요."

우는 여자 노예 옆에 있는 여자 노예가 말했다.

"저는 국민 안 할래요. 그냥 노예로 있을래요."

여자 노예가 말했다.

"정신 차리세요."

민영이가 큰 소리로 말했다.

"지금 우리는 신분 해방이 되었고, 노예가 아닌 국민으로 다시 태어나야 합니다. 왜 계속 스스로 노예로 살려고 하시는 겁니까? 이제는 자유인으로써 인격적으로 성장하면서 살아야 하는 자신을 두려워한 것은 아닌지요??"

정서가 말했다.

"나랑 싸워서 이긴다면 그대의 말을 듣겠소이다." 검투사 노예들 중에서 아마 제일 싸움을 잘하는 검투사인 것 같았다. 그는 정서의 말을 듣고는 화가 났는지 정서에게 검을 겨누었다.

정서는 검투사 노예들 중에서 제일 잘 싸우는 검투사와 싸움을 하게 되었다.

"박정서 대장!!"

민영은 걱정스러워했다.

상대는 검투사다. 정서도 무예가 출중하지만 이런 식으로 대결을 요청하는 것은 이례적인 일이었다. 아무래도 검투사 노예는 승부를 해서 져야지만 자유라는 것을 얻을 수 있을 것만 같았다. 그는 원래 경기장에서 싸워서 이겨야만 자유를 얻을 수 있는 검투사지만 지금은 승부에서 져야지만 자유를 얻을 수 있는 것이다. 신분 해방이라는 이념이 자신에게 진정 스며들려면 자신을 좀 먹고 있는 낡은 관념이 부서져야 한다는 것이다. 그는 정서에게 결투를 걸어서 자신을 이겨 이 낡은 관념을 부숴달라는 의미인 것 같았다.

"정서 대장이 괜찮을까??"

운모가 동수에게 물었다.

"글쎄, 나도 잘. 모르겠는데…"

동수가 말했다.

"정서 대장이 저렇게 우락부락한 사람이랑 싸워도 되는 거야??"

지민이가 말했다.

"정서 대장이 꼭 이겨야 할 텐데…."

민영이 말했다.

정서와 검투사의 싸움이 지금 시작되려고 하고 있다. 병탁의 집을 탈출한 노예들은 지금 이 싸움에서 검투사가 진다면 자신들도 낡은 관념이 사라질 것만 같았다. 이 싸움은 단순한 싸움이 결코 아니라는 것이다. 정서는 이 순간 많은 노예들에게 자유를 주기 위해 이 싸움에서 이겨야 했다.

정서는 맨 먼저 검투사에게 검을 뽑아서 내리쳤다. 검투사는 정서의 검을 막아내더니만 그대로 다시 검으로 돌려주었다. 정서는 방어를 했는데, 어쩌나 힘이 센지 뒤로 밀려났다.

바람이 쌩하게 불었다.

"정서야, 꼭 이겨서 그들에게 자유를 가르쳐줘!!!"

민영이 외쳤다.

"정서 대장 힘내요!!!"

지민, 운모, 동수가 외쳤다.

정서는 초록바람대의 대원들을 보고는 웃었다. 그리고는 바로 검투사에게 달려가서 발차기를 했지만 검투사는 피해버렸다. 정서는 검을 부딪쳐 보고는 검투사들의 싸움은 자신과는 사뭇 다른 점이 있는 것을 느꼈다.

구경하는 사람들은 숨이 꼴깍꼴깍 넘어가면서 지켜보고 있었다.

두 번 정도의 공격을 받아낸 정서는 지금 상대하고 있는 검투사의 힘은 자신이 조금 강하더라도 스피드는 약간 느리다고 느꼈다. 그런 생각을 하고 있을 때 검투사가 와서는 검으로 내리쳤다. 정서는 슬쩍 피하고는 어깨 부분을 파고들어 검을 잡은 상대의 손목을 검의 손잡이로 내리쳤다. 검투사의 검이 땅에 떨어졌다. 검투사도 가까워진 거리를 이용하여 주먹으로 검을 잡은 정서의 손을 쳤고, 정서도 검을 땅에 떨어뜨렸다. 정서와 검투사는 지금 검이 없었다. 그들은 서로를 쳐다보다가 주먹과 발차기를 주고받았다. 정서와 검투사는 공격을 피했다. 정서와 검투사는 서로를 눈으로만 지켜보고 있었다. 정서는 자유를 가르쳐주기 위해, 검투사는 낡은 관념을 지키기 위해서 싸우는 것이다. 그리고 그 낡은 관념은 정서가 이기게 된다면 검투사에게는 자유로 돌아올 것이다.

정서는 검이 있는 곳을 눈으로 살짝 보고는 몸을 날려서 발차기를 했다. 검투사는 뒤로 밀렸고, 그 틈에 정서는 검을 손으로 집어서 검투사의 목에 대었다.

"항복!!"

"와아아아아아아아~~~~"

소년들은 함성을 질렀다.

"박정서 대장!!!"

민영은 눈물을 흘렸다.

정서는 검투사에게 손을 건네 악수를 청했다.

검투사는 정서의 손을 잡았다. 검투사가 졌을 때, 검투사들 안에서는 뭔가 안에서 끓어오르기 시작했다. 그건 무엇이었을까?? 그리고 자신들의 몸을 팔려고만 했던 여성 노예들도 뭔가 다른 것을 깨닫기 시작했다. 그들은 정말 자유를 얻었을까? 적어도 자유라는 영역에 조금이라도 가까이 간 것이라고 봐야 하는 것이 아닐까??

검투사들도 함성을 질렀고, 여자 노예들도 박수를 치며 눈물을 흘렸다. 정서와 민영은 그들에게 약간의 돈을 주었다.

"평생 잊지 못할 거예요."

여자 노예들이 말했다.

"내게 참된 자유를 가르쳐 준 건 내 평생 잊지 않겠소. 이것으로 내 영혼이 편안해진다면 자유인이라는 말을 결코 아끼지 않을 것이오."

검투사가 말했다.

"다시 만나게 된다면 자유인으로서 술은 그쪽에서 사는 거요."

정서가 말했다.

"하하하하하, 다시라니요, 저는 지금도 자유인입니다. 나의 검은 이제 항상 자유를 위해 싸울 것이오. 노예가 아니라…."

검투사는 손을 흔들었다.

"모두, 안녕히 계세요."

운모, 동수, 지민이 말했다.

"안녕히 계세요. 모두들."

민영이 말했다.

모든 노예들은 노예에서 국민이 된 자유를 느끼고는 정서 일행에게 손을 흔들며 헤어졌다.

민영은 정서하고 둘이서만 길을 걷고 싶어 했는데, 운모, 동수, 지민은 그런 분위기를 눈치챘는지 서로 웃으면서 뒤로 빠져 주었다.

"나 어머니의 원수를 갚았어."

민영이가 정서에게 말했다.

"뭐??"

"노예시장 강병탁이 바로 우리 어머니를 죽인 원수니까. 내가 죽였거든. 강병탁!"

"뭐라고?? 그랬구나."

"대장이랑 같이 있어서 결국에는 원수를 갚나 봐!!"

"그래, 잘했어. 민영아. 그런 놈은 죽어야 해."

정서는 민영이의 손을 잡아주며 같이 길을 걸었다. 그리고 뒤에서 길을 걷던 운모, 동수, 지민도 손을 잡으며 길을 걸었다.

◆ ◆ ◆

민수와 달수는 불이 났다는 소식을 듣고는 현장에 경찰 부하들을 데리고 출동을 하였다. 현장 곳곳에서는 나뭇잎들이 많이 보였다. 민수와 달수는 현장 지휘를 하며 경찰 부하들과 병탁의 부하들과 불을 다 껐다. 헌데 말들이 불이 나서 마구잡이로 뛰어다니며 병탁의 집을 부수기도 했고, 어떤 말들은 타 죽었으며 집에 불이 옮겨붙어서 집도 거의 다 폐허가 되어 있었다. 민수와 달수는 안으로 들어가서 살펴보니, 몇몇 시체들이 보였다. 그리고 병탁의 방처럼 보이는 곳에서 병탁의 시체를 발견했는데 성기가 잘려 죽은 것을 확인하였다.

"나뭇잎이 너무 많아…."

민수가 말했다.

"이건 설마 초록바람대가…."

달수가 말했다.

"그래 맞아, 초록바람대의 짓이 틀림없어. 여기 병탁이 성기가 잘려 죽은 것을 보니, 이건 여자가 한 짓이 분명해!!"

"그렇겠죠."

"최민영이 아닐까??"

"저도 그렇게 생각합니다."

◆◆◆

민수와 달수는 각자 자신의 성기를 한 번씩 쳐다보더니 민수는 달수의 성기를 달수는 민수의 성기를 서로 바라보았다. 그러더니만 자신들의 성기를 손으로 잡고서는 무사한지 확인하면서 경찰서로 다시 돌아왔다.

"정서 대장, 약속한 대로 사례금을 드리죠. 이번 일도 고생 많으셨습니다. 초록바람대가 초록소년단이랑 같이 움직인다죠. 이 돈이라면 움직이는 데 도움이 되실 겁니다."

법모가 웃으면서 말했다.

"음. 그래. 우리도 일을 해야지. 돈이 있어야. 조직도 유지될 수 있으니까. 돈은 고맙게 잘 쓰겠어."

정서가 싱긋 웃었다.

정서와 법모는 공원의 길을 걸었고 정서는 어떻게 노예시장을 부수었는지에 대해서 법모에게 이야기해 주었다.

◆◆◆

혜주는 푸실마을로 돌아오고서는 정서의 마음을 곰곰이 더 생각해 보았다. 자신은 귀족이 되었고 정서는 이제 막 노예라는 신분에서 해방된 국민이었다. 부모님은 왜 귀족이 된 것인지, 자신의 지금 현실이 너무나 슬펐다. 민영이가 혹시 정서의 마음을 흔들었던 것은 아니었을까? 그렇다면 도현이는 어떻게 된 거지?? 혜주는 마음이 심란했다. 혜주는 지금 부모님이 원망스럽기만 했다.

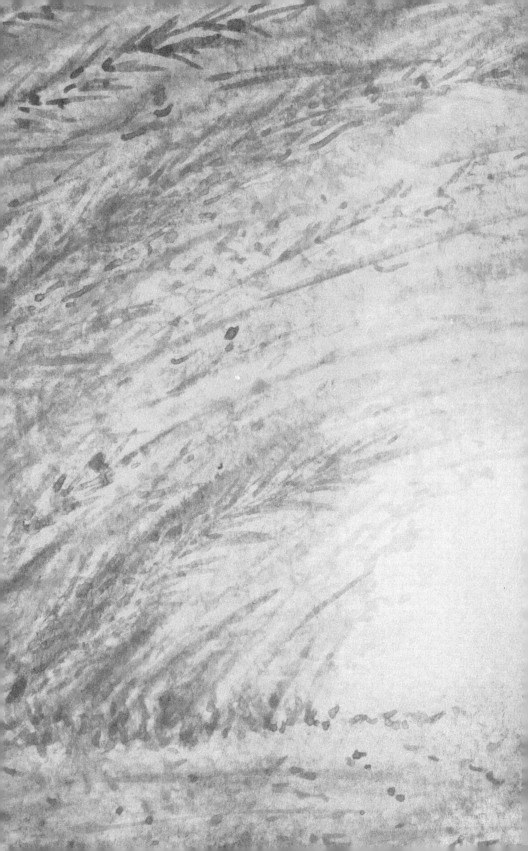

제7장

혁명

1

*조선시대 평민들이 지는 세금을 통칭하여 삼정이라 합니다. 삼정이란 전정·군정·환곡(환정)을 일컫는데 그 중 전정이란 농토에서 나오는 수확량에 부과한 세금을 말합니다. 그런데 이 시기에는 토지에 대한 기본세 이외에도 각종 부가세가 징수되어 농민들은 엄청난 부담을 져야 했습니다. 예컨대 관리 식사비, 서원 제사비, 감사 생활비, 가마 수리비, 신관 수령의 부임 여비 등 규정 외의 항목으로 백성들의 주머니를 털었습니다. 그 밖에도 지방 관아에서 행하는 잡다한 행사 비용은 물론, 기생을 끼고 놀았던 유흥비까지 부가 세목에 추가했답니다. 그리하여 전세의 수탈은 1결에서 나는 수확이 평균 600말 정도였는데, 전정에 의한 착취량만 하더라도 수확의 약 3분의 1에 육박했습니다. 군정이란 군대에 가야 하는 장정(1~60세에 해당하는 평민 남자)이 군역에 직접 나가지 않는 대신 국가에 납부하는 군포(옷감)를 말하는데, 조선 후기에는 각종 명목으로 징수액을 늘려 장정 한 명이 부담하는 군포의 양도 점차 불어났습니다. 심지어 죽은 사람에게도 군포를 물리는 백골징포, 어린아이도 군적에 올려 군포를 거두는 황구첨정, 군역을 피하여 도망간 사람의 이웃에게 군포를 떠맡겨 수탈하는 인징, 일가친척에게 넘겨 빼앗는 족징 등이 대표적이었습니다.

실학자 다산 정약용은 저서 『목민심서』 병전에 당시 군정의 실상을 다음과 같은 시로 표현했습니다.

〈애절양(생식기 자름을 슬퍼함)〉

갈밭 마을 젊은 아낙의 곡소리 기나긴데
현문(현감이 근무하는 관아의 문) 향해 곡하고, 푸른 하늘 울부짖누나.
남편이 출정 나가 돌아오지 않음은 오히려 있을 법하건마는
예부터 사내가 생식기 잘랐다는 말은 듣지 못했다오.
시아버지 돌아가셔 이미 상복을 입은데다.

---

* 조광한, 《소통하는 우리역사》(발로 찾아 쓴 동학농민혁명), 살림터, 2008. pp.91~94.

아이는 아직 배냇물도 씻지 않았는데,

세 사람의 이름이 군적에 올랐다나요.

처음으로 호랑이 같은 문지기에게 가서 하소연해 보려 함에

이정(지금의 이장 정도 되는 직위)이 포효하며,

마구간에서 소를 끌고 나갔지요.

칼을 갈아 방에 드니, 피가 자리에 흥건한데

아이 낳아 곤궁을 만났다고 스스로 한탄하던걸요.

더운 방에서 궁형을 행하는 것이 어찌 허물이 있지 않으리요.

민나라 사람들이 자식을 거세했던 일도 진실로 또한 슬픈 일이라오.

산 것이 살고자 하는 이치는 하늘이 부여해 준 것이라서

하늘의 도는 사내를 만들고 땅은 계집을 만들거늘

소와 돼지 거세함도 오히려 슬프다고 말할진대

하물며 백성들이 자손 이을 것을 생각함에서랴.

세도 있는 집에서는 일 년 내내 풍악을 올리지만

쌀 한 톨, 비단 한 조각 축나는 일 없다네.

우리 백성들 똑같아야 하거늘 어찌해서 가난하고 부유한가?

나그네는 창가에서 거듭 시구 편을 읊조린다오.

다산은 이 시를 쓰게 된 동기를 『목민심서』에서 이렇게 적고 있습니다.

이것은 1803년 가을 내가 강진에 있으면서 지은 시이다. 갈대밭에 사는 한 백성이 아이를 낳은 지 사흘 만에 군적에 등록되고 이정이 소를 빼앗아 가니 그 사람이 칼을 뽑아 생식기를 스스로 베면서 하는 말이 "내가 이것 때문에 곤액을 당한다" 했다. 그 아내가 생식기를 관가에 가지고 가니 피가 아직 뚝뚝 떨어지는데 울며 하소연했으나 문지기가 막아 버렸다. 내가 듣고 이 시를 지었다.

마지막으로 환곡이란 재난을 당한 사람들을 구제하기 위해 관아의 곡식을 대출했다가 추수할 때 거두어들이는 제도인데, 점차 고리대가 되어 관리들의 돈

벌이 수단으로 전락했습니다. 환곡에서 가장 수탈을 많이 당하는 사람들은 소농과 빈농이었고, 이들은 전세와 군포의 부담까지 짊어져 삼중의 고통 속에 시달려야 했습니다.

공직자가 돈을 많이 벌고자 한다면 오늘 당장 사직하고 장사를 해야 할 것입니다. 일찍이 다산 정약용 선생 역시 "높은 자리는 과녁과도 같아서 누구나 거기를 향해 활을 쏘고자 하니 항상 처신에 조심해야 한다"고 공직자, 특히 고위 공직자들의 처신을 강조했던 것입니다.

또 정약용 선생은 『목민심서』에서 탐관오리를 '자벌레'라 했는데, 이 자벌레는 먹을 것이 보여야 기어가고 겁을 주면 움츠리고만 있기 때문이랍니다.

특히 근로자들의 정당한 임금 인상이나 복지에는 아랑곳하지 않는 기업들이 정치인들에게는 수백 억대의 대가성 뇌물을 주고받는 정치 현실 속에서 '애절양'은 흘러간 옛 시 구절이 아니라 아직도 우리 사회의 일각에서 들려오는 현재 진행형의 외침입니다.

"아버지, 왜 귀족이 되신 거죠?? 귀족이 뭐가 좋다고요??"

혜주는 소리를 질렀다.

"이놈의 자식이, 기껏 지금까지 키워주고 지금은 이 나라에서 고귀한 신분인 귀족이 되었는데, 한다는 말이 그따위냐??"

도수가 소리쳤다.

"혜주야, 아버지에게 그게 무슨 말버릇이냐?? 잠자코 여기에만 있어도 널 따라다니는 귀족 남자들이 줄을 서는데, 너는 왜 계속 귀족이 된 것 자체를 부정하는 것이야!!"

하나가 말했다.

"저는 귀족이 싫어요. 싫다구요."

"잠자코 있다가 좋은 남자 만나 시집가거라. 너 더 이상의 반항은 용납을 못 해." 도수가 말했다.

"좋아요. 그러면 제게 돈을 조금 주셨으면 합니다. 제가 티다르에 머물게 해주세요."

혜주가 말했다.

"뭐?? 티다르는 왜??"

도수가 말했다.

"거기에서 귀족 남자를 만나겠어요."

"푸실에서 만나면 안 되는 거니??"

하나가 물었다.

"이왕 만나는 거 티다르에서 만나는 게 나을 것 같네요."

"그래, 티다르에서 만나서 거기서 결혼을 하렴!!"

도수가 말했다.

혜주는 잠시라도 부모님과 떨어져 지내려고 머리를 굴린 것이다. 혜주는 부모님이 주신 돈으로 티다르의 여관에 머물고 있었다. 그녀는 여관에서도 자신이 귀족인 것을 티를 내면서 정서가 자신을 밀어낸 기억을 지우려고 했다. 그녀가 귀족의 티를 나름대로 뽐내면서 밖을 걸어 다니고 있을 때였다. 어느 귀족 남자가 와서 혜주에게 말을 걸었다.

"어느 귀족집 아가씨 같은데, 저에게도 여유를 나누어 주실 수 있겠습니까??"

혜주는 이 귀족 남자가 마음에 들지는 않았지만, 지금 이럴 수 있는 것도 정서에 대한 미움을 잊기 위해 필요하다고 느꼈다. 이 귀족남자의 이름은 이만재였다. 만재는 귀족 중에서도 꽤 이름 있는 집안의 아들이었다. 허나, 그는 귀족에게는 그다지 관심은 없었다.

이만재, 그는 귀족으로 태어난 것을 경멸할 정도로 싫어했다. 그의 아버지 이태성은 나라에서 장군까지 지낸 인물로 예전에 전쟁에서 큰 공을 세운 인물이었다. 그는 지금은 전역하여 지내고 있었다. 그는 아들을 늘 걱정했지만, 자신의 뜻대로 움직여주는 자식도 아니라는 것을 알고 있었다.

하루는 둘이서 검술시합을 하고 있을 때였다.

"아버지, 뒤가 위험하시네요."

만재는 검술시합을 하고 싶지 않아서 시합 전에 뒤를 조심하라는 거짓말을 하고 도망간 것이다.

"저놈이, 이런 배은망덕한 놈!!"

"하하하, 뒤를 조심하라고 했던 건 아버지셨습니다."

"그래도 시작도 하기 전에 이런 식으로 거짓말하는 것은 용납하지 못한다. 거기서라!!! 이놈아!!"

만재는 신나게 도망쳐서 밖으로 나가기도 했다. 만재는 신분 해방이 되었을 때 '자신이 노예였더라면 얼마나 좋았을까?'라는 생각도 했다. 그는 귀족들이란 결국에는 다 겉으로는 예의 있게 얘기하고 뒤에서는 자신들의 입지를 다지기 위해서 딴소리를 하며, 더 나은 귀족들을 찾아서 만나는 것으로 알고 있었고, 그런 짓에 넌덜머리가 나 있었다.

노예들은 서로 간에 그런 짓을 안 하는 것처럼 보였다. 서로 간에 의리도 있고 친구도 있는 것 같았다. 헌데 귀족들은 왜 서로 간에 항상 분쟁하고 누가 조금 뭐가 되면 시기하며 배 아파할까? 결국에는 지금 나라가 이 꼴이 된 것도 귀족들이 자신들의 배만 채우려는 욕심 때문이다. 그들은 늘 자신들의 욕심을 채우기 위해 노력할 뿐, 진정 나라를 위해서 일하는 것은 없으니까. 물론 모든 귀족이 그런 것은 아니겠지만, 그렇지 않은 귀족이 거의 없다는 것이 문제다.

이만재, 그는 아버지의 돈으로 사는 것도 싫어서 며칠 전부터는 스스로 일을 하며 돈을 벌고 있었다. 그는 구두 닦는 일도 배웠고, 시간이 되면 우유도 배달했다. 그는 그렇게 지내는 것이 좋았다. 적어도 아버지의 돈을 받으면서 사는 것보다는 그게 나을 것 같았다. 그리고 초록바람대가 처형되는 날에는 밖에 나가지 않고 집에만 있었다. 보고 싶지 않았다. 같은 날에 죽어가는 의리 있는 친구들이 자신에게는 없었으니까. 그는 스스로 그렇게 모자란 놈이라고 생각했으니, 밖에 나가서 그들의 죽음을 볼 자격도 없다고 말이다.

그는 그렇게 지내다가도, 귀족처럼 보이는 옷들도 있어서 그런 옷들을 입고는 밖으로 나가기도 했다. 그리고 지금은 혜주를 만난 것이다.

2

"여유를 드릴 수는 있지만, 제 마음을 가지지는 못할 거예요."

혜주는 고개를 돌렸다.

"아주 그럴듯한 이야기군요."

만재는 지그시 혜주를 바라보았다.

혜주는 한 가지 생각을 하게 되었다. '차라리 이 남자를 꼬드겨서 정서 앞으로 데리고 가는 것이 어떨까?'하고 말이다. 그래. 적어도 그런 생각이 들었다.

"정, 저의 마음을 조금이라도 얻고 싶다면, 저하고 함께 걸어주시겠어요??"

"아, 기꺼이 그렇게 해드리리다."

혜주는 티다르의 거리를 걸으며 서로 간의 이름을 이야기면서 이 남자 만재의 웃기지도 않은 이야기를 들으며 웃어 주었다. 만재는 자신의 이야기가 재미난 줄 알고 있지만, 실제로는 그다지 웃기지 않았다. 혜주는 그를 데리고 물장사를 하는 지민이네 가게가 있는 길거리로 향했다. 지민이네 가게 근처까지 갔었는데, 지민이와 동수가 물장사를 하는 곳까지는 약간의 거리가 있었다. 그래서 지민이와 동수는 혜주를 볼 수 없었고, 정서는 지민이네 가게로 가는 길에 혜주를 발견하였다.

"홍혜주, 오랜만이네, 여긴 어쩐 일이야??"

혜주는 정서의 말을 듣고는 만재의 손을 버럭 잡아버렸다.

"아, 박정서, 오랜만이네, 여기 지나가는 길이야. 나도 이제 티다르에 살거든."

"티다르에??"

"응"

정서는 혜주 옆에 있는 만재를 보고는 놀라기도 했다. 얼마 전만 해도 자신을 잊지 못하겠다던 혜주였다. 헌데, 애인처럼 보이는 이와 손을 잡고 자신의 앞에 있는 것이 아닌가?? 그리고 만재는 한눈에 봐도 귀족처럼 보였다. 아니, 혜주가 귀족이라서 더 귀족처럼 생각이 들었던 걸까??

"아, 그럼 옆에 계신 분은 혜주와는 사랑하는 사이입니까??"

정서가 물었다.

만재는 지금 상황을 보고는 이것은 분명 혜주가 정서라는 남자 앞에서 자신을 애인이라고 말해달라고 하는 것이라 여겼다. 아무리 봐도 그것밖에는 답이 없고, 만재도 상황을 가늠해 볼 때, 그것만이 정답이라고 여겼다. 그리고 아무래도 이 정서라는 남자가 예전에 사랑하는 사람이라는 생각도 들었다.

"아, 저는 사랑하는 사이가 맞습니다."

"그래요?? 귀족은 역시 귀족끼리 만나야 잘 어울리는 법이죠."

정서는 자신이 혜주랑은 헤어진 것이 잘한 것이라 여기며 지금 귀족과 함께 손잡고 있는 혜주를 기쁜 마음으로 쳐다보았다.

혜주는 그런 정서의 표정을 보고는, 자신과는 정말로 다시는 가까워질 수 없다고 여겼다. 그랬다. 적어도 혜주는 정서의 반응을 보고 싶어서 만재를 데리고 여기까지 온 것이다.

헌데, 만재는 원래 귀족을 항상 나쁘게 생각하고 있었고, 그는 이 말을 다르게 해석하고 있었다. 그리고 기쁜 마음으로 쳐다보고 있는 정서를 다른 식으로 해석하고 있었다. 자신을 모욕한다고 생각한 것이다.

"'귀족은 역시 귀족'이란 말은 지나치시군요. 이건 엄연히 저에 대한 모욕입니다."

"모욕이요???"

"그렇습니다. 제가 누굴 만나든지 그것은 제 자유입니다. 지금 하는 이야기는 혜주 님과 단둘이 있을 때 하셔야지. 이런 식으로 제가 있을 때 얘기한다는 건 저를 인형 취급하는 것이며, 그것은 저에 대한 모욕이 되지요."

"아, 제가 생각이 짧았네요. 죄송합니다. 혜주가 좋은 사람 만나는 것 같아서 한 말인데."

만재는 지금 상황을 그냥 넘어가기보다는 결투를 신청하는 게 좋을 것 같다고 생각했다. 만재는 혜주에게서 자신이 강한 남자라는 것을 보여주고 싶었다. 아니 어쩌면 혜주가 자신의 손을 잡아준 것과 같은 동기라고나 할까?

"사과는 저하고 결투해서 승리하신다면 받아주고 싶은데, 어떻습니까??"

"결투요??"

"예, 그렇습니다."

만재는 검을 뽑았다. 그리고는 혜주가 잡고 있던 손을 풀더니, 손가락으로 정서를 가리켰다.

"나 이만재는 그대에게 결투를 신청합니다."

혜주는 지금 상황이 잘못 돌아가고 있다고 생각했다. 정서는 결투로는 절대로 이길 수 있는 상대가 아니다. 지금 만재는 상대를 잘 모르고 있다.

"저 만재 님, 결투까지 신청하시는 건 무리가 있습니다. 이미 상대는 사과하지 않았나요??"

혜주는 결투까지 신청하는 만재가 너무 부담스러웠다. 자신이 한 짓은 생각지도 않은 채 만재만을 탓하고 있는 것이었다.

"아닙니다. 이건 혜주 님과는 상관이 없습니다. 이건 엄연히 저에 대한 모욕의 대가니까요. 저하고 저 남자하고의 문제이지요."

"제 이름은 박정서입니다. 결투를 받아들이지요. 분명 저는 사과를 했습니다. 하지만 그것에 만족하지 못하신다면, 어쩔 수가 없죠."

정서는 검을 뽑았다. 정서와 만재는 서로 검을 부딪쳤다. 만재의 검술은 귀족들의 전통적인 검술이었다. 정서는 검술을 보더니만, 사람을 죽일 정도로 싸우지는 않은 사람이라고 느꼈다. 조금은 더 형식적인 느낌이라고나 할까? 만재의 검술이 그렇게 형편없을 정도는 아니었지만, 그래도 혜주 앞에서 자신이 조금은 더 상대를 봐줘야 한다고 여기고는 만재를 봐주고 있었다. 그렇게 검을 부딪치고 있을 때, 갑자기 뒤에서 누군가가 나타났다. 누구일까??

"박정서!!!!!"

민영이 온 것이다. 민영은 정서가 만재와 싸우고 있는 것을 보고는 깜짝 놀랐다.

"최민영!!"

정서가 민영을 보았다.

"그만, 서로들 멈추세요!!!"

민영이 말했다.

민영이 올 때쯤에는 길거리에 사람들이 모두 몰려서 정서와 만재의 결투를 지켜보고 있었다. 사실 만재는 이 많은 사람들 앞에서도 정서를 꺾고 싶어 했다. 만재는 그냥 보더라도 민영이 보통 기운이 넘치는 여인이 아니라고 여겼다. 한마디로 기가 엄청 센 여인으로 본 것이다.

"애인이라도 되는 건가?? 흠, 아까의 사과를 받아주고 싶은데, 이쯤에서 멈추고 싶은데 그래 줄 수 있겠습니까?"

만재는 민영을 보더니만 조심스레 이야기를 했다.

정서는 적당히 상대하다가 이기려고 했는데, 민영이 저렇게 날뛰니 사과를 안 받아 줄 수가 없었다.

"예, 그럼 좋습니다."

정서하고 만재는 서로의 검을 내려놓았다.

민영은 오랜만에 혜주를 보았다. 혜주는 민영을 보더니만, 뭔가 분위기로 봐서는 정서하고는 보통 관계는 아닌 것을 눈치챘다. 자신이 푸실마을에 있을 때, 무슨 일들이 있었던 것이 분명했다.

민영은 정서에게로 가서는 정서의 손을 잡고서 물장사를 하는 지민이와 동수에게로 돌아갔다. 헌데 정서의 손을 잡으면서 자신을 쳐다보는 것이었다. 마치 정서가 자신의 것이라도 되는 것처럼…. 민영은 예전에 혜주가 정서

하고 가까워진 것이 싫었을 때의 마음을 지금 이런 식으로 보여주고 있었다.

혜주는 화가 잔뜩 났다. 혜주는 화가 나서는 만재의 팔짱을 끼고는 뒤돌아서 정서를 한 번 노려보더니만 다른 곳으로 가는 것이었다.

"정서 대장은 정말 대단한 것 같아요."

지민이 말했다.

"정서 대장은 우리들의 꿈이에요."

동수가 말했다.

"그래, 보이냐?? 아직 승부는 끝나지도 않았는데."

정서는 자신의 검을 쳐다보았다.

"정서 대장, 승부는 됐어. 요즘 시끄러운 소리 들리는 거 알아??"

민영이 말했다.

"뭔데, 그게??

"최근 티다르에 초록바람대가 나타나서 귀족들의 돈을 강탈한다는 소리야."

"초록바람대라면 너하고 나, 그리고 몇몇 나이 어린 소년들 뿐이야."

"헌데, 그렇지가 않아. 예전부터 이런 일들이 있었나 보더라고. 소문이 이 정도로 나에게 들릴 지경이면 말이야."

"누구지??"

"그래서 마을을 조금 돌아다니면서 소문의 근거를 찾아보려고 했지만, 찾을 수가 없었어!!"

"그 소문은 누군가에게 들은 거야??"

"가난한 사람들의 입에서, 그들이 돈을 받았나 보더라구요. 귀족들의 돈을 털었던 초록바람대라나…"

"그럴 리가. 최근에 귀족들의 집을 턴 적이 없는데, 노예시장 일만 해도 힘들었잖아."

"그렇지?? 이건 분명 누군가가 우리를 만나고 싶어 하는 거 아닌가??"

"그래. 맞아. 하지만 그들을 어떻게 찾아야 할지."

정서와 민영의 이야기를 들은 지민과 동수도 그들이 누구인지 궁금해했다.

3

"저 때문에 죄송해요. 제가 만재 님을 제 사랑에 이용했어요."

혜주가 말했다.

"뭐, 별로 개의치 않습니다. 혜주 님 신경 쓰지 마세요. 이런 일에 끼워주신 것만으로도 추억이라도 하나 늘 것 같으니까요."

만재가 말했다.

만재는 혜주를 여관에 바래다주었다. 혜주는 여관에 돌아와서는 민영의 모습을 떠올렸다. 그녀는 분했다. 자신이 귀족이 된 것이 그렇게 싫은 것인지 정서를 원망하기도 했다. 그녀는 거울을 보면서 자신의 머리를 다시 빗고 있었다. 그녀는 자신의 아름다운 모습을 보면서 생각했다. 민영이랑 둘이서 만나서 이야기를 해야겠다고 말이다. 혜주에게 민영은 정서 곁에 자신의 빈자리를 빼앗아 간 사람이다.

그녀는 조금은 마음을 가라앉히고는 만재를 생각해 보기로 했다. 만재는 자신을 좋아하는 사람일까? 그렇다고 하더라도 지금은 계속 정서가 너무 좋은데, 만재에게로 마음을 주기에는 선뜻 내키지 않았다.

한편, 만재는 어느 폐허처럼 보이는 곳으로 들어갔다. 그곳에서 사람들은 가끔씩 모여서 나라에 대한 불만을 얘기하며, 나라를 어떻게 이끌어나가야 할 것인지를 이야기했다. 귀족들과 경찰들에 대한 불만도 서슴지 않고 서로서로 털어놓았다. 만재는 여기에서는 자신이 의리를 지키며 살아갈 사람들을 만날 수 있기에 이 모임을 알게 되고 나서부터는 항상 이곳을 들렀다. 그리고 자신도 복면을 쓰고 귀족들의 돈을 털어 가난한 사람들에게 나누어 주는 역할을 하였다. 그 일을 도와주는 이들이 바로 고영희와 장강진이었다.

영희와 강진은 할 수 있는 일을 찾다가 티다르까지 와서는 이 모임에 참가

했고, 지금은 이 모임을 주선하는 위치까지 올라온 것이다. 영희와 강진은 초록바람대를 끌어들여야 할 방법을 논의하다가 만재를 보고는 밤만 되면 귀족들의 집을 털어서 가난한 이들에게 나누어 주는 방법을 생각한 것이다.

만재는 밤만 되면 귀족들의 집을 털어서 가난한 이들에게 나누어 주고는 했었다.

"만재 님, 오셨나요??"

영희가 말했다.

"네, 오늘도 잘 부탁드립니다."

만재는 자신의 얼굴을 복면으로 가렸다.

"오늘 털어야 할 곳을 알려드리죠."

강진이 말했다.

◆ ◆ ◆

만재는 강진이 알려준 귀족집을 털었다. 그는 어느 귀족의 집을 털다가 나오면서 귀족이 고용한 살수와 마주치게 되었다. 그는 검술로 상대를 하다가 그만 그 살수에게 당해서 팔이 검에 의해 찢어지는 상처를 입고는 도망치기에 바빴다. 그는 강진이 있는 폐허가 있는 곳으로 갔다.

"실패했어요. 돈을 두고 왔습니다."

만재의 얼굴에서 땀이 흘렀다.

"괜찮습니다. 많이 다치셨나요??"

강진은 팔에 상처를 보고는 치료해야겠다고 생각했다.

"영희 님은 어디 가셨나요??"

만재가 물었다.

"예, 오늘 모임이 있어서."

강진이 말했다.

"그나저나 하루빨리 초록바람대 사람들을 만나야 할 텐데, 걱정이네요."

만재가 붕대를 감으며 말했다.

"예전에 온새미로마을을 구해주신 분들이 있었어요. 이름이 박정서라고…."

강진이 말했다.

"예, 박정서요??"

만재가 물었다.

"네, 혹시 아시는 분이신가요??"

"아, 전에 물장사하는 곳 근처에서 본 적이 있는데…."

"정말이요??"

"정말입니다."

"혹시 동명이인일 수도 있잖아요. 그분은 어떻게 만나게 된 거죠??"

만재는 자신이 만나게 된 이야기를 자세히 해주었다.

"그럼, 민영 님과 혜주 님도 다 만났다는 거네요. 정서 님 외에 만나신 분들이 민영 님과 혜주 님이라니 이름까지 같은 거 보면 아무래도 말해주신 박정서라는 분이 제가 생각하는 분과 같은 게 맞네요."

강진이 말했다.

"아무래도 이름이 세 명 다 같다면 확실한거죠."

"그 물장사하는 곳 근처에 저도 한 번 가볼 수 있을까요?"

"물론입니다."

만재는 강진을 데리고는 물장사를 하는 곳 근처까지 왔다. 그러나 정서 일행을 만나지는 못했다.

◆◆◆

만재는 자신의 상처를 치료해 주는 강진을 보면서 자신의 검술 실력이 많이 부족함을 느꼈다. 이 일을 하는 것도 결국에는 언젠가 자신의 목숨이 위험해질 것 같았다. 오늘도 도망쳐 나온 자신을 생각하며 이 짓을 언제까지 할 수 있을까? 생각했다. 만재는 다음날에 혜주의 여관에 찾아갔다.

"혜주 님, 안녕하세요."

"예, 어서 오세요."

혜주는 만재가 팔을 다쳐서 붕대로 감고 있는 것이 눈에 보였다. 혜주는 차를 준비하고는 여관에 있는 식탁에 만재를 앉게 했다.

"아니, 어디 다치셨나요??"

"아, 아니에요. 혹시 초록바람대에 대해서 알고 계신가요??"

혜주는 만재의 질문에 당황하며 깜짝 놀랐다. 자신은 초록바람대의 문신까지도 가지고 있었다. 헌데 그것을 묻는 것은 이상할 게 없었다. 지금 사람들은 모두 초록바람대의 이야기를 밖에서 다 하고 다니는 추세이니까 말이다.

"알고 있죠. 초록바람대는 힘없는 사람들에게 힘이 되어주는 사람들이니까요."

혜주가 말했다.

"예, 그렇죠. 저는 초록바람대를 한번 만나보고 싶어요. 기회가 있다면요…. 저 혹시 오늘 괜찮으시다면 제가 있는 모임에 한 번 나와 주실 수 있나요??"

"모임이요??"

"아, 그 전에, 혹시 귀족이지만 귀족들을 좋아하시나요??"

"아니요. 저는 귀족을 좋아하지 않습니다."

"본인은 귀족이 아닌가요??"

"아, 저는….."

"하하하…. 대답을 못하시는 것 보니, 설마 나중에 귀족의 위치로 올라오신 가문이신지요??"

"예. 맞습니다."

"그렇군요. 왠지 그래 보였어요."

"하긴, 모든 것을 숨긴다고 하더라도 숨겨지지 않으니까요. 저는 귀족이 되기를 원하지 않았어요……. 아버지의 고집으로 얻어낸 신분이니까요. 저는 귀족이 싫어요."

"호오. 그렇다면 그 박정서랑도 헤어진 게 혹시 귀족이 되어서인가요??"

혜주는 만재가 눈치가 보통이 넘는 것을 눈치챘다.

"예, 맞아요."

"하긴, 그런 부분은 남녀 사이에서 제가 낄 부분은 아닌 것 같네요. 허나, 혜주 님도 박쥐 인생처럼 굴러가는 것 같네요."

"예??"

"저도 박쥐거든요. 저도 귀족이지만, 귀족이 싫어서요. 그럼 우린 박쥐가 되는 거죠."

"그러네요. 어딜 가나 환영받지 못할까요??"

"아니요. 하지만 박쥐라고 해도 보다 더 분명한 곳에 있다면 더 나을 수 있죠."

"그게 무슨 뜻이에요??"

"오늘 모임에 나와 보시면 알 거예요."

"알았어요."

4

"지금 나라를 보세요. 수많은 사람들이 가난에 허덕이고 있으며, 아직도 귀족들은 자신들의 배를 채우기 위해 바쁘게 살고 있습니다. 우리는 우리 자신들을 지키기 위해서라도 일어나야 하는 겁니다. 지금 경찰들을 보세요. 나라의 개가 돼서 국민들에게 잔인한 짓을 서슴지 않고 저지르고 있습니다. 그러니 우리가 일어나서 나라를 좋게 만들어야 합니다. 경찰은 스스로가 개선하려는 의지가 없는 조직입니다. 나라의 기득권에 자신들 조직의 운명을 기생하는 기생충이죠. 우린 이미 신분 해방이 되었고, 모두 국민이라는 같은 자리에서 시작하게 되었습니다.

허나, 귀족들과 경찰들은 우리를 어떻게 했습니까? 아직도 노예와 다름 없다고 생각하며 핍박하고 채찍질을 했습니다. 그들의 위선과 말 같지도 않은 변명들, 권력을 잡고 계속 활개 치고 다녔던 그들의 무자비한 살육에 더 이상 무너져서는 안 되는 것입니다.

여러분, 여기 계신 분들은 대부분 예전에는 노예였던 분들과, 평민이셨던 분들도 함께 계십니다. 그리고 우리는 국민이라는, 자유인이란 이름으로 다시 태어났습니다. 허나, 우리는 이름만 형식적으로 앞세우고는 뒷통수를 치는 행동을 하는 귀족들과 경찰들에게 모두 마음이 다쳤습니다. 나라는 더 이상 나라로서 그 이름을 다 하지 못할 지경에 이르렀다고 생각합니다. 우리는 힘을 합해야 합니다. 그래서 우리가 나라를 만들어야 하는 것입니다. 귀족들에게, 그리고 귀족들의 하수인 노릇이나 하며 사는 경찰들에게 우리의 힘을 보여주는 겁니다!!!!!"

강진이 외쳤다.

"와아아아아아아아아아~~~~~~~~~~!"

박수 소리와 함께 큰 고함소리가 나왔다. 수많은 사람들이 모여서는 술을 마시기도 했으며 서로 간의 의기투합을 다지기도 했다. 피 끓는 열정들이 모여 있어서 그런지 그들은 모임에서 뭔 일을 저지르더라도 크게 저지를 것만 같았다.

"이런 곳이었나요??"

혜주가 물었다.

"모임이 뭐 항상 이런 것은 아닌데, 오늘은 꽤나 격렬하네요."

만재가 말했다.

혜주는 멀리서 강진을 봐서 누구인지는 아직 모르고 있었다.

"저 연설하시는 분, 장난 아닌데요. 그리고 지금 주변에 사람들을 보니까.

정말 무슨 큰일이라도 날 것 같아요."

"아마 폭동이라도 날 겁니다."

만재가 말했다.

"폭동이요??"

"그렇습니다. 나라의 눈에 우리는 폭동이 되겠지만, 먼 훗날에 우리는 혁명으로 기억될 것입니다."

"그렇겠네요. 어떤 자리에 있는 사람이 무엇을 생각하느냐에 따라서 그것이 폭동이 되든 혁명이 되든 하는 것이겠네요."

"하지만, 폭동이라고 봐야겠지요."

"아니 왜요?? 우리가 혁명이라고 생각하면 되는 거 아닌가요??"

"그건, 권력을 가진 자들이 아무래도 자신들이 더 유리하게 역사를 기록할 테니까. 사실 여기에 있는 사람들은 전부 아마 폭동이든 혁명이든 별로 상관없다고 생각할 것입니다. 그런 것을 그다지 신경 쓰지 않습니다. 썩어빠진 귀족들부터 시작해서 부패한 경찰들을 모두 죽여서 우리가 원하는 바를 이루면 그만입니다."

"그렇네요. 하긴 사람이 생각하기 나름이겠죠."

강진은 멀리서 바라보는 만재를 이미 알아보고는 옆에 혜주가 있는 것을 알아챘다. 강진은 혜주가 있는 곳으로 갔다.

"오랜만입니다. 혜주 님, 저 장강진입니다."

"아, 아까 그 연설하셨던 분이 설마. 강진 님!!!"

"네, 다시 뵙는군요."

"강진 님, 혜주 님, 죄송합니다만, 저는 잠시 일이 있어서…."

만재는 강진과 혜주에게 급하게 인사하고 자리를 떠났다.

"하긴, 만재 님은 할 일이 있으시니까…. 혜주 님은 그동안에 어떻게 지내셨나요??"

혜주는 그동안에 있었던 이야기를 강진에게 해주었다.

"귀족이 되셨군요. 어쩐지 분위기가 조금 달라진 것 같긴 하네요. 저는 초록바람대가 모두 처형되었다는 말을 듣고 정서 님 생각이 너무 많이 났습니다. 그리고 지금은 여기 모임에 와있죠. 영희도 여기에 있어요."

강진이 말했다.

"영희 님도요??"

"네, 지금은 아마 만재 님을 도와주고 있을 겁니다."

"아, 그래요??"

"일단은 영희가 만재 님을 만나서 이야기할 부분들을 이야기하고 나면 여기로 올 겁니다. 저랑 얘기하다 보면 영희도 만날 수 있을 거예요."

"와아. 반가운 분을 또 만나게 되겠네요."

강진은 오랜만에 만난 혜주가 너무나 반가웠으나 귀족이 되었다는 것에 놀랐고, 이상하게 느껴졌다. 그러나 강진은 이미 만재를 만나면서 귀족들 중에서도 다 썩어빠진 귀족만 있는 것도 아니라는 걸 알았고, 혜주도 그런 귀족이 아니라고 생각하여 그저 그러려니 여겼다. 사실 만재 말고도 그런 귀족들은 더 있었다. 허나, 그 수는 터무니없이 적었다.

혜주는 강진을 만나서 반갑고 기쁘기도 했지만, 정서를 만날 수 있는 기회를 한 번 더 얻었다고 생각했다. 갑자기 심장의 두근거림이 멈춰지지 않았다. 정서를 다시 한번 이 자리에서 만나게 된다면, 자신이 가진 귀족이란 껍데기를 조금은 더 이해해 줄 수 있을 거라는 생각이었다. 여기에는 강진 님도 있고, 여기에 수많은 사람들이 나라의 정신 상태를 고치는 것에 힘을 더할 것이다. 정서도 지금 여기 모임의 분위기를 파악한다면 자신이 귀족이어도 충분히 이해해 줄 수 있을 것이다.

5

정서는 민영과 나누어서 티다르를 조금 돌아볼 필요가 있다고 생각했다. 그래야만 요즘에 돌아다니는 초록바람대처럼 행동하는 사람이 누구인지 알 것 같았다.

민영은 소문 끝에 티다르의 외곽지역에 있는 폐허에서 사람들이 모여 있다는 것을 알게 되었고, 그곳에서의 움직임을 주시하고 있었다. 그녀는 거기서 정서하고 결투를 하던 만재를 발견했다. 민영은 뭔가 이상하다 싶어서 만재의 뒤를 쫓기 시작했다. 만재는 영희가 알려준 귀족의 집을 털다가 역시 귀족이 고용한 살수들과 싸우게 되었는데, 그들은 네 명이었다. 그는 자신의 검술 실력이 부족함을 깨달아서 도망가려고 했는데, 이번에는 도망가기가 힘이 들었다. 아무래도 저번에 자신이 털었던 집의 귀족이 소문을 낸 것인지, 귀족이 고용한 네 명의 살수들은 만재를 죽이기 위해 가는 길을 모두 다 막고 있었다.

"이거 안 되겠는 걸. 저놈이 맞는 것 같은데, 아무래도."

민영은 지켜보다가 안 될 것 같아서 도와주어야겠다고 생각했다.

"야 너희들, 한 사람을 너무 못살게 구는 거 아니야??"

민영이 팔짱을 끼며 말했다.

"못 본 척 그냥 지나가면 살 수 있었을 텐데, 지금 이 자리를 끼어들겠다는 건가??"

살수들 중 한 명이 말했다.

"우리는 사람 목숨을 파리목숨으로 생각하는 사람들이야. 살수들이라고. 계집이라고 해서 봐주지 않아."

살수들 중 다른 한 명이 말했다.

"날 이기고 나서나 이야기하지 그러냐??"

민영이 말했다.

민영은 재빨리 달려가서는 검을 뽑아서 한 명을 죽였다. 너무나 빠른 움직임이었다. 나머지 세 명은 자신의 동료가 죽은 것을 보고는 빠르게 자리에서 흩어졌다. 민영은 세 명이 동시에 공격해 오는 것을 막다가 그만 어깨를 베이고 말았다.

"아야."

"우리 셋을 동시에 상대할 수 있을까??"

상대는 최고의 살수들이었다. 만재는 다리를 많이 베여서 움직이기가 힘들어 보였다. 민영은 상대가 간단할 줄 알았는데, 쉽지가 않다는 것을 느꼈다.

민영은 날아오는 검을 막아섰지만, 어깨를 베여서 힘이 잘 들어가지 않아 밀렸다.

"하아하아…, 어렵겠는데…."

민영의 목숨이 위험해지려는 순간 정서가 나타났다. 정서는 민영의 목을 노리는 검을 자신의 검으로 받아내고는 바로 살수 한 명을 죽였다.

"박정서 대장!!"

"괜찮아?? 민영아. 상대는 조무래기들이 아닌 것 같군…."

"맞아, 그렇게 간단한 상대들은 아닌 것 같아."

정서와 민영은 두 명 남은 자객을 각각 한 사람씩 맡아서 죽였다. 만재는 정서가 싸우는 것을 보고는 자신과 싸울 때는 봐준 것이라고 생각했다.

"하아…, 혹시 당신이었나요??"

민영이 말했다.

"예??"

"당신이 초록바람대라고 불리는 사람 아니에요??"

정서가 말했다.

"그걸 어떻게 알았지요??"

"우리가 초록바람대니까요."

민영이 말했다.

정서와 민영은 자세히 보니 전에 정서와 결투를 한 적이 있는 사람이었다.

"알고 있어요. 강진 님에게 얘기 들었어요."

"잠깐 강진 님이라면, 장강진 님을 말하는 건가요??"

정서가 물었다.

"네, 맞습니다. 일단 궁금한 게 많지만 몇 가지 물어볼게요. 초록바람대는 모두 몇 명이죠??"

"이제 우리 둘밖에 없고, 남은 건 어린 소년들뿐이에요."

정서가 말했다.

"하아…. 그동안 피 흘리며 고생한 보람이 있네요. 강진 님 말고도, 당신들을 기다리고 있는 사람들이 있어요. 꼭 같이 가줘야겠어요."

"설마, 영희 님을 말하는 건지요?? 어디에 있는데요??"

정서가 물었다.

"역시 영희 님도 알고 있군요. 맞아요."

"혹시, 외곽 폐허 아니에요??"

민영이 물었다.

"맞아요. 어떻게 알았죠??"

"오늘 뒤에서 지켜보다가 당신이 나오는 것을 보고 움직였으니까요."

민영이 말했다.

정서는 만재를 부축하고서는 민영이와 함께 티타르의 외곽지역인 폐허로 들어갔다. 폐허에는 모임이 끝났고 몇 명의 사람들만 남아 있었고, 그곳의 한 사무실에 영희와 강진 그리고 혜주가 있었다.

"영희 님, 강진 님, 드디어 찾았습니다. 초록바람대에요."

만재는 소리를 크게 질렀다.

"손영희 님, 장강진 님 오랜만이군요!!"

정서가 말했다.

"정서 님, 민영 님, 이렇게 다시 뵙게 돼서 정말 반갑습니다. 사실 초록바람대가 다 처형되었다고 들어서, 살아계실 줄 몰랐어요. 저는 죽은 줄로만 알았거든요. 사실 익배의 결혼식날 초록바람대가 나타났다는 소문은 모든 사람들에게 퍼져 있었습니다. 그렇지만 그게 정서 님일 줄은 꿈에도 몰랐습니다."

영희가 말했다.

"하하하하, 사람들은 제가 다 죽은 줄 알더군요. 하지만 저는 아직 이렇게 살아 있습니다.

정서가 웃으며 말했다.

"오랜만이네요."

민영이 웃으며 말했다.

"초록바람대가 처형되었다는 소리를 듣고는 무조건 티다르로 가야겠다고 생각했습니다. 온새미로마을도 구해주셨는데, 마음이 편안하지 않더군요. 티다르로 와서 단두대에 있는 머리라도 구해서 묻어주려고 했는데, 머리도 누군가가 가져갔다고 하더라구요. 온새미로마을로 돌아가려고 하니 계속 빚이 쌓인 느낌만 들었어요. 그러다가 사람들이 하는 말을 운 좋게 듣게 되어 이곳 폐허로 오게 된 것입니다."

강진이 말했다.

"아, 그랬던 거군요. 그 머리들은 우리가 밤에 몰래 다 가지고 가서 묻었어요. 헌데 혜주도 여기에 있네요."

정서는 뭔가 불안해하는 듯한 표정으로 쳐다보았다.

"와, 정말요?? 역시 정서 님이 하셨던 거군요. 혜주 님은 알고 보니, 만재 님이랑 아는 사이여서."

강진이 말했다.

강진은 만재의 상처 부위를 치료해 주러 갔다. 만재는 치료를 받으면서도 사람들이 많이 모여 있는 게 좋았다. 그는 사람들끼리 정감있게 얘기하는 이 자리가 좋았다. 그래서 아픔을 치료받아도 어딘가에 소속되어 있는 느낌이 들어서 아프더라도 나름 보람 있고 기뻤다. 만재는 자신의 상처 부위를 강진에게 치료받으며 사람들의 얼굴들을 하나하나 자세히 보면서 웃음을 띠기도 했다.

정서는 그동안에 있었던 이야기들을 해주었다.

"도현 님이 결국에는 민영 님을 구하려다가 죽었군요."

강진은 분노하는 표정을 지었다.

"익배가 죽어서, 차민수가 다 해 먹고 있던데. 이런 식이라면 티다르도 버티기 힘들겠어요."

영희는 불만스럽게 말했다.

무거운 분위기가 흐르고 있었다. 혜주는 도현의 죽음을 들어서 안타까운 마음이 들긴 했지만 그다지 슬프지는 않았다. 사실 혜주는 도현이랑 썩 그렇게 가까운 사이도 아니었고, 민영이랑도 그저 그러려니 하면서 지냈다. 뭐가 어떻게 된 것인지 이제야 이해가 가기 시작했다. 아마 도현이 죽고 나서 둘이 가까워진 것이 분명했다. 당연한 이야기다. 그리고 그 시기는 자신이 귀족이 되고 나서일 가능성이 높다.

6

차민수는 경찰서에서 아주 재미난 사실을 알게 되었다. 바로 자신이 임시 지도자가 아닌, 지도자가 될 수도 있다고 말이다. 그러기 위해서는 다음에 지도자가 될 사람, 배남길을 죽이면 될 것 같았다. 민수는 다음에 지도자가 될 사람이 배남길이라는 소식을 듣고는 먼저 그자를 찾아내서 죽이기로 마음을 먹었다.

배남길은 귀족들 중에서는 그래도 깨어 있는 귀족이었다. 그가 티다르의 지도자가 된다면 민심이 조금이라도 바뀌었을까? 그는 귀족들에게는 미운 털이 박혀 있는 사람이었다. 그를 보면 뒤에서 심하게 흉을 보는 사람도 있었으며, 한 번은 자신을 욕하는 것을 알았는데도 그냥 그러려니 하면서 말을 하지 않았다고도 한다. 말을 하면 어차피 자신의 인격만 모욕당하게 된다는 것을 알아서 그렇게 행동하는 것 같았다.

그는 국민들을 매우 사랑하여 주변에 그를 따르는 지지자들이 많았었는데, 신분 해방 이후에 노예들이 국민이 되었다는 소식을 아주 잘된, 기쁜 일이라고 여겼다. 그는 한 번은 자신의 콧수염을 바람에 휘날리며, "이런, 코털이라도 떨어지면 콧수염이 막아주겠죠?"라는 어설픈 농담을 지껄이기도 했다. 그럴 때마다 국민들은 무슨 저런 실없는 걱정을 하냐고 하면서 같이 웃어 주기도 했다는 거다. 그의 그런 인간적인 태도에 사람들은 저런 귀족도 있나 싶을 정도로 친근함을 느꼈고, 사람들이 많이 따랐다.

민수는 자신의 권력을 영원히 유지하고 싶었다. 임시지도자에서 정식지도자가 된다면 나중에 중앙 정부에서 일할 기회가 주어질 것이다. 중앙 정부에서 일하면 나라의 핵심적인 권력을 손에 쥐게 된다. 차민수는 절대 그 기회를 놓치지 않을 것이다. 그는 달수를 시켜서 남길을 죽일 계획을 세웠다. 지도자 자리를 인수인계하기 전에 같이 차라도 마시자고 해서 불러내어 죽이는 것이었다.

달수는 남길의 집에 방문하여 민수의 생각을 전달하기로 했다.

"아, 안녕하세요. 민수 임시 지도자님이 보내서 왔습니다."

"아, 그래요. 무슨 일로 오셨습니까??"

"이번에 임시 지도자 일을 마무리하면서 같이 차를 한 잔 마시자는 말씀을 전하시려고 저를 보냈습니다."

"아, 그렇지. 마무리 전에 한 잔 차라도 하는 것도 나쁘지 않겠지. 알겠소. 내일 정오에 찾아가도록 하죠."

"그렇게 전하겠습니다."

◆ ◆ ◆

"어떻게 되었어??"

민수가 물었다.

"내일 정오에 오신다고 합니다."

달수가 대답했다.

"좋아. 그러면 그때 내 방에서 죽일 것이야."

"그 후에는 어떡하죠??"

"내 나름대로 생각이 있으니까, 걱정하지 마"

다음날 정오에, 약속 시간이 되어 배남길은 혼자서 민수에게 갔다. 남길은 그다지 의심하거나 그런 것은 없었다. 어차피 민수 같은 경우에는 자신의 부하나 다름없었다. 그리고 경찰들은 남길에게 함부로 대할 수가 없었다. 그는 귀족이었고, 나랏일을 하는 고위 관리여서 함부로 대했다가는 인사 조치가 이루어질 것이다. 게다가 귀족들의 쓰레기 같은 이미지가 경찰들에게는 많이 인식되어 있어서 그런지 남길 자신이 아무리 바보처럼 행동해도 함부로 대하는 경찰들은 없었다.

그가 차를 마시러 들어가자마자, 민수가 해맑게 웃고 있었고, 문 뒤에 숨어있던 달수가 총으로 쏴서 남길을 죽였다. 남길은 그렇게 세상을 떠났다. 그리고 민수는 그 책임을 달수에게 뒤집어씌우기 위해서 달수마저 총으로 쏴서 죽였다.

차민수, 그는 정말 악질 중에 악질이었다.

"쯧쯧, 어리석은 놈, 너는 원래부터 이익배 똘마니였지. 그게 네가 죽는 이유다."

민수는 달수를 볼 때마다 익배가 생각이 나서 어떻게든 죽이고 싶었다. 그래서 이번에 남길을 죽이는 도구로 쓰고 제거할 생각이었다. 귀족 중에서도 귀족을 죽이는데 어찌 희생양이 필요하지 않겠나.

민수는 경찰 부하들에게 시켜서 사실대로 얘기했다. 달수가 남길을 죽이는 것을 보고는 자신도 죽일까 봐 겁이 나서 재빨리 총으로 쏴서 죽였다고 말이다. 경찰 부하들은 조사도 제대로 하지 않고 민수의 말을 믿은 채 사건을 간단하게 처리해 버렸다. 그리고 그 소문은 티다르의 시내에 모두 퍼지게 되었다.

"배남길 선생님께서 돌아가셨습니다. 배남길 선생님이 돌아가셨습니다."

신문을 돌리는 이가 큰소리로 외치면서 남길의 죽음을 알렸다.

7

혜주는 민영과 단둘이 이야기하고 싶어서 민영을 잠시 폐허 안 조용한 곳으로 불러냈다.

"그래, 맞아. 혜주 언니, 나 정서 대장이랑 결혼할 거야."

"민영이 네가??"

"응, 그렇게 됐어. 정서 대장도 날 사랑하고 있고…. 우리는 서로를 많이 위하고 있어."

"……."

"정서 대장은 귀족을 싫어해. 나도 귀족이면 질색이고."

"헌데, 나 홍혜주야. 너희들과 함께 여행도 했고, 한때는 같이 정의를 위해서 싸우기도 했지. 이것 봐. 정서가 나에게 그려 준 초록바람대 문신이야."

"정서 대장이 그런 것도 해주었나 보네. 헌데 지금 대장은 나를 사랑하고 있어."

"민영이 어떻게 네가 나에게 이럴 수가 있지??"

"그건 스스로에게서 답을 찾아야 하지 않을까?"

"난 정서를 포기하지 않아."

"좋을 대로 해. 중요한 건 정서 대장의 마음 아닐까?? 만재인가, 간귀는 아닌 것 같고, 괜찮은 귀족 같던데, 그 남자랑 잘해 보지 그래??"

"민영이, 넌 여전하구나. 그 독설도 그렇고, 기가 보통 쎈 애가 아니라는 건 알았지만, 난 너의 그런 당차게 나가는 자신감이 항상 두려웠던 것 같

아. 하지만 난 결코 정서를 포기하지 않아. 만재는 관심 밖이니까."

"호호, 그래 한 번 해봐. 정서 대장의 머리부터 발끝까지 나를 잊지 못하게 할 테니까."

"그래, 이제 알 것 같아. 너의 그 자신감, 그 용기를 꺾고 싶었던 것 같아. 그래서 더 정서에게 마음을 주고 있었던 거야. 네가 정서를 좋아했던 건 처음부터 내가 알고 있었어. 넌 항상 자신감이 넘쳤지. 나도 꽤나 외향적이라고 생각했지만, 널 보니 난 그저 내성적인 사람이더군. 아니 어쩌면 너는 스스로가 그런 용기를 지녔으면서도, 도현이 때문에 움직이지 못한 거겠지. 나도 그때 당시에는 정서 옆에 있었고. 너도 그런 면에서 보면 비열한 것 같네."

"비열이라. 나에 대해서 참 많이 아는 것처럼 이야기하네. 혜주 언니. 나에게 결투라도 신청할 수 있어?? 하긴 여기에서 힘자랑하는 것은 좀 아니긴 하지만, 난 적어도 스스로 한목숨 지킬 힘은 있어. 언닐 봐봐. 정서 대장에게 항상 걸리적거리면서 다니는 거, 내가 봐주는 것도 얼마나 피곤했던 줄 알아? 대장이라도 되니까. 그래도 언니 능력 높이 사서 데리고 다닌 거지. 나 같으면 언니는 바로 푸실마을로 보냈어. 그래도 대장이 정도 많으니까 언니에게 초록바람대 문신이라도 그려준 거겠지. 나는 지금도 언니가 그냥 거추장스러울 뿐이야."

"뭐?? 야, 최민영 너 말 다 했어??"

"하아…. 혜주 언니…. 지금 와서 언니랑 나랑 싸운다고 정서 대장이 언니에게 돌아가??"

"……."

"언니가 나에게 이러는 거 말이 진실이라고 해도 구차해 보이잖아. 그러면 이런 얘기는 할 필요가 없어."

"알았어. 네 말이 뭔지…. 하지만 정서는 포기하지 않아."

"아휴 참…. 좋을 대로 해…. 나 정서 대장이랑 결혼하고 나서도 이러면 안 돼."

"난 결혼 얘기는 믿지 않을게. 네가 내 눈앞에 보여줄 때까지."

"하긴 인간은 자신이 믿고 싶은 것만 믿으니까. 그래서 운명이란 있다고 생각해. 믿어야지 눈에 보이니까. 그 믿는 것이 내가 생각하고 있던 혹은 내가 생각하고 싶었던 그 무엇이니까. 그럼 잘 믿어봐. 그 운명이라는 것이 얼마나 어리석은 것인지 내가 가르쳐 줄 테니까."

"결혼하는 모습을 나에게 보여주고 싶다는 거지. 그래, 최민영, 어디 한번 해봐. 나도 네 그 잘난 용기, 꼭 나의 사랑으로 꺾어 줄 테니까."

정서는 민영과 혜주가 둘이서 나간 것을 보았지만, 강진과 영희 그리고 만재와 이야기 중이라서 어쩔 수 없이 잡혀 있었다가, 이제야 그는 밖으로 나왔다. 밖으로 나오자마자 민영과 만나게 되었다.

"말해!!"

민영이 말했다.

"뭘??"

"날 사랑하지?? 말해봐?? 아니면, 지금까지 정서 대장에게 나는 그저 밤에 쾌락이나 제공하는 갈보년이라고 봐야 해??"

"뭐??"

"갈보년이냐고?? 내가"

"갑자기 무슨 소리야, 민영아."

"난 정서 대장의 아내로서 대접받고 싶어."

"나의 아내로서라면, 혼인하고 싶다는 소리야??"

"대장의 아내로서 대접을 받고 싶다고!!! 어차피 우린 그런 사이 아니야??"

"맞아. 하지만 민영아!! 이런 식이라면 네가 날 모욕하는 것밖에 안 돼."

"모욕이라고?? 하아…. 정말 승질나게 하네. 혜주 언니가 아직 좋아서 그러는 거야??"

"그런 거 아니야."

"알았어. 그 말은 미안해. 하지만 난 대장이랑 결혼을 하고 싶어!!"

"그래. 결혼하자. 많은 사람들 앞에서!! 헌데 지금은 말이야…"

정서가 말을 더 하려고 하는 데 강단에서 큰 소리가 들려왔다.

"지금 배남길 선생님이 돌아가셨습니다!!! 배남길 선생님이 돌아가셨습니다!!!"

정서와 민영은 서로 쳐다보다가 강단 쪽으로 같이 돌아갔고, 혜주는 정서와 민영이가 단둘이서 얘기하는 것을 엿듣고는 강단으로 들어갔다.

◆◆◆

"모두 경청해주십시오!! 지금 배남길 선생님이 돌아가셨습니다!!"

강진이 강단에 서서 많은 사람들 앞에서 큰소리로 외쳤다. 사람들은 분노한 표정을 지었다.

"이건 누군가의 음모가 틀림없습니다."

"항상 국민들을 먼저 생각하시는 분이었어요."

"지금 이런 상황이라면 가장 이익을 보는 사람은 바로 차민수밖에 없습니다."

"귀족은 경찰들에게 불법적인 일들을 시키고, 경찰은 합리적이지 않은 일인지 알면서 줄만 서려고 줄타기질만 해대니까. 이놈들을 싸그리 죽여야 합니다."

"우리 모두 일어나서 놈들을 죽여야 합니다."

사람들은 모두 총을 들었다. 사람들은 이미 자신들이 번 돈으로 총을 구매하고 있었다. 그리고 총알도 충분히 구매했다. 오늘 이런 날이 올 줄 알고 기다리고 있었다는 것이 보다 더 올바른 표현일 것이다.

드디어 국민들의 분노가 하늘 끝까지 치솟았다. 배남길 선생님이 돌아가셨으니, 이는 분명 경찰이든지, 귀족이든지 그 뒤에 배후세력이 있을 것이라는 게 이들의 생각이었다. 사람들은 모두 총을 들었다. 강진은 분노한 사람들을 진정시킬 수가 없다고 여겼다.

"드디어 때가 온 것 같습니다. 배남길 선생님의 죽음 앞에 우리마저 무너져서는 안 되는 것입니다. 모두 다 총을 들어서 경찰서부터 습격합시다!! 우리가 살아있다는 것은 공권력이 죽어있음을 증명하는 것입니다. 우리의 숨소리는, 우리의 헐떡거림은 이 나라 공권력의 사지를 찢는 일이 될 것입니다. 일단 티다르의 경찰서를 습격하고, 티다르의 감옥에 있는 사람들을 모두 탈옥시킵시다. 물론 그들이 죄가 있더라고 하더라도, 배남길 선생님의 억울한 죽음을 권력으로 가린 것보다 무거운 죄겠습니까? 우리는 모두 일어나야 합니다. 경찰서를 습격하여 썩은 공권력에 도전하는 것입니다."

강진이 외쳤다.

"와아아아아아아아아~~~~~~~!!!!"

열렬한 사람들의 박수가 이어졌다.

"게다가 예전에 단두대에서 초록바람대가 모두 처형되었지만, 초록바람대 대장은 살아 있었습니다. 그리고 드디어 우리에게 초록바람대의 대장 박정서 님이 왔습니다. 우리가 힘들게 찾은, 우리들을 구해주었던 그 옛날의 사람. 우리는 항상 기억했습니다. 썩어빠진 귀족들의 배를 갈라서, 혹은 썩어빠진 공권력을 지닌 경찰들과 계속 싸워 온 그들에게 우리는 항상 경의를 표해야 합니다. 우리는 이들에게 우리의 목숨을 빚졌습니다. 그것은 아마 평생 가도 갚을 수 없겠지요. 이제 그를 소개합니다. 초록바람대 대장 박정서입니다."

영희가 격렬한 목소리로 말했다.

"와아아아아아아아~~~ 박정서!! 박정서~~~!!!"

"박정서!!! 박정서!!!!!"

"초록바람대 박정서!!!!"

사람들은 모두 박수를 치며 총을 들었다. 그리고는 박정서가 나오기를 기다리고 있었다.

정서는 떨리는 마음으로 강단에 섰다.

"예, 안녕하세요. 초록바람대의 대장 박정서입니다."

"와아아아아~~~!!!"

"저는 오늘 아침에 조그만 폭탄 하나가 터져 나라가 통째로 날아가는 꿈을 꾸었습니다. 그 꿈이 무엇을 의미할까요? 우리가 바로 그 조그만 폭탄이라는 겁니다. 우리는 결코 큰 폭탄이 아닙니다. 조그만 폭탄입니다. 하지만 조그만 폭탄이라도, 나라를 날려버릴 수 있습니다. 그리고 그 일에 우리는 많은 피를 흘리게 될 것입니다.

그러나 우리는 주저하지 않을 것입니다. 지금까지 죽어간 국민들을 보았고, 지금까지 죽어간 초록바람대의 대원들의 피를 보았습니다. 저는 물러서지 않을 겁니다. 우리는 싸워서 우리의 자유를 찾아야 합니다. 우리는 국민이며, 우리는 자유인입니다. 더 이상 귀족들의 말 같지도 않은 행동, 그리고 그들의 하수인인 경찰들에게 속아 넘어가서는 안 됩니다."

"박정서!!!"

"박정서!!!"

"박정서!!!!"

"역시 정서 대장은 멋져!!!"

민영은 정서를 보며 말했다.

'역시 정서는 다르네!!'

혜주는 정서를 보고는 생각했다.

"지금 경찰은 국민을 위한다는 수많은 거짓말을 만들며 귀족들의 끄나풀 놀이나 하고 있습니다. 우리가 이런 것을 더 이상 지켜봐야 한단 말입니까? 우리는 참을 수가 없습니다. 더 이상 가만히 있지 않을 것이고, 앞으로 나아갈 것입니다. 모두 총을 들어 나라의 미래에 피를 흘리는 겁니다!!"

정서가 말했다.

사람들은 모두 총을 들었다. 그리고는 손에 아무 나뭇잎을 들어서 자신들의 주머니에 넣었다. 나뭇잎은 바로 초록바람대에 대한 경의였다. 이제 여기 있는 모든 사람들은 초록바람대의 대원들이다. 그리고는 모두 티다르의 경찰서를 습격하러 전진했다. 총을 들고 쏘아 대었다.

"탕탕탕탕탕"

경찰 부하들은 속수무책으로 죽어갔다. 그리고 경찰서 안에서 활개 치고 다니던 귀족들도 있었는데 그들도 경찰 부하들과 함께 죽어갔다. 국민들의 분노가 하늘을 찔렀다. 하늘은 구름이 가득하고 흐린 날씨였다.

경찰 부하들과 귀족들이 죽어 나갔고, 유치장에 있는 사람들을 모두 탈옥시켰다. 유치장에 있는 사람들은 자신들을 구해준 국민들을 보며 자신들도 총을 들고 싸우기로 결심했다. 그들은 죄가 있다면 있을 수도 있겠지만, 혁명이라는 말에 그들의 죄는 묻혀버린 것이다.

그 후로 사람들은 모두 티다르의 감옥으로 향했다.

"역시 대단해. 수적으로는 우리가 우세야. 지금까지 이렇게 흥분된 적은 없었어. 경찰 새끼들 예전에 큰바위산적단도 궤멸시켰고, 초록바람대 대원들도 죽였으니까. 이제 너희들이 멸망할 때야."

민영은 성난 국민들이 거의 다 죽여버린 티다르 경찰서를 들어갔다. 거기서 몇 명 숨어있거나 죽은 척하다가 일어난 경찰 부하들과 귀족들이 있었다.

그들은 민영이와 같이 온 국민들을 보고 말했다.

"히익, 살려주세요. 살려주세요."

"제발 살려주세요."

"제발 목숨만은 살려주세요. 부탁드립니다. 가진 것을 모두 드리겠습니다."

경찰 부하들과 귀족들은 말했다.

"하하하하, 살려달라고?? 국민들을 마음대로 짓밟아 버린 너희들이 이제 와서 살려달라고?? 이런 말이 있지. **백성은 일정한 수입이 없으면 일정한 마음도 없어진다고. 일정한 마음이 없으면 방탕하고 괴팍하며 삿되고 과

** 김제동, 《당신이 허락한다면 나는 이 말 꼭 하고 싶어요》, 나무의 마음, 2018. p.212.

도하기를 그만두지 않을 것이라고, 그렇게 죄에 빠진 후에 쫓아가 형벌을 가한다면 이는 백성을 그물로 사냥하는 것이라고 말이야. 너희들은 그저 그물 낚시를 한 것뿐이야. 이제 벌을 내려줄게!!"

민영은 총을 쏴서 귀족들과 경찰 부하들을 죽였고, 뒤에 같이 들어오는 국민들도 민영이 총을 쏘자마자 같이 덩달아서 총을 쏴서 귀족들과 경찰 부하들을 모조리 죽였다.

정서와 강진과 영희는 티다르의 감옥으로 가서는 감옥에서 모든 범죄자들을 탈옥시켜버렸다. 그것은 공권력에 대한 국민들의 항쟁이었다.

그런데 감옥에서 나오면서, 경찰들의 기습공격으로 만재가 총에 맞아 쓰러졌다. 주변에 있던 혜주와 정서, 그리고 강진이 달려왔다.

"만재 님. 만재 님!!"

혜주가 달려오면서 말했다.

"하아…, 하아…. 지난날에 내가 장난치면서 접근한 거 받아줘서 정말 고마웠어요."

만재가 가슴에서 피를 흘리며 말했다.

"무슨 소리에요??? 정신차리세요!! 정신차리세요!!"

혜주가 만재에게 가까이 다가가서 앉으며 손으로 만재의 어깨를 붙잡으며 소리쳤다.

"제 인생에 낭만이라는 게 있었다면, 그것은 오로지 혜주 님과의 일 뿐이에요. 저에게 사랑이란, 사기라고 생각했어요. 한 번 빠지면 헤어날 수 없다해서, 그래서 더욱 스스로 경계하려고 했던 의미였는데, 죽음이 찾아오니 만약 다음에 다시 태어난다면, 그때는 정말 사랑하는 사람을 만나서 살고 싶어요. 단 하루만이라도…. 안…녕."

만재는 그렇게 죽었다.

"만재가 죽었어. 우릴 만나게 해주었던 이만재가 죽었다."

정서는 만재의 시신을 보았다.

"만재 님…, 부족한 실력이었지만, 초록바람대를 불러들이기 위해서 목숨마저 마다하지 않는 분이셨는데…, 이렇게 가시다니……, 이 죽일 놈들!!"

강진이 분노하며 소리쳤다.

정서와 강진은 격렬히 분노하여 사람들과 함께 귀족들이 대부분 모여서 잘난 척을 하는 모임이 있는 곳인 티다르의 '하늘'이라는 곳으로 찾아갔다.

'하늘'에 들어가자마자 많은 귀족들이 먹고 마시며 도박을 즐기고 있는 것을 보았다. 정서와 강진과 사람들은 귀족들을 모조리 총으로 쏴서 죽였다. 수많은 귀족들이 죽어 나갔고, 꽁무니를 빼고 엉덩이를 이쪽으로 저쪽으로 흔들면서 도망치기에 바빴다. 그렇게 살아남은 귀족들은 도망쳐서 중앙 정부 뒤쪽에 별관으로 내뺐고, 이것이 소문이 퍼져 남은 귀족들도 모두 중앙 정부 뒤쪽으로 도망가기에 바빴다.

◆◆◆

"큰일입니다. 민수 지도자님."

부하 경찰이 말했다.

"뭔 일인데??"

"지금 폭동이 일어났습니다."

"뭣?? 뭐?? 폭동이라고??"

"티다르의 경찰서와 감옥이 국민들에게 습격당했고, 귀족님들의 모임이 있는 곳인 '하늘'도 습격당했습니다."

"이런 멍청한 놈들. 지금 당장 모든 마을의 경찰들을 소집하고, 모두 밖에서 대기토록 하라. 그리고 군대에도 지원 요청해. 더 이상은 안 된다."

"예, 알겠습니다."

"서둘러라. 빨리, 빨리 움직여!!"

민수가 말했다.

"아니, 무슨 국민들이 폭동을 일으킨 거지? 목숨이 무슨 열 개라도 되나?? 목숨이 하나인 것을 모르는 자들은 없을 터인데, 폭동을 일으켜서 명을 재촉하다니, 어떻게 해서든 폭동을 무력으로 진압해야겠어. 그래야 중앙 정부로의 진출이 더 쉬워질 테니까. 위기는 곧 기회라는 말이 있지. 차민수 인생에 또 꽃이 피려나. 하긴 지금까지도 승승장구했으니까."

8

티다르의 중앙 공원 근처에는 사람들이 모여서 진을 치고 있었다. 그 들은 바리게이트와 책상과 의자 등을 이용하여 총알을 막을 것들을 앞에다 두고는 경찰병력들과 대치하고 있었다. 이미 경찰서와 감옥 등을 털어버리고는 중앙공원을 통해 진출하던 중 경찰병력이 계속 증원되자 중앙공원에 몰래 진을 친 것이었다.

"공격하라. 공격하라. 공격하라."

정서가 외쳤다.

"공격하라. 공격하라. 공격하라."

민영이도 외쳤다.

정서와 민영이의 말에 국민들은 경찰들과 대치하면서 경찰들에게 총질을 해대고 있었다. 민수는 총질을 해대고 있는 국민들을 바라보며 경찰들이 들고 있는 방패들 사이에서 나와서는 나팔을 불며 한소리를 했다.

"국민들은 모두 총을 버리세요. 그러면 총을 쏘지 않겠습니다. 경찰은 언제나 국민들의 편이에요. 지금이라도 모두 투항하세요. 그래야만 살 수 있습니다. 지금 이 순간에도 우리 경찰들은 국민의 편이 되려고 노력 중이에요."

민수는 가증스러운 세 치 혀를 굴리면서 가장 거만하게 소리치고 있었다. '우리 경찰'이라는 말 같지도 않은 소리를 내세우면서 말이다.

"정서 대장, 차민수야!!"

민영이 말했다.

"알았어."

정서가 말했다.

"어이, 차민수, 나 박정서다. 나 기억하지?? 예전에 푸실마을에서부터 지금 티다르까지 말이야."

정서가 앞으로 나와서 말했다.

"하하하하, 당연히 기억하지, 내 인생에서 어떻게 너를 잊을 수 있겠냐??"

민수는 시간을 끌수록 자신이 어차피 유리해질 것이라고 여겼다. 어차피 군대에 증원요청도 했다. 승리는 자신의 것이라고 생각하고 있었는지, 정서가 하는 말에 여유 있게 대응했다.

"민수야!! 우리 일대일로 승부하여 진 쪽에서 무기를 버리는 게 어떨까??"

"뭐??"

"이런 식으로 싸우면 양쪽 다 희생이 크지 않아?? 너도 부하 경찰들을 잃고 싶지는 않겠지??"

"뭐??"

"왜 겁이 나는가??"

"일대일이라니, 그것도 국민이랑 말이야, 나는 국민이랑 싸우려고 온 게 아니야. 너희들을 달래러 온 거지, 일대일 승부라니, 무식하기 짝이 없군. 박정서!!"

"하하하하, 겁이 나니까. 별 해괴한 궤변을 늘어놓는구나. 너야말로 진정한 겁쟁이일 뿐이야. 지금 나와서 나하고 일대일 승부를 하면 지게 되고, 너희 경찰들의 사기는 땅에 떨어질 테니까. 그러면 우리는 너희들을 죽이고 티다르의 중앙 정부로 돌격하여 숨어있는 귀족들의 무리들을 죽이고 이 나라의 썩은 뿌리들을 잘라낼 것인데, 지금 너희들은 그게 두려운 거겠지. 아니 어쩌면 중앙 정부로 진격하게 된다면 너희들의 실제 인사권을 좌지우지 하는 중앙 정부의 고급관료들이 죽게 되어 너희들의 승진도 문제가 되고, 우리가 그 길로 들어가서 온갖 각종 비리들을 보게 되어 더 큰 폭동이 될까 봐!! 그게 두려운 거야. 너희들은 그런 쓰레기들이다."

"뭐 뭣?? 박정서 이 자식이 정말. 지금 저 박정서가 하는 말, 세 치 혀를 다시는 놀리지 못하게 발포하라!!"

민수가 명령했다.

"탕탕탕탕"

"탕탕탕탕"

총소리가 계속 오고 갔다. 정서와 민수는 재빨리 자신들의 진영으로 들어 갔다. 양 측 다 사람들이 조금씩 죽어갔다. 그리고 총소리가 멈추었다.

"리틀 초록바람대 돌격이다!!!"

운모가 소년들을 이끌고 등장했다.

하지만 운모는 지금 벌판을 향해 달려가고 있는 것과 같았다. 운모는 아무 방어도 하지 않은 채 진을 치고 있는 경찰들에게로 막무가내로 달려 나갔다.

"운모야, 위험해. 돌아와!!!!!"

민영이 외쳤다.

운모는 뒤돌아보더니 피식 웃더니만, 자신을 따르던 소년들을 모두 데리 고 돌격하기 시작했다.

"그만, 멈추지 않으면 발포한다!!"

경찰들은 돌격해서 오는 소년들을 보고는 경고했다.

"우리는 멈추지 않아!!! 모두 돌격 하자!!"

운모는 죽음을 각오하는 듯이 말했다.

"탕탕탕탕탕"

운모와 초록소년단은 그저 돌격하는 것만 치중했고, 경찰들은 소년들을 총으로 쏴서 모조리 죽였다.

"이런, 어린 소년들이, 죽어갔어!!"

민영이가 침울해하며 말했다.

"나도 알아. 우리를 도왔던 초록소년단이었지. 초록바람대를 이어 나가겠다고 했었는데…. 잔인한 경찰새끼들…."

정서가 말했다.

"운모가 죽었어. 예전에 승진이가 죽었을 때랑 다른 게 없는 거야. 나는 절대 용서하지 않아!!!!!!!!!!!!!"

지민이가 소리쳤다.

"무슨 소리야. 유지민, 너도 운모처럼 그저 돌격하다가 죽겠다는 소리야??"

민영이가 화를 내면서 말했다.

"운모가 돌격한 건 분명 죽어가는 시체들을 보았기 때문이라고 생각해요. 죽어가는 시체들을 보면서 자신도 죽겠다고 덤벼든 거라고요. 살아있는 것이 한심하다는 생각이 든 거예요. 그래서 저기에 있는 경찰들에게 목숨을 던진 거라구요. 이렇게 먼저 죽어간 이들을 보면서 자신도 뭔가를 하고 싶었던 거예요. 저도 운모처럼 돌격하여 목숨을 버릴 거예요."

"그만둬. 지민아"

동수가 말렸다.

"싫어."

지민이가 말했다.

"안 되겠군!"

정서가 옆에서 주먹으로 때려서 지민을 기절시켰다.

"동수야. 지민이를 데리고 여기서 멀리 가라. 온새미로마을 외곽지역에 가면 무덤들이 많은 곳이 있어. 아마 사람들에게 물어보면 알 수 있을 거다. 내가 최근에 많이 묻었었거든. 그곳에서 오른쪽으로 가면 집이 하나 보일 거야. 거기에 가 있어."

정서는 동수에게 돈을 조금 주었다.

"예???"

"이미 많은 소년들이 죽었어. 더 이상 내 눈앞에서 죽어 나가는 소년들을 볼 수가 없어. 이제 소년들은 너희 둘뿐이야. 멀리 가거라. 처음부터 초록소년단이라는 거, 소년들에게 너무 무거운 부담을 준 거야. 너희는 머리 아픈 생각들을 하기보다는 그냥 세상에 주어진 것들로만 채워나가면서 살 필요가 있었어. 머리 아픈 생각들은 어른들이 해서 너희들에게 좋은 세상을 선물로 주어야 하는데, 그러질 못했네. 그래서 운모가 죽게 된 거다. 물론, 운모는 죽어간 시체들을 보며 그런 생각도 했겠지. 하지만 그런 생각의 발단은 이제 여기 있는 어른들의 몫이야. 자, 이제 가거라."

정서가 말했다.

"혜주야, 너도 가."

정서가 이어서 말했다.

"뭐??"

혜주가 말했다.

"너도 지민이, 동수하고 같이 가라고!!"

"나는 왜??"

"여긴 네가 있을 곳이 아니야."

"나도 초록바람대야."

"여기 있어서는 안 돼."

정서가 말했다.

"빨리 가, 혜주 언니, 애들에게만 둘이서 가라고 하면 어떻게 온새미로마을까지 갈 수 있겠어. 언니는 그리고 전투도 잘 못하잖아. 걸리적거리기만 한다고."

민영이 말했다.

"알았어!! 먼저 갈게."

혜주가 말했다.

혜주는 지민과 동수를 데리고는 온새미로마을의 외곽지역으로 가려고 준비하고 있었지만, 뭔가가 자꾸 불안했다.

'지금까지 사실 그다지 다수가 움직인 적도 없었고, 이렇게까지 혁명으로 몰아간 적도 없었다. 정서는 과연 무사할 수 있을까?? 정말 무사할 수 있을까??'

"나도 끝까지 남으면 안 될까??"

혜주는 다시 정서에게 물었다.

"안 돼. 이건 대장으로서 명령이다. 이제 그만 온새미로 외곽으로 돌아가. 여기는 네가 있을 곳이 못 돼. 민영이 말대로 넌 걸리적거린다고."

"그럼, 난 언제까지 도망만 다녀야 하지?? 나도 초록바람대고, 지금도 여전히 초록바람대야. 항상 난 걸리적거리고 도망만 가야 한다면 나는 초록바람대에 왜 넣어준 거지?? 왜 문신을 그려 준 거야??"

"그건 네가 스스로 조금 더 훈련해서 민영이처럼 강해지길 바라서 그랬던 거야."

"…아….그래…."

혜주는 씁쓸한 표정을 지었다.

"자, 이제 대장의 뜻을 이해했지??? 언니는 나처럼 강하지 못하니까. 먼저 들어가라고."

민영이 말했다.

"그래요. 다 대장의 뜻이 있었네요."

강진이 말했다.

"나중에, 만나요."

영희가 말했다.

"알았어. 정서야. 먼저 갈게."

혜주는 지민이와 동수를 데리고는 온새미로마을의 외곽지역으로 향했다.

소년들이 죽어 나가고 나서 한동안 침묵이 흘렀다. 서로의 눈치만 보기에 바빴다. 소년들의 죽음 위에는 까마귀들이 울어대고 있었다. 아마 총소리가 다시 들린다면 까마귀들도 떠날 것이다.

"어이, 차민수 지금이라도 일대일 승부를 가리는 게 어떨까??"

정서는 양측이 대치하고 있는 상태에서 국민들이 있는 곳에서 앞장서서 말했다.

"뭐, 또 일대일 승부냐??"

민수도 방패로 몸을 막고 있는 경찰들 뒤에 숨어있다가 앞으로 나왔다.

"지금이라도 일대일 승부를 내자. 경찰들은 혼자서 문제를 해결할 능력은 없는 거냐?"

"뭐라고??"

"젖비린내 나는 애새끼마냥 뒤에 숨지 말고 앞으로 나와서 승부를 가려, 희생을 줄이자. 수장으로써의 역할은 서로 해야 하는 거 아니겠어??"

"지금 우리는 대치하고 있고, 나는 국민들을 위해서 지금 이 자리에 서 있는 것이다. 내가 싸우다가 널 죽이기라도 한다면 내가 국민들을 무슨 낯으로 볼 수 있겠어. 그리고 나는 너희들을 죽이는 것이 아니라 지금이라도 투항한다면 받아줄 생각이 있다."

"차민수, 너는 겁을 먹은 거야. 아까랑 똑같아. 더 이상 같은 이야기를 더 해봐야 소용없겠군. 한 번 더 희생을 줄여보려고 했지만 방법이 없겠어."

정서는 혜주가 무사히 빠져나가기 위해서 시간을 벌 필요가 있었다. 경찰들의 시선도 자신에게 돌릴 필요도 있었다. 그래서 그는 똑같은 이야기를 계속하고 있었다.

"내가 겁을 냈다고??? 하긴 상상은 자유니까. 이제 각자의 이상을 위해 총질을 하는 게 어떻겠냐??"

정서와 민수는 서로를 지그시 쳐다보더니 각자의 진영으로 다시 돌아갔고, 다시 공격이 시작되었다.

혜주와 지민과 동수가 무사히 빠져나갔을 때였다. 차민수가 중앙정부에 지원요청을 한 것들이 이루어져서 많은 수의 군대와 경찰들이 같이 합류하기 시작했다. 일제히 사격이 시작되었다. 수많은 국민들이 죽어갔다. 정서와 민영 그리고 강진과 영희는 사람들이 주변에서 죽어가자 수가 밀리는 것을 알고는 다른 곳으로 도망쳐야 한다는 것을 깨달았다.

정서 일행은, 그러니까 정서와 민영 그리고 강진과 영희 외에도 몇몇 국민들은 함께 온새미로마을 외곽지역으로 도망가려고 했다. 하지만 정부군의 움직임도 빨랐다. 폭동의 주동자들을 가만히 두고만 보고 있을 순 없었다. 불씨는 확실하게 꺼야 불도 나지 않는 법이니까. 그러니 불씨를 끄려고 추격전을 벌이고 있었다.

"많은 사람들이 죽었어요. 하아…헉…??"

강진이 말했다.

"알고 있어요…"

민영이 말했다.

"여기서 이렇게 넋을 놓고 있을 순 없어요. 빨리 더 움직여야 해요. 정부군이 우릴 쫓고 있어요."

정서는 두리번거리고 있었다.

"정부가 저렇게 지원을 하니, 우리의 혁명은 실패라고 봐야겠네요."

영희가 말했다.

"괜찮아요. 전 항상 죽음이 두렵지 않았어요. 초록바람대에서 활동할 때도 죽을 고비를 수없이 많이 넘겼지요. 살아남을 때마다 저로 인해 더 나은 삶을 살아가는 사람들이 있어서 한 명이라도 기쁨을 누린다면 그것으로 만족했으니까요. 지금도 그 생각은 변함없어요."

정서가 모두를 보며 말했다.

"나는 대장이 항상 멀게만 있는 사람처럼 느껴졌어. 처음에 초록바람대에 들어와서도 항상 먼 곳에서 굉장한 일을 하는 사람, 그래서 대장에게 더 가까워지려고 검술도, 총도, 단련하고 그랬지. 어떻게 하면 대장처럼 될 수 있을까 하는 생각도 하고 말이야."

민영이 정서를 바라보았다.

정부군이 계속 추격해오고 있었고, 정서 일행과 같이 도망쳐서 온 사람들은 정부군이 코앞까지 온 것을 확인하였다. 강진과 영희는 서로를 바라보며 뭔가를 결심한 듯이 정서와 민영을 쳐다보았다.

"지난날에, 저하고 영희를 다시 만나게 해주신 분들은 바로 정서 님이었습니다. 푸실마을에서부터 같이 여행하고 지금은 티다르에서 이렇게 최후를 맞이하네요. 저는 정서 님은 살아주셨으면 합니다. 민영 님과 함께 멀리도망가십시오. 여기는 남겨진 사람들이 지키겠습니다."

강진이 말했다.

"무슨 소리예요?? 그게!!"

정서는 놀라서 되물었다.

"강진 님, 왜 이러세요??"

민영도 놀랐다.

"여기 있는 모든 사람들은 정서 님에게 빚을 지지 않은 사람들이 없습니다. 저는 이 빚을 목숨으로 갚아야 한다고 생각합니다. 항상 정서 님도 목숨을 다해서 우리들을 구해주셨습니다. 하늘이 알며 제가 알고, 땅에 있는 국민들이 아는 사실입니다."

영희가 말했다.

"초록바람대, 박정서 대장을 살리자!!"

"살리자!!!"

"살리자!!!"

"살리자!!!"

"살리자!!!"

사람들이 다 같이 고함을 질렀다.

"그만두십시오. 이러지 마세요. 이렇게 살아간다 한들, 제가 무슨 낯으로 살겠습니까??"

정서는 사람들의 목소리와 시선이 부담스럽기만 했다.

"사셔야만 합니다. 사셔서 우리들의 죽음을 꼭 알려주세요. 그것만이 우리가 영원히 사는 것입니다. 정서 대장 꼭 부탁드립니다. 제발 우리들의 바람을 들어주세요. 부탁드리겠습니다. 우리도 빚을 갚아야 하지 않겠습니까? 우리는 왜 기회조차 주지 않는 겁니까? 초록바람대가 처형당했을 때, 아무것도 할 수 없는 저 자신이 싫었습니다. 그 빚진 자의 무거운 마음을 왜 다시 한번 짊어지도록 하는 겁니까?"

강진이 말했다.

"알았습니다…. 지금이라도 당장 떠나드리겠습니다. 민영이와 함께!!"

정서는 민영의 손을 잡으며 말했다.

9

정서는 민영이와 말을 타고 달렸다. 조금 벗어났을 때였다. 총소리가 무척 많이 들렸다. 정부군과 싸우고 있는, 얼마 안 남은 혁명을 말하는 국민들이었다. 강진과 영희는 최후까지 손을 잡고 싸웠다.

"우리는 어쩌면 이때까지 많은 것을 다 누군가의 책임으로 돌리면서 살아왔는지도 모르겠습니다. 나라의 기득권의 탓이라고, 때로는 우리가 너무 약한 거라고, 그래서 한 번쯤은 나라를 뒤엎고 싶었습니다. 무너져가는 나라의 모습들이 저를 그렇게 일으켜 세우더라고요. 그래서 이렇게 주먹질이라도 한 번 시원하게 하고 가는 것도 나쁘지 않겠죠. 이 지랄 같은 세상에 총질이라도 시원하게 했고, 귀족들도 죽었고 그 귀족들 끄나풀 노릇이나 하는 경찰들도 죽였고, 귀족들도 우리에게 겁을 먹어 이렇게 경찰들을 불러 모으기도 하고 군인들도 불러 모은 것 아니겠어요. 그러니 이제는 세상에 여한은 없습니다."

강진이 사람들을 보고 말했다.

"아시는 분들은 알겠지만, 저는 예전에 온새미로마을에 있는 사이비 종교
인 백백교에 빠져 국민들의 돈을 빼앗는 일도 서슴지 않았고, 귀족들의 힘
을 더 강하게 해주는 일도 마다하지 않았습니다. 그러나 제가 잘 모르고 한
일이었습니다. 구차하게 들리겠지만, 저는 종교를 이용한 귀족들의 속임수
에 당하고 있었던 것이지요. 하지만 저는 초록바람대의 도움으로 이 자리까
지 올 수 있었습니다. 저는 이제 누구보다도 떳떳합니다."

영희가 말했다.

"나라를 위해서 싸우자!!"

"나라를 위해서 싸우자!!"

"나라를 위해서 싸우자!!"

"탕탕탕탕탕~~~~~~~~~~~~!!!"

"모두 돌격합시다!!!"

◆◆◆

정서는 민영이와 함께 말을 타고는 달려서 온새미로마을의 외곽지역이라
는 곳에 들어가기로 했다. 그곳에 혜주와 지민과 동수가 있으니 만나서 지
금의 일들을 이야기하려고 말이다. 그리고 앞으로 초록바람대가 어떻게 나
아가야 할지를 이야기하기로 했다.

한편 정서와 민영이가 뒤로 빠져 나가는 것을 멀리서 망원경으로 본 자가
있었으니 바로 차민수였다. 민수는 분명 저놈은 정서가 틀림없다고 생각하
고는 은밀히 뒤를 쫓아야겠다고 판단했다. 어차피 배남길은 죽었지만 자신
이 중앙 정부에 들어가자마자 더 좋은 자리와 진급을 생각한다면 박정서만
큼 확실한 보증수표도 없는 것이다. 정서는 초록바람대의 대장이 아니던가.
그를 생포하든지 아니면 죽이든지 둘 중에 하나는 꼭 해야겠다고 여겼다.
민수는 자신까지 포함하여 부하 두 명까지 같이 움직였다.

민수는 지금 이런 시기가 올 줄 알고, 정서의 실력을 생각하여 살수 두 명을 따로 고용해 놓고 있었는데, 이 살수 두 명의 실력들은 정말 대단했다. 민수는 굳이 여러 명이 움직이기보다 이 살수 두 명이면 충분하다고 생각했다. 많은 수가 움직일 만한 이유는 없다고 여겼다. 많은 수가 움직이면 상대방이 눈치를 챌 수도 있으니까 말이다. 그리고 민수는 온새미로마을의 외곽 지역에서 벗어난 곳으로 움직이는 정서와 민영을 확인하였다.

"너희 둘을 내가 데리고 온 이유를 알고 있겠지."

민수는 두 명의 살수의 소매를 접어주면서 말했다.

"알고 있습니다."

"실수 없도록 해. 놈은 최강이다. 내가 본 놈들 중에서 최고의 놈이란 말이다. 너희 둘 다 비싼 돈으로 고용한 거야. 나라의 돈으로 말이다. 나라의 부름에 결코 손색이 없어야 할 것이야."

"나라의 부름에 결코 실망시켜드리지 않겠습니다."

살수 두 명이 동시에 얘기했다.

◆◆◆

"티다르에서 사람들은 어떻게 되었을까요??"

지민이 물었다.

"나도 잘 모르겠어…."

혜주가 말했다.

"혁명이 성공했으면 좋겠습니다."

동수가 말했다.

"나도 그래. 모두 무사했으면 좋겠어."

혜주가 말했다.

"예…."

지민과 동수가 동시에 대답했다.

◆◆◆

"똑똑똑"

"혜주야, 나 정서야. 문 열어!!"

혜주는 문을 열면서 정서가 있음을 확인하였다.

"아, 박정서!!"

혜주가 반갑게 말했다.

"정서 대장, 무사한 거예요??"

지민이 물었다.

"응, 그렇지."

정서는 문을 열면서 들어왔다.

"야, 나도 왔다. 난 안 보이냐??"

민영이가 웃으면서 물었다.

"아, 민영이 누나!!"

동수가 웃으며 말했다.

정서와 민영은 오늘 있었던 이야기를 해주었다.

◆◆◆

차민수는 부하들을 데리고 온새미로마을의 외곽지역에서 벗어난 곳, 즉 무덤이 있는 곳을 지나갔다. 그곳은 초록바람대의 대원들이 죽어서 무덤을 만든 곳이었다. 그가 무덤을 지나갈 때 하늘은 어두워졌고, 바람이 거세져서 몇 배는 세게 불었는데 마치 죽어간 자들의 비명소리처럼 들렸다.

"무슨 외진 숲속 같은 곳에 무덤이 있는 거지…"

민수는 의아해하며 말했다.

"저도 잘 모르겠습니다."

부하로 데리고 온 살수가 말했다.

민수와 부하들은 정서 일행이 지나간 길을 따라서 움직였다. 무덤의 오른쪽 길을 지나서 가보니 무슨 집이 있었다. 정서는 분명 이 집에 들어간 것이 맞다. 집을 자세히 조사도 해보고 살펴보니 사람은 그다지 많은 것 같지 않았다. 민수는 자신이 데리고 온 살수 두 명만으로도 충분하다고 여겼다. 게다가 자신들이 여기까지 찾아올 줄은 꿈에도 생각을 못 할 거라고 여겼다.

"일단 문 앞으로 가자고."

민수가 말했다.

"똑똑똑"

"누구십니까??"

혜주가 물었다.

"이제 올 사람은 없는데, 혹시 강진 님 아닐까??"

민영이 물었다.

"그런가??"

정서도 그저 아무 문제가 없다고 생각했다.

민영이 가서 문을 열었다.

문을 열자마자 민수가 보였다.

"지금이다!! 쳐라!!!"

살수 두 명이 난입하여 민영의 목을 노렸다. 민영의 목이 검에 의해서 베어졌다.

"이럴 수가!!! 민영이가…, 이놈들이!!"

정서는 급하게 검을 빼서는 민영을 쓰러뜨린 한 명의 살수를 죽였다.

"으아악"

정서는 나머지 한 명의 살수하고도 싸우고 있었다. 그러던 중 뒤에서 차민수가 총을 쏘았다. 헌데 그것은 마취총이었다. 민수는 실탄총이랑 마취총이랑 헷갈린 것이다. 아무래도 민영을 잡을 때 마취총이 필요했던 적이 있어서 헷갈렸던 모양이다.

"마취총이었나…"

민수는 재빨리 마취총 말고 다른 실탄총을 꺼내려고 시도하고 있었다. 그러나 뒤에서 지켜보던 혜주는 위급한 상황을 만나서 우물쭈물하다가 자신이 총이라도 쏴야겠다 싶어서 손으로 총을 재빨리 빼어서는 민수를 쏘았다.

"탕탕"

"으윽…."

민수는 총에 맞았다.

"이런 제길… 의식이 흐려지기 시작하는데…."

정서가 말했다.

살수는 마취총을 맞은 정서를 보고는 기뻐했다. 정서는 마취총을 맞아서 언제라도 잠들 수 있었다. 그는 마취가 시작되기 전에 검으로 최대한 빨리 끝을 내야 한다고 여겼다.

"챙챙챙챙"

정서의 검에 결국에는 나머지 살수 한 명도 죽였다. 정서는 혜주가 쏜 총에 맞은 민수가 아직 살아있음을 알고는 검으로 내리쳐서 죽이려고 했다.

"하아하아……."

민수는 피를 흘렸다.

"차민수, 이제 네 녀석도 마지막이다!! 푸실마을에서 네 녀석을 살려둔 것은 내 실수였어. 내 마취가 시작되기 전에 네 녀석을 죽일 것이야."

"하아하아…. 귀족으로 군림하면서 살아야 하는…, 내가 이렇게 죽다니…. 이렇게 죽을 순 없어. 이 나라의 수도 티다르까지 올라와서 지도자까지 달았는데, 이렇게 죽을 순 없어. 이제 곧 중앙 정부의 요직이 눈앞에 있거늘. 어찌 내가 죽을 수 있단 말인가."

"잘 가라, 차민수!!!"

정서는 마지막 힘을 다해 민수를 죽였다.

"민영아!!!!!"

정서는 민영이가 있는 곳으로 갔다. 민영은 손으로 피가 나는 목을 잡고는 죽음을 기다리고 있었다.

"박정서 대…장…. 쿨럭….."

정서는 의식이 희미해지고 있었다. 동수와 지민은 민영이가 다칠 때부터 민영이에게 달려가서 민영이 주변에서 눈물을 흘리고 있었고, 혜주도 민수에게 총을 쏘고 난 후에, 민영을 보고는 눈물을 흘렸다.

"민영아!! 정신 차려라. 죽는 것은 용납 못해!!!!"

정서는 민영의 팔을 잡았다.

"나 사실은 정서 대장이랑 옛날부터 결혼을 하고 싶었거든…. 도현 두목이 알면 날 싫어하겠지만…. 헤헤헤………대장이랑 멀리 도망가고도 싶었는데… 죽어간 초록바람대 대원들과 큰바위산적단 사람들 그리고 죽은 사람들을 생각해 보면 대장은 날 나쁜 애라고 하겠지…. 쿨럭….."

"민영아……!!!"

정서는 눈물을 흘렸다.

"하아하아…. 대장의 손으로 죽여줘…. 어차피 난 끝났어…. 검으로 날 한 번에 죽여줘… 대장의 의식이 희미해지기 전에…어서!!"

정서는 검을 들어서 민영을 베었다. 그리고는 정신이 희미해져서 쓰러졌다. 민영의 품에 말이다. 그리고 지민과 동수는 두 사람이 그렇게 있기를 바라며 밖으로 나왔고, 혜주도 밖으로 나왔다. 혜주는 정서의 표정을 보고는 민영을 얼마나 사랑하는지 알았다.

"저희 다시 혁명이 있는 곳으로 가 봐야겠어요."

지민이 말했다.

"저도요."

동수가 말했다.

"그래, 나도 같이 가자."

혜주가 말했다.

온새미로마을로 나와서 티다르로 가는 길이었다. 뒤에서 갑자기 혜주 자신의 아버지 도수가 혜주의 등을 두드렸다. 도수는 혁명에 참여한 혜주를 보게 되었다. 그래서 밖에서 지켜보면서 혜주가 혁명이 있는 중심에서 나오기를 기다리고 있었던 것이었다. 도수는 혜주의 손을 붙잡고 가려고 했다. 혜주는 아버지인 것을 알고는 지민과 동수를 먼저 가라고 보냈다. 도수는 귀족이 되고 나서는 자신을 위해서 일하는 사람 두 명을 경호원으로 고용했는데, 그는 그 경호원 두 명도 데리고 왔다.

"아니, 네가 어떻게 나에게 이럴 수가 있는 거지?? 폭동에 참여하다니, 어찌 그럴 수가 있단 말이야??"

"아버지……. 아버지…. 그걸 어떻게 아셨죠??"

"다 봤다. 넌 귀족이야. 그런 곳에 참여하여 자신의 목숨을 재촉하다니, 귀족들이 널 보았다면 널 뭐라고 생각하겠어?? 우리 가문은 이제 시작인 가문이야. 귀족으로서 입지를 다지고 더 나은 가문의 귀족 남자와 혼인하지 않는 한 승승장구할 수 없단 말이다."

"아버지…전…."

"시끄럽다. 듣고 싶지 않아…. 어떻게 네가 내 뒤를 칠 수 있는 거냐??"

"아버지…, 전 귀족이 싫어요."

"뭐라고?? 이 자리에 오기까지 내가 얼마나 기어다니면서 일하고 돈 벌고 굽신거리며 왔는지 알아?? 너에게 그런 것까지 다 알아달라고 한 적은 없다. 그래도 네가 아버지를 조금이라도 생각한다면 이래서는 안 되는 거야!!! 알겠어??"

"아버지…. 전…."

"시끄럽다. 어디서 말도 안 되는 소리만 배워가지고, 넌 이제 폭동이 끝나기 전까지 집에만 가둬 둘 것이야. 그 박정서인가 뭔가를 만나고 나서부터 네가 변하기 시작한 거야. 박정서는 절대 이제 만나지 못할 것이다."

"아버지……흑흑……."

"경호원!! 내 딸을 데리고 푸실로 갈 것이니, 딸을 잘 잡고 있으시오!!"

도수는 경호원에게 말했다.

"네!!"

경호원 두 명은 혜주를 양쪽에서 잡고는 마차가 있는 곳으로 가서 태웠고, 도수는 마부에게 말해서 푸실마을로 갔다. 혜주는 방에 감금되었고, 밖에 나가지 못하게 되었다.

10

정서는 마취에서 깨어나서 죽은 민영을 보았다.

"마취에서 깨어나지 않길 바랐어. 차라리 그랬다면, 너의 품에서 영원히 있을 수 있을 텐데, 이제 그러지 못하겠지. 민영아!!"

정서는 눈이 빨개지면서 눈물을 흘렸다.

정서는 민영의 시체에 피가 있는 부분들을 자신의 옷으로 닦고서는 밖으로 나와 민영을 예전에 대원들이 죽어서 묻은 곳에 함께 묻어주었다. 정서는 혁명이 터진 곳으로 다시 가보았다. 사람들의 시체가 너무 많이 보였다. 자신의 앞에는 경찰들이 많이 보였고, 뒤에서는 푸실 마을, 온새미로마을, 모람마을, 그 외에 다른 마을들, 그리고 티다르의 도시에 있던 국민들이 다시 모이기 시작하면서 전진하고 있었다.

정서는 그 사이에 서 있었고, 앞을 바라보았다. 경찰들이 총을 쏘기 시작했다. 정서는 경찰들이 총을 쏘는 곳으로 달려 나갔다. 정서는 수많은 경찰들이 쏜 총을 맞고는 쓰러졌다. 하늘을 보았다. 하늘에서는 태양이 구름을 가리기도 하고 구름에서 다시 태양이 보이기도 하였다. 그리고는 비가 조금씩 떨어졌다. 박정서는 그렇게 피를 흘리며 비를 맞으며 죽어갔다.

◆◆◆

혜주는 혁명이 끝났다는 말을 듣고는 감금이 풀려서 집에서 나오게 되었다. 그녀는 재빨리 혁명이 터진 곳으로 가서는 시체를 수습하는 경찰들을 보며 말했다.

"박정서는요!!"

"박정서가 누군지 모릅니다. 우리는…."

경찰이 말했다.

혜주는 계속 뛰어다니면서 정서가 어디인지 살펴보았다. 그녀는 정서의 시체를 보게 되었다. 혜주는 정서의 시체를 보고 껴안으며 눈물을 흘렸다. 하지만 시체를 수습하지는 못했다. 경찰들이 개입하여 정서의 시체를 어디론가 가지고 가버렸다. 혜주는 정서를 그렇게 마지막으로 보게 되었다.

혜주는 티다르의 한 여관에서 하루를 머물렀다. 그리고는 아침에 일어나자마자, 정서랑 마지막까지 싸웠던 장소로 왔다. 그곳에는 이제 아무도 없었다.

'아버지 저는 귀족이 되기 전에는 참 자유로웠습니다. 제 뜻대로 무엇을 하더라도 아버지는 지켜만 봐주셨죠. 헌데 귀족이 되고부터는 전 자유롭지 못했습니다. 그저 제 뜻대로 살고 싶었던 제 삶에 아버지는 항상 제게 무엇이 되라고 얘기하셨죠. 옷차림부터 시작하여 귀족의 남자와 결혼하라는 것까지. 아버지 저는 초록바람대에요. 아버지는 제가 초록바람대인지도 모르시죠. 저는 정서를 따라서 죽을 거예요. 스스로 죽을 수 있다는 것만이 제가 오로지 할 수 있는 저만의 자유이니까요. 이제 견딜 수가 없어요. 안녕히 계세요.'

혜주는 총을 자신의 관자놀이 대고는 방아쇠를 당겼다.

"탕"

혜주는 길바닥에 쓰러져서 죽었다.

11

***동경

동경(yearning)은 재능이 존재한다는 사실을 보여준다. 특히 어린 시절부터 재능이 나타났던 것으로 볼 수 있다. 어려서부터 절친한 친구 사이였던, 배우 맷 데이먼(Matt Damon)과 벤 에플렉(Ben Affleck)은 열 살 때 학교 식당에서 앞으로의 연기 계획에 관하여 의논했다. 피카소(Picasso)는 열세 살 때 이미 성인 미술 강좌에 등록했다. 건축가 프랭크 게리(Frank Gehry)는 다섯 살 때 아버지의 철물점에서 나무 조각을 모아다가 거실 바닥에 복잡한 모형을 세우며 놀았다. 모차르트는 열두 살 때 첫 교향곡을 작곡했다.

저명한 사람들의 사례이긴 하지만 우리에게도 똑같이 적용될 수 있다. 유전자의 작용 때문이든 아니면 유아기의 체험이 영향을 미친것이든 어렸을 때 어떤 활동에는 끌리고 어떤 활동은 이상하게 싫었던 기억이 있을 것이다. 형이 뒤뜰에서 친구들과 술래잡기를 하는 동안, 당신은 스프링클러의 작동 원리가 궁금하여 머리 부분을 분해하며 서투른 수선공 놀이를 한 적이 있을지도 모른다. 사물을 분석하는 당신의 욕망이 이미 그때부터 나타나고 있었던 것이다.

일곱 살 생일날, 어머니가 집에서 하기로 했던 생일 파티를 취소하고 맥도널드에 가자고 했을 때, 당신이 갑자기 울음을 터뜨렸다. 그렇게 어린 나이에도 당신은 일상생활에 예기치 않은 변화가 일어나는 것을 싫어한 것이다.

당신이 어린 시절 보인 이런 행동들은 모두 복잡하게 연결되어 있는 뇌의 여러 시냅스 결합이 일으키는 것이다. 더 약한 결합은 섬세한 자극에 대응해서, 어머니가 특정한 방향으로 이끌려고 하면(설사 좋은 의도였다 할지라도), 곧 이상한 기분을 느끼고 울어버리고 만다. 반대로 가장 강력한 연결에는 저항할 수 없다. 마치 자석처럼 우리를 계속해서 잡아당긴다. 어떤 대상을 동경한다는 것은 이런 끌림 때문에 느끼게 되는 것이다.

동경하던 일을 하지 못하고 좌절하게 되는 이유는 사회적 또는 재정적 압박 때문이다. 부커상(the Booker Prize: 영국의 권위 있는 소설 문학상.-역주) 수상자

*** 마커스 버킹엄 외 지음/윤봉락 감수/박정숙 옮김, 《위대한 나의 발견 강점 혁명》, 청림출판, 2002. pp.95~97.

인 소설가 페넬로프 피츠제랄드(Penelope Fitgerald)는 알코올 중독자였던 남편 때문에 홀로 가족을 부양하느라 50세가 될 때까지 글을 쓸 엄두조차 내지 못했다. 하지만 그녀는 부양의 짐을 벗어 던지자마자, 그동안 꾹꾹 눌러왔던 소설가로서의 삶을 살기 시작했다. 그녀는 젊은 사람 못지 않은 열정으로 20년 동안 열두 권의 소설을 집필했고, 80세로 사망하기 전까지 최고의 소설가로 인정받았으며, 그녀를 "모든 소설가 중 최고"라고 칭찬하는 동료도 있었다.

애나 메리 로버트슨 모세스(Anna Mary Robertson Moses)는 아마도 세상에서 가장 오랫동안 재능을 억누르며 살았던 사람일 것이다. 뉴욕 주의 북부 지방 한 농장에서 태어난 그녀는 아주 어릴 때부터 혼자서 스케치를 하기 시작했다. 눈에 보이는 모든 것들을 그림으로 표현하고 싶은 열망이 너무도 강했지만 도구를 제대로 갖추지 못해 과일주스를 섞어 물감을 만들기까지 했다. 하지만 성인이 되어서는 고된 농장생활 때문에 여유가 없어 그림을 전혀 그리지 못했다. 마침내 78세가 되어 농장일을 더 이상 할 수 없게 되었을 때 그녀는 드디어 그림을 그릴 수 있게 되었다. 페넬로프 피츠제랄드처럼 그녀 역시 그동안 억눌렸던 재능을 분출하기 시작했다. 100세로 사망할 때까지, 그녀는 어린 시절에 보았던 풍경을 수천 점의 그림에 담았고 151번의 전시회를 열었으며, 전 세계적으로 그랜마 모세스란 이름으로 알려지게 되었다.

그랜마 모세스(Grandma Moses)만큼 강력한 동경을 지닌 사람은 많지 않겠지만, 누구나 오랫동안 동경의 대상을 간직하고 살아간다. 동경은 뇌 회로 중에서도 두드러진 강력한 회로가 일으키는 자연현상이다. 따라서 아무리 극한 상황에 처해 있더라도, 이런 강력한 회로를 갖고 있는 사람이라면 관심을 보여달라는 내면의 외침을 들을 수 있을 것이다. 만일 자신의 재능을 발견하기 원한다면, 그런 외침에 관심을 기울여야 한다.

물로 때때로 '거짓 동경'에 잘못 이끌릴 수도 있다. 예를 들면 칵테일 파티나 리셉션에 참석하는 것이 부러워 홍보부에 근무하고 싶어 하거나, 단지 사람들을 명령하는 것이 좋아 보여 관리자가 되고 싶어하는 경우가 그렇다.(거짓 동경인지 진단하는 가장 좋은 방법은 현재 그런 역할을 하는 사람을 만나서 화려하고 남 보기 좋은 면을 제외한 그들의 실체적인 일상을 알아보는 것이다.) 이런 거짓 동경을 제외한다면, 동경하는 것을 강점으로 개발하는 것도 한 가지 방법이다.

혁명이 있은 지, 4년이라는 시간이 지났다. 지민과 동수는 16살이 되었다. 강진은 지민과 동수와 같이 생활하면서 지냈다. 지민과 동수는 정서, 민영, 혜주하고도 다 아는 사이였던 것만큼 강진은 이 둘을 장차 나라에 큰 인물로 성장시킬 계획을 세우고 있었다.

지민과 동수는 정서의 죽음에서도 큰 슬픔을 느끼며 자신들이 앞으로 어떻게 살아야 하는지를 생각하고 마음을 바로잡았다. 어릴 때 가장 동경하던 인물, 박정서. 그는 죽었지만 그가 남긴 정신은 지민과 동수가 항상 기억할 것이다.

강진은 중앙 정부에서 일하면서 경찰을 견제하는 기구를 만들었다. 이름은 '국민경찰감찰기구'였다. 지민과 동수는 여기에서 경찰의 잘못된 행동을 감찰하기도 하고, 경찰이 남긴 기록 등을 확인하는 일도 하고, 국민들의 억울한 부분들을 들어주기도 하였다. 그리고 귀족들과 경찰들의 유착관계 등도 조사하였다. 무엇보다 경찰이 정치적인 중립을 지켜야 한다는 길이 열린 것은 국민경찰감찰기구가 생기고 나서부터였다.

하지만 사람들은 국민경찰감찰기구가 무엇인지 잘 알지 못했다. 생긴 지 얼마 안 된 기구였다. 그래서 인력도 많이 부족한 상태였으며, 신문에 국민경찰감찰기구라는 것을 알리기도 했지만, 문맹률이 높아서 그런지 사람들은 그다지 알지 못했다. 그것을 아는 것은 여전히 귀족들과 글을 조금 아는 자들 뿐이었고, 국민경찰감찰기구라는 것이 설립이 되었다고 하더라도, 사람들은 그다지 믿지 못했다. 아니 두렵다고나 해야 할까? 국민경찰감찰기구가 생겨도 여전히 두려운 것이었다. 경찰보다도 더 무서운 곳이라는 생각이 들기도 했다. 이것으로 귀족들이 국민들을 대하는 태도가 어떻게 변할지 모르겠지만, 귀족들에게까지도 어떤 영향력을 미칠 것은 분명했다. 경찰은 귀족들의 하수인이기에 일단 그 뿌리부터 잘라낸 것이다.

◆◆◆

지민과 동수는 각자 자신의 자리에 앉아서 사랑에 대해 얘기하고 있었다.

"이제 16살이 되니, 누군가를 만나면 정말 사랑할 수도 있겠군!"

지민이 말했다.

"이것 봐!! 지민, 언제나 어린애 같은 소리인가. 우리는 이미 사랑할 수 있어. 그 누구라도!!"

동수가 말했다.

"시간이 지나도 너는 항상 우뚝한 것 같아."

"그런가?? 내가??"

"나는 요새 들어 그런 생각이 들어. 운명을 만난다는 건 말이지. 이미 자신의 마음에 있던 어떤 부분에서 말을 하고 싶은 요소들을 더 끄집어낸다는 거야."

"호오, 그게 무슨 말인가?? 친구??"

"내 안에 이미 어떤 요소들이 있고, 그것은 나를 더 나답게 만들어주는 것들이지. 그게 대상을 만나면 반응을 일으키는 거야. 그 대상은 사랑하는 사람일수록 무슨 말을 하게 될까 더 고민하게 해. 그래서 결국에는 뭔가를 더 말하게 되고, 그 말을 함으로써 나를 계속 다른 사람으로 만들어!!"

"음, 변화될 수 있는 가능성이 운명에 있다는 말인가? 그럼??"

"맞아. 운명에 있다는 거야. 내가 다른 사람이 되려고 하는 것들. 그 어떤 것들이 날 너무 새롭게 하기도 하고 날 너무 신기하게 하기도 하고 나를 다른 사람으로 변화시켜!!"

"운명을 만나면 새롭게 된다…. 글쎄, 난 오히려 다르게 생각하게 돼. 사랑이라고 하지만, 그것에 대한 환상이 사기를 만들어내는 거라고 생각해. 이미 내가 그런 사람이 되어야만 한다는 어떤 환상, 어쩌면 계속 환상을 꿈꾸는 건지도 모르지."

"처음부터 환상이었다고 하더라도 상관없어. 영원히 환상 속에 있고 싶으니까."

"유지민, 친구!! 그대는 위험하군. 로미오와 줄리엣이 죽음까지 간 것은 그 환상을 영원히 유지하고 싶어서이지 않을까??"

"나도 죽음이라도 마다하지 않겠어!!"

"죽음마저도라…. 위험한 발상이야…."

"동수! 아니, 어째서 그런 말을 하지?? 너라면 오히려 더 죽음마저도 뛰어들만한 사랑을 할 사람이 아니던가. 어릴 때부터 너를 보아온 나야."

"사람은 누구나 변하지. 내가 맹랑하고 우뚝했던 것 맞아. 지금도 그것은 변함이 없을걸. 하지만 친구. 자세히 봐봐. 환상 속에 있고 싶은 건, 사랑을 하면서 어른이 되었다고 느껴서 인지도 몰라. 사랑을 하면서 인간은 성숙해지지. 지민, 너의 말대로 조금 다른 내가 되어가고 있고, 그 모습이 너무 신기하고, 어떻게까지 변할 수 있을까? 스스로 기만까지도 하게 된다는 거지. 하지만 생각해 봐봐. 정말 현실을 알아가면서 성숙해진다는 것은 무엇인지 말이야. 사랑이란 자신이 성숙해질 수 있는 부분에 달콤한 윙크를 하는 것과 같아. 항상 윙크를 하고 있는 거야. 실제로 사랑을 한다지만, 스스로 성숙해지는 자신에게 빠져있는 거야."

"윙크라, 정말 그럴까??"

"내가 느끼기에 인간은 너무나 큰 사랑을 주면 오히려 큰 사랑을 준 상대를 사랑하기보다는 두려워하며 죽이려고 들 거야. 그렇게 큰 사랑을 받았다는 것 자체를 부정하려고 할 테니까. 예수가 왜 죽었겠어. 너무나 큰 사랑을 주었기 때문이겠지!"

"그 말은 내가 너무나 큰 사랑을 하지 말라는 이야기로 들리는군."

"그래, 처음에 사랑을 시작하면 너무나 큰 사랑을 주게 될까 봐. 그것이 걱정돼. 지민 너는 충분히 그럴 것 같아서. 그래서 많은 것을 잃을 것 같아. 어쩌면 스스로 너무 사랑에 목매어 너무 큰 사랑을 주고, 그 사랑을 받는 상대방은 무슨 사랑도 받았는지도 모른 채 너를 부정하려고 들겠지. 게다가 너는 그 부정마저도 다시 부정하면서…. 그러니까 사랑을 주었다는 것을 상대방에게 그만큼 인정받기 위해서 자신의 목숨마저 바칠 것 같아서…. 그것이 걱정이 되네."

"꼭 예수처럼 내가 죽어갈 것을 얘기하는 것 같군."

"아니, 어쩌면 주변이 그렇게 만들지도 모르지. 사랑을 사랑하는 사람끼리 단둘이서만 생각할 수 있겠어? 로미오와 줄리엣도 집안의 문제가 크지 않았어??"

둘이서 열띤 토론을 하고 있을 때, 뒤에서 누군가가 들어왔다. 바로 강진이었다. 강진은 어느 한 소녀를 데리고 왔다. 그리고는 언뜻 밖에서 하는 이야기를 들었다.

"16살이 되니까, 온통 사랑 얘기 투성이군. 그래. 지민. 그리고 동수."

"예, 안녕하세요."

지민과 동수가 인사했다.

"참, 인사해라. 오늘부터 같이 일하게 될 숙녀 추수영이다."

"안녕하세요. 추수영입니다."

수영은 고개를 숙여 인사했다.

"나이는 너희들과 같을 거야. 내가 같은 나이로 요청을 했으니까. 나라에서 혁명에 참여한 소년 소녀 중에 몇 명을 뽑아 나라에서 일할 수 있도록 했어."

"너도 혁명에 참여한 거야??"

지민이 물었다.

"응" 수영이가 대답했다.

"혁명에서 한 번도 못 본 얼굴인데."

동수가 말했다.

"나도, 그래"

수영은 자신의 긴 머리를 넘기면서 말했다.

지민과 동수는 수영을 빤히 쳐다보았다.

"그리고 참 오늘 중앙 정부에서 허가가 떨어졌어. 티다르 경찰서를 포함해서 모든 경찰서에 한 달에 한 번 가서 감찰을 하고 오라고 말이야."

강진이 말했다.

"감찰이요??"

지민이 물었다.

"응. 우리도 해야 할 일을 계속 만들어 나가야지. 이제 국민들도 모든 경찰서가 제대로 된 일들을 해나가는지 알아야 할 필요가 있으니까."

강진이 말했다.

"이것도 국민을 위한 경찰을 만들어 내는 길에 도움이 많이 되겠네요."

지민이 말했다.

"그렇지. 항상 견제 대상이 있어야 해. 그렇지 않고서는 세상을 다 가지려고 들겠지. 권력이란 그런 거 아니겠어."

강진이 말했다.

"티다르 경찰서는 나 혼자서 가 봐도 되니까. 너희들이 지방에 좀 다녀와야겠다. 공권력이 어떻게 살아 숨 쉬고 있는지 눈으로 직접 확인하고 와. 지방은 중앙 정부의 손이 잘 미치지가 않아. 공문을 보내도 제대로 실행은 하고 있는지 확인하고 와. 지방으로 가는 인원들을 아마 나라에서 계속 채용을 할 생각이니까. 일단 너희 셋의 임무는 가달박 마을로 가서 거기 경찰들을 감찰하고 오는 거야!"

"네"

셋이 동시에 대답했다.

"정서 대장이 살아있었다면 정말 좋아했을 텐데요…."

동수가 말했다.

"민영이 누나도…."

지민이 말했다.

"그렇지, 정서 님, 민영 님, 혜주 님, 도현 님도 나한테 다 소중한 사람들이었으니까."

강진이 말했다.

"강진 님께서도 사랑하는 사람을 잃으셨잖아요."

동수가 말했다.

"그때 혁명 때 죽어간 사람들이 한둘도 아니었잖니!"

강진이 말했다.

"나도 가족들을 모두 잃었어."

수영이 말했다.

"그때 죽어간 사람들을 위해서라도 우리가 열심히 일해야 해. 우리가 지금 사는 세상을 더 좋은 세상으로 만들기 위해서 미리 죽어간 사람들이 있었다는 것을. 살아있는 자들은 항상 그 빚이 무엇인지 알아야 한다는 거야. 이 세상에 태어나면서부터 빚이 있다는 것을. 우리가 지금 이렇게 살게 해주고 죽어간 사람들이 있다는 것을 말이야. 미래는 국민이 스스로 만들어 가는 거야."

강진이 말했다.

넷은 쓸쓸한 표정으로 서로를 응시하면서 과거를 회상하였다.

나뭇잎의 영혼들

초판 1쇄 2021년 03월 30일

지은이 김재현
발행인 김재홍
총괄 · 기획 전재진
디자인 김다윤 이근택
교정 · 교열 전재진 박순옥
마케팅 이연실

발행처 도서출판지식공감
등록번호 제2019-000164호
주소 서울특별시 영등포구 경인로82길 3-4 센터플러스 1117호(문래동1가)
전화 02-3141-2700
팩스 02-322-3089
홈페이지 www.bookdaum.com
이메일 bookon@daum.net

가격 15,000원
ISBN 979-11-5622-586-7 03810

문학공감은 도서출판지식공감의 인문교양 단행본 브랜드입니다.